Andrew Bannister
Der Erschaffer

Andrew Bannister

Der Erschaffer

Die Spin-Trilogie 3

Aus dem Englischen
von Simon Weinert

PIPER

Entdecke die Welt der Piper Science Fiction:
Piper Science-Fiction.de

Von Andrew Bannister liegen im Piper Verlag vor:
Die Maschine
Die Verlorenen
Der Erschaffer

Deutsche Erstausgabe
ISBN 978-3-492-70412-0
© Andrew Bannister 2018
Titel der englischen Originalausgabe: »Stone Clock« bei Transworld
Publishers, The Random House Group Limited, London 2018
© Piper Verlag GmbH, München 2018
Satz: psb, Berlin
Gesetzt aus der The Serif
Druck und Bindung: CPI books GmbH, Leck
Printed in Germany

Für Lara

Inhalt

Der Spin. Achtundachtzig Planeten und einundzwanzig Sonnen, uralt, künstlich erschaffen und unerforschlich, kreisen in den unmöglichen Umlaufbahnen, die ihre Schöpfer ihnen vorbestimmt haben.

Die unbekannten Erbauer des Spin sind seit Jahrmillionen verschwunden, ihr Machwerk ließen sie zurück, auf dass es prosperiere – oder untergehe. Die geschrumpfte Bevölkerung kämpft sich durch, schaut bange auf die länger werdenden Schatten und nutzt jede Gelegenheit zur Flucht.

Und aus Hunderten Lichtjahren Entfernung, aus der Blase des bekannten Weltraums blickt seit fast neun Lebensaltern eine einsame alte Kreatur herüber und wundert sich.

Genau wie ich.

Friedensgraben und Hochebene, Sholntp (Vrealität)

Sie liebten sich, weich gebettet auf lebendigem Moos, auf dem flachen Felsen der Spornspitze der Bugformation, einer unglaublich schlanken Tuffsteinnase, die mehrere Hundert Meter senkrecht über dem Abgrund des Friedensgrabens aufragte.

Hels hatte sich lächelnd umgedreht und saß nun rittlings auf ihm. Sie hatte bewusst ihre menschliche Grundgestalt angenommen, und der Anblick ihres Körpers aus seiner Perspektive hätte ihn eigentlich erregen sollen, hätte eigentlich direkt sein Hinterhirn erreichen sollen, ungeachtet der paar Hundert Millionen Jahre Menschheitsgeschichte als höhere Spezies.

Es war ... schön, ja, das musste er zugeben. Sie sah großartig aus. Primitiv. Tierisch sogar und vielleicht auch ein wenig ekelhaft, womit er allerdings kein Problem hatte. Und es fühlte sich gut an. Nicht großartig, aber auf jeden Fall gut.

Doch sie war ihm im Weg. Er musste sich beherrschen, um sich nicht seitlich zu drehen und an ihr vorbeizuspähen.

Im Querschnitt war der Friedensgraben beinahe rechteckig, ungefähr zwei Kilometer tief und genauso breit. Von der Hochfläche ringsum unterschied er sich in allem. In seinem Innern war er tropisch, während oben gemäßigt kühle Temperaturen herrschten. Im Innern war er exotisch, während oben allgemeine Eintönigkeit überwog. Er leuchtete in sämtlichen Farben, während auf der Hochebene Heide und stumpfe Grasflächen in mattem Blau, Grün und Grau dominierten. In der Nähe der Abbruchkante gab es auch einen Streifen, der ein paar Dutzend Meter breit war und mit dickem rostfarbenem Moos bewachsen war, das in der feuchtwarmen, leicht radioaktiven Luft gedieh, die aus dem Graben aufstieg.

Hels kam in Fahrt. Er stieß die Hüften nach oben und grunzte ihr aufmunternd zu.

Der Graben war das Ergebnis des letzten Versuchs, einen Krieg zu beenden. Er hatte nie Gewissheit darüber erlangt, ob es ein Erfolg gewesen war oder nicht. Sicher, der Krieg war damit beendet worden, es war also vordergründig gelungen. Auch in der Erinnerung. Schließlich hieß der Ort auch hunderttausend lokale Jahre danach noch der Friedensgraben – selbst nachdem man alles bis auf seinen Namen vergessen hatte, sogar den Krieg selbst.

Das war einer der Hauptgründe dafür, dass er diesen Ort besuchte, wenn es sich einrichten ließ. Um sich zu erinnern. Schließlich hatte er es miterlebt – hatte zugeschaut, wie die flammenden Schiffe abgestürzt waren.

Miterlebt. Er schreckte vor dem Wort *verursacht* zurück.

Etwas näherte sich dem Höhepunkt. Er verscheuchte die Gedanken und bäumte sich auf, den drängenden Bewegungen entgegen.

Dies war der hundertste Besuch, fiel ihm ein. Er versuchte, einmal in tausend lokalen Jahren herzukommen. Erstens weil er es versprochen hatte, aber auch weil er sich immer mehr in diesen Ort verliebt hatte. Er liebte seine Knochen – die Teile, die sich nicht veränderten –, und er liebte die Veränderungen, die während seiner tausendjährigen Abwesenheiten mit der Deckschicht vor sich gingen. Er redete sich ein, dass das nichts mit Abhängigkeit zu tun hatte, denn irgendjemand musste das ja glauben, und dieser Jemand konnte genauso gut er sein. Wie dem auch sein mochte, Schuldgefühle reichten als Grund längstens aus.

Apropos Kommen, konzentrier dich ...

Gemeinsam gelangten sie zum Höhepunkt. Er war ziemlich stolz auf sich. Dafür, dass er sich nicht ernsthaft konzentriert hatte, hatte er es ganz gut hinbekommen.

Hels zitterte und fiel nach vorn, bis ihr Kopf zwischen seinen Füßen lag. Dadurch hob sich ihre Hüfte, und er glitt aus ihr heraus. »Uff! Nicht schlecht.« Sie bog den Kopf zu ihm herum. »Bei dir?«

»Ja, war gut.«

»Gut?« Sie zog die Brauen hoch. »Bist du überhaupt wach, Zeb?«

Er dachte rasch nach. »Entschuldige. Ich war nur ziemlich weit weg. Aber auf eine gute Art und Weise.«

»Scheint so.« Sie wälzte sich von ihm herunter und lag schließlich neben ihm, auf die Ellbogen gestützt und mit dem Gesicht ganz dicht neben seinem Kopf. »Weißt du, manchmal bin ich mir nicht sicher, ob ich deine ungeteilte Aufmerksamkeit habe.«

»Echt?« Er musterte ihr Gesicht. Vom Liebesspiel verschmiert, doch mit forschendem Blick. Er war selbst verblüfft, aber sein Körper schien bereit zu sein, die Frage für ihn zu beantworten. Er setzte sich auf, fasste sie an den Schultern und drückte sie sanft zurück, bis sie sich über die Hüfte auf den Rücken drehte. Er stürzte sich auf ihre Körpermitte.

»Zeb! *Hmm ...*«

Das war besser. Oh ja.

Jetzt verstellte ihm nichts mehr die Sicht.

Hels stöhnte. Wenigstens teilweise verlief sein Besuch

erfreulich. Für kurze Zeit gelang es ihm sogar, die Kulisse ringsum zu vergessen.

Mit konstanten zweihundert Stundenkilometern rumpelte der Fahrzug über die ungepflasterte Piste, die fetten Reifen trommelten und knirschten auf dem dichten Schotter, schnalzten über kantige Steine und manschten durch flache Rillen in den langen Grasstreifen, die sich zwischen den Abschnitten erstreckten, auf denen die Straße instand gehalten worden war.

Der Fahrzug war erst seit seinem letzten Besuch gebaut worden. Eine jener oberflächlichen Veränderungen, die ihn zum Lächeln brachten. Das und die ganze Reise waren Hels' Idee gewesen. Sie war höchstens ein paar Stunden in der Vrealität gewesen, als er sie kennengelernt hatte, und bereits nach einer Stunde hatte er beschlossen, dass sie während seines Aufenthalts eine zufriedenstellende Gefährtin abgeben könnte – und dass sie genug Herrin ihrer selbst war, um dabei keinen Schaden davonzutragen.

»Du *musst* den Graben sehen«, hatte sie gesagt.

»Graben?«

»Den Friedensgraben. Kennst du den echt nicht? Oh, dort oben ist es so schön!« Sie betrachtete sein Gesicht. »Und ruhig.«

Bei der Andeutung hatte er gelächelt und absichtlich so getan, als wäre er nie zuvor dort gewesen, als hätte noch nie jemand darauf bestanden, dass er ihn sich ansah – für gewöhnlich bereits während der ersten Stunde nach dem Kennenlernen.

Jetzt fuhren sie wieder hinab und waren auf dem Weg zu einer Party an einem Ort, den er tatsächlich noch nie besucht hatte, weil er schlichtweg beim letzten Mal noch nicht da gewesen war. Die graugrüne Landschaft rauschte am Fenster vorbei. Die Hochebene hatten sie ebenso hinter sich gelassen wie den dicken Gürtel aus immergrünen Pflanzen, der das Hochland wie eine Tonsur umgab. Mittlerweile befanden sie sich im Getreideland mit seinen Millionen Hektar unterschiedlichster Gräser und unterschiedlichster Früchte, die bereits in vorgeschichtlicher Zeit des Planeten kultiviert worden waren. Ursprünglich hatten sie der Erzeugung von Nahrungsmitteln gedient, inzwischen baute man sie einfach nur so an. In seiner derzeitigen Inkarnation hatte Zeb einen Bericht der planetaren Regierung gelesen, in dem es ganz trocken hieß, der herkömmliche Verzehr von Getreide, das im Umkreis von hundert Kilometern um den Friedensgraben wuchs – Getreide, das bei Regenfällen von den geringen, aber unbestreitbaren Mengen an Radionukliden benetzt wurde, die aus dem Graben herauswaberten –, stelle ein Gesundheitsrisiko dar und könne zur durchschnittlichen Verringerung der Lebenserwartung um fünfundzwanzig Tage führen. Die Lebenserwartung lag bei zweihundertundsieben Jahren.

Messbar – und deshalb inakzeptabel. Trotzdem wurde das Getreide angebaut. Es war eine Frage des Kulturerbes.

Vor zwei Tagen, also nur einen Tag nach ihrem Kennenlernen, hatte er Hels beobachtet, wie sie an einer zweihundert Meter hohen Felswand hochgeklettert war. Danach hatten sie sich fachkundig mit lokal gebrannten Spirituosen betrunken, die für ihre beträchtlichen Beimengungen bekannt, ja, geradezu berühmt waren. Niemand hatte sie daran gehindert. Selbst verursachte Gefahren wurden demnach offenbar geduldet. Mit einem fachkundigen Kater waren sie zum Graben aufgebrochen.

Wahrscheinlich würde sie auch niemand hindern, wenn sie am Abend etwas Ähnliches probieren sollten. Zeb konnte es einerseits nachvollziehen, andererseits auch wieder nicht.

Der Wagen schaukelte, und er wurde gegen Hels geworfen. Sie regte sich und grummelte etwas Unverständliches, bevor sie weiterschlief.

Er verliebte sich nicht, das war klar. Das war seine Regel Nummer eins. Sich in der Vrealität niemals auf etwas einlassen!

Die Strecke vom Friedensgraben in die Tiefebene hinunter war besonders rustikal. Damit passte sie gut zu allem anderen auf Sholntp. Dieser Umstand wurde mit der radioaktiven Belastung des Planeten begründet, die grenzwertig war. Ihretwegen waren spaltbare Stoffe, transuranische Elemente oder anderer radioaktiver Quatsch verboten. Tierkraft und erneuerbare Energien oder gar keine, lautete die Devise.

In diesem Fall handelte es sich um erneuerbare Energien, doch solange er das Fenster geschlossen hielt, verursachte ihm der Rauch keinen Hustenreiz.

Der Fahrzug bestand aus fünf Kraftwagen, an deren Unterseite jeweils ein brummender Alkoholmotor hing. Der Alkohol wurde aus dem Getreide hergestellt, das man nicht verzehren konnte. Zeb nahm an, dass es deshalb nicht nur stark aus dem Auspuff qualmte, sondern dass der Rauch auch leicht radioaktiv war. Die Kombination aus uralter und neuer Umweltverschmutzung amüsierte ihn.

Er spürte, dass Hels den Kopf von seiner Schulter hob. Sie blinzelte. »Wo sind wir?«

Er sah zum Fenster hinaus. »Von der Hochebene runter. Ich würde sagen, noch eine Stunde bis Weiler.«

Sie nickte und bettete den Kopf wieder auf seine Schulter. Er rutschte auf seinem Platz hin und her, damit sie es bequemer hatte.

Mehr als jede andere Person, die er kennengelernt hatte, verfügte sie über die Fähigkeit, überall schlafen zu können.

Darum beneidete er sie. Ihm gelang es immer seltener, Schlaf zu finden, wo immer er es auch versuchte.

Ja, sein hundertster Besuch in dieser Vrealität. Sein erster Besuch – laut der hiesigen Zeitrechnung vor hunderttausend Jahren – war nicht gut verlaufen.

Lass dich niemals auf etwas ein, wahrlich!

Sholntp-System (Vrealität)

Es war die größte Weltraumflotte, die die Sieben Staaten je zusammengestellt hatten. Elf Großkampfschiffe, deren betagte Flanken übersät waren mit den Narben Tausender Feindkontakte während ihres Söldnerdaseins. Noch einmal so viele Taschenschlachtschiffe zitterten nervös, da ihre schwere Bewaffnung die Maschinenleistung fast überstieg. Fünfzig Kreuzer und Fregatten, dahinter ein Durcheinander aus Tankern und Magazineinheiten. Bis auf die Großkampfschiffe waren alle stundenweise angemietet worden. Vier davon waren dem Staat zur Zwangsarbeit verpflichtet und hatten einen niedrigeren Status als Sklaven, und die anderen sieben wurden tageweise gemietet, allerdings erneuerten sich die Mietverträge ständig automatisch.

Und natürlich flog auch ein einzelner Transporter der Gleve-Klasse mit – der einzige Grund, weshalb das ganze Unternehmen alle Risikoprüfungen bestanden hatte. Die *Todesrassel* war etwas mehr als zwanzigtausend Jahre alt, doch hier draußen konnte sie durchaus noch mitspielen. Sie war nicht gemietet, sondern gekauft, und die Staaten hätten noch mindestens ein Jahrhundert lang damit zu tun, das Schuldenkonto abzuarbeiten – wenn sie so lange durchhielten.

Es war eine Machtdemonstration, die zum Ziel hatte, die Gegner in die Rolle von Zuschauern zu versetzen. Es galt die

Devise: Was passieren würde, würde passieren – und damit Schluss.

Zeb war zum ersten Mal in dieser Vrealität, aber meine Fresse, es würde nicht sein letztes Mal bleiben. Wenn er von Leuten von draußen gefragt wurde, weshalb er die Vreal so oft besuchte, so hatte er nun eine Antwort. Das Glück hatte ihm einen Krieg beschert, keinen lokalen kleinen Krieg, sondern einen richtigen, existenzbedrohenden großen Krieg, und wann hatte man schon die Gelegenheit, sich so direkt einen Adrenalinschub zu verpassen?

Aus der Perspektive der Gegner beobachtete er das Ganze, und nie hatte er sich lebendiger gefühlt.

Er beugte sich hinunter, bis sein Mund dicht über dem schmutzigen Mikrofon schwebte. »Bereit?«

»Nein.«

»Gut. Dann los.«

»Ich bin mir sicher, dass ich Nein gesagt habe.«

»Kennst du eine bessere Art zu sterben? In diesem Augenblick?«

Eine Weile war es still. Dann kam die Antwort. »Nö. Du blasierter, mistiger, fleischköpfiger Säugetierficker.«

Er grinste. »Schiff? Ich finde es toll, wenn du dich so schmutzig ausdrückst.«

Anstelle einer Erwiderung flackerten die noch funktionierenden Teile der Anzeige vor ihm und leuchteten dann konstant auf. Das schwache, mühsame Sägezahnsummen hinter ihm signalisierte ihm, dass der Hauptantrieb ein weiteres Mal angesprungen war.

Sie hatten die Macht der *Todesrassel* bereits zu spüren bekommen, und das war ein reiner Unfall gewesen. Vorsichtig hatten sie sich in Position gebracht und sich bemüht, vollkommen unbedeutend zu wirken, als das gewaltige Schiff einen stinknormalen Kurswechsel vorgenommen hatte.

Der Energierückstrom der uralten, bestialischen Maschinen hatte die hintere Hälfte ihres winzigen Gefährts (nur acht Meter lang – kaum existent in Transportermaßstäben) in eine Dampfwolke verwandelt. Doch die meisten wichtigen Teile hatten überlebt, allerdings bestand ihr Schiff nur noch aus Fetzen.

Langsam – angesichts des Zustands des Antriebs war Schnell keine Option mehr – gewannen sie Geschwindigkeit, aber immerhin. Sie waren weg, so viel dazu. Es gab kein Zurück.

Zeb konzentrierte sich ein paar Sekunden lang auf die Anzeigen, damit sie sich mit seinem visuellen Cortex verschalteten. Dann legte er sich auf der knolligen Couch zurück und schloss die Augen.

Einen Augenblick lang geschah nichts, und er fragte sich, ob schon wieder eins der alten Schiffssysteme den Geist aufgegeben hatte. Dann klärten sich die rot-grünen Flecken auf seinen Augenlidern und wurden dunkler, und das Modell nahm Gestalt an. Er machte sich auf alles gefasst.

Das Modell versetzte ihn mit seiner Vollkommenheit, seinen schwindelerregenden Ausmaßen jedes Mal in Schock. Stets überkam ihn das Bedürfnis, sich festzuklammern.

Aber es war gut auszuhalten. Das Modell unterschied sich so sehr von einem einfachen Anblick des Weltraums, wie sich ein multidimensionales Modell des Universums von einem Holzmodell einiger Planeten unterschied, die um einen Stern kreisen. Es war, als wäre man ein Gott, als wäre man in der Lage, einen einzelnen Felsen ins Visier zu nehmen und sich dann zu entfernen, bis man ein Panorama von Hunderten Planeten vor sich hatte, ohne dass die Auflösung auch nur um ein Pixel gröber wurde.

Nein, es war besser, als ein Gott zu sein. Und er glaubte nicht an Götter.

Man musste warten, bis das Modell vollständig war. Sollte man versuchen, darin herumzupfuschen, bevor es fertig war, konnte man als unentpacktes Datenpaket enden. Er hielt still.

Dann war das Modell abgeschlossen, und er war nicht nur ein segelnder Raubvogel, ein unendlich ausgetüfteltes System aus zweifach erweiterter Menschlichkeit, die hoch über der glitzernden Galaxis schwebte, sondern auch eine Linse, die auf das feinste Körnchen des kleinsten Bilds des flüchtigsten Moleküls scharf gestellt war ...

Ja. Das Modell. Das da.

Er rechnete mit ungefähr zehn Sekunden, in denen sein Intellekt einen gewissermaßen psychedelischen Konflikt austrug, bevor seine Sinne sich beruhigten. Außerdem konnte er sich auf den Zwischenspeicher seiner angeborenen Andersartigkeit verlassen. Wie es für dem Zeitstrahl natürlich Verhaftete sein musste, wollte er sich gar nicht vorstellen.

Oder um es genauer auszudrücken – es kümmerte ihn nicht.

Ungefragt sog das Modell ihn ein. Er ließ sich durch die umherfliegenden Schichten falscher Wirklichkeit fallen, bis er landete, wo es ihn haben wollte. Das Modell ließ sich nie ganz beherrschen.

Ein Planet. Gemäßigte Zonen zwischen den Tropen und der Kälte an den Polen. Grün- und Blautöne und jagende weiße Wolken. Nicht weiter bemerkenswert.

Er fiel noch immer. In die Atmosphäre hinein. An den Wolken vorbei. Auf eine grüne und braune Landschaft zu, in eine Welt aus Heide und alten Gräsern.

Es wirkte alles zu matt. Er hob die Brauen und vollführte das Modelläquivalent einer Drehung zu einer Seite. »Soll es das wirklich sein?«

»Das ist es. Warum? Hast du etwas anderes erwartet?«

»Bin mir nicht sicher.« Er betrachtete die Welt noch ein wenig länger. »Sieht ein bisschen ... ländlich aus, wenn du weißt, was ich meine. Zumindest für den Startpunkt einer galaktischen Eroberung.«

»Viele Leute und Maschinen sähen darin bestimmt ein krasses Kompliment. Dies ist die aufwendigste Tarnung, die je für einen Planeten geschaffen wurde. Selbst die Wolken folgen einem Storyboard. Und natürlich beharren die Sieben Staaten darauf, dass es sich um keine Eroberung handelt.«

»Natürlich.«

Er starrte wieder auf das Modell. Zwischen ihm und dem Planeten schwang ein fleckiger schwarzer und cremefarbener Mond. Er beobachtete ihn, bis er unterging und nicht mehr zu sehen war. Dann schaltete er das Modell mit einem Blinzeln aus und lehnte sich auf der Couch zurück. Für einen Moment hoffte er, dass seine Haltung entspannt wirkte. Dann lachte er über sich. Das Schiff verfügte über eine Million sensorische Kanäle. Hätte es auch nur ein paar von ihnen auf seinen Körper ausgerichtet, wäre sein körperlicher Zustand so deutlich geworden wie Kinderschrift im Licht eines Scheinwerfers.

Aber das Schiff würde nichts Ungewöhnliches daran finden, dass er nervös war. Es gab keinen Anlass zu der Vermutung, dass es den Grund für seine Nervosität erraten konnte.

Ein Signallaut ertönte. »Sieh nur, es geht los!«, sagte das Schiff. »Wir sind gestartet. Bereit?«

Er nickte.

»Dann los.«

Er schloss die Augen und legte sich zurück auf die Couch, während die Beschleunigung zunahm. Vor ihm setzte das Modell sich wieder zusammen. Sie waren gestartet – der

Beginn einer Reise, die, wenn es nach ihnen ging, damit enden würde, dass aus den Sieben Staaten Acht Staaten wurden.

Sollten.

Das Schiff hatte recht behalten. Er hatte seine Einstellungen nicht geändert, kurz bevor er die Datei abgeschickt hatte. Vielmehr hatte er sie eine Minute davor geändert, als das Schiff ihn gefragt hatte, wie er geschlafen habe.

Schlafen war einfach. Ausreichend wach zu bleiben war manchmal schwieriger, aber an dieser Front rechnete er erst einmal nicht mit Schwierigkeiten.

Im Modell formierte sich die immer flinker werdende Flotte der Sieben Staaten zu einer Schlachttransportgruppe, bei der die schnellsten kleineren Einheiten die *Todesrassel* in der Mitte deckten. Das schien ihm sehr auf den letzten Drücker zu geschehen, aber anscheinend waren sie zuversichtlich, dass die Gefahr – wenn man es eine Gefahr nennen konnte – am anderen Ende lauerte. Hier jedoch, das wussten sie, gäbe es keine Probleme.

Derweil hielten er und das Schiff aus unterschiedlichen Gründen Ausschau nach etwas. Das Schiff mit seiner Raubtierfähigkeit, auch noch die geringste Bewegung auszumachen, das sich aufstellende Haar im Nacken einer Beute, die so weit entfernt war, dass sie praktisch schon unsichtbar war. Er mit seinen weitaus unterlegenen Sinnen – selbst dann noch unterlegen, wenn sie durch das Modell um das Tausendfache gesteigert wurden – und seiner Rechnerleistung vom Anbeginn der Zeiten. Und doch besaß er die menschliche Grundfähigkeit, eine Vorahnung und ein Muster zusammenzufügen und daraus Intuition zu machen. Das war eine messbare Fähigkeit, und seine hatten sie gemessen. Er rangierte im Spitzenmikroperzentilebereich. Deshalb war er hier.

Oder, genauer gesagt, deshalb glaubten sie, er sei hier. Anscheinend sogar das Schiff. Es überraschte ihn, dass es hereingelegt worden war.

Immer erst denken, bevor du zu selbstzufrieden wirst – das Problem, das du korrekt identifiziert hast, ist vielleicht nicht dein einziges Problem. Irgendjemand hatte das gesagt, aber er wusste nicht mehr, wer es gewesen war.

Etwas erregte seine Aufmerksamkeit, und nun klopfte ihm im Angesicht der sensorischen Beweislage das Herz. Die *Todesrassel* – ihr letztes verzweifeltes Aufgebot – ging langsam in Position. Darauf hatte das Schiff sich bezogen, doch das war es nicht.

Da. Ein Muster. Hunderttausende winziger Fahrzeuge, Jachten, Urlaubsschiffe, ordinäre Bumskähne und bescheidene Familienboote dümpelten lässig umher und machten Fotos von der Flotte, die zum Großen Sieg aufbrach (oder wie immer es am Ende heißen würde), um sie den Kindern zu zeigen. Alle hatten sich so umgruppiert, dass sie gar nicht mehr so lässig wirkten.

Das war es. Genau rechtzeitig.

Das Schiff schien es nicht zu bemerken, aber es blieb noch Zeit, es ihm zu sagen. Natürlich erwartete es, dass er es ihm sagte. Dafür war er schließlich da, wenn es nach dem Schiff und dem Rest der heimischen Flotte ging.

Doch er tat es nicht, denn deshalb war er nicht hier.

Dann blitzte die Wolke aus unbedeutenden kleinen Fahrzeugen mit ihren unbedeutenden kleinen biologischen Insassen leuchtend violett auf.

Obwohl er damit gerechnet hatte, überraschte ihn die Intensität dennoch. Er stieß einen Schrei aus und riss einen Arm hoch, um ihn sich vor die Augen zu halten. Gleichzeitig aber reagierte das Schiff darauf und reduzierte die Helligkeit des Modells, bis die Sterne verschwunden waren und eine verschwommene, tausend Kilometer durchmessende blaue Scheibe aus Raumflugzeugen übrig blieb.

Das Schiff hatte gerade noch Zeit »Was?« zu fragen, bevor aus der Mitte der Scheibe eine Lichtlanze herausschoss, die heller als eine Supernova gleißte. Sie wurde kräftiger, länger und verwandelte sich in einen intensiven Strahl.

Dieser traf die *Todesrassel*. Das alte Schiff verschwand, stattdessen war eine neblige Eiform zu sehen, die flackerte und schimmerte, während der Strahl sich in ihr Inneres bohrte. Er hielt den Atem an. Wie stark war dieser zwanzigtausend Jahre alte Schild?

Lange musste er nicht warten. Die zusammengenommene Energie aus Hunderttausenden verhängnisvoll überlasteten Schiffsreaktoren war überwältigend. Das Ei flimmerte, und mit jedem Flackern wurde die Schiffshülle sichtbarer. Sie glühte orangerot und erhitzte sich weiter.

Kurz geriet auch der Strahl ins Flackern, und er hielt den Atem an. Was war das?

Dann merkte er, dass eins der versklavten Großkampfschiffe eine unmöglich enge Kehre gemacht hatte und sich zwischen den Strahl und die *Todesrassel* schob.

In der Zeit, die er brauchte, um auszuatmen und erneut Luft zu holen, leuchtete es erst gelb, dann blau-weiß auf und verwandelte sich in Dampf.

Darauf folgte ein zweites Schiff. Und ein drittes.

Aufhören ...

Dann hörte es tatsächlich auf. Ohne Vorwarnung erlosch der nebelhafte Schild der *Todesrassel*, und zurück blieb die nackte Schiffshülle, die genauso violett glühte wie der schwertgleiche Strahl.

Einen Moment lang glichen sie sich. Dann flackerte der Strahl und verschwand.

Das gesamte Gefecht hatte weniger als zehn Sekunden gedauert.

Das Modell wurde wieder heller und offenbarte die *Todesrassel* als glühendes Ungetüm. Die Scheibe aus Schiffen dahinter verblasste zu grauem Staub.

Das Schiff gab ein Räuspern von sich. »Nun, ich kann mir vorstellen, dass das der erste crowdgesourcte Todesstrahl in der Menschheitsgeschichte war. Nicht dass *Menschheit* derzeit ein guter Begriff wäre. Und dass ich erst jetzt dahintergekommen bin, spricht nicht gerade für mich. Du wusstest davon, nicht wahr?«

Er nickte.

»Dachte ich mir doch. Wie viele Menschen sind auf diesen Schiffen gestorben?« Kurz wurde die Scheibe aus Schiffswracks im Modell ein wenig heller.

»Ungefähr zweihunderttausend.«

»Kümmert dich das? Nein, gib dir nicht die Mühe einer Antwort. Ich will deine Stimme nicht hören.«

Er hob die Schultern. Das Schiff erfasste alle seine Reaktionen. Es wusste genau, wie es ihm ging, zumindest konnte es die körperlichen Auswirkungen erkennen.

Deshalb wusste es auch, dass ihm übel war.

Er stierte in das Modell. Die Flotte löste sich auf. Säureblaue Lichter waren über den Bildern der übrigen gemieteten Großkampfschiffe aufgetaucht, was bedeutete, dass man sie wieder chartern konnte. Anscheinend hatten sie ihre Verträge erfüllt, vermutlich schon allein deshalb, weil es den Vertragspartner nicht mehr gab. Kurz darauf gesellte sich das leibeigene Schiff zu ihnen, das aufgrund des Ablebens seiner Besitzer ebenfalls befreit war. In der Zwischenzeit geschah noch etwas anderes mit dem Ungetüm. Auch über ihm erschien ein Licht, doch dieses war rot, nicht blau, flankiert von zwei schnell wechselnden Zahlen.

Kurz betrachtete er sie. »Schiff? Noch ein Problem. Das Ding verlässt die Umlaufbahn.«

»Oh, der Kacksack spricht! Ich habe ihm doch bestimmt gesagt, dass er sich nicht die Mühe zu machen braucht.«

»Ich meine es ernst. Es bewegt sich auf den Planeten zu.«

»Ich meine es auch ernst. Oh, und wie ernst! Ich sehe es. Das passiert mit Schiffen, wenn man sie ermordet. Und?«

Er hackte auf eine Konsole ein, worauf ein paar weitere Lichter ausgingen. »Hör zum Donnerwetter auf zu schmollen und kümmere dich!«

»Was, oder machst du dann auch noch meine kümmerlichen Überreste platt?« Das Schiff stieß einen theatralischen Seufzer aus. »Zu deiner Information – ich habe die Lage beobachtet, und wir können einen feuchten Scheiß dagegen unternehmen.«

»Und die Bewohner auf dem Planeten?«

»Ungefähr drei Milliarden.«

»Genau. Macht es dir jetzt was aus oder nicht?«

»Weder noch. Ich bin einfach nur hilflos. Außerdem habe ich noch an deinem erstaunlichen Doppelspiel zu knabbern. Versuchst du etwa, aus der Sache herauszukommen, ohne die Mitschuld an Hunderttausenden von Toten zu tragen?«

»*Nein!*« Er holte Luft und atmete wieder aus. »Hör mal, ich habe gesehen, wie die Sache durchgespielt wurde. Ich nehme an, du nicht, oder?«

»Das übersteigt meine Liga. Außerdem lasse ich mich von anderen Einflüssen leiten. Wie zum Beispiel von meinem Gewissen.«

»Du bist ein Kampfschiff. Also erspar mir die Predigten, verstanden? Beim Spiel kam heraus, dass dies die Option mit den geringsten Folgen wäre. Es gab keine Möglichkeit, die Schlacht zu verhindern. Es hätte Tote gegeben.«

»Oh, gut. Freut mich zu hören. Fühlst du dich jetzt besser?«

Er dachte einen Moment lang nach. »Schiff? Was glaubst du, wie viele KIs sind gerade gestorben?«

»Ich glaube nicht, ich weiß es. Fast tausend. Warum?«

»Und zweihunderttausend Menschen. Wir trauern beide.«

Es folgte ein langes Schweigen. Dann sprach das Schiff. »Richtig. Wir können das Wrack umleiten. Den Karten nach gibt es auf einem Hochland ein mehr oder weniger unbewohntes Gebiet. Mit einigen ausgefallenen Steuermanövern könnten wir den Aufprall dorthin lenken. Zeb? Ich werde dir trotzdem niemals vergeben.«

»Na schön.« Er war sich nicht sicher, ob er sich selbst verzeihen würde, als die Zahlen nun auf ihn einstürmten. »Was muss ich tun?«

»Fürs Erste nichts. Wenn die Zeit gekommen ist, übernimm die Verantwortung! Denn ich kann es nicht. Verstanden? Da wird dein Name draufstehen, nicht meiner.«

»Ich verstehe. Ich bleibe in der Nähe.«

»Tatsächlich? Gut, denn sehr wahrscheinlich werden die Reste meiner Triebwerke schmelzen, wenn ich versuche, diesen schweren Lümmel in die richtige Richtung zu schieben. Falls das bedeutet, dass ich mich vollends schrotte und dich in einem Feuerball mit auf die Oberfläche nehme, dann hat es sich ja gelohnt. Ich hoffe, das ist klar.«

»Glasklar.« Er schüttelte den Kopf. »Mach schon!«

Dann heulten die zu Tode erschöpften Maschinen auf, und ein Ruck ging durch das Schiff, das grauenhaft beschleunigte und sich dabei einmal zu falten schien.

Er wandte den unglaublich schweren Kopf herum, um die Anzeige lesen zu können. Zwei Linien waren darauf zu sehen. Eine blaue, die den bisherigen Kurs anzeigte, von der Umlaufbahn direkt in eine dicht bevölkerte Region – in Richtung eines Kilotods, Megatods, Gigatods. Des Tods schlechthin. Die violette zweite Linie bezeichnete den Plan. Ein paar Schubser, die darin resultieren würden, dass die letzte Ruhestätte des Wracks eine Hochebene würde, die so weit von allen Ballungsräumen entfernt war wie nur irgend möglich.

Erst wurde ihm mulmig. Das alte Kriegsschiff folgte immer noch der blauen Linie. Dann korrigierte sich sein Kurs fast unmerklich und näherte sich der violetten Linie.

Er wollte einen Triumphschrei ausstoßen, doch selbst wenn er bei dem Druck auf die Rippen hätte Luft holen können, wäre er in dem verheerenden Lärm, den die versagenden Triebwerke machten, nicht gehört worden. Man hörte nichts anderes. Er war kaum mehr eines Gedankens fähig.

Dann, so plötzlich, dass es sich wie eine Ohrfeige anfühlte, waren der Lärm und der Druck weg, und da war ... nichts. Nicht einmal künstliche Schwerkraft. Das war verdächtig. Er räusperte sich.

»Schiff?«

Es dauerte lange, bis die Antwort kam.

»Wolltest du mich fragen, wie es mir geht?«

»Ja. Also, wie geht es dir?«

»Kaputt.«

»Reparabel?«

»Keine Chance. Die Maschinen sind auf zwei Prozent runter. Das reicht gerade noch fürs Licht und für die Schilde, solange ich nichts anderes unternehme. Wenn wir ganz viel Glück haben, wenn nichts dazwischenkommt und ich wie ein Genie fliege – dann bin ich immer noch tot. Aber dann gesellen wir uns zu dem Wrack in seiner eigenen, von ihm selbst geschaffenen geologischen Formation.«

Zeb biss sich auf die Lippen. »Tut mir leid.«

»Klar tut es dir leid. Das merke ich. Du hast vergessen zu fragen, ob es funktioniert hat.«

Er blickte fassungslos um sich. Das Schiff hatte recht.

Das hatte er total vergessen. Er schüttelte den Kopf. »Hat es funktioniert?«

»Ja. Das Wrack wird in acht Minuten auf die Hochebene aufschlagen. Wir werden uns ein paar Sekunden später mit ihm vereinigen. Gibt es noch jemanden, mit dem du deinen Frieden machen musst, bevor du dich in die Rettungskapsel zwängst und ich dich in den Weltraum hinausschieße wie das Stück Kacke, das du bist?«

»Nur dich.«

»Wirklich? Ich bin mir nicht sicher, ob mir noch genug Zeit bleibt, um das zu tun. Siebeneinhalb Minuten sind ziemlich wenig. Siebeneinhalb Lebensalter wären aber auch noch wenig, um ehrlich zu sein. Aber du könntest wenigstens – und das wäre das Mindeste – kommen und mein künftiges Grab besuchen. Versprich mir, dass du das tust, verstanden?«

Es roch verbrannt. Zeb wandte sich um und sah nach, was da qualmte. Es waren mehrere Dinge. Er feuchtete sich die Lippen an. »Ich verspreche es.« Oh ja, dachte er. Ich verspreche es, und es wäre gut, wenn du wüsstest, wie schwer dieses Versprechen wiegt.

»Gut.«

Der Geruch wurde immer schlimmer. »Schiff? Du stehst in Flammen.«

»Ich weiß, du Depp. Sechs Minuten. Bleibst du noch eine Weile?«

Er starrte auf die Sichtscheibe. Sie rasten unweigerlich auf den Planeten zu. »Klar.«

»Gut.«

»Schiff, ich ...«

»Ich habe nicht gesagt, dass du reden sollst.«

Er musste sich ein Grinsen verkneifen. »Nein, das hast du nicht gesagt. Entschuldige.«

Sie schwiegen, während die Planetenoberfläche immer größer wurde und immer deutlichere Konturen annahm. Dann räusperte sich das Schiff. »Also, drei Minuten. Du kannst dich jetzt verdrücken, wenn du willst.«

Plötzlich wollte er nicht mehr, noch nicht. »Ich warte noch eine Minute. Ich springe kurz über der Atmosphäre ab.« Und beobachte dich solange noch, fügte er in Gedanken hinzu.

»Okay. Es ist deine Beerdigung. Die Kapsel ist aktiviert. Geh besser schon mal rein!«

Über ihm ging eine Öffnung auf. Er nickte, hielt sich am Rahmen seines Sitzes fest und stieß sich nach oben ab, sodass er in die Rettungskapsel hineinschwebte.

»Bereit?« In der Kapsel klang die Stimme des Schiffs sehr nahe.

»Ja.«

»In Ordnung. Abtrennung in zehn Sekunden. Mit einer halbminütigen Zündung solltest du eine Weile in der Umlaufbahn bleiben.« Die Öffnung ging zu, und es zischte leise. Dann wurde ihm kurz kalt, als das Belüftungssystem der Kapsel ansprang. Gleich darauf hörte er das Knallen der Sprengbolzen und das Pfeifen des Kurzstreckenantriebs, bevor es ihn in die gewellte Kapselwand drückte.

Ein Monitor leuchtete auf. Das Schiff war nur noch ein Punkt, der immer kleiner wurde und bereits dunkelrot glühte. Anscheinend hatte es die Schilde heruntergefahren. Weiter unten bildete das Wrack der *Todesrassel* einen gelben Fleck am Ende eines Schweifs heißer Partikel.

Er sah zu, wie das sterbende Schiff dem toten folgte. Der Kurs sah gut aus, denn das Wrack steuerte auf einen dunklen Fleck auf der Planetenoberfläche zu. Er fragte sich, wie es wohl für jemanden aussah, der es von da unten beobachtete. Ein Feuerstreif am Nachthimmel, das Ende der Welt.

Dann schlug es ein.

Erst erschien es ihm fast banal – als könnte etwas banal sein, was so groß war, dass man es aus solcher Entfernung wahrnahm –, nur ein weißgelber Blitz, der rasch verblasste. Doch dann entfachte er sich wieder und breitete sich aus wie ein glühender Schnitt in der Kruste des Planeten. Die uralten Antriebe eines Kriegsschiffs, das in der Lage war, einen Mond zu zerstören, leerten ihre Energietanks. Felsen würden schmelzen, Waldbrände würden sich ausbreiten ... Er wollte sich abwenden, aber er konnte nicht, noch nicht. Er hatte es versprochen.

Das Schiff, das er eben verlassen hatte, prügelte sich noch immer durch die Atmosphäre, ein kaum noch sichtbarer heller Streifen vor dem düsteren Hintergrund der Zerstörung auf dem Planeten darunter.

Dann meldeten sich die Comms, nur ein einziges Mal.

»Zeb? Halt dein Versprechen, du mieses Stück Scheiße!«

Und bevor er etwas sagen konnte, verging der winzige Streifen, zerbarst in noch kleinere Funken vor der geschmolzenen Wut, die sich noch immer auf seinem Bildschirm ausbreitete.

Er starrte darauf, zwang sich, die Blicke nicht abzuwenden, selbst als das Gelb so hell wurde, dass es blendete. Er wollte, dass es sich in seine Netzhaut brannte.

Ich komme zurück, erklärte er dem Inferno. *Mit größerer Gewissheit, als du ahnen kannst, komme ich zurück und halte mein Versprechen.*

Ein Signalton summte heiser. Er seufzte. Viel früher, als es ihm recht war, geriet die Kapsel aus ihrer Umlaufbahn. Er schloss die Augen, konzentrierte sich ganz auf einen weit entfernten Teil seines Geistes und tat das, was ihn aus der Vrealität hinauskatapultierte.

Aber ja, er würde zurückkommen.

Experiment, Eisklingensektor, Blase

Eine dicke Schicht des nächtlichen Staubs lag auf der Brüstung. Im morgendlichen Zwielicht der Zweiten Dämmerung nahm er ein geisterhaftes Rötlichgrau an.

In letzter Zeit rieselte der Staub ständig. Meistens hatte er dieselbe neutrale Farbe und feine Steinmehltextur. Hin und wieder landete über Nacht auch einmal eine ganz anders gefärbte Schicht, und die abgegriffenen Steine erhielten kurz eine rote oder blaue Maske. An einem denkwürdigen Morgen einmal sogar eine tiefviolette. Skarbo hatte nie herausgefunden, was die Farbschwankungen verursachte. Und am nächsten Tag war der Staub wieder normal gewesen.

Er fand, dass es ein armseliges Mahnmal war. Der langsame Tod eines Planeten sollte sich dramatischer vollziehen.

Und dazu noch ein kurzlebiges. Wenn die Dämmerungen erst einmal um waren, hätte einer der Hauswarte wahrscheinlich schon den ganzen Staub weggewischt, immer vorausgesetzt, er unterzog sich keiner religiösen Konversion oder kam – in einem ganz bestimmten Fall besonders einfallsreicher Maschinenpsychose – auf den Gedanken, dass er in Wahrheit ein antikes Atmosphärenflugzeug sei. Das war eklig gewesen. Die stumpfe Hülle eines Hauswarts war nicht für den Flug geeignet, ja, nicht einmal für einen Senkrechtsturz. Aus Achtung vor der verstorbenen Maschine hatte Skarbo an jenem Tag darauf verzichtet, sein übliches Opfer hinabzuwerfen.

Doch an diesem Tag waren – bisher – keine Maschinen verrückt geworden, und diejenigen, die bereits durchgedreht waren, schienen nicht verrückter zu sein als sonst. Deshalb humpelte er zum Abgrund, wog das Stück Gerümpel aus dem Keller in der Hand und machte sich bereit, es hinabzuschleudern, wo es sich einige Kilometer tiefer zu einem Berg ähnlichen Schrotts gesellen würde.

Er konnte sich nicht erinnern, wie es zu diesem kleinen Ritual gekommen war. Das war vor fünf Lebensaltern gewesen, dessen war er sich sicher, und er war sich ebenfalls sicher, dass er beschlossen haben musste, sich nicht zu erinnern. Manchmal regten ihn seine früheren Inkarnationen auf.

Ausholen. Werfen. Da ... hinunter damit! Er beobachtete, wie es in den Tiefen der Schlucht verschwand. Es brauchte lange. An diesem Tag war die Sicht ungewöhnlich klar. Nicht viel Staub und noch weniger Nebel. Er spannte seinen Sehmuskel an, bis es ihm gelang, den stürzenden Punkt bis zum Mantelhorizont zu verfolgen. Fast vier Kilometer. Bis zum nächsten Kernereignis gelänge es ihm kaum, noch tiefer zu sehen, und das war erst in hundertel Tagen.

Bis dahin wäre er schon seit mehr als zwanzig Tagen tot – endlich, endgültig tot, nicht dieser andere Zustand.

Die ganze Nacht über hatte er beobachtet. Das tat er immer öfter. Der Schlaf schien ihn zu fliehen, und außerdem benötigte sein Körper offenbar weniger Ruhe. Von allem weniger. Sein Appetit war zurückgegangen. Sein Panzer schien sich zu *lockern*. Wenn er sich bewegte, quietschte und raschelte es.

Immerhin funktionierten seine Augen noch, auch wenn alles andere nachließ. Er konnte sich nicht beklagen.

Schließlich hatte er diese Form vor siebeneinhalb Lebensaltern gewählt, und ihm war immer klar gewesen, dass mit dieser Wahl ein Endpunkt kommen würde.

Am Ende seines ersten Lebens – Iteration war der korrekte Begriff, aber Fachtermini hatte er noch nie gemocht – hatte er beschlossen, sein grundsätzliches Säugetiererbe unter einer Insektengestalt zu vergraben. Gegen den Rat seiner Familie, seiner Freunde und mehr als nur eines Anwalts. Bereut hatte er es nie.

Die Gestalt war praktisch. Acht dreiteilige Gliedmaßen, die er zum Gehen nutzen konnte, die aber an der Spitze flexibel bewegliche Klauen hatten und alle Funktionen einer Hand zuließen, und zwar letztlich mit noch mehr Feingefühl in den Fingern. Ein schlanker, eher flacher Panzer über einem Rumpf, der einer in die Länge gezogenen Sanduhr glich. Mundwerkzeuge, die eigentlich nicht zu sehen waren, es sei denn, er strengte sich an. Und ansonsten war sein Gesicht so ausgestattet, dass er damit menschenkompatibles Mienenspiel erzeugen konnte. Wenn er sich aufrichtete – was er meistens tat –, war er ein wenig kleiner als ein durchschnittlicher Mensch. Die Flügel funktionierten nicht mehr, aber Fliegen hatte er sowieso nie gemocht, und der harte Panzer, die Facettenaugen und gegen Strahlung resistenten Gene waren so nützlich wie eh und je. Als einziges Zugeständnis hatte er das Beste aus beiden kulinarischen Welten behalten wollen. Somit konnte er so ziemlich alles essen, was lebte und bereits gestorben war, und hatte dies auch stets getan.

Jetzt, da er darüber nachdachte, hatte er doch viele Anpassungen vorgenommen. Vermutlich würde er sich daran erinnern, aber es war schon lange her, und er hatte so viel vergessen. Für die Ewigkeit gebaut, ja, das war er.

Hinter ihm war ein lautes Flattern zu hören. Er seufzte so

leise wie möglich und wandte sich zu dem wütenden Federbündel um, das auf Kopfhöhe umherflatterte.

»Hallo«, sagte er.

»Du *Vandale!*« Ein zorniges Kreischen. »Weißt du, was das war?«

»Drei Metallkugeln, die mit einem Maschennetz verbunden waren. Und?«

»Drei Kugeln? *Kugeln?* Das war eine Antiquität, du Wahnsinniger. Das war die Rotornabe eines Glasfrachters, die war eine Million Jahre alt, und du hast sie einfach in den Kern eines Planeten geschmissen, der in ein paar Jahren *auseinanderfallen* wird!«

Skarbo nickte. »Und was wäre mit ihr geschehen, wenn der Planet auseinanderfällt?«

»Ich hätte sie gerettet.«

»Das bezweifle ich.« Er schüttelte den Kopf. »Mach dir nichts vor, Vogel! Dieser Planet ist Geschichte mit all seinen lächerlichen Antiquitäten, genau wie du und – gute Güte! – auch ich.«

Das Wesen machte ganz schmale Augen. »Ich bin kein Vogel.«

»Von mir aus.«

Er beobachtete die Kreatur, die überzeugt war, kein Vogel zu sein, und davonflatterte, über die Brüstung hinweg und in die Dunkelheit des äußeren Baus hinein. Kaum drinnen, machte sie kehrt und schwebte auf der Stelle.

»Ganz vergessen ... du hast Besuch.«

»Wirklich?« Auf einmal fühlte Skarbo sich unbehaglich. Besuche waren selten, ihm wäre es lieber gewesen, wenn es gar keine gegeben hätte. »Wer?«

»Woher soll ich das wissen? Zweibeiner. Es spricht. Was musst du sonst noch wissen?«

Seine erste Antwort verkniff er sich. »Wo wartet es?«

»Im Maschinenraum. Ich dachte, es macht dir nichts aus.« Das Wesen flatterte etwas näher heran und betrachtete ihn mit schief gelegtem Kopf. »Problem?«

Er nickte, traute sich aber keine Antwort zu.

»Oh, gut. Dann geh besser! Viel Glück, *Insekt!*« Mit laut raschelndem Federkleid wirbelte es herum und flog grummelnd davon.

Skarbo sah es wegfliegen und vergaß es dann. Er gab sich Mühe, nicht in Panik zu verfallen.

Der Maschinenraum gehörte ihm. Mehr noch – in gewisser Hinsicht war *er* der Maschinenraum. So war es während des Großteils seiner Leben gewesen, was der Vogel nur zu gut wusste. Und jetzt hielt sich jemand anders im Maschinenraum auf, zum ersten Mal in all den Hunderten von Jahren.

Er überließ sich der Panik und rannte. Der Maschinenraum? Weshalb hatte der verfluchte *Vogel* diesem Besucher – wer immer es sein mochte – gesagt, er solle dort warten?

Die meisten Planeten wurden genannt, wie sie genannt wurden, weil man es schon immer so getan hatte oder weil der Name an irgendeinen ruhmreichen Eroberer oder eine berühmte Persönlichkeit erinnerte.

Experiment hatte keines dieser Probleme, dafür aber andere.

Er war ein ganz normaler kleiner Planet gewesen, einer von nur zweien, die einen mittelgroßen Stern umkreisten, weit genug von jedem angenehmen Ort entfernt, um für lange Zeit in Ruhe gelassen zu werden.

Dann war ein Prospektorenschiff vorbeigeflogen, hatte einige Bodenproben genommen und gestutzt, als die Ergebnisse vorgelegen hatten. Es konnte keinen Zweifel geben –

die Kruste des Planeten enthielt so viel Schwermetalle wie hundert normale Planeten zusammengenommen, von Blei bis Uran und darüber hinaus die ganze Palette.

Das war ein beispielloser Fund. Und außerdem noch ziemlich peinlich, denn das Schiff bewegte sich nicht nur abseits seines offiziellen Kurses, sondern auch noch außerhalb des Hoheitsgebiets seiner Zivilisation.

Das Schiff und seine Mannschaft hatten sich einigermaßen schuldbewusst beratschlagt. Sie hatten in Erwägung gezogen, ihren Heimatplaneten zu kontaktieren, doch entschieden sie sich dagegen, denn der Funkspruch hätte bemerkt und zurückverfolgt werden können. Letztlich beschlossen sie, den Fund auf die lange Bank zu schieben. Sie besäten den Planeten mit einem langsam wirkenden Schürfpilz, der die Planetenkruste innerhalb einiger Jahrhunderte verdauen und die Metalle in seinem Innern einlagern würde. Auf diese Weise wäre es einfach, die Rohstoffe im Vorbeiflug abzuschöpfen. Dann flogen sie davon und ließen sich nichts anmerken.

Sie dachten sich, dass Metalle auch noch in einem halben Jahrtausend gefragt wären.

Das alles hätte funktioniert, wäre ein Teil des Urans nicht ohnehin schon so hoch konzentriert gewesen, dass es, in den Pilzen angereichert, eine Kettenreaktion auslöste. Und so entstand ein unregelmäßiger kleiner Klecks, ein natürlicher Georeaktor, der mit einer Wärmeproduktion von ungefähr hundert Kilowatt vor sich hin stotterte und viele interessante Partikel, Strahlen und Spaltprodukte absonderte.

Die auf Strahlung empfindlich reagierenden Schürfpilze waren durchgedreht und hatten innerhalb eines einzigen Jahrzehnts die Mutationen mehrerer Millionen Jahre durchlaufen.

Sie verwandelten sich und verwandelten sich.

Dann fraßen sie den Planeten auf.

Während einer Fressorgie, die kaum länger als ein Jahrhundert dauerte, brüteten, bohrten und stemmten sie sich einen Weg durch die gesamte Kruste und tief in den Mantel hinein und verwandelten metallreiche Felsen in riesige wuchernde Gebilde, die dem Planeten aus dem Weltraum ein Aussehen verliehen, als hätte er Warzen.

Dann starben sie, und gemäß dem Rest ihres ursprünglichen genetischen Programms verwandelten sie sich in schweren und angenehm verarbeiteten Metallstaub.

Es dauerte fast zehntausend Jahre, bis eine speziell dafür gegründete Gesellschaft aus lokalen Unternehmen den Planeten ausschlachten konnte. Als die Arbeiten beendet waren, hatte der Planet seine Warzen verloren und sah stattdessen wie wurmzerfressenes Dörrobst aus, überzogen von Rissen, die bis in den Mantel hinabreichten und aus denen er Lava hervorhustete. Der Pilz war völlig wahllos vorgegangen und hatte vom Einsturz bedrohte riesige Höhlen hinterlassen, aber auch Felsgebiete, die ganz unberührt wirkten, die aber auf mikroskopischer Ebene durchlöchert und so zerbrechlich waren wie verschimmeltes Papier.

Langsam, aber immer schneller, je weiter die Jahre voranschritten, zerbröckelten auch sie zu Staub.

Und die Jahre schritten tatsächlich voran. In mehr als einer Hinsicht und an mehr als einem Ort.

»Also, erzähl mir von diesen Maschinen!« Das Wesen, das sich Hemfrets nannte, wedelte mit einem Arm im Raum herum.

Skarbo musste dem Drang widerstehen, sich zwischen den Arm und das Gerät zu werfen, das sein Besuch dabei fast getroffen hätte. Er atmete vorsichtig aus. »Das sind alles Uhren. Will heißen, es sind alles Darstellungen derselben Uhr ...«

»Die du immer noch Uhr nennst. Sonst nennt jeder sie den Spin.«

Geduld. Geduld ... »Ich weiß. Ich erkenne den Namen ja an, aber es ist eben auch nicht mehr als das – ein Name. Namen können alles oder nichts bedeuten. *Uhr* ist die Beschreibung eines Dings, und dieses Ding ist eine Uhr, was es auch immer sonst noch sein mag. Seine Umlaufbahnen, seine Geometrie sind weder natürlich noch zufällig. Ich glaube, einer seiner Zwecke dient dem Messen der Zeit.«

Hemfrets nickte. »Und diese ... Darstellungen hast du gemacht?«

»Ja.«

»Und deshalb nennt man dich Skarbo den Uhrmacher.« Hemfrets schlenderte zu einem niedrigen Sockel und beugte sich zu dem Ding hinab, das darüber hing. »Selbst das hast du gemacht?«

»Ja. Das ist eines der ältesten. Es ist eher schematisch als exakt nachgebildet.«

»Das hätte ich nie gemerkt.« Hemfrets trat noch dichter heran. »Wie viele Planeten meintest du?«

»Achtundachtzig ständige Planetenkörper und fünf Besucher in vier konzentrischen Hüllen. In diesem Modell werden die Besucher nicht angezeigt.«

»Und einundzwanzig Sonnen. Das ist schön. Sehr gut ... Woraus bestehen die?«

Skarbo deutete auf die unterschiedlichen Teile. »Die Planeten der inneren Hülle sind aus hohlem Invar. Die der zweiten aus Titanium mit einer in festen Zustand gepressten Bromfüllung. Die der dritten bestehen aus einer festen Kupfer-Wolfram-Legierung. Und die der vierten aus Gold.«

»Was hält sie zusammen?«

»Bei diesem hier Fäden aus gewebten Carbynefasern. Die Sonnen sind verschiedene Edelsteine. Diamanten, Saphire. Diese da ...« Sein Finger schwebte über einer blaugrün funkelnden kleinen Kugel. »Das ist ein künstlicher trichroischer Tansanit. Er wechselt die Farbe, sobald man sich bewegt.« Entschuldigung heischend fügte er hinzu: »Den musste ich importieren.«

Hemfrets nickte. Dann richtete es – Skarbo hatte mit Geschlechtern immer Mühe – sich auf und machte große Augen. »Halt! Willst du damit sagen, dass alles andere nicht importiert ist?«

»Oh ja.«

»Doch der Planet wurde restlos ausgeschlachtet!« Hemfrets deutete mit einer Bewegung auf die Höhle, als sei das der Beweis.

Skarbo bereute das Gespräch allmählich. »Ja, im großen Stil. Aber der Pilz bevorzugte niedrigere Konzentrationen. Reine Flöze und Intrusionsadern mied er meistens. Ich glaube, die waren ihm zu reichhaltig.«

»Zu reichhaltig ... Dann gibt es hier also noch Rohstoffe?«

Skarbo schwieg. Hemfrets starrte ihn eine Weile an, dann schüttelte er den Kopf. »Wir leben und lernen ... aber, na ja, um zu leben, brauchen wir etwas zu essen. Ich hoffe, es macht dir nichts aus, aber ich habe mir die Freiheit genommen, deinen Stoffwechsel zu überprüfen. Entgegen dem äußeren Erscheinungsbild sind wir erstaunlich kompatibel, du und ich ... doch du scheinst ja mit fast allem kompatibel zu sein. War das Absicht?«

»Ja.«

»Faszinierend. Nun, entschuldige meine Voreiligkeit, aber ich habe mir etwas zu essen ins Zimmer nebenan bringen lassen. Leistest du mir Gesellschaft?«

Skarbo nickte und folgte dem Wink der Gliedmaße – vermutlich einer Hand – in das Zimmer, das, wie er hätte schwören können, sein Privatlabor sein musste.

Obwohl Hemfrets sein einziger Besucher war, kam ihm das Labor schon weniger privat vor, und Hemfrets hatte etwas *Übergriffiges* an sich. Aber da war ja noch der andere Besucher, den Hemfrets leichthin als »mein Gefährte« bezeichnet hatte.

Skarbo mochte den Gefährten nicht.

Natürlich mochte Skarbo niemanden. Mit dieser Selbsterkenntnis war er eigentlich ganz zufrieden. Weshalb hätte er sonst neun Lebensalter in der Abgeschiedenheit der Hülle eines berstenden Planeten verbringen und seine gesamte Aufmerksamkeit auf ein Sternenartefakt richten sollen, das so weit entfernt war, dass man für die Reise dorthin in einem erschwinglichen Schiff ein weiteres Lebensalter gebraucht hätte?

Der Vogel zählte nicht wirklich als *jemand*. Es gab stets Ausnahmen. Und es machte ihm Spaß, jemanden zu haben, den er nerven konnte.

Den Gefährten allerdings mochte er so ganz und gar und wahrhaftig nicht. Und, so argwöhnte er, aus gutem Grund.

Er wirkte wie etwas, das er nur zu gern in den Abgrund geworfen hätte.

Zum Glück hatte der Gefährte sich zurückgezogen, während sie aßen. Skarbo dachte lieber nicht darüber nach, womit dieser sich währenddessen beschäftigen mochte. Außerdem fand er Hemfrets unterhaltsamer als er gedacht hatte.

Sein Gast war ein geschlechtsloser Zweibeiner, einen ganzen Kopf kleiner als ein durchschnittlicher Mensch. Es war mit einem sehr leicht wirkenden kurzen Jackett aus matt dunkelgrauem Material und einer schmalen Binde aus demselben Material bekleidet, die den Körper von der Hüfte bis zum Boden bedeckte. Das Jackett stand offen und zeigte haarlose, gleichmäßig ockerfarbene Haut. Sekundäre Geschlechtsmerkmale vermochte Skarbo nicht zu erkennen, ohne zudringlich zu werden.

Immerhin hatte es einen interessanten Titel – Gebietsabgeordneter des Kronennebels (aus der Fraktion *Verborgene Klinge*). Skarbo hatte weder vom Kronennebel noch von irgendwelchen Fraktionen gehört. Nur wenige Nachrichtenkanäle erreichten Experiment, und er machte sich nicht die Mühe, sie sich zu Gemüte zu führen. Deshalb wusste er so gut wie nichts über die Sektorpolitik, und Hemfrets schien nicht versessen darauf zu sein, sie ihm zu erklären.

Etwas verlangte nach seiner Aufmerksamkeit. Er konzentrierte sich auf Hemfrets. »Wie bitte?«

»Ich habe gefragt, ob es tatsächlich eine Uhr ist.«

Nachsichtig schüttelte Skarbo den Kopf. »Das ist lediglich mein Kürzel dafür. Es funktioniert wie eine Uhr.«

»Aufgrund welcher Definition?«

»Eine Uhr ist ein Instrument, mit dem man Zeit misst und aufnimmt, vor allem mithilfe mechanischer Mittel.« Er hob die Schultern. »Das macht es zweifellos. Was es sonst noch macht, weiß ich nicht.«

»Ich glaube, da wäre noch das kleine Detail, dass Menschen darauf wohnen... Aber wenn es das tut, wieso brauchst du dann die Maschinen?«

»Das sind Modelle. Werkzeuge zur Analyse.« Er rang nach Worten. »Man hat immer geglaubt, die Uhr sei unerklärlich. Ich wollte sie erklären.«

»Und es ist dir gelungen, wie ich glaube. Man hat mir deinen Aufsatz gezeigt. *Über das Modellieren vorhersagbarer Wirkungen multipler innerer Störungen auf die langfristige*

Periodizität des als Spin bekannten Objekts. Man sagte mir, es sei ein bahnbrechendes Werk. Schon den Titel habe ich kaum verstanden, fürchte ich.« Hemfrets begutachtete die Platte vor sich und suchte sich ein Stück aus, das kurz zwischen seinen Fingern zappelte. Dann sah es auf, und seine Augen blickten scharf. »Aber das war vor zweihundert Jahren.«

»Ja. Mithilfe meiner Berechnungen habe ich die bisher besten Modelle erstellt. Ich dachte, es sei mir gelungen.« Skarbo seufzte und erhob sich ein wenig mühsam. »Komm mit! Ich zeige es dir.«

Unsicher kehrte er in den Maschinenraum zurück. Er sah nicht nach, ob Hemfrets ihm folgte, vielmehr drängte sich ihm der Eindruck auf, dass sich die Kreatur ohnehin nur schwer abschütteln ließ. Als er am anderen Ende des Raums angekommen war und sich umdrehte, stand es auch schon mit seinem aufmerksamen Gesichtsausdruck vor ihm, in den sich eine Spur Nachsicht mischte. »Du wolltest mir etwas zeigen?«

Skarbo nickte. »Es befindet sich nicht hier drinnen«, sagte er. Er wischte mit der Hand über die Wand, woraufhin sie sich öffnete. Er wollte schon durchgehen, als er ins Zögern geriet. »Du bist das Erste, das das sehen darf. Der Vogel, der Hauswart – die sind alle ausgenommen.«

»Ah. Und warum wird mir diese Ehre zuteil?«

Skarbo hatte sich das auch gefragt. Zwar hegte er nicht den leisesten Zweifel, aber er wusste beim besten Willen nicht, woher ihm der Einfall gekommen war.

Schließlich sagte er: »Ich habe nur wenige Besucher. Du bist der letzte. Mein Werk ist gereift. Und wie du vielleicht weißt, sind meine Leben beinahe zu Ende.«

»Deshalb hast du beschlossen, dein Allerheiligstes zu offenbaren? Es muss dir viel bedeuten.« Hemfrets legte ihm eine Hand auf die Schulter. »Wenn es dir hilft ... ich werde kein Sterbenswörtchen darüber verlieren, was sich jenseits dieser Tür befindet.«

Noch immer zögerte Skarbo. »Und auch keines schreiben?«

Hemfrets Griff verstärkte sich. »Auch nicht schreiben oder versenden, noch werde ich meinen Anwälten eine Glyphe hinterlassen oder es einem Geliebten ins Ohr hauchen. Ich bewahre dein Geheimnis, Skarbo. Mehr noch – ich werde persönlich für jedes Atom an diesem Ort haften. Reicht dir das?«

Skarbo nickte bedächtig und trat durch die Öffnung. Nachdem er sich vergewissert hatte, dass Hemfrets ihm gefolgt war, gab er das Signal zum Schließen der Tür. Damit wurde es fast völlig dunkel.

Er wartete.

Offenbar verfügte Hemfrets über gute Nachtsicht. Denn es dauerte nur zehn Sekunden.

»Ah ...«

Skarbo nickte. »Siehst du es?«

»Ja. Das hast du auch gemacht.«

»Ja.«

»Wie lange hast du gebraucht?«

»Hundert Jahre. Ein wenig länger. Und davor fünfzig Jahre für die Kammer.«

Im schwachen, künstlichen Sternenlicht drehte Hemfrets sich zu ihm um. Es hob einen Arm, blieb einen Moment lang mit erhobener Hand stehen, als sei es unsicher, was es als Nächstes tun solle, und ließ den Arm wieder sinken. Skarbo meinte, ein Kopfschütteln zu erkennen.

»Das ist ein erstaunliches Kunstwerk.«

Skarbo zuckte mit den Achseln. »Womöglich.«

Sie wandten sich beide wieder um, um es zu betrachten.

Skarbo fragte sich, wie es durch die Augen eines anderen wirken mochte, durch Augen, die anders sahen als seine eigenen. Augen, die es zum ersten Mal erblickten.

Keine Sperenzchen, das hatte Skarbo ganz früh schon beschlossen. Keine exotischen Materialien. Über die war er hinaus, und dies mochte als Zeichen dafür gelten, dass er – und in seinem achten Lebensalter auch längst überfällig – erwachsen geworden war. Die Planeten bestanden aus richtigen Nachbildungen von Planetenmaterie. Kerne aus Uraneisen, Krusten aus Silikatschlämmen, Felsen. Er hatte nur so viel wie unbedingt nötig geschummelt, um die nötigen Dichten zu erhalten.

Die Sterne bestanden *nicht* aus richtiger Sternenmaterie, denn das hätte sich nicht umsetzen lassen, aber ihre Größen und Massen waren maßstabsgetreu. Die Falte perfekt hinzubekommen, hatte Jahre gedauert. Am Ende hatte er sie mit einem Bündel aus phosphoreszierenden Kernreaktionen umgesetzt, die er mithilfe von Hochenergiepartikeln am Laufen hielt, die von einer sorgfältig programmierten Pistole abgefeuert wurden.

Und natürlich war das nicht einmal die Hälfte des Ganzen. Bei Weitem nicht.

Aber es sah realistisch aus. Er drehte sich zu Hemfrets um, das die schöne Täuschung betrachtete. »Gefällt es dir?«

»Ich glaube, es übersteigt mein Gefallen und Missfallen. Womöglich das von jedermann.« Hemfrets musste sich sichtlich von dem Anblick losreißen. »Das ist ja mal eine Geschichte.«

»Eigentlich nicht. Ich will das Modell nur richtig machen.«

»Nur ...« Hemfrets schüttelte den Kopf. »Was ist das für ein Maßstab?«

»Eins zu zehn Milliarden. Es stellt ein mechanisch akkurates Model in einer Vakuumkammer dar. Der Luftwiderstand würde für Ungenauigkeiten sorgen, verstehst du? Größer wäre es mir lieber gewesen.«

»Das glaube ich. Aber wenn es den Zweck erfüllt hat ...« Skarbo musterte die Kreatur. Dann wandte er den Blick ab. »Aber es hat seinen Zweck nicht erfüllt«, widersprach er.

»Nicht? Und du behauptest immer noch, dass es da keine Geschichte zu erzählen gibt?« Hemfrets betrachtete ihn eine Weile, bis er heiße Wangen bekam.

»Vielleicht«, murmelte er.

»Dann erzähl es mir!« Hemfrets legte Skarbo einen Arm um die Schultern. »Aber nicht hier. Deine Leistung beeindruckt mich zu sehr, auch wenn es nicht genau das ist, was du dir gewünscht hast.«

Skarbo ließ sich wieder in den Maschinenraum führen. Hier erhob sich an einem Ende des Raums eine lange Tribüne mit gepolsterten Sitzreihen in der Mitte. Wenn man sich auf einer Seite hinsetzte, konnte man den Maschinenraum überblicken. Setzte man sich auf die andere Seite, hatte man einen noch größeren Raum vor sich, nämlich das obere Ende des Großen Schlots – die Bahn eines größeren magmatischen Ausflusses aus der durch die Pilze verursachten Zeit erhöhter vulkanischer Aktivität. Er hatte einen Durchmesser von ungefähr hundert Metern, und seine aus Magma gemeißelten Wände waren geriffelt, poliert, gequetscht und eingeschnitten, voller Höhlen und Vorsprünge. Fast genau gegenüber dem Maschinenraum war durch einen hartnäckigen Stau im geschmolzenen Gestein eine breite, flache Rille mit glasig polierten Wänden gebohrt worden. Wenn man richtig stand und etwas sagte, hallte eine trockene, tonlose Version der eigenen Stimme knapp eine Sekunde später wieder ans Ohr zurück. Man musste die Stelle jedoch auf den Millimeter genau treffen, und Skarbo hatte sich nie die Mühe gemacht, sie zu markieren. Mittlerweile brauchte er Stunden, um sie zu finden. Vor etlichen Lebensaltern hatte er die Tribüne errichtet, noch bevor er das Echo entdeckt hatte. Damit war er einem Vorschlag des Vogels gefolgt, daran erinnerte er sich noch. Weshalb er darauf eingegangen war, das wusste er nicht mehr. In seinem jetzigen Leben hielt er es für einen dummen Einfall.

Hemfrets setzte sich so, dass es auf den Schlot blickte, und sah sich um. »Auch das ist eindrucksvoll. Dies ist eine Welt der Wunder, Skarbo. Allmählich erkenne ich ihren Reiz... doch es ist ein Werk der Natur und nicht der Baukunst. Deshalb staune ich nicht ganz so sehr. Also, erzähl!«

»Erzählen. Ja.« Skarbo trat an den Rand des Schlots und drehte sich um. »Ich habe es nie erzählt. Nicht einmal dem Vogel... Steht dein Versprechen noch?«

»Mehr denn je. Offen gesagt hast du mich in deinen Bann geschlagen. Ich verspreche dir alles.«

»Nun gut. Dieses Modell repräsentiert nicht nur die Gegenwart, sondern liefert auch die Zeitcodes für eine potenziell endlose Serie virtueller Modelle, die in separaten Matrizes gespeichert sind. Es ist so etwas wie eine Konstruktionsrichtlinie. Ein Muster, verstehst du?«

»Gewissermaßen. Aber du verfügst doch schon über das ultimative Muster, denn du hast das Modell selbst. Warum brauchst du ein anderes?«

»Zum Beweis. Sieh mal, alle meine früheren Modelle waren Annäherungen. Eines besser als das andere, aber dennoch... Annäherungen. Und deshalb war ich nicht überrascht, dass sie von der Realität abwichen.« Er hielt kurz inne. »Aber es ließ mir keine Ruhe, verstehst du, denn sie wichen alle in dieselbe Richtung ab. Das hat mich ins Grübeln gebracht. Fünfhundert Jahre lang habe ich gegrübelt.«

Hemfrets staunte. »Meine Güte! Und dann hast du weitere hundertfünfzig Jahre in das neue Modell investiert. Du bist wahrlich gründlich.«

»Am Ende bin ich nichts ... aber ja, ich habe investiert und gebaut. Ohne daran zu glauben, hoffte ich, dass ich mich widerlegen würde. Doch stattdessen habe ich mich bestätigt. Ich fand heraus, dass alle meine Modelle richtig lagen.« Er hob die Schultern. »Der Spin, die Uhr, läuft ab.«

»Das klingt bedrohlich.«

»Ja, ich kann das Stadium eines physischen Modells zu jedem beliebigen Zeitpunkt hernehmen und mithilfe des virtuellen Modells künftige Zustände vorhersagen. Und alle sagen dasselbe voraus. Meine Modelle sind im Grunde unbefristet. Sie nutzen die ursprüngliche Physik der Uhr. Aber die Uhr selbst tut das nicht. Ist es nicht. Innerhalb der nächsten tausend Jahre wird sie sich zerstören.«

Es herrschte langes Schweigen. Dann schüttelte Hemfrets den Kopf. »Ist dir klar, was du eben verkündet hast? Den Tod von beinahe neunzig Planeten? Du musst dich irren.«

»Ich irre mich nicht.« Skarbo kam näher und nahm neben Hemfrets Platz. »Du verwechselst Maßstab mit Wahrscheinlichkeit. Ich kann den Zustand einer einzelnen Quantenwelle nicht vorhersagen, aber dessen kann ich mir sicher sein.«

»Und du hattest Jahrhunderte, um dir sicher zu sein. Ich möchte dir nicht glauben ... aber aus irgendeinem Grund tue ich es. Was wird mit dem Spin geschehen?«

»Kollisionen. Die Umlaufbahnen innerhalb der Uhr sind ohnehin schon einen ganzen Prozentpunkt von ihren korrekten Kursen abgewichen. Dies ist eine kolossale Abweichung, und sie wird rasch größer. Die Toleranz für Abweichungen in der Uhr ist sehr klein. Innerhalb der nächsten tausend Jahre wird es mindestens zu einer katastrophalen Kollision kommen, und die erste wird eine zweite nach sich ziehen, dann eine dritte, und schon bald haben wir eine Wolke der Zerstörung.«

»Ich verstehe.« Und als wolle es nicht wahrhaben, was Skarbo eben gesagt hatte, presste Hemfrets einen Moment lang die Augen zusammen. Dann öffnete es sie ganz weit. »Und wie ist deine Sicht darauf?«

»Meine Sicht?« Skarbo winkte ab. »Bedeutungslos. Die Modelle können sowohl rückwärts als auch vorwärts laufen. Und sie zeigen, dass dies schon vor mindestens hunderttausend Jahren angefangen hat. Das Ende davon liegt eintausend Jahre in der Zukunft. Der wahrscheinliche Tod dieses Planeten liegt weniger als hundert Jahre in der Zukunft – und ich selbst werde schon lange vorher tot sein.«

»Du empfindest kein Bedauern? Du wünschst dir nicht, dieses Ding zu bereisen, bevor es erlischt?«

»Meine Wünsche spielen keine Rolle. Es existiert kein erschwingliches Mittel, um mich zur Uhr zu befördern, bevor ich sterbe, und außerdem liegt sie außerhalb der Blase. Wer nähme mich schon mit? Weshalb sollte ich mir Gedanken machen?«

»Erschwinglich …« Hemfrets sah eine Weile nach unten. Dann fügte es mit gesenktem Kopf hinzu: »Entschuldige die Zudringlichkeit, aber wann genau wirst du sterben?«

»In achtundachtzig Tagen.« Skarbo dachte kurz darüber nach, dann gestattete er sich ein Lächeln. »Ich freue mich darauf.«

»Und danach? Deine Art glaubt an …?«

Erst begriff Skarbo nicht. Dann lachte er. »Das ist einfach. Du weißt vermutlich, dass dies nicht meine ursprüngliche Gestalt ist.«

Hemfrets nickte. »Ich habe mich schon gefragt, weshalb du sie gewählt hast.«

»Aus mehreren Gründen. Zum einen wegen ihrer Seltenheit. Ich wollte sie erhalten – diese Geschöpfe waren in der Blase ausgestorben. Sie – wir – leben lange und vermehren uns kaum. Das ist eine schlechte Anpassungsstrategie für Welten, die sich verändern können.«

»Aber eine gute Strategie für« – Hemfrets deutete mit einem Nicken auf den Maschinenraum – »das.«

»Ja. Nun gut. Meine ursprüngliche Art kannte Hunderte von Religionen und Philosophien. Ich bin mit ihnen aufgewachsen, habe sie aber nicht befolgt. Ich glaube, dass es keine Götter gibt, kein Danach, aber ich hatte bereits neun Chancen auf ein Leben – acht Versionen eines Danach, wenn du so willst. Außerdem bin ich, soweit ich weiß, der Letzte meiner Art. Ich glaube, ich habe das Recht, meine eigenen Regeln aufzustellen.«

»Das hast du.« Hemfrets stand auf und streckte sich. »Der Letzte deiner Art? Du bist ein Geschöpf des Übermaßes, Skarbo. Neun Leben? Der Letzte? Mehrere Hundert Jahre Konstruktionskunst? Alles, um auf einem dem Untergang geweihten Planeten eine dem Untergang geweihte Ansammlung von Planeten zu studieren? Verzeih mir! Ich muss mich ausruhen und brauche Zeit, um zu verdauen, was du mir erzählt hast. Aber wenn du einverstanden bist, unterhielte ich mich gern noch etwas länger darüber, sobald wir wieder aufgestanden sind.«

Skarbo neigte den Kopf. »Schlaf gut, solange du musst! Ich für meinen Teil schlafe nicht, aber ich habe zu tun.«

»Du schläfst nicht …« Hemfrets schüttelte den Kopf. »Ein weiteres Wunder. Nun, ich hoffe, du hast etwas Gutes zu tun. In etwa fünf Standardstunden bin ich wieder bei dir.«

Es ging langsam hinaus. Kurz darauf sagte ihm eine Bewegung am Rand seines Gesichtsfelds, dass der Gefährte ihm gefolgt war.

Der Gefährte, dachte er, war wahrscheinlich der Grund, weshalb er eben gelogen hatte.

Es war keine schwere Lüge. Er *konnte* schlafen, besser gesagt – er konnte sich in einen Zustand der Benommenheit versetzen, der dem Schlaf so nahe kam, wie es seine Anpassungen erlaubten. Doch selbst in letzter Zeit, als er nicht über so viel Kraft verfügte, *brauchte* er nicht zu schlafen. Er tat es nur ganz selten, meist nach einer großen Anstrengung, und er hatte nicht die leiseste Absicht, es jetzt zu tun. Nicht, solange diese beiden in der Nähe waren.

Statt sich in den Zustand seines Nichtschlafs zu versetzen, was er sich derzeit nicht getraute, ging er erneut durch den Maschinenraum. Den synkopierten leisen Rhythmus seiner fünf funktionstüchtigen Beine nahm er kaum war. Ursprünglich hatte er mit acht angefangen. Ein Bein hatte er bei einem selbst verschuldeten Unfall verloren, eins war zu Beginn seines derzeitigen Lebens nicht nachgewachsen, und eins war schlicht verkümmert und vor hundert Tagen ganz ohne Schmerzen abgefallen. So sah das Alter aus.

Am anderen Ende des Maschinenraums liefen die Wände in einem spitzen Winkel zusammen, und es sah nach einer Sackgasse aus oder wie das Negativ einer Klinge. Kurz bevor die Wände so dicht zusammenrückten, dass er nicht mehr hindurchpasste, blieb Skarbo stehen, hielt eine Sekunde lang inne und erinnerte sich.

So, und dann so ...

Mit den verbliebenen Füßen tippte er Stellen am Boden an und hoffte, dass es noch die richtigen waren. Es war lange her, und mit nur fünf Beinen war es schwieriger.

Es schien länger zu dauern, als er es in Erinnerung hatte.

Vor ihm in der Ecke fuhren die Wände auseinander, und er blickte in einen grauen Raum mit einer Treppe am anderen Ende.

Ein ganzes Lebensalter lang war er nicht mehr hier gewesen. Vor seinem Tod hatte er noch einmal herkommen wollen, aber dieser Wunsch war nicht drängend gewesen. Jetzt allerdings schon. Er hatte das Leuchten in Hemfrets' Augen und das leise Zögern des Gefährten gesehen. Etwas würde geschehen. Er bezweifelte stark, dass er etwas dagegen unternehmen konnte, aber er wollte es wenigstens gesehen haben, was immer es war.

Die Stufen führten zu einem Absatz hinauf, und von da ging es mithilfe einer Leiter weiter. Die Leiter hatte ihm schon immer Mühe bereitet. Oben angekommen, rang er keuchend nach Luft.

Doch dann war er angekommen, und der Anblick nach zweihundert Jahren glich jenem, den er in Erinnerung hatte. Von seinem Muskelgedächtnis ließ er sich zu der Couch führen, die er sich gebaut hatte, als er zum ersten Mal hier gewesen war.

Sie hing nach hinten, sodass er zu der riesigen durchsichtigen Kuppel hinaufsehen konnte.

Er nahm an, dass der Ort von früheren Bewohnern einen Namen bekommen hatte, aber er kannte ihn nicht. Als er hierhergekommen war, war der Planet bereits eine verlassene Hülle gewesen.

Der Name, den er ihm gegeben hatte, lautete Gottesauge.

Als ehemaliges Säugetier in Insektengestalt hatte er eine schwierige Beziehung zu Augen, und er hatte die Wahrheit gesagt – dass er nicht an Gott glaube. Dennoch fiel ihm kein besserer Name ein.

An diesem Abend war die Staubschicht am dünnsten. Wenn er sich aufrichtete und leicht nach vorn beugte, den

Kopf senkte, konnte er den Horizont erkennen, und die Sicht war fast über die gesamte krank wirkende Oberfläche hinweg klar. Lediglich ein verschwommener mattrosafarbener Fleck am Rand der in der Ferne sich neigenden Landschaft verriet, dass die Atmosphäre voller Planetenstaub war.

Skarbo seufzte und ließ sich auf die Couch zurückfallen. Der Anblick des Horizonts war zwar interessant, aber vertraut und in gewisser Weise sogar tröstlich. Doch der Blick nach oben war erstaunlich und gar nicht tröstlich, wenn auch ebenfalls vertraut. Von früher.

Das Schiff war nahe, viel zu nahe, um auch nur so tun zu wollen, als befinde es sich im Orbit. Es hing ein paar Hundert Meter weit oben, tief in der sich zersetzenden Atmosphäre von Experiment. Wahrscheinlich saß es auf dem lokalen g einer Senkrechtbeschleunigung, und Skarbo fand, dass es Verschwendung war, auf der Stelle zu treten.

Es war so nahe, dass er viele Einzelheiten erkennen konnte. Aus dieser Entfernung war der runde graue Bauch gerade so hoch, dass er die letzten Strahlen der tiefen Sonne einfing, die den Planeten streiften. Es war mit Auswölbungen und Kapseln übersät, die alle lang gezogene Schatten auf die Hülle warfen.

Es gab viele, viele Schatten. Skarbo kannte so etwas aus der Theorie, aber nicht aus praktischer Anschauung. Wenn auch nur ein Viertel der Auswölbungen Waffen darstellten, so vermutete er, war Hemfrets' Schiff das tödlichste Ding, das er in sieben Lebensaltern gesehen hatte.

Nicht in acht, denn so etwas hatte er schon einmal gesehen. Genau einmal.

Vieles hatte er absichtlich vergessen und noch viel mehr aus Versehen. Das aber nicht. Er schloss die Augen.

Damals hatte er auch flach auf dem Rücken gelegen, erinnerte er sich. Sonst aber war alles ganz anders gewesen.

Große Schüssel, Planet Gannff, Mandat (Original), Blase

»Ist dir eigentlich aufgefallen, dass wir dieses Jahr noch nicht draußen waren?«

Skarbo nickte, und das raue Moos am Ufer zerrte an seiner Kopfhaut. Es kitzelte. »Ich weiß. Nun, Arbeit eben.«

»In deinem Fall vielleicht. Manche von uns nutzen Gelegenheiten. Mann, aber du guckst auch nie hoch.«

»Ich sehe doch gerade nach oben.«

»Du weißt, was ich meine. Meine Güte, du hast jetzt schon doppelt so viele Scheine wie alle anderen. Du wirst schon Jahre früher abschließen als alle anderen.«

Skarbo schüttelte den Kopf. »Ein Jahr. Mehr nicht.«

»Und du wärst jetzt auch nicht draußen, wenn ich dich nicht herausgezerrt hätte. Das erste Mal seit Monaten, dass es geklappt hat.«

»Ich arbeite, Fostees. Das ist unsere Aufgabe.«

Fostees schüttelte so energisch den Kopf, dass ihm die grünlichen Locken um die Stirn flogen. »Aber nicht so, mein ernster Freund. Arbeit ist *eine* unserer Aufgaben. Wir sollen auch Kulturveranstaltungen besuchen, uns beim Tagesgeschehen auf dem Laufenden halten und die außerschulischen Erfahrungen nutzen, die die Freizeit auf diesem erstklassigen Planeten ganz in der Nähe vom Regierungssitz des Sektors zu bieten haben.«

Skarbo schloss die Augen. »Ja. Die Broschüre habe ich auch gelesen.«

»Siehst du? Das ist nicht nur meine Meinung, auch wenn sie da anscheinend den Sex ausgelassen haben ... Und komm schon, gib's zu! Gib zu, dass es eine großartige Aussicht ist!«

Skarbo musste genau dies zugeben.

Sie lagen dicht unterhalb der oberen Lippe der Großen Schüssel, ungefähr einen Kilometer über der Wolkenscheibe, die gerade das untere Drittel ausfüllte. Es war spät am Abend, schon fast völlig dunkel, und hinter und unter ihnen war das ganze Tal mit den Lichtern der Stadt gesprenkelt. Wie eine unterbrochene Kette verbanden sie die beiden hageren Wachtürme, die die östliche und westliche Stadtgrenze markierten und früher auch gesichert hatten.

Die Wolke vor ihnen leuchte noch leicht, nachdem sie tagsüber Sonnenenergie gespeichert hatte. Skarbo hatte gelesen, dass es weniger eine Wolke als fotochemischer Rauch war, doch das änderte nichts daran, dass sie schön aussah.

Der obere Rand der Wolke schwappte an einen der Ringseen, die den glatten Wiesenabhang unterbrachen. Die Große Schüssel war nicht immer so dekorativ gewesen. Ursprünglich war sie als drei Kilometer durchmessendes Radioteleskop entworfen worden, und als wäre das noch nicht groß genug gewesen, war sie als Teil einer Anordnung Hunderter identischer Radioteleskope mit einer gesamten Seitenlänge von tausend Kilometern geplant gewesen. Dieses Bauwerk, so hatte man damals geglaubt, werde die erlahmte Wirtschaft des Planeten wieder in Schwung bringen, und durch die Vermietung dieses gigantischen Instruments an reiche Forschungsinstitutionen sollten Einnahmen generiert werden, mit denen man die ebenfalls gigantischen Kredite zurückzahlen konnte, die man zu seiner Erbauung hatte aufnehmen müssen.

Das hätte bestens funktioniert, wäre nicht eine Kleinigkeit dazwischengekommen, nämlich die Wahl einer reaktionären, wissenschaftsfeindlichen Regierung, nachdem gerade einmal die erste Schüssel fertiggestellt worden war. Die Regierung behauptete, es sei lächerlich, den Planeten der überflüssigen Astronomie wegen zu ruinieren, und funktionierte die Schüssel zu einer Müllhalde um.

Fünf Jahre später war der Planet wegen einer viel edleren Unternehmung ruiniert, nämlich aufgrund eines Kriegs mit den Nachbarn.

Die Große Schüssel blieb die einzige Schüssel. Zehn Generationen später, in einem umweltbewussteren Zeitalter, hatte man sie ausgegraben. Nachdem auf ihrer zerfurchten und verunreinigten Oberfläche Gras gesät worden war, das auch mit Chemikalien zurechtkam, hatte man mehrere ringförmige Seen angelegt, um den Wasserablauf zu kontrollieren, dazu am Grund der Schüssel einen Ziersee. Und jetzt war es ein Mahnmal dafür, was richtig dumme Leute alles anstellen konnten.

Die Wolke existierte nur zeitweise. Die Schüssel war groß genug, um ein eigenes einfaches Mikroklima zu erzeugen, in dem glitschiger, saurer Nebel, manchmal auch Regen und eben die Wolke entstand. Ein- oder zweimal im Jahr überfror die gesamte Oberfläche und wurde zu einer tödlichen, aber beliebten Rutsche. Im See wimmelte es von Insekten, die gegen die Verschmutzungen resistent waren, sodass selbst die Einheimischen nicht darin schwammen.

Fostees redete immer noch. Skarbo filterte ihn heraus. Darin war er gut.

Das Wolkenlicht flackerte und erlosch, und sein Herz setzte einen Schlag lang aus. Er hatte sich etwas geschworen, und nun war die Zeit gekommen. Er schloss die Augen und zählte leise bis hundert, damit seine Augen sich an die neuen Lichtverhältnisse gewöhnen konnten. Dann öffnete er sie und blickte zu den Sternen auf.

Das hatte er davor noch nie getan. Seine Familie hätte es nicht gutgeheißen. Sie hieß nichts gut, was sie *Spielerei* nannte. Es gab Pflicht und Verantwortung und Tugend und Arbeit und noch mehr Arbeit, und wenn die Arbeit getan war, ließ sich noch weitere Arbeit finden. Und deshalb arbeitete Skarbo noch immer. Fostees, der sich selbst als *lebenslustig* bezeichnete – Skarbo ersetzte das Wort sogleich durch *banal* –, hatte mehrere Wochen gebraucht, um ihn zu überreden, sich wenigstens einfache Augenliddisplays anpassen zu lassen. Jetzt war er froh, dass er sie hatte.

Denn sie halfen bei der Arbeit.

Man sieht einen schrägen Querschnitt des Großen Spiralarms, der eine der am dichtesten besiedelten Sternenlandschaften beherbergt, die man aus dem Innern der Blase des Mandats sehen kann...

Auch das hatte in der Broschüre gestanden, erinnerte er sich. Aber die Worte waren unzulänglich. Das unerhörte Leuchten der Sterne war unbeschreiblich. Kein Wunder, dass man hier Teleskope hatte bauen wollen.

Beim ersten Mal überforderte es ihn. Nach ungefähr zehn Sekunden schloss er die Augen wieder, doch auf seiner Netzhaut glühten noch immer die Nachbilder. Er betrachtete sie und konzentrierte sich unwillkürlich auf einen bestimmten Bereich – auf eine Gruppe von Sternen, die eindeutig heller oder näher waren als die anderen und die sehr dicht beieinander zu sein schienen. Mit weiterhin geschlossenen Augen streckte er die Hand aus und stieß Fostees an.

»Die Sternengruppe, die fast einen Kreis bildet«, sagte er. »Nahe am Horizont. Was für Sterne sind das?«

»Wo? Oh. Das ist natürlich der Spin.«

»Was ist der Spin?«

»Du liebe Güte! Wo kommst du denn her?«

Skarbo seufzte. »Die Sache mit der Arbeit, erinnerst du dich?«

»Und wenn schon. Der Spin ist etwas, das nicht existieren sollte, so sieht's aus.«

Skarbo öffnete die Augen, damit das Sternenlicht die verblassenden Flecken hinter seinen Augenlidern wegwischen konnte. »Warum?«

»Er ist unmöglich. Die Umlaufbahnen sind falsch. Eigentlich müssten die Planeten zusammenstoßen.«

»Und warum machen sie das nicht?«

»Das weiß ich nicht. Vermutlich weiß es niemand. Sieht schön aus, nicht wahr?«

Skarbo nickte und schloss abermals die Augen. Eines Tages, so dachte er, konnte er vielleicht ohne Unterlass den Spin betrachten. Eines Tages. Eigentlich wollte er mit einem Blinzeln eine Suchanfrage starten, aber wenn auf dem Innern seiner Lider Glyphen aufschienen, wäre die ganze Schönheit dahin. Deshalb begnügte er sich mit dem Wenigen, das Fostees zu bieten hatte, und ließ seinen Geist nachdenken und umformulieren.

In dem Cluster, der nicht existieren sollte, befanden sich achtundachtzig Planeten und einundzwanzig Sonnen. Manche waren bewohnt – wahrscheinlich die meisten, doch es gab keinen Kontakt zu ihnen. In halb vergessener Vergangenheit hatte es ihn wohl einmal gegeben, aber überall im Sektor waren Mauern hochgezogen worden. Die Leute blieben unter sich, und so auch die Leute im Spin.

Wieder öffnete er die Augen und suchte nach dem Sternenhaufen. Da. Oder, als er erneut hinsah, doch nicht da. Erst dachte er, der Haufen habe seine Form verändert, sei irgendwie flacher geworden. Aber das war Unsinn.

Dann fiel ihm auf, dass einige der Sterne fehlten. Er

konnte sich an das Bild erinnern, und gegenüber der Erinnerung waren es jetzt drei helle Lichtpunkte am oberen Ende des Haufens weniger.

Und auch ein paar der näheren Sterne waren verschwunden. Und noch während er den Himmel beobachtete, gingen weitere aus. Er fasste zu Fostees hinüber und stieß ihn an. »Ich glaube, es bewölkt sich.«

»Das kann nicht sein.« Fostees setzte sich auf und kniff die Augen zusammen. »In dieser Jahreszeit gibt es keine Wolken. Das muss etwas anderes sein. Oh ...«

Vom Grund der Schüssel war ein Summen zu hören. Skarbo blickte auf die Wolke hinunter, die unverändert wirkte. Dann wandte er sich an Fostees.

»Was ist das?«, fragte er.

Er runzelte die Stirn. Das Gesicht des Freunds konnte er nicht erkennen, aber Fostees saß kerzengerade aufrecht, hatte die Handflächen neben den Hüften auf den Boden gestemmt und machte den Eindruck, als betrachte er den Abhang der Schüssel.

»Fostees?«

Der Name schien zu ihm durchzudringen. Fostees drehte sich zu ihm um, und das Sternenlicht reichte aus, um zu erkennen, dass er große Augen machte. »Leg dich flach hin!«

»Was?« Skarbo schüttelte den Kopf. »Warum?«

»Weil sie dann über dich drüberlaufen. Wenn du stehst, stauen sie sich an dir und reißen dich um.«

Skarbo sah ihn an. »Das verstehe ich nicht ...«

»Tu's einfach! Gesicht nach unten!«

Hastig zischte er ihn an, und während er noch sprach, drehte Fostees sich um und ließ sich flach ins Gras sinken. Die Hände legte er schützend auf den Hinterkopf.

Einen Moment lang starrte Skarbo ihn verständnislos an. Dann spähte er den Hang hinunter.

Das Rascheln wurde lauter. Er beobachtete, wie die Ränder der Wolke sich kräuselten und eine schwarz schillernde Welle den Hang hinaufraste. Es war kein Wasser. Es waren die ... *Dinger*.

Er warf sich zu Boden, vergrub das Gesicht im Gras und hielt die Hände über den Kopf.

Einen Moment lang war nur das anschwellende Summen und das immer lauter werdende Kratzen des sauer riechenden Grases in seinem Gesicht zu hören. Dann überzog ihn etwas, das in Wellen kratzte, trippelte und schlitterte und dessen Gewicht kaum wahrnehmbar war. Etwas, das quietschte, klapperte und einen süßlich sauren Geruch verströmte. Er wollte sich übergeben und wusste, ohne etwas erkennen zu können, dass es Insekten waren – Millionen, Milliarden von Insekten.

Die Bewohner der Schüssel hatten ihre Häuser verlassen.

Er lag da und wagte sich nicht zu rühren, nicht einmal zu atmen, während ihm Abertausende an Nadelstichen über den Körper tanzten. Seine Reflexe drängten ihn, aufzuspringen und davonzulaufen.

Dann ließ es nach und hörte auf.

Sein Rücken fühlte sich nass an. Er nahm die Hände auseinander, hob den Kopf und holte zitternd Luft.

Ein unregelmäßiger schwarzer Ring lief an der Schüssel hinauf. Ohne langsamer zu werden, überwand er den obersten Ringsee.

Er rollte sich zur Seite und sah zu Fostees hinüber. Der war aufgestanden, wankte leicht und wischte sich mit der Hand über den Mund.

»So ein Mist!«, sagte er leise.

Skarbo nickte. »Warum haben sie das getan?«

Fostees hob die Schultern. »Keine Ahnung. Ich habe mal etwas darüber gelesen. Sie haben irgendwie so ein Sinnesorgan, um zu merken, wenn sie jemand bedroht. Gerüche, Vibrationen, was auch immer – aber warum sie es gerade jetzt taten? Keine Ahnung.« Er klang erschüttert. Noch einmal wischte er sich den Mund. »Das war widerlich. Alles gut mit dir?«

»Ich glaube schon.« Skarbo war sich nicht sicher, ob er stehen konnte. Er wälzte sich auf den Rücken, sah nach dem Spin und erstarrte.

Es waren keine Sterne zu sehen. Stattdessen bewegte sich ein großes graues Ungetüm über den Himmel – der verschwommene Bauch von etwas Großem, das die Lichter der Stadt hinter ihm kaum erfassten.

Skarbo bekam einen trockenen Mund. »Ach, du Scheiße!«, hörte er Fostees ausrufen.

Irgendwo in der Stadt raste eine Sirene die Tonleiter hinauf und wieder hinunter, bevor sie verstummte. Die Lichter der Stadt blitzten auf und gingen dann aus.

Einen Moment lang herrschte vollkommene Dunkelheit. Doch gleich darauf schossen aus einem Dutzend Stellen auf der Schüsseloberfläche harsche violette Lichtlanzen in die Höhe und trafen sich in dem Ding über ihnen. Der gewölbte Bauch des Dings wurde in dem Licht sichtbar und war über und über mit Blasen und Beulen bedeckt.

Skarbo hatte gelesen, dass die Stadt über ein uraltes eigenes Verteidigungssystem verfügte, das als allerletztes verzweifeltes Mittel gedacht war, wenn alles andere versagt hätte. Also musste er davon ausgehen, dass alles andere versagt hatte. Er drückte ein Auge halb zu und versuchte, auf dem Lid eine Nachrichtenseite aufzurufen. Die Links im Startmenü waren jedoch deaktiviert, und über Audio kam nur so etwas wie Schlachtenmusik herein. Nichts, was ihm weiterhalf.

Da vernahm er einen unartikulierten Schrei. Er löste den

Blick von dem riesigen Schiff – es konnte nur ein Schiff sein, nichts anderes hatte eine solche Größe –, erhob sich und sah sich nach Fostees um, doch der war bereits über der Lippe der Schüssel und rannte den Hang zur Stadt hinunter. Der Abhang wurde von der alten Energiewaffe in waberndes Licht getaucht, sodass auch andere Menschen wie Punkte in der Schüssel zu sehen waren. Die meisten rannten auf die Stadt zu, während einige wie er gebannt innehielten.

Eine Weile schien das Schiff den Umstand, dass es angegriffen wurde, einfach nicht zur Kenntnis zu nehmen. Es gab keinerlei Anzeichen dafür, dass der Angriff eine Wirkung hatte – die Strahlen endeten einfach an seiner Oberfläche, als würden sie dort ausgeschaltet. Doch dann glühte kurz ein formloser Fleck auf der Hülle matt orangefarben auf. Das Glühen löste sich ab und schwebte herab. Ganz allmählich dehnte es sich zu einem sanft flatternden Netz aus, das sich ausspannte und straffte und schließlich ein immer größer werdendes Quadrat bildete. Seine Höhe wie auch seine Größe waren nur schwer zu schätzen. Zunächst hätte Skarbo die Seitenlänge auf hundert Meter geschätzt. Doch dann, als es näher kam, auf zweihundert. Dreihundert.

Es fiel auf die Stadt zu. Wohin Fostees sich gewendet hatte. Wohin viele Leute gegangen waren … Er rief den Lidbildschirm auf und suchte nach der Ident seines Freundes, aber keine der Seiten funktionierte, und die Musik war verstörend.

Dann erreichte das Netz die Höhe der Wachtürme, und mit Entsetzen erkannte er dessen Ausmaß. Es schloss lässig beide Türme ein. Sodass es zu beiden Seiten noch einige Hundert Meter überstand – und die Türme standen zehn Kilometer weit auseinander.

Als es sie streifte, flackerten sie gelbweiß auf und verdampften. Innerhalb von zehn Sekunden waren sie bis auf die Grundmauern zerstört – und das Netz schwebte weiter auf die Stadt darunter hinab.

Kurz bevor es aufkam, schloss Skarbo die Augen, und trotzdem brannten sich helle Flecken durch seine Lider. Dann waren Schreie zu hören, und er hielt sich die Ohren zu. Ein sengender Wind erfasste ihn und warf ihn über den Rand der Großen Schüssel.

Er wusste nur noch, dass er auf dem Rücken lag. Die Augen vermochte er nicht zu schließen, denn mit seinen Lidern stimmte etwas nicht, und er konnte nicht nach ihnen tasten, da ihm die Hände den Dienst verweigerten. Doch das war nicht weiter von Belang, denn das riesige Schiff glitt über den Himmel und legte dabei die Sterne frei.

Als Letztes sah er den Haufen, den man Spin nannte.

Sholntp (Vrealität)

Zeb war nicht nur verwundert, sondern auch neidisch, dass Hels die gesamte Fahrzugfahrt nach Weiler hindurch schlief – den Schlaf eines Menschen, der mit sich selbst vollkommen im Reinen war. Der Wagen, eine schmale Röhre aus poliertem Holz, bot zwanzig Leuten in fünf Viererreihen Platz, doch sie hatten ihn ganz für sich allein. Nichts konnte sie stören.

Den Großteil der Strecke gab es nicht viel zu sehen. Für einige Stunden gab er sich dem Abschweifen hin, halb hypnotisiert vom sanften Schaukeln des Wagens, seinem Harz- und Ölgeruch sowie dem regelmäßigen Atem seiner schlafenden Gefährtin.

Dann sah er draußen ein gelbes Flimmern. Noch waren sie nicht in Weiler, aber bereits im Umland. Die Hautkäfer entfernten sich nämlich nie weiter als einen halben Kilometer von ihrem Heim.

Weiler war auf, in und teilweise auch unter einem einzigen Organismus erbaut worden, der, soweit ihm bekannt war, nicht nur in den Vrealitäten einzigartig war, sondern auch in der Realität. Und er war einer der Gründe dafür, dass der Planet so zwanghaft erhalten wurde.

Zeb wusste von primitiven Lebensformen, die sich mit den Schalen anderer Lebewesen schützten oder beim Wachsen ringsum Sandkörner ansammelten. Doch noch nie hatte er von einer anderen Pflanze gehört, die der Felsblüte glich – vorausgesetzt natürlich, dass die Felsblüte tatsächlich eine Pflanze war. Selbst darin war man sich noch nicht einig, obwohl sie das am meisten untersuchte Phänomen des Planeten war. Sie besaß Gemeinsamkeiten mit Pilzen und mit Einzellern, aber auch mit Pflanzen, und ihre DNA wurde gewöhnlich als *sonderbar* bezeichnet. Kurz nachdem man sie entdeckt hatte, war sie von jemand als das *krasseste Gemüse des Universums* tituliert worden, und besser hatte es seither niemand getroffen.

Das Flimmern wurde dichter. Hautkäfer hatten ungefähr die Größe einer Kinderfaust, und ihre biolumineszenten Flügel waren dunkel, solange sie angelegt waren, funkelten aber gelbweiß, sobald sie flogen. Tagsüber suchten sie in Höhlen Zuflucht, die sie in die äußere Haut der Felsblüte gedrillt hatten. Anfangs hatte man angenommen, dass es sich um Parasiten handelte, denn die Höhlen wirkten eindeutig wie Übergriffe der Insekten, doch allmählich war die Erkenntnis heraufgedämmert, dass die Vorgänge hier komplexer waren.

Kurz gesagt: Um ihre Hauptnahrung in Form kleinerer Insekten zu verdauen, brauchten die Käfer ein Enzym, das in der Haut der Felsblüte zu finden war – und nur dort. In anderen Teilen der Struktur kam es nicht vor. Und im Gegenzug benötigte die Felsblüte die Mineralien der Käferausscheidungen.

Der Zug wurde langsamer, und im Flimmerlicht der Käfer schälte sich ein knolliges Gebilde heraus. Zeb stieß Hels sacht an. Sie rekelte sich und schlug die Augen halb auf.

»Wir sind da.«

»Oh.« Sie setzte sich auf. »Habe ich die ganze Zeit geschlafen?«

»Ja.«

»Ich bin dir was schuldig.«

»Ich werde die Schuld eintreiben.«

Sie lächelte ihn lasziv an.

Dann kam der Wagen sanft ruckelnd zum Stehen. Das Kabinenlicht ging an, und in der Mitte der Röhre schwang zitternd eine Doppeltür auf. Nach Wald riechende kalte Luft strömte herein. Hels stand auf, streckte sich und verließ den Wagen. Zeb sah ihr ein paar Schritte lang anerkennend nach. Wenn sich keine Konkurrenz in der Nähe aufhielt, war sie ein mehr als annehmbarer Anblick. Er grinste vor sich hin und folgte ihr.

Innen bestand die Felsblüte aus Kammern, die im Grunde kugelförmig, aber ein bisschen zusammengedrückt waren und in einander übergingen oder miteinander verbunden waren, sodass sie fünfzig Meter durchmessende Höhlen bildeten, manchmal aber auch nur Kämmerchen, in denen gerade einmal zwei Personen Platz hatten. Der ideale Ort für ein Kommunenleben. Und deshalb hatte Weiler keine ständig ansässigen, sondern stets nur bis zu ein paar Hundert durchreisende Bewohner.

Hels stieß mit der Faust gegen eine Hautstelle. Nichts passierte. Sie schnalzte mit der Zunge und probierte es noch einmal.

»Geht weg!«

Es waren viele Stimmen, die überhaupt nicht zueinanderpassten und nur dumpf durch die Haut der Felsblüte drangen. Anschließend lachten sie.

Hels wandte sich halb zu Zeb um und lächelte ihn Entschuldigung heischend an. »Dafür werden sie bezahlen«, sagte sie. Dann rief sie: »He, ihr? Macht die Tür auf, oder ich schneide eine neue!«

Das Lachen verstummte. Zeb hörte ein mechanisches Schnappen, und ein Teil der Haut schwang nach außen auf.

Eine Rauch- und Dampfwolke schwappte heraus und stieg außen an der riesigen Pflanze empor. Er sah ihr nach. Auf ihrem Weg ließ sie einige Sterne verblassen.

Auch Hels sah hinauf. Sie lächelte. »Keine Ahnung, wie das Teil die ganze Luftverschmutzung überlebt.«

Zeb zuckte mit den Achseln. »Sie hat schon viel überstanden. Ich denke, sie ist ziemlich widerstandsfähig.«

»Wirklich?« Sie hob die Brauen. »Ich dachte, du bist zum ersten Mal hier. Bist du Blütenexperte?«

»Experte?« Er dachte blitzschnell nach. »Nein, das nicht. Ich interessiere mich nur für alles Mögliche.«

Das schien zu reichen, denn sie nickte und trat in die Rauchwolke. Er folgte ihr und widerstand der Versuchung, den Atem anzuhalten. Früher oder später würde er es ja ohnehin einatmen müssen, und er sah nirgends Leichen herumliegen.

Er rechnete mit einem Kratzen, aber stattdessen empfand er nur Wärme und Weichheit. Es fühlte sich ein wenig so an, wie er sich das Atmen unter Wasser vorstellte. Es brannte auch nicht in den Augen. Er holte noch einmal Luft.

Da merkte er, dass Hels ihn beobachtete. Sie wirkte belustigt.

»Das erste Mal?«

Er nickte, und sie schmunzelte. »Für jemanden, der sich für alles Mögliche interessiert, hast du ziemlich beschützt gelebt.«

»Das ist wohl so. Mir ist es nie aufgefallen.«

Sie lachte. »So, nun weißt du es. Genieß es! Und wenn du noch eine Weile bleibst, dann zeige ich dir später vielleicht etwas Interessantes.« Sie beugte sich zu ihm vor und flüsterte. »Manche Sachen machen im Rauch sogar noch mehr Spaß als an der Kante des Grabens.«

Sie streifte seinen Mund mit den Lippen. Dann wich sie zurück und lächelte.

Er lächelte aufrichtig zurück. »Nachdem ich nun eine Weile hierbleibe, stellst du mich dann irgendwelchen Leuten vor?«

»Nö. Ich behalte dich ganz für mich.«

»Das ist gut«, hörte er sich sagen.

Einen Moment lang sahen sie sich an. Und ohne dass einer von ihnen es geplant hatte, näherten sie sich einander, und er nahm den Duft ihres Atems inmitten des Rauchs wahr.

»He!«

Ruckartig richteten sie sich auf. Ein großes, dünnes Geschöpf mit ockerfarbener Haut stand neben ihnen und hatte den Kopf leicht zur Seite geneigt. Es trug einen spärlichen Stoffstreifen um die Hüften, die so schlank waren, dass Zeb sie fast mit der Hand hätte umfassen können. Ansonsten war es nackt, und sein Oberkörper war mit blassblauen Stoppeln übersät. Durch die halb geschlossenen Augenlider schienen violette Iriden hervor, und es war die erste eindeutig nicht ursprüngliche Lebensform, der Zeb während dieses Besuchs begegnete. Der Stoffstreifen war nicht groß genug, um irgendetwas zu verhüllen.

Das Wesen streckte beide Arme aus und richtete auf jeden von ihnen einen schlanken Finger. »Keine öffentlichen Paarungen, bitte!«

Hels winkte ab. »Das war keine Paarung.«

Das Geschöpf verschränkte die Arme. »Aber eine vorbereitende Handlung. Ihr solltet mir danken. Hättet ihr damit noch ein paar Minuten weitergemacht, wärt ihr hinausgeworfen worden, weil ihr gegen die Partyregeln verstoßen hättet.«

»Nein, wären wir nicht. Du bist ja nur neidisch.« Sie deutete auf den Stoffstreifen, stieß Zeb an und flüsterte laut. »Es hat keine Genitalien.«

Das Geschöpf zeigte ein dünnes Lächeln. »Falsch. Ich habe keine äußeren Genitalien. Unter den richtigen Umständen habe ich alle Genitalien, die ich benötige. Danke.« Er wandte sich an Zeb. »Du siehst unbekannt aus, aber da ist etwas ... Ich vermute, dass sie deine Neue ist.«

Zeb öffnete den Mund, doch Hels kam ihm zuvor. »Nein. Er ist mein. Wie du wissen solltest, Keff.«

»Oh, das weiß ich. Aber weiß er das auch?« Keff beäugte Zeb. »Du siehst mir so aus, als seist du neu auf diesem ... Planeten. Willkommen! Lass mich wissen, wenn du einen direkten Vergleich brauchst.«

Zeb nickte. »Ich werde mich daran erinnern. Ist das dann etwas, das wir in der Öffentlichkeit tun dürfen?«

Keff lächelte, und es sah aus, als zögen sich über seinem Schädel Riemen zusammen. »Ja, das ist es. Ich verspreche dir, dass ich derzeit nichts mit dir anstellen möchte, was man nicht auch in der Öffentlichkeit tun darf.«

Hels lachte. »Wo ist dein Benehmen?« Sie stieß Keff kräftig gegen die Brust. Es trat zwei Schritte zurück, bevor es sich wieder fing, und stand einen Moment lang da wie eine vorwurfsvolle Statue. Dann schüttelte es ganz leicht den Kopf und verschwand im Rauch.

Zeb sah der dürren Gestalt nach. »Wer war das?«

»Interessiert es dich?«

»Klar.«

Sie lächelte. »Etwas, das man ruft, wenn man den Eindruck hat, dass man sich zu sehr amüsiert.«

»Amüsierst du dich gerade zu sehr?«

»Noch nicht.« Und wieder sahen sie sich an, näherten sich einander, und diesmal wurden sie nicht unterbrochen.

Die Bevölkerung Weilers wechselte ständig. Sie konnte Spitzen von fast tausend Einwohnern erreichen, aber selten für längere Zeit. Immer wenn Jahreszeit und Wetterzyklen gemeinsam dafür sorgten, dass es zu kalt, zu windig oder zu radioaktiv wurde, fiel die Zahl gelegentlich auch unter fünfzig. Im Moment aber lebte hier der Langzeitdurchschnitt von etwa zweihundert Personen.

Für gewöhnlich kannten sich die Leute, und wenn man neu hinzukam, erlebte man eine ziemlich wilde Party. Zeb verlor das Zeitgefühl.

»Was soll das heißen, es ist kein Rauch?« Mit zittriger Hand wedelte er in dem Zeug herum, beobachtete, wie es sich um seine Finger kräuselte. »Für mich sieht es aus wie Rauch.«

Der dünne Mann mit den zarten Fältchen im Gesicht schüttelte den Kopf. »Nein, siehst du? Es soll wie Rauch aussehen, aber es ist kein Rauch. Sonst ... äh ... stänke es ja. Und wäre gefährlich.«

»Und was ist es dann?«

»Ha. Es ist sehr schlau.«

Zeb wartete. Er hatte keine Eile. Was immer in dem Nichtrauch enthalten war, es entspannte.

»Siehst du, es ist speziell angemischt. Jedes Mal anders, weil jede Party anders ist. Der hier ist jedenfalls echt besonders.« Er beugte sich vor, bis er nur noch eine Handbreit von Zebs Gesicht entfernt war. »Ich war mal Mitglied in der Rauchdesignergruppe. Wir waren zu viert. Es hat Tage gedauert.«

Zeb nickte höflich. Er hatte das Gefühl, dass auch dieses Gespräch Tage dauern könnte. Anscheinend sah der Rauch nur wie Rauch aus. Doch es war ein aufwendiges Gemisch aus Gasen, Tröpfchen, Dämpfen und Nanopartikeln, die nur mit einer winzigen Menge richtigem Rauch versetzt und jedes Mal speziell zusammengestellt wurde.

Offenbar hatten die Leute in Weiler ziemlich viel Freizeit.

Hels war vor einer Weile von ihm weggedriftet, wie es im Rahmen des Partyverlaufs üblich war, wenn man von einem Freund zum nächsten wechselte, bis man irgendwann den Faden verloren hatte. Da er niemanden kannte, war er zwischen den Gruppen umhergestreift, hatte unterschiedliche Variationen von *Hallo* ausgetauscht und einen Wettbewerb mit sich selbst veranstaltet, wie lange er ein Gespräch führen konnte, bevor es unangenehm wurde. Drei Minuten schien es im Durchschnitt zu dauern.

Dann war er hier gestrandet, und die drei Minuten waren zu einer lieben Erinnerung geworden. Seine neue Bekanntschaft hieß Retslamb. Oder so ähnlich. Sie befanden sich in einem blasenförmigen Raum im Herzen der Felsblüte und fläzten sich auf einem komplizierten Netz, dessen Seile aus Hautkäferfäden gedreht waren. Auf dem Boden darunter stand eine Rauchschale, und sie waren vollkommen breit.

Eindeutig entspannt.

Er blinzelte. »Wie bitte?«

Retslamb grinste. »Ist ziemlich dicht hier, was? Hör mal, trink was!« Er hielt Zeb eine schlanke Flasche hin und ließ sie hin und her baumeln.

»Wirklich? Wie soll das helfen?«

»Es ergänzt den Rauch. Habe ich das nicht erwähnt? Wir haben beides zusammen entworfen. Der Rauch holt dich runter.« Mit einer Hand beschrieb Retslamb ein träges, flatterndes Absinken. »Und das Getränk zieht dich hoch. Du kannst selbst aussuchen, wie hoch oder tief du sein willst.«

Zeb nahm die Flasche, entkorkte sie und schnupperte misstrauisch daran. Der Inhalt roch neutral, und obwohl das Aroma nur schwach war, stach es durch die süßen Rauchwolken. »Wie viel soll ich trinken?«

»Wenn du ins Gleichgewicht kommen willst, dann ungefähr die Hälfte davon.«

Zeb nickte und setzte die Flasche an den Mund. Das Zeug schmeckte auch neutral.

Er reichte die Flasche zurück. Sogleich war er klarer im Kopf. »Der Rest ist für dich.«

Doch der andere schüttelte den Kopf. »Kommt nicht infrage. Ich bleibe unten.«

»Warum?«

»Alles Mögliche.« Das Grinsen war verschwunden, und das hagere Gesicht wirkte älter.

Zeb musterte Retslamb einen Moment lang, bevor er mit den Schultern zuckte. »Nun gut, ist deine Sache.«

»Genau. Meine Sache. Alles klar.« Retslamb warf die Beine aus dem Netz und richtete sich auf. »Hab noch eine schöne Party, ja?«

»Klar.« Zeb sah dem Mann nach, der langsam aus dem Zimmer ging. Im Eingang blieb er aber noch einmal stehen und trat zur Seite. Hels linste herein. »Ah, hab ich dich! Kannst du aufstehen?«

»Klar.« Er führte es ihr vor. »Retslamb hat mir etwas gegeben.«

Sie lachte und stieß den Dünnen an. »Natürlich hat er das. Hör mal, komm mit mir, ja? Wenn ich noch länger hierbleibe, brauche ich auch etwas von dem Getränk. Ich will an die frische Luft. Oh ... bis dann, Retslamb ...«

Mit einer in Zebs Augen großtuerischen Drehung zwängte sich der andere seitlich zwischen Hels und dem Türrahmen hindurch. Dann blieb er abermals stehen, schüttelte sich unbehaglich und zog ab, tauchte in den dämmrigen Rauch ein.

Hels sah ihm nach. »Was habe ich denn gesagt? Oder was hast du gesagt, wenn ich es nicht war?«

»Ich glaube nicht, dass du es warst.« Er erzählte ihr von dem Stimmungsumschwung des Mannes.

Sie nickte. »Das erklärt es. Er macht nicht auf nüchtern, er macht nicht auf clean. Ich glaube, es schmerzt zu sehr.«

»Warum?«

»Wenn er nüchtern wird, erinnert er sich daran, dass er ein Illusionist ist. Ich glaube, das vergisst er lieber. Kommst du jetzt?«

Sie wandte sich um, ohne eine Antwort abzuwarten. Er schüttelte den Kopf und folgte ihr.

Er hatte keine Ahnung, wovon sie sprach.

Hels führte ihn durch die verschlungenen Gemüseinnereien der Felsblüte und durch einen niedrigen Tunnel, den er für die Bohrung eines Hautkäfers hielt. Dann waren sie zu seiner Erleichterung draußen. Er richtete sich auf und holte ein paarmal tief Atem, dehnte die Rippen, so weit er konnte, um statt Partyrauch möglichst viel frische Luft einzusaugen, bis ihm Lichtpunkte vor den Augen tanzten. Als er wieder klarer sehen konnte, bemerkte er, dass Hels ihn musterte.

Sie lächelte. »Besser?«

»Ja, danke.«

»Fühlst du dich gestärkt?« Sie hob die Brauen.

Er lachte. »Ja, schon ...«

»Gut.« Ihr Lächeln wurde breiter. »Dann komm mit mir dorthin, wo ...«

Dieses Wo stellte sich als Lichtung einige Hundert Schritte jenseits der Felsblüte heraus. Schlanke Baumstämme neigten sich so stark nach innen, dass sie eine Kuppel bildeten. Hautkäfer flimmerten.

Er fühlte sich tatsächlich gestärkt. Die Dünste waren abgezogen, und das Glühen der Insekten hatte etwas Romantisches. Als Hels ihn zu sich hinabzog, spürte er weichen Boden.

Eine Weile waren sie beschäftigt.

Später rollten sie auseinander und blickten auf dem Rücken liegend zu dem Baumgewölbe hinauf. Es dämmerte allmählich. Die Käfer waren auf den Waldboden gefallen, wo sie wie fette verglimmende Laternen herumlagen, und der funkelnde Wald wurde grau. Zeb betrachtete die Formen der Bäume. Jetzt, da sie nicht mehr von den herumschwirrenden Käfern beleuchtet wurden, wirkten sie eigenartig symmetrisch. Er wies nach oben. »Ist das natürlich?«

»Nein.«

Es war Keffs Stimme.

Sie richteten sich beide auf. Das Wesen saß im Schneidersitz am anderen Ende der Lichtung.

Hels holte tief Luft. »Verdammter Mist!«

Keff deutete mit einer Geste auf die Lichtung. »Er hat gefragt, ob das natürlich sei. Nun, das ist es nicht. Wie du weißt.« Darüber musste Zeb ein wenig schmunzeln. »Denn sie hat es selbst gemacht. Ich habe immer vermutet, dass ihr dabei genau jene Dinge vorgeschwebt sind, die ihr gerade getan habt.«

Hels stand auf. »Keff, jetzt reicht's. Ich werde mich wirklich über dich beschweren.«

»Warum? Ich habe extra gewartet, bis es angemessen schien, euch anzusprechen.«

»Du hast gewartet? Soll das heißen, du hast uns beobachtet?«

»Nicht wirklich. Ihr habt mit der Knutscherei angefangen, und da habe ich mich zurückgezogen. Bis gerade eben. Ich wollte nicht stören.«

»Oh, gut.« Hels sah auf Zeb hinab. »Tut mir leid. Tut mir wirklich leid. Dieses Ding ist echt zu weit gegangen.

Komm!« Sie reichte ihm die Hand. Er ergriff sie und gestattete ihr, ihn hochzuziehen, doch dann ließ er sie sanft los.

»Einen Augenblick.« Er ging zu Keff hinüber. »Was suchst du eigentlich hier?«

Keff bewegte sich ganz leicht und stand mit einem Schlag aufrecht da, als hätte sich plötzlich eine unsichtbare Spannung gelöst, die es zu sitzender Haltung gezwungen hatte. »Ich habe auf euch gewartet. Hels folgt bestimmten Verhaltensmustern, deshalb war ich mir sicher, dass ihr früher oder später hier auftaucht.«

Hels seufzte. »Gut. Nun, da ich ohnehin nicht weiter beleidigt werden kann, gehe ich wieder hinein, bevor ich jemandem wehtue. Zeb, ich hoffe, ich sehe dich, wenn du hier fertig bist. Keff, wenn ich dich wieder treffe, kriegst du Schwierigkeiten.« Sie wandte sich um und verließ die Lichtung.

Zeb sah ihr nach, dann drehte er sich zu Keff um. »Ich vermute, du hast nicht viele Freunde, oder?«

»Nein. Retslamb hast du ja schon getroffen.«

Das kam so unerwartet, dass Zeb blinzeln musste. Er glotzte Keff an. »Was bist du?«

»Das wirst du herausfinden. Du hast Retslamb ja schon getroffen.«

»Das hast du bereits gesagt. Kommt jetzt der direkte Vergleich, von dem du gesprochen hast?«

»Was hältst du von ihm?«

Zeb zögerte, bevor er antwortete. Das Nachglühen des Sex war abgeklungen, die Benommenheit vom Partyrauch längst verflogen. Seine Instinkte waren hellwach und prickelten. »Ich glaube, er leidet an eingewachsenem Illusionismus«, sagte er schließlich.

Zu seiner Überraschung lachte Keff, ein kurzes heftiges Bellen, das die Hautkäfer in zischenden Schwärmen durch die Bäume scheuchte. »Sehr, sehr gut! Ich bewundere dich – unter anderem.« Es sah sich um und deutete zum Rand der Lichtung hinüber. »Sollen wir ein Stück gehen?«

Der Wald rings um die Felsblüte war nahezu eine Monokultur. Schlanke Stämme mit graublauen Ästen warfen haarfeine Nadeln ab, die torfige Verwehungen bildeten. Bei vorsichtigem Gehen trat man auf eine weich gefederte Deckschicht. Doch trampelte man zu heftig herum, brach man durch die obere Schicht und geriet in ältere Nadellager. Dann entstand ein Geräusch wie eine Mischung aus einem Knall und einem Rülpser. Außerdem drang schwerer Teergeruch nach oben, wenn man zu tief einsank. Dies passierte Zeb bei jedem zweiten Schritt, während Keff rasch darüber hinwegtrippelte, ohne in der Deckschicht auch nur kleinste Vertiefungen zu hinterlassen.

Es war nicht leicht, mit ihm Schritt zu halten. Zeb fiel ein Stück zurück und blieb stehen, um wieder zu Atem zu kommen.

Sogleich hielt auch Keff an. »Müde?«, fragte es, ohne sich umzudrehen.

»Nein. Ich spiele nur nicht mit.«

»Wirklich? Nicht bei mir, vielleicht.« Keff wandte sich um. »Du hast keine Ahnung, was ein Illusionist ist, nicht wahr?«

Zeb sah der fremden Lebensform einen Moment lang in die Augen. Dann grinste er. »Na schön. Ich bin nun mal nicht aus der Gegend.«

Zu seinem Erstaunen erwiderte Keff das Grinsen. »Das weiß ich. Das haben wir gemeinsam. Mehr, als du ahnst, will ich meinen. Wir bleiben hier stehen, und ich erzähle dir etwas über Illusionisten. Kannst dich ruhig gegen einen Baum lehnen.«

»Danke, ich stehe frei.«

»Gut. Es gibt sie erst seit Kurzem. Zum ersten Mal habe ich vor zweihundert Jahren von ihnen gehört.« Die blassen Augen ruhten auf Zeb. »Deshalb weißt du wahrscheinlich nichts über sie.«

Die Schlussfolgerung hing in der Luft. Zeb zuckte mit den Achseln. »Ich habe dir ja gesagt, dass ich nicht von hier bin.«

»Ja ... nun, während du ... weg warst, haben einige Leute angefangen, an etwas zu glauben. An eine Philosophie, wenn du so willst. Und zwar, dass die Welt, in der sie leben, eine Illusion ist.«

Zeb hob die Brauen. »Und? Diese Frage stellt sich doch jeder einmal.«

»Das stimmt, aber nur wenige gehen über die bloße Frage hinaus. Diese Leute glauben wirklich daran. Und weißt du, was passiert, wenn ihr Menschen anfangt, an etwas zu glauben?«

In Zebs Gedanken formte sich etwas. Jetzt lehnte er sich doch an einen Baum. »Sprich weiter!«

»Ihr probiert damit herum. Die Neugier von Affen, Zeb. Ihr nehmt eine Idee und zerrt daran, verdreht sie, reibt sie, schmeckt sie, haut damit gegen Felsen und brecht sie auseinander, damit ihr hineinsehen könnt. Woraus sie wirklich gemacht ist.« Das Wesen hielt inne, sah sich um und lehnte sich ebenfalls gegen einen Baum. »Aber diese Idee ließ sich nicht aufbrechen.«

»Aha?«

»Aha. Sie wurde kräftiger.«

Zeb betrachtete seine Hände. »So? Und jetzt glauben alle daran?«

Wieder lachte Keff. »Nein! Die meisten Leute glauben meistens sowieso nichts. Einige jedoch, ja. Die glauben wirklich, dass sie in einer Illusion leben. Mehr noch, in einer

Simulation. Ich nehme an, du kannst dir denken, was das bedeutet.«

»Nein, kann ich nicht.« Es war an der Zeit, dem Gespräch ein Ende zu setzen. Zeb stieß sich vom Baum ab. »Und ich will es auch nicht versuchen. Weißt du, was ich denke? Wir halluzinieren alle. Ständig. So nehmen wir unsere Umwelt wahr, so verarbeiten wir sie, so können wir sie begreifen. Und genau das tust du gerade auch ...«

»Tue ich nicht ...«

»... weil die Welt dich wütend macht. Du glaubst, dass die Welt keinen Sinn ergibt, und das macht dich wütend. Stimmt's?«

Keff sah ihn an, dann an ihm vorbei. »Ich sehe die Welt genauso, wie sie ist, Zeb. Meistens bin ich der Einzige, der das tut. Im Moment vielleicht nicht. Ich habe den Eindruck, dass du das schon sehr, sehr lange tust.«

Es starrte noch immer an Zebs Schulter vorbei. Dieser drehte sich um und bemerkte, dass jemand sie beobachtete.

Es war Retslamb. Sein Blick wanderte unsicher von Zeb zu Keff. »Äh, Entschuldigung. Ich bin vorhin schon raus und spürte ... ihr wisst schon. Dann hat Hels mir gesagt, dass ihr hier irgendwo seid. Passt es gerade nicht gut?«

Zeb zuckte mit den Achseln und deutete über die Schulter nach hinten. »Frag das da!«

Wieder erhob sich das bellende Lachen. »Wahrscheinlich passt es ideal. Ich lasse euch allein, in Ordnung? Gewiss hat mindestens einer von euch beiden massenhaft zu erzählen.«

Retslamb grinste unsicher. »Klar. Danke. Also ... äh ... ich bin draußen nicht gut, weißt du. Können wir ...?«

Der Mann brauchte Hilfe, fast so dringend, wie Zeb von Keff wegwollte. Zeb pappte sich ein breites Lächeln ins Gesicht und stapfte vorwärts, einen Arm ausgestreckt, um ihn dem anderen auf die Schulter zu legen. »Gar keine Frage. Zurück zur Felsblüte, und dann erzähl mir alles!«

Er achtete nicht darauf, was Keff hinter ihm tat. Und er nahm den Arm nicht von Retslambs willfähriger Schulter, bis er ihn sicher wieder in den Rauch gebracht hatte. Drinnen gönnte er sich selbst auch einige tiefe Atemzüge des beruhigenden, berauschenden Wirkstoffs.

Aber er vergaß nicht, wie Keff diesen Satz betont hatte.

Es war Zeit, aus dieser Vrealität zu verschwinden. Natürlich unauffällig und ohne irgendwelche Leute wütend zu machen, so weit das möglich war. Vor allem nicht Hels, auch wenn keiner von ihnen beiden eine Langzeitbeziehung zugesagt hatte.

Aber bald.

Experiment

Etwas weckte Skarbo. Etwas sehr Vertrautes und gleichzeitig auch völlig Verkehrtes.

Er riss die meisten seiner Augen auf und sah sich um. Er hätte nicht schlafen sollen, hätte nicht schlafen müssen sollen. Warum hatte er es gemusst?

Dann erinnerte er sich an Hemfrets. *Ich habe mir die Freiheit genommen, deinen Stoffwechsel zu überprüfen.* Und wenn es Speisen für mich bestimmen kann, dann kann es auch Schlafmittel für mich bestimmen ...

Er hatte ein Kratzen in den Augen, und er sah verschwommen. Er blinzelte ein paarmal, doch der Nebel blieb.

Dann erkannte er den Sonnenstrahl, der am anderen Ende des Zimmers glänzte – der Lichtbalken war in einem pinkfarbenen Strudel gut zu erkennen.

Dann war es also kein Nebel. Sondern Staub.

Der vertraute Geruch von Staub hatte ihn geweckt. Hier drinnen sollte es keinen Staub geben. Das Gebäude war versiegelt.

Noch bevor er es begriff, war er bereits auf dem Weg zur Treppe. Dort drehte er sich schwankend um, weil er nicht mehr in der Lage war, sie vorwärts hinunterzusteigen – nicht mit solch weichen Knien. Mit bebenden Schritten begab er sich hinab und gab sich verzweifelte Mühe, nicht zu stürzen, denn er empfand Panik, viel schlimmere Panik als in dem Moment, als der Vogel, möge er mausern, seinen Besucher angekündigt hatte.

Unten angekommen, drehte er sich abermals um. Die Luft enthielt so viel Staub, dass das schwache Licht fast vollständig verschluckt wurde, aber er brauchte nichts zu sehen. Er fühlte es.

Und jetzt hörte er auch etwas, sogar durch die schwere Tür hindurch. Ein aufgeregtes Rütteln und im Hintergrund pfeifenden Wind.

Er öffnete die Tür. Das Rütteln wurde lauter, und dann prügelte etwas auf ihn ein und schrie.

»Ich wollte es dir sagen! Ich habe dich gesucht! Und ausgerechnet jetzt verschwindest du? Jetzt? Du *Idiot!*«

»Ich bin nicht verschwunden. Was ist los?« Er konnte nichts erkennen – die elende Kreatur war ihm im Weg. Er wollte sie zur Seite stoßen, doch sie war zu schnell. Sie wich dem Stoß flatternd aus und flog dann noch dichter an ihn heran.

»Nicht, was los ist, sondern was los *gewesen* ist! Alles ist weg. Alles pulverisiert, alle deine kostbaren Spielzeuge, während du dich versteckt und geschnarcht hast. Alle. Sieh nur!«

Endlich bewegte sich das Ding aus der Bahn, und Skarbo konnte einen Blick in den Maschinenraum werfen.

Es war, als sähe er in einen Staubsturm, in eine Windhose aus Rauch, Dunst und Trümmern, die irgendetwas in der Mitte des Raums umwirbelte.

Es war der Gefährte, und er versteckte sich nicht mehr. Durch den Sturm hindurch erkannte Skarbo seine pummelige graue Hülle mit ihren Blasen und Beulen. Vor lauter Entsetzen und Wut spähte er wie durch einen Nebel und merkte, dass der Gefährte aussah wie eine Miniatur von Hemfrets' Schiff.

Er hörte sich etwas Unartikuliertes rufen, und der Laut wurde vom tobenden Wind weggetragen. Er wollte den Maschinenraum betreten, doch die Wucht des Winds erfasste ihn und warf ihn gegen die offene Tür. Hören konnte er es nicht, aber er spürte, dass sein Panzer an einer Stelle riss.

Dann verwandelte sich die Wolke plötzlich in eine kompakte Kugel, die auf einen Punkt im Zentrum des Gefährten zusammenschrumpfte und verschwand.

Ein leises Knallen, und von der Oberfläche des Gefährten rieselte Staub herab, sammelte sich in einer winzigen Version der Windhose und verschwand in der grauen Hülle, ohne dass darin eine Öffnung sichtbar geworden wäre. Die Maschine war allein. Eine Sekunde lang herrschte klirrende Stille, und dann ertönte eine flache Stimme aus dem Nichts.

»Verarbeitung abgeschlossen.«

Skarbo sah sich um. Der Raum war leer – die Modelle waren verschwunden, und die Wände und der Boden wirkten, als seien sie sauber abgeschabt worden. Er sah den Gefährten an. »Verarbeitung?« Auch seine Stimme klang abgeschabt. »Was bearbeitet?«

Doch das Gerät verschwand mit einem Flackern.

Skarbo sah sich voller Grauen um. Er kochte vor Zorn und stürzte auf die Stelle zu, wo sich eben noch der Gefährte befunden hatte. Seine Klauen schabten über den Boden.

Fast hatte er die Stelle schon erreicht, als der Vogel ihn rammte, ihn seitlich umwarf, sodass er die Beine abspreizen musste, um nicht umzufallen. Er funkelte den Vogel an.

»Was?«

»*Nicht sicher!* Nicht für dich. Sieh doch ...«

Der Vogel wirbelte durch die Luft und flog geradewegs zu der Stelle, an der sich der Gefährte aufgehalten hatte. Ungefähr einen Meter davon entfernt erstarrte er mitten im Flügelschlag. Ein leises, beinahe einlullendes Summen war zu hören, und die Luft rings um den Vogel schien kurz zu flackern. Dann hörte das Summen auf, und der Vogel stürzte zu Boden, blieb wie zerschmettert liegen.

Skarbo bückte sich und wollte nach dem Vogelleib fassen, doch als ihm ein saurer Geruch in die Nase stieg, schreckte er zurück. Sofort ordnete er ihn zu, obwohl er wusste, dass er ihn nie zuvor gerochen hatte. Es roch nach verbrannten Federn.

Eine Weile beobachtete er den bewegungslos daliegenden Körper. Einer der Flügel stand in einem seltsamen Winkel ab. Er erwog, ihn zu richten, fand es jedoch ... respektlos. Aber er betrachtete ihn weiter, und in ihm keimte der Gedanke, dass der Vogel vielleicht die letzte Verbindung zu seiner alten Welt war. Außerdem konnte er den Blick nicht abwenden, und plötzlich fühlte er sich zu müde, um aufzustehen.

Und ihm fiel auf, dass er den Vogel in all den Jahrhunderten seines Hierseins nicht nach seinem Namen gefragt hatte.

Wenig später hörte er Schritte und hob den Kopf. Hemfrets stand ein Stück von ihm entfernt und musterte ihn mit einem Ausdruck, der vielleicht Mitgefühl bedeuten sollte. »Es tut mir leid«, sagte es.

Skarbo wandte den Blick ab. »Es ist alles ...« Er brachte es nicht über sich, den Satz zu Ende zu sprechen.

»Verarbeitet? Ja.«

Skarbo nickte. »Du hast gelogen.«

»Habe ich nicht.«

»Doch, du hast gelogen.« Jetzt fand er doch die Kraft, um aufzustehen. »Du hast gesagt, du würdest es niemandem erzählen. Du hast gesagt, du würdest es beschützen.«

»Ich habe es auch niemandem erzählt, aber die Lage hat sich geändert. Um zu leben, muss man essen.«

Das Aufstehen war ein Fehler gewesen. Skarbo spürte, wie seine Beine nachgaben, und sah sich unwillkürlich nach einer Sitzgelegenheit um. Doch er konnte nichts entdecken. Alles war verarbeitet, sagte er sich, und bei dem Gedanken wurde ihm schwindelig. Notgedrungen kauerte er sich auf den Boden. »Was hat sich verändert?«

»Alles. Wir befinden uns im Krieg, Skarbo. Hast du von der Kriegsfront gehört?«

»Nein. Welche Rolle sollte das spielen?« Nichts spielte noch eine Rolle, nichts.

»Es spielt eine Rolle, weil sie kommt. Sie wird durch die Blase fegen und sie zum Platzen bringen.« Hemfrets ging neben ihm in die Hocke und betrachtete den Vogel. »Das Teil scheint lange zu brauchen, um sich zu erholen.«

Kurz stellte Skarbo sich vor, es zu schlagen – so schnell wie möglich mit einem seiner Glieder auszuholen. Eine seiner Klauen zu spreizen, das Fleisch zu zerwühlen. Er sah den Gesichtsausdruck vor sich, wenn Hemfrets verwundet nach hinten fiele, bestraft für seine geschmacklose Bemerkung.

Doch mehr als sich die Szene vorzustellen, brachte er nicht über sich. Er seufzte. »Er ist tot.«

»Es würde mich wundern, wenn er tot wäre. Letztes Mal war er auch nicht tot.«

»Letztes Mal?«

»Ja. Er ging sehr auf ... Verteidigung, als die Verarbeitung begann. Ah. Siehst du?«

Es knisterte leise. Rötliches Licht flackerte über die Federn, und der Vogel hob den Kopf.

»Au.«

Skarbo lehnte sich kauernd nach hinten. »Du bist am Leben?«

»Muss ich wohl sein. Tut zu sehr weh, um anders zu sein.

Kaputter Flügel.« Er ruderte mit dem gesunden Flügel, bis er auf die Beine kam. »Au, au, au. Sehr schlecht.«

»Du hast dich auch verbrannt.«

»Ja. Au.« Der Vogel machte einen Bogen um Hemfrets. »Immer noch hier? Hast du ihm gesagt, was du getan hast, wie?«

Hemfrets erhob sich. »Ich glaube, er sieht es auch so. Skarbo, es tut mir aufrichtig leid, aber wie du zugeben musst, ist hier nichts mehr übrig geblieben. Du wirst mit mir auf mein Schiff kommen.«

»Wozu? Du hast mein Leben zerstört. *Meine* Leben. In siebenundachtzig Tagen bin ich tot. Kannst du mich nicht in Frieden lassen?«

»Nein, kann ich nicht.« Etwas an der Stimme veranlasste Skarbo dazu, die Kreatur genauer in Augenschein zu nehmen. Es sah anders aus, etwas steifer und aufrechter, und ihm fiel auf, dass es andere Kleider trug, nämlich etwas Dunkles, Enges, das wie ein Waffenrock mit Abzeichen in der Mitte aussah.

Wie eine Uniform.

Skarbo stand vorsichtig auf und stellte sich ihm gegenüber. »Warum nicht?«

»Weil du sonst noch viel früher tot wärst.«

Skarbo hob die Schultern. »Na und?«

»Und das wäre dann nicht friedlich. Sieh mal, ich *kann* dich nicht hier lassen, Skarbo. Verstehst du das? Alles hat sich verändert. Krieg ist ausgebrochen, und jeder schnappt sich, was immer er Wertvolles kriegen kann, bevor die Kriegsfront hierherkommt. Dein Planet war wertvoll. Du selbst bist wertvoll. Ich habe dich mir geschnappt. Vielleicht lebst du gerade noch lange genug, um dankbar sein zu können, dass du von keinem anderen eingesackt wurdest.«

»Und meine Modelle? Waren die auch wertvoll?«

»Ja. Zu wertvoll, um sie anderen zu überlassen. Es tut mir leid, dass sie zerstört werden mussten, aber ich hatte keine Wahl. Und jetzt fürchte ich, dass du auch keine Wahl mehr hast.«

»Ah. Du nimmst mich mit oder tötest mich?«

»Wir nehmen dich nur mit. Über Töten haben wir nicht gesprochen.«

Skarbo musterte die Kreatur. Seine Miene wirkte entschlossen. »Nun gut. Soll ich etwas mitnehmen?«

Hemfrets schüttelte den Kopf. »Wie gesagt, es gibt nichts mehr. Außer dem da.« Er wies auf den Vogel.

Skarbo nickte. »Wenn er will. Willst du?« Die letzten beiden Worte waren an den Vogel gerichtet.

Dieser wackelte mit dem Kopf hin und her. »Wollen? Nein. Aber eine Wahl haben? Nein. Komme mit.«

»Mir geht es genauso.« Skarbo seufzte. »Also gut, Hemfrets. Tu, was du nicht lassen kannst. Mir ist es ziemlich egal, was es ist. Wo ist dein Schoßtier?«

»Schoßtier?«

»Dieser Gefährte. Du bist für ihn verantwortlich. Oder etwa nicht?«

Hemfrets lachte. »Glaubst du? Bei etwas so Mächtigem glaubst du ernsthaft, dass ich das Sagen habe?«

»Nun, was bist du dann?«

»Nur ein Werkzeug, Skarbo. So wie wir alle. Nur ein Werkzeug.«

Es war siebeneinhalb Lebensalter her, seit Skarbo einen Oberflächen-Schiff-Transfer gemacht hatte – oder sonst irgendeine Reise –, und er konnte sich nicht mehr daran erinnern. Hemfrets ging voraus, um die nötigen Vorbereitungen für die Gäste zu treffen. Skarbo und der Vogel verharrten in der unheimlichen Stille von Gottesauge. Inzwischen war alles vom Staub erobert worden. Er bedeckte jede Oberfläche, und wie schwerer Rauch setzten sich weitere Schwaden ab.

Vom Gefährten war keine Spur mehr zu sehen.

Nach einer Weile wandte sich Skarbo zum Vogel um. »Danke«, sagte er.

»Wofür?«

»Dass du das ... Ding angegriffen hast.«

»Sonst hättest du's getan. Kein guter Einfall – du wärst in deiner Schote gebrutzelt worden.«

»Das ist keine Schote. Aber danke. Vor allem, da du ja schon wusstest, was passieren würde.«

Der Vogel hockte sich auf den Rand der Couch. Er breitete die Flügel aus und stieg laut flatternd in die Höhe, bis er sich wieder auf der Stelle niederließ. »Au, au, au! Ja. Besser, aber nicht ganz gut. Du hast Glück. Hätte es dich machen lassen, wenn ich es nicht schon mal erlebt hätte.« Er drehte den Kopf zur Seite und sah zu ihm auf. »Außerdem habe ich so eine Vermutung. Schätze, du hast schon mal so ein Schiff gesehen. Ja, ja?«

»Ja. Woher weißt du das? Habe ich dir davon erzählt? Ich kann mich nicht erinnern.«

»Ha! Nein. Aber du siehst nicht mal hin. Das größte Ding am Himmel, und du siehst nicht hin? Weil du es vielleicht nicht nötig hast. Vielleicht hast du es schon mal gesehen, na?«

»Nun, ja. Du hast recht.« Skarbo erzählte ihm von dem Schiff über der Großen Schüssel. Der Vogel lauschte immer noch mit seitlich verdrehtem Kopf. Als er alles gehört hatte, schnappte sein Schnabel zu.

»Das Netzding. Eine ganze Stadt? Auf einmal?«

»Nein. Nicht die ganze Stadt – das ganze Mandat –, damals beinahe ein Prozent der Blase. Es gab sieben Planeten. Sie haben auf jedem die jeweils größte Stadt zerstört.«

»Aber dich nicht?«

Skarbo lächelte. »Ich hatte Glück.«

»Hast du dich damals verändert?«

Skarbo nickte. »Das Schiff hat mich aufgegriffen. Die Baschet hätten mir sowieso einen neuen Körper verpasst, und deshalb habe ich beschlossen ... anders zu werden. Insektoid schien mir eine gute Wahl zu sein.«

»Warum?«

»Weil ...« Skarbo lächelte vor sich hin. Sie hatten ihn so weit wiederbelebt, dass er eigene Entscheidungen treffen konnte. Zum Nachdenken hatten sie ihn in dem riesigen Schiff herumspazieren lassen, und dabei war er an einem Raum vorbeigekommen, der wahrscheinlich nicht hätte offen stehen sollen, und darin hatte sich ein Sichtsystem befunden, das wahrscheinlich nicht hätte funktionieren sollen. Noch immer erinnerte er sich an den Anblick durch die Vergrößerung, die rauchende Stadt, Cluster schwarzer Punkte, die zielstrebig darüber hinwegflogen. Da war ihm aufgefallen, dass sich die Insekten in der Schüssel einnisten würden.

Da hatte man ihn entdeckt und höflich aus dem Raum entfernt. Als er draußen war, hatte er an dem verbrannten Wrack seiner sterblichen Hülle hinabgesehen und sich für Haltbarkeit entschlossen. Zu seiner Überraschung hatten sie sich darauf eingelassen.

Doch für den Vogel reichte ein *Weil*. Wieder schmunzelte er. »Komisch. Zum zweiten Mal in meinen Leben zerstören die Baschet meine Welt und retten mich dann.«

Der Vogel kicherte. »Komisch für dich. Aber nicht für sie. Letztes Mal haben sie gewonnen.«

Einen Augenblick lang betrachtete Skarbo den Vogel. »Was meinst du damit?«, fragte er dann gedehnt.

»Erst zuhören, dann denken, dann sprechen, falls nötig. Ha! Das letzte Mal haben sie gewonnen. Dann haben sie dieses Mal verloren! Die Flotte im Himmel ist zerstört oder wurde gefangen genommen. Nicht einmal in diesem Krieg, sondern vor Jahren.« Wieder kicherte er. »Geschieht den Mistkerlen recht. Das eine hier wurde gekapert. Nicht einmal sicher, wem es gehört.«

Skarbo blickte zu dem Schiff hinauf, das noch immer über ihnen hing. Ähnlich, aber anders. Das Schiff, das die Hauptstadt des Mandats ausgelöscht hatte, war völlig neu gewesen. Jetzt, da dieses hier das Tageslicht reflektierte, war zu erkennen, dass es von Striemen und Narben überzogen war. »Vielleicht findest du das komisch, aber ich ließe mich lieber von etwas retten, das in besserem Zustand ist.«

»Na und? In siebenundachtzig Tagen bist du tot. Was kümmert's dich?«

Das war ein Argument. Skarbo sah an sich hinab. Das Bein, das er sich verletzt hatte, als der Vogel ihn zur Seite gestoßen hatte, zeigte keine Anzeichen einer Verheilung. Wahrscheinlich würde es abfallen, bevor er starb. Dann hätte er nur noch vier Gliedmaßen, aber wenigstens wäre er wieder symmetrisch. Er seufzte. »Ich frage mich, wohin sie uns bringen.«

»Woher soll ich das wissen? Frag es! Es kommt zurück. Sieh nur!« Mit dem Kopf wedelte er in Richtung Eingang.

Skarbo folgte dem Wink, und das Schwindelgefühl verstärkte sich. Hemfrets kam tatsächlich zurück, und diesmal wurde es von zwei Gefährten flankiert.

»Entschuldige die Wartezeit!«, sagte er mit forschem Ton. »Wenn du bereit bist, brechen wir auf.«

Skarbo wies auf die Gefährten. »Mit diesen Dingern da?«

»Ja.« Hemfrets zuckte mit den Achseln. »Ich spüre dein Unbehagen, doch ich fürchte, dass ich daran nichts ändern kann. Ich bin lediglich ...«

»... ein Werkzeug. Ja, ich weiß.« Skarbo richtete sich auf. »Wohin wirst du uns bringen?«

»Zunächst einmal sollten wir bis zum Schiff kommen ...« Bevor es antwortete, hatte es einen Moment lang gezögert, und danach zögerte es wieder. »Bitte befolge alle Anweisungen!«

Der Vogel schlug ein paarmal laut mit den Flügeln. »Darin bin ich nicht gut.«

Hemfrets bedachte ihn mit einem tadelnden Blick. »Dann bessere dich! Und nun komm bitte mit!«

In seinem Gefolge durchquerten sie die Tunnel, die Skarbo nicht anders kannte als mit Gerümpel vollgemüllt. Diesmal aber war bis auf ein bisschen Staub alles vollkommen leer. Der Vogel humpelte am Boden entlang und grummelte vor sich hin. Ab und zu wollte er sich in die Luft erheben und stieß Verwünschungen aus, wenn es ihm nicht gelang. Anscheinend war sein Flügel immer noch nicht in Ordnung. Skarbo fragte sich, mit welcher Genesungszeit der Vogel wohl rechnete. Nur gut, dass das Gerümpel verschwunden war, sonst hätte die Kreatur ewig gebraucht, um vom Fleck zu kommen.

Plötzlich blinzelte er und blieb wie angewurzelt stehen. Etwas Hartes, das sich anfühlte wie ein lappenumwickelter Stock, schlug ihm gegen das Bein.

»Au! *Mist* ... was?«

»Entschuldige!« Skarbo drehte sich um und blickte in wütende Augen. »Aber dann waren es nicht nur die Modelle! Haben sie das Gerümpel auch verarbeitet?«

»Ja. Alte Dinge. Seltene Dinge. Alles Staub. Ich dachte, das sei dir aufgefallen.«

Skarbo schüttelte den Kopf. »Nein ... aber es waren Tausende von Kubikmetern.«

»Waren. Sind es noch. Nur anders. Nutzlos! Vandalen.«

Von weiter vorn hörten sie Hemfrets. Es klang gereizt. »Bitte folgt mir! Nicht trödeln!«

Sie gingen weiter. Der Vogel meckerte immer noch, aber inzwischen achtete Skarbo kaum noch darauf.

Sein Entsetzen über die Vernichtung seines Werks vieler Lebensalter war zu gewaltig, als dass er es überhaupt ermessen konnte. Er wusste, dass er es noch spüren würde, vielleicht bald schon, aber im Moment war Benommenheit das Äußerste. Das Gerümpel im Keller jedoch, damit verhielt es sich anders. Selbst wenn er Gegenstände ausgesucht hatte, um sie in den Kern des kleinen Planeten zu schleudern – und auch wenn er den Vogel damit aufgezogen hatte –, hatte er doch stets ein Gefühl von Besitz empfunden, beinahe von Anhänglichkeit. Wenn er etwas in den Kern geworfen hatte, dann war das fast ein Zeichen von Achtung gewesen.

Und jetzt, so merkte er, trauerte er.

Nun, irgendwo musste er ja anfangen.

Der Korridor endete plötzlich vor einer unregelmäßigen Öffnung im Fels. Im Vergleich zu der abgerundeten Glätte der übrigen Wände wirkte die Öffnung ganz frisch, ebenso wie die Shuttleplattform, auf die sie hinausführte – eine schlichte, sich scharf abzeichnende Fläche von fünfzig Metern Durchmesser, die offensichtlich entstanden war, als man einem runden Hügel die Spitze abgeschnitten hatte. In der Mitte hockte ein knolliges, hässliches kleines Schiff. Sein eiförmiger Rumpf ruhte auf einem asymmetrischen Dreibein, das eigentlich zu schmächtig aussah, um das Gewicht zu tragen.

Das Shuttle war schwer verbeult, sogar noch stärker als das Schiff am Himmel.

Der Vogel machte ein Geräusch, als spucke er aus. »Dem soll ich mich anvertrauen? Pah! Das ist ja in noch schlimmerem Zustand als Skarbo!«

Hemfrets blieb kurz stehen und drehte sich dann um. »Du Ding! Dafür habe ich keine Zeit. Sei still, oder ich bitte einen der Gefährten, deinen Schnabel zu erhitzen, bis dir die Zunge im Kopf gegrillt wird.«

Skarbo sah zum Vogel. Er hielt den Schnabel geschlossen.

Hemfrets näherte sich dem Shuttle, blieb einige Schritte davor stehen und hob eine Hand. Das Schiff senkte sich auf seinen Beinen ab, bis es an einer Stelle den Fels berührte. Dann öffnete sich eine Luke. Hemfrets wandte sich zu seinen Begleitern um.

»Kommt schnell, bitte!« Es klang nicht mehr forsch. Eher angespannt.

Skarbo bestieg eine aufgeraute Metallrampe, auf der seine Klauen Kratzgeräusche machten. Hinter ihm klackten die Vogelfüße im Takt, und er musste schmunzeln. Das Ding war ruhiger, als es den Anschein machte.

Das Innere des Schiffs erwies sich als zweckmäßig eingerichtet. Die Metallbänke waren für Menschen geeignet, aber nicht für ihn, und Licht fiel nur durch die offene Luke herein. Er sah sich um, zuckte mit den Achseln und kauerte sich auf den Boden. Der Vogel dagegen hüpfte herum, drehte den Kopf hin und her und musterte alles. Dann blieb er neben Skarbos Kopf stehen und bewegte einmal seine Flügel durch. Das wirkte ganz natürlich.

Skarbo sah ihm zu. Es war ihm nie gänzlich gelungen, seinen Ausdruck zu deuten, doch es hatte auch nie viel zu deuten gegeben. Meistens war der Vogel wütend oder ungeduldig gewesen. Jetzt wirkte er ... aufmerksam.

Er sah weg. Von hinten hörte er mechanisches Ächzen und Klappern, und einen Moment lang herrschte Finsternis. Er spürte, wie seine Augen sich anpassen wollten, doch entweder gab es tatsächlich zu wenig Licht, als dass er etwas hätte sehen können, oder – was er für wahrscheinlicher hielt – das Alter hatte sein Sehvermögen in Mitleidenschaft gezogen.

Doch dann musste er sich nicht weiter anstrengen, denn es wurde hell. Ohne Vorwarnung war die Hülle durchsichtig geworden. Die Plattform unter ihnen rückte von ihnen ab, ohne dass er eine Beschleunigung gespürt hätte, und über ihnen wuchs das Schiff an, bis es das gesamte Gesichtsfeld ausfüllte. Er sah sich um und entdeckte Hemfrets, das auf einer der Bänke saß. Seine Augen waren geschlossen, und es schien untätig zu sein.

Die Gefährten vermochte er nirgends zu entdecken.

Dann flogen sie an der Flanke des Schiffs entlang. Entsetzt betrachtete er die Oberseite des Schiffs. Der Vogel stieß sogar ein leises Krächzen aus.

Das Schiff war zur Hälfte verschwunden.

Als hätte sich jemand mit einem gigantischen Zackenmesser darüber hergemacht und ihm Schnitte von mehreren Hundert Metern Länge zugefügt, die fast von einem Ende der Hülle bis zum anderen reichten. Und die Wunden waren tief, die Wände der Schluchten zerfetzt. Während des Überflugs blickten sie in dunkle Hangars, erhaschten Blicke auf verdrehte Schiffsteile, die vielleicht einmal Werkstätten gewesen waren, und durchquerten Wölkchen aus auskristallisiertem Dampf, der aus den offen gelegten Eingeweiden des Schiffs austrat.

Skarbo merkte, dass er zitterte. Ohne den Blick von dem Schiff abzuwenden, fragte er: »Hemfrets? Was war das?«

»Eine Waffe, ganz offensichtlich.«

»Aber, wir können nicht…« Skarbo brach ab, holte Luft. »Es ist ein Wrack und kann nirgends mehr hinfliegen. Was treibst du da eigentlich? Du zerstörst mein Leben, um mich hierherzubringen?«

»Das Schiff ist voll funktionsfähig.«

Skarbo betrachtete das Gemetzel eine Weile. Dann schüttelte er den Kopf. »Tja, ich sterbe ja sowieso.«

Etwas Scharfes stieß ihm gegen ein Bein. Er sah nach unten und begegnete dem Blick des Vogels. Dieser schüttelte bedächtig den Kopf.

Skarbo gab sich keine Mühe herauszufinden, was der Vogel damit sagen wollte. Er sah weg.

Mittlerweile waren sie dem Schiff noch näher gekommen, und Skarbo spähte tiefer in die Wunde hinein. Dort waren Bewegungen zu erkennen. Aus den Augenwinkeln nahm er ein Huschen und hin und wieder auch deutlichere Umrisse wahr. An den zerfetzten Kanten herrschte Betrieb – große, plumpe Geräte, die sich zu verwandeln schienen, während sie sich wie Pixelklumpen ständig neu zusammensetzten.

Dann vermochte sein Gehirn das Bild richtig einzuordnen, und er bekam große Augen. Die Pixel waren Gefährten in Schwärmen von … was? Tausenden? Und eben verteilte sich einer der Schwärme über einen Teil des Risses. Die Pixel leuchteten auf, verschwammen und verschmolzen miteinander und wurden zu Schiff. Ein hundert Meter langes Segment der Wunde war geheilt worden. Statt der tödlichen Verletzung war an dieser Stelle nun ein unregelmäßiger Streifen heller Schiffshülle auszumachen. Und eine weitere Gruppe von Gefährten versammelte sich bereits daneben.

In diesem Tempo wäre der gesamte Riss innerhalb von Minuten wieder verschlossen.

»Beeindruckt?«

Das war der Vogel. Entweder hatte er Hemfrets' Drohung vergessen, oder er nahm sie nicht ernst.

Skarbo nickte.

»Hm. Frag, woher sie sie haben!«

»Was?« Skarbo verstand ihn nicht.

»Die Gefährten. Frag es!«

Er wandte sich schon zu Hemfrets um, doch dieses antwortete bereits.

»Der Vogel weiß es. Wenn ihm seine Zunge so gleichgültig ist, dann ist das offensichtlich.«

Skarbo seufzte. »Dann kann es mir einer von euch sagen? Bitte!«

»Ha. Von dir! Sie haben sie von dir.« Der Vogel hüpfte von einem Bein aufs andere. »Dein Zeug! Die ganzen Spielzeugplaneten, das Gerümpel.«

»*Was?*«

»Hast du das schon vergessen? Bist du senil? Verarbeitet, erinnerst du dich?«

Skarbo glotzte den Vogel an. »Und daraus hast du die ganzen Dinger gemacht? Über Nacht?« Er wandte sich vollends zu Hemfrets um und holte tief Luft, doch das Geschöpf kam ihm zuvor.

»Nein, nicht über Nacht. Und ich habe sie nicht gemacht. Sie haben sich selbst gemacht. Es brauchte einige Stunden. Also, könntet ihr beiden bitte still sein?«

Derweil hatten sie beinahe die gesamte Länge des riesigen Schiffs überflogen. Die Wunde war schon halb verheilt. Kurz bevor sie aus ihrem Gesichtsfeld verschwand, wurde wieder ein Segment zugenäht.

Skarbo schüttelte den Kopf.

Das letzte Mal – das einzige Mal –, als Skarbo auf einem Schiff gereist war, war dieses vielleicht nicht neu, aber glänzend sauber und zweckmäßig und voller Passagiere gewesen. Natürlich waren sie damals siegreich gewesen, hatten gerade erst sieben Planeten entvölkert.

Dieses Schiff wirkte hingegen leer und schwer demoliert. Die Wände der Korridore waren so stark zerkratzt, als wären riesige Gegenstände hindurchgeschrappt, und es gab viele leere Räume, die den Eindruck erweckten, als sollten sie eigentlich möbliert sein.

Dann fiel ihm das Wort ein. Nicht demoliert – *ausgeschlachtet*. Und sein Verstand schlussfolgerte den Rest.

Er drehte sich zu Hemfrets um. »Wem gehört dieses Schiff tatsächlich?«

Sie standen in einem Steuerraum, einer zwanzig Meter durchmessenden Halbkugel mit lauter Bildschirmen an den Wänden, von denen die Hälfte dunkel war. Diejenigen, die liefen, zeigten Aufnahmen von draußen. Skarbo suchte nach seinem Planeten und fand ihn. Er wirkte verloren, und seine Konturen verschwammen, denn er hatte eine Korona aus Staub. »Hemfrets?«, fragte Skarbo.

»Derzeit gehört es mir.« Hemfrets wandte sich nicht um. Es stand vor einem Pult, das viel neuer aussah als das übrige Schiff. Die Schultern hatte es starr nach oben gezogen.

»Hast du es gestohlen?«

»Nicht im eigentlichen Sinn.«

»Was soll das heißen?«

»Nichts, was du verstehen müsstest. Wir befinden uns im Krieg, Skarbo. Im Krieg geben die Leute nichts her. Du hast mir ja schon gesagt, dass du nichts von der Kriegsfront gehört hast.«

»Ja.«

»Du hast sehr abgeschieden gelebt – aber auch sehr in dich gekehrt. Ich erkläre es dir.«

Und das tat es auch.

Die Kriegsfront hatte als Ansammlung von Ideen begonnen, die zu einer Bewegung verschmolzen waren. Zu Beginn hatte die Bewegung nichts so recht geeint außer der allgemeinen Unzufriedenheit, doch diese hatte für ausreichend Antrieb gesorgt, damit sich die Bewegung organisieren konnte.

Dann verlor das Militär auf dem ersten Planeten die Geduld mit dem Haufen renitenter Jungspunde und entfesselte einen Staatsstreich, der auf dem Heimatplaneten eine Million Todesopfer forderte und eine Menge wütender Überlebender zurückließ.

Plötzlich hatte die Kriegsfront ein Ziel. Sie war ganz allgemein gegen den Status quo, gegen Kommerz und gegen das Establishment – zumindest anfangs. Als sie aber immer mehr wuchs, wurde sie schließlich selbst zum Establishment. Sie war ökologisch, gab wirklichen Welten gegenüber virtuellen den Vorzug und besaß einen beherzten Drang zurück zu den Wurzeln. Überragend war ihre Anziehungskraft auf die Scheuen, die Wütenden und Ausgeschlossenen, und sie gewann überall im Mandat neue Anhänger.

Skarbo starrte Hemfrets an. »Das hört sich nach einer riesigen Demo an.«

»So hat es vielleicht angefangen. Skarbo, die Kriegsfront, das waren – *waren* – tatsächlich einmal ein paar Millionen junge Leute und einige Ältere, die es hätten besser wissen müssen. Jetzt ist sie viel mehr als das. Sie ist eine Gelegenheit, verstehst du? Sie ist eine Bewegung, in der sich alle möglichen politischen Ambitionen ausleben lassen. Innerhalb der Kriegsfront gibt es Stellvertreterkriege und Fraktionen, und es bildet sich eine neue Führungsriege mit neuem Fokus heraus.«

»Und der wäre?«

Hemfrets lächelte. »Derselbe wie deiner. Der Spin. Die Kriegsfront kommt, Skarbo, und sie verfügt über Hunderttausende von Schiffen.«

»Verstehe.« Dann kam Skarbo ein Gedanke. »Wir befinden uns im Krieg, sagst du. Bist du selbst Teil der Kriegsfront? Oder Teil von etwas anderem?«

»Ich bin nicht Teil von irgendetwas. Ich hoffe, dass ich das nie sein werde. Jetzt entschuldige mich bitte! Und sieh zu, wenn du möchtest.«

»Wobei zusehen?« Doch da fiel Skarbo eine Bewegung auf dem Bildschirm auf. Er sah genauer hin und trat näher heran.

Etwas hatte von seinem Planeten abgehoben – ein Ungetüm von einem Fleck, der sich auf einer kurzen Lichtnadel erhob.

Hemfrets nickte. »Gut.«

»Was?« Skarbo wollte weitersprechen, doch bevor er die Worte herausbrachte, blitzte der kleine Planet weiß auf, glühte einen Moment lang, schrumpfte auf einen winzigen Punkt zusammen und verschwand.

Von irgendwoher hörte er ein leises Krächzen. Am Boden entdeckte er den Vogel, der ihn unablässig beobachtete.

»Traurig«, sagte der Vogel schlicht.

Er nickte. »Traurig.« Die Bemerkung wirkte vollkommen unzulänglich, doch ihm fiel nichts bedeutend Besseres ein, deshalb wiederholte er das Wort einfach. »Traurig.«

Hemfrets wandte sich vom Bildschirm ab. »Tut mir leid. Brauchst du etwas Zeit, um zu trauern?«

Skarbo starrte die Kreatur an. »Zeit? Zeit, bevor was passiert?«

»Ich verstehe nicht.«

»Nein, das glaube ich auch.« Skarbo kehrte zu den für Menschen gemachten Sitzen zurück und nahm umständlich Platz. »Du hast meine Heimat und das Werk meiner beinahe acht Lebensalter zerstört. In siebenundachtzig Tagen werde ich sterben. Was glaubst du? Bleibt mir da genügend Zeit, um zu betrauern, was du mir genommen hast?«

Er sprach ganz ruhig und wunderte sich über sich selbst. Er fühlte sich nämlich keineswegs ruhig.

Hemfrets schüttelte den Kopf. »Wahrscheinlich nicht.« Es kam einige Schritte auf Skarbo zu und zögerte schließlich. »Hör zu, es tut mir leid um deinen Planeten! Hilft es dir, wenn ich es dir erkläre?«

»Schon möglich.« Skarbo schüttelte den Kopf. »Obwohl ich das bezweifle.«

»Lass es mich versuchen!« Hemfrets ging zu der Bank, setzte sich und brachte es fertig, so unbehaglich dreinzuschauen, wie Skarbo sich fühlte. »Du hast den Spin viele Hundert Jahre lang untersucht. Du hast beobachtet ... wie er endet. Nicht wahr?«

»Ja.« *Eine Metapher für meinen eigenen Niedergang, fügte er bei sich selbst hinzu.*

»Dann hast du ihn sterben sehen, hast aber nichts gesagt. Warum?«

Skarbo blinzelte. »Das verstehe ich nicht.«

»Dabei ist es doch ganz klar. Drücken wir es folgendermaßen aus. Du warst in der Lage, den Tod eines ganzen Clusters von Zivilisationen vorherzusagen. Trillionen von Menschen. Du hattest eine Öffentlichkeit – du wurdest veröffentlicht, du wurdest gelesen. Aber du hast nichts gesagt.«

»Aber das war ...« Skarbo hielt inne. Eigentlich wollte er sagen, dass das seine Privatsache gewesen war. Als sich die Worte in seinem Verstand bildeten, begriff er jedoch, dass sie unaussprechlich waren. Er fasste sich. »Es war nicht bewiesen.«

Hemfrets schüttelte den Kopf. »Du weißt genau, dass man in der Wissenschaft so nicht arbeitet. Du stellst eine Theorie auf, und dann setzt du sie der Kritik aus. Du indessen hast sie im Dunkeln gelassen.«

Skarbo zuckte mit den Achseln. »Weshalb hätte ich anders handeln sollen? Welchen Unterschied hätte das gemacht?«

»Das weiß ich nicht.«

»Weil es *hoffnungslos* war!« Kaum hatte sich der Gedanke gebildet, verließen die Worte schon seinen Mund. »*Ich* habe es gesehen, *ich* habe es modelliert, und *ich* wusste, dass niemand es aufhalten konnte. Reicht dir das?«

Das Schweigen schien lange anzudauern.

Schließlich richtete Hemfrets die Schultern auf. »Das reicht in der Tat. Aber jetzt stellt sich eine andere Frage. Wird das auch für andere reichen?« Er erhob sich. »Der Spin ist wieder neu in den Fokus gerückt, Skarbo, und deshalb bist auch du in den Fokus gerückt. Ich habe ein Quartier für dich. Folge mir!«

Skarbo folgte ihm. Das regelmäßige Klacken des Vogels, der hinter ihm herstöckelte, nahm er kaum wahr.

Das Quartier befand sich in besserem Zustand als das übrige Schiff, wenn auch nur unwesentlich. Es bestand aus zwei aneinandergrenzenden Räumen – einem schlichten Zylinder mit grauen Wänden, ein paar Meter hoch und ein bisschen weniger im Durchmesser, und einer abgeflachten Kugel von derselben Höhe, aber ein wenig breiter. Es herrschte warmes Licht, obwohl Skarbo keine Lichtquelle erkennen konnte.

Beide Räume schienen leer zu sein. Skarbo sah Hemfrets an. »Quartier?«

Es lächelte, und seine dünnen Lippen bildeten eine grimmige Linie. »Das Schiff wird alles anpassen, wenn ich gehe. Ich rate dir, dich währenddessen in die Mitte des größeren Raums zu stellen und dich nicht zu rühren. Möglicherweise ist es auch angenehmer, die Augen zu schließen, bis es fertig ist.«

Es deutete eine Verneigung an und ging. Als es draußen war, verschloss sich ein Stück der Wand wie eine heilende Wunde.

Der Vogel scharrte kurz auf dem Boden. »Weißt du, was ich glaube?«

»Nein.«

»Es hat Angst.«

»Wirklich?«

»Ja. Macht sich in die Hose. Wie ein Beutetier.« Er wackelte mit dem Kopf. »Du weißt, was ich meine.«

Skarbo glotzte ihn an und zitterte. Einen Moment lang hatte er sich vorgestellt, der Vogel hätte lauter zappelnde Insekten im Schnabel.

Dann blinkten die Lichter zweimal auf. Er wandte sich an den Vogel. »Zeit, die Augen zu schließen?«

»Pah. Ich kann allem ins Angesicht blicken.«

»Deine Entscheidung.« Skarbo schloss die Augen.

Ein hektisches Zischen war zu hören, knapp an der Grenze seines Hörvermögens, und Luftströme wehten über ihn hinweg. Es dauerte ungefähr eine Minute.

Plötzlich wurde es ruhig. Eine Sekunde lang herrschte Stille, dann meldete sich der Vogel zu Wort. »Oh, sehr komisch.«

Skarbo öffnete die Augen.

Die leeren Wände waren verschwunden. Stattdessen waren sie mit einem dichten Moos bedeckt, das die Farbe änderte, als Skarbo den Blickwinkel wechselte. Das Moos reichte bis ganz hinauf, zog sich in einer sanft schillernden

Rundung zur Decke und bedeckte auch diese. Am Boden wirkte es blau und verlief knapp über Skarbos Kopf in einem trüben, sandigen Orange.

Eine Couch war mit demselben Material überzogen. Sie hatte eine fremdartige Form, schien aber brauchbar zu sein. Sogar bequem. Ein Gegenstand vor der Couch wirkte wie eine Unterhaltungseinheit.

Skarbo sah zu dem kleineren Raum hinüber. Auch hier das Moos und der Spezies angepasste sanitäre Anlagen. Dann richtete er den Blick wieder auf den Vogel. »Was ist komisch?«

Er flatterte vom Boden hoch und umkreiste eine Stange, auf der ein Querbalken angebracht war. »Siehst du das? Eine verdammte *Sitzstange*. Oh ja. Vielen Dank. Das ist Speziesismus. Sitzstange. Hallo?«

Skarbo blinzelte. Er hatte sich nie gefragt, wo und wie der Vogel schlief oder ob er überhaupt jemals ruhte. »Was wäre dir denn lieber?«, fragte er.

»Egal! Kann mich überall erholen. Kann im Fliegen schlafen. Mir egal. Aber eben keine beschissene *Sitzstange*.« Er flog neben der Stange auf der Stelle und hackte zweimal kräftig mit dem Schnabel auf sie ein, sodass es jedes Mal schrill klackte. Dann flog er davon und verschwand in der kleineren Kammer. Die Tür schnappte zu, doch Skarbo hörte noch immer sein wütendes Gegrummel.

Er hob die Schultern und setzte sich auf die Couch. Dann kam ihm ein Gedanke. Er stand wieder auf und ging zu der Sitzstange hinüber. Ihre Oberfläche bestand aus glattem, mattem Metall, und es bedurfte nur eines Augenblicks, bis er die beiden frischen Kerben entdeckte, die der Vogel hineingepickt hatte. Er streckte eine Klaue aus und kratzte damit über die Stange. Sie hinterließ keinerlei Spuren. Er probierte es noch einmal mit größerem Druck – mit dem gleichen Ergebnis.

Interessant.

Aber er war müde, so müde, wie es sich seine jüngeren Inkarnationen nicht hätten vorstellen können. Er setzte sich wieder und legte sein Bein hoch in der – wie er wusste vergeblichen – Absicht, es so lange wie möglich behalten zu können. Zum zweiten Mal an diesem Tag bettete er sich zum Schlafen.

Und scheiterte gründlich.

Er wünschte sich, sein Bein würde genauso schnell verheilen wie der Flügel des Vogels. Denn diesem schien das Fliegen überhaupt nichts mehr auszumachen, und das war ebenfalls interessant.

Eine Weile starrte Skarbo ins Nichts.

Fast achthundert Jahre. Die ganze lange Zeit über hatte er die Welt abgelehnt – alle Welten außer einer –, hatte sein Augenmerk in die Ferne gerichtet, auf ein Objekt, das er nie besuchen würde. Ein Objekt, das ihn nach eigener Überzeugung und Befürchtung widerlegen würde. Nun fühlte er sich fast betrogen, weil es ihn am Ende doch bestätigt hatte.

Und während dieser ganzen Zeit, während er der Welt den Rücken zugekehrt hatte, war im Universum so viel passiert, und er hatte nichts davon mitbekommen.

Und vor ihm stand eine Unterhaltungseinheit, falls es wirklich eine war.

Er richtete sich auf und griff nach der Steuerung. Ein paar nervenaufreibende Minuten später hatte er die Nachrichtenkanäle aufgerufen.

Tatsächlich war ein Krieg ausgebrochen – aber diese Beschreibung war zu verkürzt. Fostees, der Politik studiert hatte und damals vor allem dem Alkohol zugetan gewesen war, hatte einmal gesagt, es gebe eine Konfliktschwelle, bei deren Überschreitung Kriege zum Allgemeinzustand würden.

Skarbo hatte geseufzt und ihn gebeten, seine Behauptung genauer auszuführen, da ihm klar war, dass er das sowieso getan hätte.

»Ganz einfach.« Fostees stellte die flache, breite Schale mit heißem Geist auf den niedrigen Tisch. »Viele Leute kämpfen manchmal, so weit einverstanden?«

»Ja. Ich sehe zwar keinen Sinn darin, aber ja.«

»Natürlich siehst du den nicht. Du bist großartig, weißt du das? Aber die tun das. Und manche Leute kämpfen auch ziemlich lange. Aber wenn viele Leute lange kämpfen, dann wird der Krieg zum Paradigma, verstehst du?«

Skarbo dachte darüber nach. »Wie definierst du *viel* und *lang*?«

Fostees griff wieder zu der Schale. »Kommt darauf an. In einem einzelnen Land ist das sehr schwankend. Mit dem richtigen Hintergrund kann sich auch die Hälfte der Bevölkerung gegenseitig die Köpfe einschlagen, und die Maschinerie schnurrt weiter, die Wirtschaft kollabiert nicht, und alle sind glücklich. Bis auf die Hälfte, die sich die Köpfe einschlägt. Obwohl die vielleicht auch glücklich ist.«

Er nahm einen geräuschvollen Schluck und ließ die Schale fallen. »Mist...«

Skarbo seufzte und las die Keramikscherben auf. »Erzähl weiter!«

»Danke. Also, je größer der Bereich, desto besser geht die Rechnung auf. Alles, was größer ist als ein ordentliches Planetensystem, ist homodingens genug. Zehn Prozent.«

»Homogen? Ja. Ich verstehe.«

»Das hast du gut gemacht. Also, wenn sich insgesamt zehn Prozent von allen im Krieg befinden, dann befindet sich früher oder später jeder im Krieg. Mir tut der Kopf weh.«

»Verdientermaßen.«

Aber Fostees war seit Ewigkeiten tot, und der Krieg spielte sich ganz aktuell ab. Er hatte sich über Jahrhunderte hinweg zusammengebraut – sogar über einen längeren Zeitraum, als Hemfrets gemeint hatte –, und die zehn Prozent waren überschritten worden. Der Krieg wuchs und erfasste beinahe alles.

Und man nannte ihn die Kriegsfront.

Die Kriegsfront war eine dauerhafte Kriegswirtschaft. Sie assimilierte, sie nötigte, sie fraß und wuchs. Und sie näherte sich.

Mauer-Energiekollektiv

Zeb schlug die Augen auf, sah sich um und vergewisserte sich, dass er war, wo er zu sein erwartete. Dann schloss er die Augen wieder. Ein tiefer Seufzer entrang sich seiner Brust. Um ehrlich zu sein, hätte er die Augen gar nicht öffnen müssen, um zu wissen, dass er sich wieder in der Realität befand. Mit seinen übrigen Sinnen konnte er das genauso gut wahrnehmen.

Aus der Vrealität aufzuwachen schmeckte nach Bedauern. Jedes Mal, ganz gleich, wie sehr er sich etwas anderes einreden wollte.

Diesmal schmeckte es ganz besonders nach Frost und Holzrauch. Ihm war nicht ganz klar, inwiefern Frost einen Geschmack oder Geruch haben konnte, aber es war so – eine ganz bestimmte, einzigartige Klarheit am Gaumen, die sich deutlich von der Schärfe des verheizten Brennstoffs absetzte.

Wenn er früher aufgewacht war, hatte es noch andere Gerüche gegeben. Essen und Getränke, ganz gewiss. Der süßliche Stärkegeruch einer Getreidebrühe mit bitteren Beiklängen aus heißen Kräuterteetassen. Und in noch weiterer Vergangenheit hatte er vielleicht noch mehr gerochen. Manchmal sogar den weichen Moschusduft von Aishs Körper und ihre Wärme neben ihm. Sie war nicht gern bei ihm gewesen, wenn er virtuell wurde, aber sie war trotzdem geblieben.

Aber das war vor langer, langer Zeit gewesen. Inzwischen hatte Aish ihn mehr oder weniger aufgegeben. Ein paarmal hatte er sich zu erklären versucht, doch anscheinend hatte er es nicht richtig getroffen, und außerdem hatten ihre Verpflichtungen seit damals um einiges zugenommen.

Fairerweise musste er eingestehen, dass er es auch vor sich selbst nur mit Mühe rechtfertigen konnte. Solange er sich in der Vrealität aufhielt, fiel es ihm viel leichter, aber in der Vrealität fiel ihm insgesamt alles leichter. Aish hatte es eine Sucht genannt.

Er fasste sich an den Kopf und zog die enge Drahtkappe ab, die seine Verbindung in die Vrealität darstellte. Sie verfing sich in seinem Haar. Fluchend entwirrte er sie. Schon lange hatte er sich das Haar nicht mehr geschnitten.

Er öffnete die Augen und stemmte sich von der Liege hoch, wobei die dicke Decke hinunterfiel. Er griff nach dem Morgenmantel. Die Temperatur im Zimmer musste um den Gefrierpunkt herum liegen. Vermutlich war es noch früh am Vormittag.

Sein Zimmer maß vier auf vier Meter. Eine der Wände war durchsichtig, eine einzige große Scheibe, die früher einmal über eine ausgefeilte Isolierung verfügt hatte – aber *früher* war vor ein paar Hundert Jahren gewesen. Inzwischen bestand sie aus stinknormalem Glas, das lediglich vom hohen Bleigehalt ein wenig gedämmt wurde. Dieser verhinderte, dass das Glas in richtig kalten Nächten sprang. Doch die Wärme entwich durch das Glas.

Die Aussicht wog dies allerdings mehr oder weniger auf.

Das Zimmer befand sich zweihundert Meter hoch in der Mauer und war Teil eines bewohnten schmalen Streifens, der das Maschinendeck darunter von der Solarwand darüber trennte. Eigentlich war die Mauer die nördliche, ungefähr einen halben Kilometer hohe Kante eines Steinbruchs. Dessen Boden erstreckte sich einige Kilometer weit nach Süden, wo er auf eine weniger steile Klippe traf, die man an klaren Tagen wegen ihres Schattenwurfs als dunkle Linie erkennen konnte. Jetzt sah er sie – die Sonne stand noch tief, linste auf die Ebene und glitzerte auf den hunderttausend Solarpaneelen, für die er auf Aishs Drängen hin einen Kredit aufgenommen hatte.

Noch zwei Stunden lang würden sie glitzern, und die Sonne würde in sein Zimmer fallen. Dann würde sie über das Himmelslid steigen, hinter dem sie sich bis zum frühen Abend verbergen würde. Die Solarmodule und der Ackerstreifen kälteresistenter Getreide am Fuß der Mauer mussten ohne sie auskommen.

Er seufzte und wandte sich von dem Anblick ab. Dann schrak er zusammen. Die Tür stand offen, und eine junge Frau lehnte im Türrahmen. Sie runzelte die Stirn.

»Wieder zurück bei uns?«

Zeb breitete die Arme aus. »Hi, Shol! Wie du siehst.«

»Aish will, dass alle kommen. Sie erwartet dich.«

»Das ist lieb von ihr. Und danke, dass du mich so böse angesehen hast. Wahrscheinlich ist sie zu beschäftigt, um es selbst zu tun.«

Shol behielt das Stirnrunzeln für etliche weitere Sekunden bei. Dann senkte sie den Blick und schüttelte den Kopf. Zeb vermutete, dass sie ein Lächeln verbarg. »Komm schon, Zeb! Du weißt doch, wie sie ist. Vor allem in letzter Zeit. Sie will eine Versammlung.«

»Tja, dann soll sie eine Versammlung haben. Worum geht's?«

Shol sah zu ihm auf. »Was meinst du denn? Zieh dich an, Kumpel!«

Sie waren vierzig Leute. Am Anfang, als das Ganze wie ein großartiges Projekt ausgesehen hatte, waren sie mehr gewesen. Als sie sich das letzte Mal versammelt hatten, waren es auch noch mehr gewesen.

Zeb schüttelte sich. Das war keine gute Einstellung. Allerdings hatte es den Vorteil, dass es mehr Essen für jeden gab, wenn sie Essen hatten. Andrerseits endeten Abwärtsbewegungen immer am selben Ort. Noch einmal schüttelte er sich. Dann teilte sich ein Menschenknäuel ganz vorn, und eine Frau hob die Hand, um für Ruhe zu sorgen. Man folgte ihrer Aufforderung nach einigen Augenblicken, und sie nickte.

»Hiermit eröffne ich die Versammlung des Mauer-Energiekollektivs.«

Aish wirkte müde. Das überraschte ihn nicht. Aber sie sah trotzdem gut aus und hatte die Versammlung noch immer im Griff.

»Also gut. Die allgemeinen Berichte sind hochgeladen. Hat sie sich irgendjemand angesehen?«

Die meisten nickten.

»Irgendwelche Anmerkungen?«

Ein dürrer grauhaariger Mann kam nach vorn und hob eine Hand. »Um das am schmerzlichsten ins Auge Fallende auszusprechen – die Energieleistung ist gefallen.«

Aish seufzte. »Ja, Harmity, das ist schmerzhaft augenfällig. Danke.«

»Aber warum?« Harmitys Stimme war genauso dürr wie seine Gestalt und außerdem weinerlich. »Meiner Meinung nach ...«

Doch Aish schnitt ihm das Wort ab. »Auf die Leistung kommen wir gleich zu sprechen. Und wenn wir alt genug werden, dann haben wir vielleicht noch Zeit, uns deine Meinung anzuhören.« Einige lachten, doch es war ein angespanntes Lachen, und mindestens genauso viele stimmten nicht mit ein. Zeb hob die Brauen.

Aish unterband das Gelächter mit einem Wink. »Hört zu, ich will euch nicht auf die Folter spannen. Die Energieleistung ist gefallen, weil Orbital Joule das Himmelslid vergrößert hat. Nicht viel, ungefähr ein Prozent. Wartet! Halt!«

Das letzte Wort war kaum mehr zu hören, weil alle durcheinanderschrien. Zeb sah sich um und begegnete Aishs Blick. Einen Moment lang sah sie ihm in die Augen, doch dann spannten sich ihre Lippen, sie hob den Kopf und holte tief Luft. »He! Alle mal Ruhe!«

Der Lärm ebbte zu einem Murmeln ab. Aish nickte und öffnete den Mund. Harmity kam ihr jedoch zuvor. Er zitterte vor Wut.

»Mit welchem Recht?« Er reckte einen Finger in die Höhe. »Mit welchem *Recht* tun sie das? Dass sie uns unser Licht wegnehmen?«

»Wir *haben* keine Rechte.«

Zeb schaukelte auf den Fersen zurück. Aish hatte geschrien, nicht einfach nur die Stimme erhoben, sondern geschrien. Er erinnerte sich nicht, sie jemals zuvor so erlebt zu haben.

Einen Moment lang stand sie reglos da. Dann sprach sie weiter. »Entschuldigt! Aber das wisst ihr doch – wir sind nichts als ein Haufen Sonnenpflücker, die vor sich hinwerkeln. Die kümmert es nicht, was wir hier unten treiben. Orbital hat das Recht, alle Planeten im Cluster mit Lidern zu versehen. Ihre einzige Auflage lautet, dass noch genügend Licht auf die Oberfläche fallen muss, damit das dortige Leben gewährleistet ist. Und ehrlich? Wir sind nur noch vierzig. Für die heißt das, dass wir nicht viel Licht brauchen.«

Weiter hinten ging eine Hand hoch. »Aish?«

Als ihr die Wortmeldung auffiel, lächelte sie leicht. »Ja, Iverrs?«

Der schlanke junge Mann schluckte. »Wenn ... wenn wir nicht genug Sonne haben, können wir auch keine Sonnenpflücker sein.«

Sie nickte. »Gut, Iverrs«, kommentierte sie freundlich.

Noch einmal schluckte er, und zwar so laut, dass der ganze Raum es hörte. »Aber ... aber was sollen wir denn sonst machen?«

Aish warf einen Blick auf die Begleiter des jungen Mannes. Einer von ihnen streckte die Hand nach ihm aus. »Keine Sorge, Iverrs! Dahin wird es nicht kommen. Weißt du was? Gehen wir vor die Tür!« Und die beiden verließen den Raum. Iverrs Bewegungen sprachen von seinen Sorgen.

Harmity sah ihnen nach. Als sich die Tür geschlossen hatte, drehte er sich um. »Iverrs ist vielleicht einfältig, aber er hat recht!«

Aish seufzte. »Orbital schert sich nicht um Sonnenpflücker. Und der Cluster ebenso wenig. Wir sind nicht effizient. Wir wischen nur die Reste auf.«

»Die wir dann gleich in die Server einspielen. Keine Übertragungsverluste. Das macht uns effizient.« Harmity sah sich im Saal um und runzelte die Stirn. Niemand sagte etwas. Das Schweigen schien ihn zu ermutigen, und er wandte sich mit erhobenem Zeigefinger wieder an Aish. »Das größere Sonnenlid beschert uns mehr Schatten. Unsere eigene Energieproduktion geht runter. Es wächst weniger Frucht! Was tun wir? Was willst *du* tun?«

Einige der Versammelten standen auf, doch Aish hob die Hände. »Bevor ihr alle losbrüllt – bisher waren wir ein *Wir* und kein *Du*. Lasst uns damit anfangen!«

Es wurde genickt, und die meisten setzten sich wieder. Nur Harmity blieb stehen, und mit seinem noch immer erhobenen Arm wirkte er wie ein wütender Wegweiser. »Nun gut. Aber *wir* müssen trotzdem entscheiden, was *wir* dagegen tun wollen.«

Aish nickte. »Das tun *wir*. Das werden *wir tun*.«

Kurz herrschte Stille im Saal.

Zeb hob die Hand. »Hat sich Orbital dazu geäußert? Oder der Cluster?«

»Wenn du wissen willst, ob ich angefragt habe? Das ja. Doch geantwortet haben sie noch nicht.« Aish seufzte. »Hört zu, ich will nicht lügen und behaupten, dass schon alles entschieden ist. Ich nehme aber an, dass für uns noch immer Effizienzsteigerungen drin sind. Also, wir haben alle zu tun. Ich will, dass wir in drei Stunden eine Versammlung des Ingenieurteams abhalten. Ist das für euch alle machbar?«

Einige nickten.

»Gut. Ich bleibe an Orbital dran, und in der Zwischenzeit suchen wir nach einer Lösung. Ich danke euch.«

Allen war klar, dass die Versammlung damit aufgelöst war. Zeb hielt nach Anzeichen des Widerstands Ausschau, doch nach einer Weile erhoben sich die Versammelten nach und nach und gingen.

Er nickte. Aish besaß Autorität. Noch.

Er wartete, bis sich der Saal geleert hatte. Dann ging er auf Aish zu, die noch immer vorn stand. »Nimm's nicht persönlich, aber du siehst geschafft aus. Versuchst du immer noch, alles allein zu stemmen?«

Sie zog eine genervte Grimasse. »Du hattest Gelegenheit, dich uns anzuschließen.«

»Hatte? Vergangenheit?«

»Sieht so aus. Es sei denn, du hättest dich verändert. Wie viele Stunden hast du letzte Woche in der Vrealität verbracht?«

»Als wüsstest du die Antwort nicht.« Er sah weg. »Wohlgemerkt mache ich das alles in meiner Freizeit.«

»Es nimmt deine *gesamte* Freizeit ein. Du isst kaum noch.«

Einen Moment lang starrten sie sich an. Dann musste Zeb grinsen. »Als wir noch zusammen waren, machten mir diese Streitereien auch schon Spaß.«

»Weißt du was? Manchmal glaube ich, dass sie dir tatsächlich Spaß gemacht haben. Mir nicht. Es ist nicht gut, Zeb.«

»Ich oder der Solarkram?«

»Die Solarzellen. Ich habe es längst aufgegeben, mir um dich Sorgen zu machen.« Aish schüttelte den Kopf, wandte sich ab und ging davon. Er sah ihr nach, wie sie mit gestrecktem Rücken den Saal durchquerte. Er hingegen sank zusammen und zuckte leicht vor Schmerz. Vielleicht bekam er nun doch die Quittung für die vielen bewegungslosen Stunden in der Vrealität. Er ließ die Schultern kreisen, und es knackte mehrmals. Dann seufzte er. Aish hatte recht. Es gab einiges zu erledigen.

Bei Sonnenuntergang war Zeb noch müder als zuvor und machte sich auf den Weg zum Dach.

War die Aussicht aus seinem Zimmer gut, so war die vom Dach spektakulär. Zum einen sah er von hier aus das gesamte Himmelslid. Um diese Tageszeit, wenn die Sonne bereits unter den Horizont gesunken war, sah er es sogar noch besser. Angesichts der Auswirkungen, die dieses Ding auf das Leben aller hatte, kam es ihm falsch vor, es schön zu finden, aber ... nun ja ...

Es war eben schön. Vielleicht war das der Grund, weshalb die Leute nicht oft hier hochkamen.

Er hatte schon viele Vergleiche gehört. Regenbogen, Flammen, Sonnenuntergänge durch ein verzerrtes chemisches Kaleidoskop betrachtet. Wenn es nach ihm ging, griffen sie alle zu kurz.

Ein Himmelslid war eine Schicht, ein Film, eine Folie aus einem komplizierten Molekül, so dick und lang, wie man es nur herstellen konnte, irgendwo zwischen gasförmigem und festem Zustand. Dieses Lid war recht klein, passend zu dem Planeten darunter – eine Scheibe mit lediglich fünftausend Kilometern Durchmesser. Wahrscheinlich wog sie ein paar Kilo.

Himmelslider waren eine uralte Technologie. Zeb hatte gehört, dass sie ursprünglich als Antwort auf die Überhitzung von Planeten geschaffen worden waren, als Erwärmung aufgrund von Verschmutzung und zu vieler Wärmequellen an der Oberfläche zu einem weitverbreiteten Problem geworden war.

Inzwischen war das die reinste Ironie.

Jedes Molekül in dem nebligen Schleier eines Himmelslids war eine Solarzelle. Das Sonnenlicht traf auf ein Himmelslid, dort wurde ihm die Lebenskraft ausgesaugt, und auf der anderen Seite trat es als blasser Geist wieder aus. Der ohnehin schon kühle Planet darunter wurde weiter abgekühlt. Die Abwärme der riesigen Serverfarmen, in denen der Großteil der Menschheit inzwischen in Vrealitäten lebte, reichte nicht aus, um den Effekt aufzuhalten.

Und trotzdem – schön. Seine Umlaufbahn verlief in der Ionosphäre des Planeten, sodass Winde aus geladenen Partikeln über seine halbleitende Oberfläche tanzten und ihre Ladung an die nach Energie gierenden Moleküle abgaben und dabei bunt aufblitzten.

Zeb hatte Atmosphärenlichter auf drei echten und einem Dutzend virtueller Planeten gesehen. Doch nirgends waren die Farben und die Muster so wie hier.

Im Moment sah es wie ein Code aus – lebhafte Kleckse ruckelten so schnell über den Himmel, dass sein Auge sie kaum wahrnahm. Am Abend davor hatte es gewirkt wie ein zersprungener Spiegel, der die Geburt – oder den Tod – eines Sterns reflektiert.

Man verlor sich leicht in dem Anblick. Als er an der Schulter berührt wurde, wusste er nicht, wie lange er schon hier gesessen war.

Er riss sich von dem Spektakel los, wandte sich in Richtung der Berührung um und seufzte.

»Hi, Shol!«

Sie wirkte beleidigt. »Selbst Hi. Ist das alles? Seufzen und ein Hi?«

»Entschuldige.«

»Entschuldige dich nicht! Du meinst es ja doch nicht.«

Eine Weile lang betrachteten sie schweigend die Show am Himmel. Dann wandte Zeb den Blick von dem Farbenspiel ab. »Hat Aish dich zu mir geschickt?«

»*Was*, verdammt noch mal soll sie getan haben? *Ich* habe *mich* geschickt! Zeb, manchmal bist du so ein Vollpfosten.«

»Aber du und sie?«

»Klar. Ich und sie. Unverändert.« Sie musterte ihn. »Ist das ein Problem?«

»Nein. Natürlich nicht.«

»Gut. Also, hast du vor, ihr irgendwie zu helfen?«

»Wenn man mich bittet.«

Sie starrte ihn kurz an. Dann verfinsterte sich ihre Miene, und sie kniff die Lippen zusammen. »Ach, krieg dich wieder ein! Es geht hier nicht um dich.«

Er schüttelte den Kopf. »Wann habe ich das behauptet?«

»Tja, du verhältst dich immer so, als ginge es um dich. Hör zu, für so was habe ich keine Zeit! Das kannst du dir genau wie alle anderen ausrechnen, und deshalb weißt du auch, dass wir ein massives Problem haben. Ein Problem, das unseren Betrieb ruinieren könnte. Dann wären wir weg von diesem Planeten, Zeb.«

»Ja, das weiß ich.«

»Und? Dann bring dich ein!«

»Inwiefern tue ich das nicht? Heute habe ich doch auch geholfen, oder?« Er hob die Schultern. »Oh, rede nicht um den heißen Brei herum! Es geht um die Vrealitäten, stimmt's?«

Shol wich seinem Blick aus und betrachtete die Lichtershow des Himmelslids hoch oben. Tastende Farben flackerten über seine Oberfläche. »Ein bisschen schon. Aish glaubt, dass das mehr ein Symptom als eine Ursache ist. Dass du ausgeklinkt bist. Vielleicht sogar depressiv.« Sie drehte sich wieder zu ihm um und legte ihm eine Hand auf den Arm. »Du wärst nicht der Erste, der sich in virtuelle Räume zurückzieht, um den Problemen der wirklichen Welt zu entfliehen.«

»Aha, danke.« Es wurde kälter. Er zog den Arm unter ihrer Hand weg und schlang beide Arme um die Brust.

Sie holte Luft, setzte zum Sprechen an, brach ab und probierte es noch einmal. »Was ist das da drinnen?«

Er schüttelte den Kopf. »Das kann ich nicht erklären.«

»Das musst du aber. Es geht nämlich das Gerücht, dass du ein Problem hast. Dass du süchtig bist. Zeb, ich glaube, das stimmt. Man kann von Vrealitäten genauso abhängig werden wie von allen anderen Suchtmitteln.«

Das traf ihn schmerzhaft. Mit einer Handbewegung wehrte er den verbalen Angriff ab. »Du irrst dich, aber selbst wenn du recht hättest, was dann? Welcher Schaden sollte sich daraus ergeben?«

»Frag Aish! Erinnerst du dich noch an sie? Ihr wart einmal ein Paar.«

»Leck mich, Shol! Wir haben uns nicht getrennt, weil ich in die Vrealitäten gegangen bin. Es war andersherum. Zwischen uns lief es nicht gut, und ich musste mich zurückziehen.«

»Sie sieht das aber anders.«

»Was für ein Scheiß.«

Eine Weile schwiegen sie. Der harte Knoten in Zebs Magen bestand vor allem aus Wut, wie er sich einredete. Denn Gewissensbisse konnten es auf keinen Fall sein.

»Wenn du dich nicht öffnest, kann ich dich auch nicht verteidigen«, sagte Shol schließlich und betrachtete ihre Hände.

»Mich verteidigen? Vor wem?«

»Vor allen. Zeb? Wie kannst du nur dermaßen beschränkt sein?«

»Ich verstehe nicht. Aish hat es doch im Griff, dachte ich.«

»Himmeldonnerwetter!« Sie riss die Arme hoch. »Aish hat es im Griff. Aber wir kommen an einen Punkt, an dem es egal ist, ob sie es im Griff hat oder nicht. Und *ich* komme an einen Punkt, an dem es mir echt am Arsch vorbeigeht, was in deinem Hirn abgeht. Ich sehe nicht länger dabei zu, wie du sie runterziehst. Merk dir das eine! Aish ist mir wichtiger als das Kollektiv, und glaub mir, im Moment ist das Kollektiv mir verdammt wichtiger als du. Also sag schon!«

»Hör auf! Hör auf!« Er merkte, dass er geschrien hatte, und zwang sich zum Innehalten und Luftholen. Er musste sich beruhigen, während er nach Worten suchte und sie ihn lauernd beobachtete.

Er seufzte. »Gut. Erstens, sag mir eins! Wann warst du zum letzten Mal in einer Vrealität?«

Sie zuckte mit den Achseln. »Weiß nicht. Vor ein paar Monaten. Warum?«

»Tu mir den Gefallen! In welcher warst du?«

»In irgendeinem Kasino. Du weißt schon, so ein Freizeitding. Ich war dort eine Woche virtueller Zeit.« Ihre Miene wurde grimmiger. »Nach hiesiger Zeit war ich in zehn Minuten wieder zurück.«

»Ja. So wie alle.«

»Alle außer dir.«

Er schüttelte den Kopf und ging nicht auf den Vorwurf ein. »Das ist es. Ins oberste Level einsteigen, ein bisschen rumblödeln, spielen, sich vielleicht ein paar Fantasien erfüllen und dann wieder raus. Mehr ist nicht drin.«

»Klar. Was sollten wir sonst tun?« Dann biss sie sich auf die Unterlippe. »Oh, Mann ... sag bloß nicht, dass du in volle Simulation gehst! Zeb!«

Er schwieg.

»Das ist nicht unsere Welt, Zeb. Du gehst da ganz rein, wie?«

»Ja.«

»Mist!« Sie senkte den Kopf und sprach zu ihren Füßen. »Warum?«

»Warum nicht? Es ist nicht verboten.«

»Ach, natürlich, und deshalb ist es in Ordnung? Es ist einfach so ... so ... *zudringlich*. Schlicht falsch.«

Beide schwiegen eine Weile. Dann richtete sich Zeb im Sitzen auf. »Nein«, sagte er. »Ich sage dir, was falsch wäre. Von uns gibt es ein paar lausige Millionen, hier draußen. Wir fackeln unser mickriges Leben vollends ab, indem wir die Server füttern und irgendwie zusammenkratzen, was das bisschen Planet hergibt, das noch Sonne hat. Die Hälfte der Planeten im Spin sind abgebaut oder ausgesaugt, die andere Hälfte schlachtet sich gegenseitig ab. Sie killen sogar Sterne, um an Energie ranzukommen, damit sie wegen irgendeines ausgebeinten Monds einen neuen bescheuerten Krieg anfangen können. Da oben sitzt der Cluster, zählt sein Geld und grinst sich eins in seinen fetten Arsch. Alles für Menschen, die uns zahlenmäßig eins zu einer Milliarde überlegen sind und innerhalb eines unserer Tage fünfzig Generationen leben, ohne dass sie tatsächlich *existieren.* Und wir sollen sie nie *sehen?* Nie herausfinden, was wir da eigentlich unterstützen? Etwas für sie empfinden? Oh ja. Das wäre falsch, Shol.«

Er merkte, dass er heftig atmete. Unvermittelt legte er sich nach hinten ab. Eine Felsnoppe drückte ihm ins Kreuz. Er achtete nicht darauf und drehte den Kopf ein wenig, damit er Shol aus den Augenwinkeln beobachten konnte.

Sie musterte ihn mürrisch. »Du redest wie ein Abschalter.«

»Nein! Gar nicht.« Er setzte sich wieder auf. »Im Gegenteil. War das nicht deutlich?«

»Nein. Du hast gesagt, dass sie nicht *existieren.* Ist das nicht genau das, was die auch sagen? Dass man sie abschalten soll, dass sie nicht real sind?«

»Das sagen sie. Aber ich nicht. Mich berührt das, was da drin passiert.«

Sie kniff die Augen zusammen. »Es geht dir näher als das, was hier draußen passiert?«

»Nicht näher. Eben anders. Und ich habe Verpflichtungen, Shol. Verpflichtungen gegenüber den Vrealitäten und *in* den Vrealitäten.«

Sie seufzte. »Verdammt, Zeb, wie bescheuert kann man nur sein? Aus dir spricht die Sucht. Du kannst keine Verpflichtungen *in* den Vrealitäten haben. Das ist Unsinn, philosophisch gesehen. Die sind erst mal nur eine Simulation. Die sind nicht echt.«

»Und wir sind echt?«

Sie sah ihm unverwandt in die Augen. »Lass das! Verstanden? Deine einzige Verpflichtung ihnen gegenüber besteht nicht ihnen gegenüber. Sondern gegenüber dem Cluster. Der hält nämlich die Server am Laufen, falls du's vergessen hast.«

»Ja. Und sein Freund Orbital Joule. Diejenigen, die eben das Himmelslid vergrößert haben? Und die ganzen anderen Orbitalgesellschaften im Spin? Denen sind diese ganzen unwirklichen Leute so lieb und teuer, dass sie die sogenannten wirklichen Welten bereitwillig in Staub- und Knochenwüsten verwandeln, um sie am Laufen zu halten? Und ich weiß nicht, Shol ... In meinen Ohren hört sich das nach einer ziemlichen Verpflichtung an.« Er sah sie an. »Vielleicht könntest du sie mittragen? Du weißt schon ... dich einbringen?«

»Leck mich!« Shol erhob sich. Eine Weile lang stand sie wie eine zornige Säule im Gegenlicht des Lidleuchtens. Dann sah sie zu ihm herab. »Ich werde nicht zulassen, dass sich Aish deinetwegen zu Tode schuftet, hörst du? Sie kann den Laden hier nicht allein schmeißen, und sie kann auch Orbital Joule nicht allein in die Schranken weisen. Ich werde dir in den erbärmlichen Arsch treten, egal, was du dazu meinst. Und wenn der Rest von dir noch an deinem Arsch hängt, dann umso besser. Aber das ist deine Entscheidung.«

Ein Grinsen breitete sich auf Zebs Gesicht aus. Er erhob sich und stellte sich ihr gegenüber. »Du glaubst, dass es tatsächlich noch um Menschen geht? Tja, verdammt, ich bin dabei. Warum hast du das nicht gleich gesagt?«

Kurz rechnete er damit, dass sie ausholte und ihn ohrfeigte. Sie zitterte vor Anspannung, das pulsierende Licht spiegelte sich auf ihr. Dann ließ sie die Schultern fallen. »Ich habe keine Ahnung, wie Aish es mit dir ausgehalten hat.«

Er lachte. »Hat sie ja auch nicht. Du solltest mir dankbar sein.«

»Herablassung steht dir nicht. Sie trägt noch immer diesen Anhänger, den du ihr geschenkt hast.«

Zeb nickte. Eigentlich hatte es ein Scherz sein sollen – das dunkelrote Mineralscheibchen mit dem Bild eines Sterns darauf. Damit hatte er sie erinnern wollen, dass es dort oben noch Sonnen gab. Doch er hatte nicht damit gerechnet, dass sie den Anhänger annahm. Und vor allem hatte er nicht damit gerechnet, dass sie es behalten hatte, nachdem sie nicht mehr ... was immer sie gewesen waren. Ihm war klar, dass sich Shol darüber ärgerte.

Er hielt ihr die Hand hin. »Entschuldige. Ich werde mein Bestes geben.«

»Heißt das, dass du weniger Zeit in den Vrealitäten verbringen wirst?«

»Nein.« Sie spannte sich wieder an, und er hielt die Hände abwehrend vor sich. »Du glaubst, ich sei abhängig, und ich glaube, dass ich nicht abhängig bin. In diesem Punkt werden wir uns nicht einigen. Aber ich kümmere mich um die Sache. Abgemacht?«

Sie zögerte. Dann nickte sie. »Abgemacht.«

»Alles klar, gut. Und jetzt erzähl mir, wie es dazu kam, dass Orbital die Erlaubnis zur Vergrößerung des Lids bekommen hat!«

»Woher weißt du, dass sie eine Erlaubnis bekommen haben?«

»Wie kommst du darauf, dass sie es ohne Erlaubnis getan hätten? Orbitale Baumaßnahmen erfordern eine Autorisierung durch den Cluster, deshalb müssen sie eine Erlaubnis haben. Komm schon, Shol! Erzähl es mir!«

»Nun gut. Du hast recht, sie haben eine Erlaubnis, aber wir wissen nicht, warum.«

»Hat irgendjemand gefragt, was wir davon halten?«

»So ungefähr.« Sie setzte sich hin und stützte die Ellbogen auf die Knie. »Man hat uns zurate gezogen, und wir haben Einspruch erhoben.«

»Und der wurde vermutlich ignoriert, stimmt's?«

»Ja.«

»Ich kann mich nicht erinnern, davon etwas mitbekommen zu haben.«

Sie runzelte die Stirn, und das Lidleuchten füllte die Falten in ihrem Gesicht mit tiefen Schatten. »Na ja, wahrscheinlich warst du ... beschäftigt.«

Er starrte geradeaus.

Nach einer Weile seufzte sie. »Das war unfair von mir. Niemand hat etwas davon mitbekommen außer Aish und mir. Die Menschen fühlen sich derzeit irgendwie verunsichert. Unsere Zahl ist geschrumpft, alles scheint mühsamer zu werden. Verstehst du?«

»Ja. Das habe ich bei der Versammlung gespürt.«

»Ich weiß. Deshalb hielten wir es für besser, das Problem so lange zu verschweigen, bis wir sicher waren, dass es ein richtiges Problem werden würde.«

Er schüttelte den Kopf. »Ich glaube, das ist ein Fehler, Shol. Du kannst keine Unterstützung erwarten, wenn du die Menschen ausschließt. Kommt mir so vor, als müsstet ihr, du und Aish, aus eurem Silo herausklettern, bevor der Rest der Mannschaft eine Bombe hineinwirft.«

»Vielleicht. Aish war sehr ... stark. Aber sie braucht Hilfe, Zeb. Wir alle brauchen Hilfe, und aus irgendeinem Grund bist du immer noch da. Auch wenn mir der Grund dafür schleierhaft ist, setzt Aish nach wie vor Vertrauen in dich ...«

Sie sprach nicht weiter. Er grinste sie an. »Weißt du was? Jetzt nehme ich dir zum ersten Mal ab, dass sie dich nicht geschickt hat.«

»Wow, danke.« Zitternd erhob sich Shol. »Mir wird es zu kalt. Ich gehe rein.«

»Ich bleibe noch ein bisschen draußen.«

»Und starrst dieses Ding an?« Sie deutete nach oben.

»Tja. Kenne deinen Feind.«

»Wenn du meinst. Aber ... Zeb? Vergiss deine Freunde nicht!«

Er nickte. »Shol? Warum ist das so wichtig?«, fragte er dann.

Sie lächelte ein wenig traurig. »Aish ist es wichtig. Kapierst du das? Und sie ist mir wichtig. Deshalb kann ich dich nicht von der Klippe werfen oder zum Himmelslid schießen, sosehr ich das auch möchte. Ganz einfach.«

Ihm wurde die Sache zu ernst, und er spielte ihr ein Schluchzen vor. »Oh, Shol! Ich dachte ...«

»Fick dich!«

Er wollte etwas sagen, aber sie hatte sich bereits umgedreht und schritt über das Dach davon. Ihre Stiefel knirschten leise auf der Frostschicht aus Felsstaub und Kies. Er lauschte, bis ihre Schritte verklangen, dann legte er sich mit den Händen hinter dem Kopf zurück und blickte zum Himmelslid empor. Es wurde eisig kalt, und am Rand des Leuchtens bildeten sich Eiskränze. Es war noch schöner.

Doch es fiel ihm kaum auf.

Unabhängiges Charterschiff (namenlos), Eisklinge, AKAAR

Experiment und seine flackernde kleine Sonne lagen gerade noch so in einer Konstellation, die man Eisklinge nannte. Als Skarbo dort angekommen war, hatte sie ganz neu zum Raum der Baschet gehört, doch das war nichts, was ihnen wichtig war, weshalb er sich frei hatte aussuchen können, wo er siedeln wollte.

Seither hatte sie anscheinend häufig den Besitzer gewechselt. Ein wieder aufstrebendes Mandat hatte sie zurückgewonnen, dann wieder verloren, sie gewonnen und schließlich endgültig verloren. Kurz hatte sie Imperien, Kollektiven, industriellen Kombinaten und als Letztes einem Ding namens Anderthalbteiliges Konzil für den Aufschwung der Außenregionen gehört oder war von ihnen beansprucht worden. Aber AKAAR, wie es sich nannte, trat nie als Konzil zusammen und tat nichts für irgendeinen Aufschwung, weshalb Experiment sich selbst überlassen worden war.

Mittlerweile war das Konzil weg, und die Baschet waren zurück – wieder einmal. Und ebenso etwas, das sich Mandat nannte, aber überhaupt nicht so aussah wie das letzte Mandat, und daneben noch ein Dutzend andere. Sie schlossen sich zusammen, und Hunderte Jahre gegenseitiger Anfeindungen schmolzen dahin. Zurück blieben bewaffnete Schiffe, die die Leere ausfüllten.

Die Schiffe der riesigen zusammengesetzten Flotte, die sich die Kriegsfront nannte.

Am Ende war Skarbo doch eingeschlafen, aber sein Schlaf war laut gewesen und erfüllt vom Geruch von Verbranntem. Jetzt schrak er auf. Eine Sirene plärrte, ein multitonales Geräusch mit breitem Spektrum, das von jedem Ohr gehört werden konnte. Er erbebte, sah sich um, blinzelte. Das warme Licht war aus, stattdessen blendete ihn ein unangenehmes, grelles Blau. Der Moosüberzug an Wänden und Decke schwoll zu einer matschigen Beulenfläche an, die sich rasch ausbreitete. Sein Zimmer war nur noch halb so groß.

»Aaargh! *Mist*...«

Skarbos Kopf ruckte herum. Die Sitzstange wurde ebenfalls von einem anschwellenden Ballon eingehüllt. Auch das Bein des Vogels, der aufgeregt flatterte.

»Weg da! Ekliges ... weg *da*!«

Ein Reißen ertönte, und das Bein war frei. Der Vogel schoss nach oben, verschwand kurz in dem Auswuchs an der Decke und wurde wieder ausgeworfen wie bei einer surrealistischen Geburt. Er flog tiefer und schwebte neben Skarbo. »Dreckszeug! Brauche keinen Schutz.«

»Schutz?« Skarbo sah sich um. »Was ist los?«

»Ha! Dieses armselige Beutetier hatte wohl Angst. Wir werden angegriffen! Das Schiff geht in den Einschussmodus.«

»Angriff?«

»Muss wohl so sein. Geschieht ihnen recht.«

Das Zittern wurde schlimmer. Verzweifelt versuchte sich Skarbo zu beruhigen, aber das grelle Licht und der Alarm machten alles noch schlimmer. Er krallte sich in die Seitenlehne der Couch und hoffte, dass er sich am Ende nicht die eigenen Klauen ausriss. »Wer?«

»Woher soll ich das wissen? Könnte gut sein, könnte schlecht sein. Kann ich nicht sagen.«

»Was sollen wir tun?«

»Es aussitzen. Sonst können wir nichts unternehmen. Wird wahrscheinlich nicht lange dauern.« Der Vogel landete auf dem Boden und verkroch sich in einer Mulde des weichen Zeugs. »Ha. Ziemlich gemütlich, wenn es einen nicht fressen will.«

Skarbo lehnte sich zurück und schloss die Augen. Er gab sich Mühe, die Situation philosophisch zu sehen, doch Furcht und Wut gewannen die Oberhand.

Dann geriet das Schiff in ein sanftes Schaukeln.

Der Vogel sah auf. »War es das? Ich glaube, das war es.«

»Das? Wie kann es das gewesen sein?« Skarbo warf dem Vogel einen zweifelnden Blick zu.

»Ganz einfach. Weißt du, wie viel Energie es braucht, um so etwas Riesiges so sehr zum Wackeln zu bringen? Das war eine ganze Menge.«

Dann kam ein zweiter, etwas stärkerer Stoß.

Der Vogel ruckte mit dem Kopf hin und her. »Ah. Vielleicht doch noch nicht vorbei? Könnte ein weiterer ...«

Er brachte den Satz nicht mehr zu Ende. Das Schiff schien kurz zu zögern, und dann wurde Skarbo von einer entsetzlichen Wucht erfasst und gegen die Wand geworfen. Trotz des weichen Überzugs fühlte es sich an, als sei er zerschmettert worden, als würde er immer noch zerschmettert, denn die Kraft hielt ihn fest und stauchte ihn so gnadenlos zusammen, dass er kaum noch atmen konnte.

Wieder ein Zögern. Gleich darauf stürzte er und lag japsend am Boden. Ihm blieb lediglich ein Moment, um den Vogel etwas von Feldwaffen faseln zu hören, dann erfasste ihn die Kraft erneut und schleifte ihn durch das Zimmer. Er stieß gegen die Sitzstange und wickelte sich halb um das

Gestänge. Dabei spürte er, wie das verletzte Bein sich löste, bevor er an die gegenüberliegende Wand prallte.

Diesmal ließ die Kraft nicht nach. Das Zimmer bebte, und die Vibrationen eines tiefen Ächzens übertrugen sich sogar durch den dicken Überzug hindurch.

Das Beben wurde immer stärker, bis Skarbo nur noch verschwommen sah und ihm der Lärm in den Ohren dröhnte. Dann hörte es auf. Einen Sekundenbruchteil lang herrschte atemlose Stille, gefolgt von einem unbeschreiblichen Krachen, das Skarbo flach auf den Boden nagelte. Lange Zeit spürte er gar nichts.

Dann schwebte er.

Es war völlig dunkel. Er konzentrierte sich bis an die Grenzen seiner Sehkraft, erkannte aber nichts, nicht einmal das graue Grieseln herkömmlicher Dunkelheit. Dazu war es still, aber nicht vollkommen still. Es war eine ruhelose Stille, untermalt von einem flauen Rascheln wie von Federn, die kaum noch zusammenhingen.

»Vogel?«

Lange passierte nichts. Er machte sich Sorgen. Er bereitete sich auf einen neuerlichen Versuch vor.

»Ja.«

Skarbo atmete aus. »Was ist passiert?«

»Alles. Etwas. Etwas sehr Mächtiges. Woher soll ich das wissen? Dumme Frage. Frag lieber, was jetzt geschehen soll.«

Die Sorge war weg, und stattdessen stellte sich eine Mischung aus Genervtheit und Erleichterung ein. Der Vogel hörte sich normal an.

»Nun, was soll jetzt geschehen?«

»Auch das weiß ich nicht.«

»Nein, vermutlich nicht.« Vorsichtig tastete Skarbo seinen Körper ab. Bis auf das abgefallene Bein schien er noch aus einem Stück zu bestehen – auch wenn der Großteil dieses Stücks schmerzte. »Kommst du zur Wand?«

Leise war eine Luftverwirbelung zu hören, wie bei einem langsamen Flügelschlag. »Ja. Bin zwar nicht für Schwerelosigkeit gemacht, aber ja. Warum?«

»Um einen Weg nach draußen zu finden.«

»Wohin nach draußen?«

Skarbo schüttelte den Kopf. »Ins Schiff ... wohin sonst?«

»Weißt du eigentlich, in welchem Zustand es ist? Weißt du, wer dort draußen ist?«

»Nun, nein ...«

»Kein guter Vorschlag. Nicht viele Möglichkeiten. Schlimmstenfalls ein Ungetüm voller Vakuum oder ein Schiff voller Feinde. Feinde wären mir lieber. Es sei denn, du kannst im Vakuum überleben.«

Skarbo dachte nach. »Ich weiß nicht«, gestand er. »Ich hab's nie ausprobiert.«

»Dann heb es dir für Notfälle auf.«

Er wollte lachen. »Und was ist das jetzt?«

»Das weiß ich noch nicht. Unbekannte Situation, bis jemand die Tür aufmacht. Ruh dich aus.«

»Vielleicht.« Es war unwahrscheinlich. Schwerelosigkeit und Dunkelheit waren beunruhigend, und die Stelle, an der ihm das Bein abgefallen war, tat weh. Es half, über etwas nachzudenken.

Dann riss er die Augen weit auf. Da war ein Geräusch gewesen – und ein Licht, ein schlanker, breiter werdender Halbmond. Dann ein kurzes Zischen und ein leichtes Beben seines Panzers. Druckausgleich. Es bedeutete, dass sie immerhin Luft zum Atmen hatten.

»Ah!« Der Vogel klackerte mit dem Schnabel. »Antworten! Willst du wissen, wer?«

Skarbo reagierte nicht darauf. Er beobachtete den Halbmond, bis aus diesem der Türdurchgang wurde. Das Licht dahinter war nur schwach, als hätte jemand die Schiffsinnenbeleuchtung gedimmt. Dann verarbeitete sein Gehirn, was seine Augen schon gewusst hatten, und vor Entsetzen wurde er ganz steif.

Das da draußen war nicht das Schiffsinnere.

Er befand sich in der Nähe einer der Zimmerwände. Er streckte eine Klaue aus und griff nach dem aufgequollenen Moos, ganz vorsichtig, damit er sich nicht abstieß. Dann zog er sich zu der Öffnung.

Der Blick weitete sich, wurde ... riesig.

Sie befanden sich in einem Hohlraum. Form und Entfernung waren schwer abzuschätzen. Die gegenüberliegende Wand war nur ein verschwommener violetter Nebel, der keine Schlüsse zuließ. Sterne funkelten schwach hindurch.

Etwas stieß mit ihm zusammen. Nach einem leisen Fluch kroch ihm etwas den Rücken hinauf.

»Kann nicht durch dich hindurchsehen. Oh ...«

Dem gab es nichts hinzuzufügen.

Der Hohlraum voller Schiffe erstreckte sich so weit in Richtung der violetten Wand, dass die Schiffe irgendwann nicht mehr richtig zu erkennen waren. Zwischen den Schiffen schwebten kleinere Gegenstände – Kapseln und Trümmerteile. Kaum eins von ihnen wirkte intakt, die meisten waren scheußlich beschädigt.

Skarbo fand seine Stimme wieder. »Vogel? Wo sind wir?«

Ausnahmsweise klang er diesmal kleinlaut. »In einem Gefängnis vielleicht. Die Farbe dort hinten? Das könnte ein Feld sein. Weiß es nicht. Ich weiß auch nicht, weshalb es voller Luft ist. Vielleicht ist es das auch nicht. Vielleicht ist es nur eine Sauerstoffblase um uns herum. Aber warum?

Weiß ich nicht. Ich weiß gar nichts.« Er flatterte. »Nichts wissen gefällt mir gar nicht. Jetzt bist du dran, etwas zu wissen.«

»Ich tue mein Bestes.« Skarbo starrte in den riesigen Hohlraum. Im Innern war es nicht vollkommen ruhig, wie ihm auffiel. In und um die großen Schiffe herrschte Bewegung. Hier und da blitzte etwas Winziges auf, und hier und da erhaschte er bei einem der Ungetüme ein ganz leichtes Rucken, sodass ihm das Bild des aufgedunsenen Leichnams eines großen Meeresbewohners in den Kopf kam, den eine unruhige Brandung hin und her warf. Er schüttelte den Kopf und konzentrierte sich auf seine nähere Umgebung.

Dann schreckte er zusammen und verlor fast den Halt. Etwas zeichnete sich im Gegenlicht in der Öffnung ab – eine unregelmäßige Gestalt, ungefähr einen Meter groß mit Höckern, Stielaugen und Fühlern. Mit vier biegsamen Beinen hielt sie sich am Türrahmen fest.

Sie sprach. »Lebensform?« Die Stimme klang flach und metallisch.

Er stierte das Ding an. »Sieht so aus«, sagte er.

»Bist du handelbar?«

Skarbo war baff. »Was meinst du damit?«

Das Ding wippte ein paarmal auf und ab. »Handelbar, Tauscheinheit, empfundener oder tatsächlicher Wert. Bist du das?«

»Ich weiß nicht ...« Doch dann spürte Skarbo, dass sich Krallen in seinen Rücken schlugen.

»Ja!« Das war der Vogel. »Eindeutig handelbar. Das Insekt kann einen hohen Wert erzielen. Strategisch! Als Experte! Was bietest du?«

Wieder wippte das Ding. »Beweis. Benötige Nachweis des Werts. Kann in der Form von ...«

Ein Blitz brachte Skarbos Sehnerv zum Glühen. Als er wieder etwas erkannte, sah er die Überreste zweier Beine, die sich noch immer an den Türrahmen klammerten. Der Rest des Dings war fort, und es roch nach hochkomplexen verkohlten Molekülen.

Mit gemächlichen Flügelschlägen schwebte der Vogel vor Skarbo herum. Auch wenn er etwas anderes behauptet hatte, schien er sich in der Schwerelosigkeit ziemlich zu Hause zu fühlen. Das merkte sich Skarbo.

»Ups«, sagte der Vogel leise. »Was das wohl getan hat?«

Skarbo deutete mit einer freien Klaue. »Da hast du eine Auswahl«, sagte er ebenso leise.

Und da war sie auch. Es näherten sich ... Dinge ... Dinge, deren Größe variierte, die einen Durchmesser von Zentimetern oder mehreren Metern hatten. Einige sahen ihrem ersten Besucher ähnlich, doch daneben gab es auch vollkommen glatte Kugeln, ausgetüftelt aerodynamische Gegenstände und organische Sachen und – *Dinge*. Die meisten von ihnen wirkten beschädigt.

Ein eingedellter kleiner Kuboid zwängte sich durch die Ansammlung. »Entschuldigt! Die Maschine eben war aufdringlich. Außerdem entschuldigen wir uns für den unvermittelten Umzug aus eurem letzten Schiff. Zur Bestätigung – du bist Skarbo?«

»Äh ... ja. Wer bist du?«

»Skarbo der Uhrmacher?«

»Ja. Nun, vermutlich ehemaliger Uhrmacher. Ich weiß es nicht so richtig. Aber nochmals – wer bist du?«

»Alle.« Die Maschine drehte sich einmal ganz im Kreis herum. »Wir sind ein Kollektiv. Die Maschine vorhin war eine Außenseiterin. Freibeuter tolerieren wir hier nicht.«

Der Vogel klickte mit dem Schnabel. »Und wen repräsentierst du?«

»Uns selbst, diesen Ort und jemanden, der dich gern kennenlernen würde.«

Skarbo musterte den Vogel. Dieser hob die Flügel – ein Achselzucken. Dann wandte er sich wieder an die kleine Maschine. »Und was, wenn ich diesen Jemand nicht kennenlernen möchte?«

»Oh, das tust du aber! Das weißt du nur noch nicht. Dann wollen wir dich mal umdrehen, damit du auch den Rest noch siehst. Nicht wahr?«

Die Wolke aus Gegenständen zerstob, schwirrte in alle Richtungen davon, bis nur noch die von der Tür eingerahmte kleine Maschine übrig blieb. Durch die Wände hörten sie ein eifriges Klappern und Schaben, und dann bewegte sich die Aussicht. Unmengen von Schiffen und Wracks kreisten an ihnen vorbei.

Schließlich bewegte sich nichts mehr, und ihnen wurde klar, dass sie bis eben von ihrer Position in dem riesigen Hohlraum nach außen geblickt hatten. Nun hatten sie den Blick nach innen, in Richtung Zentrum, und es wurde viel, viel heller.

Skarbo hielt den Atem an.

Bei dem Hohlraum handelte es sich um eine Kugel, und der Mittelpunkt der Kugel stand in Flammen – er war ein pulsierender, flackernder gelber Ball, der beinahe so hell war, dass man den Blick abwenden musste. Ringsum zog sich eine Wolke aus Schiffswracks und Trümmern zusammen, winzige Punkte neben einer Faust, und eine Gruppe solcher Punkte stürzte gerade in den Lichtball und hinterließ auf seiner Oberfläche für kurze Zeit eine dunkelrote Schliere.

Da fing die Maschine wieder an zu sprechen. »Das ist die andere Option. Ungefähr zwanzig Gigatonnen geschmolzenen Metalls, das täglich um etwa ein Prozent anwächst.

Viel mehr ist das hier nicht als ein Schmelzofen mit einem Feld ringsum. Es gibt elegantere Arten des Recyclings, aber es funktioniert.«

Der Vogel schwieg, doch Skarbos Stimme gehorchte ihm wieder. »Alles hier drin kommt in den Ofen?«

»Irgendwann schon. Es sei denn, es bringt mehr ein, wenn man es verkauft, als wenn man es einschmilzt. Damit wären wir wieder bei dir. Wie sieht es aus?«

»Ob ich mehr wert bin? Ich weiß nicht.« Der Anblick des Balls machte ihn einfältig. Eine intelligentere Antwort fiel ihm nicht ein.

»Nicht schlimm. Ich könnte dein Ankerfeld abschalten und dir einen ordentlichen Stoß versetzen. Und schon wärst du auf der Reise, in ein paar Tagen kämst du an. Im Moment befindest du dich in einer Atmosphärenblase. Die könnten wir eingeschaltet lassen, dann wäre noch genug Sauerstoff übrig, damit du anständig verbrennst.«

Skarbo schüttelte den Kopf. Dann kam ihm ein Gedanke. »Du sagst, dass alles im Ofen landet?«

»Das ist richtig.«

»Aber ihr nicht. Warum nicht?«

Die Maschine gab keine Antwort, und Skarbo fuhr fort. »Ich glaube nicht, dass euch das hier gehört. Und ich glaube auch nicht, dass ihr das hier angefangen habt. Stimmt's?«

Er spürte, wie sich die Krallen des Vogels in seinen Panzer krampften. Die Maschine schwebte näher heran. »Ein ordentlicher Stoß, denk dran ...«, sagte sie.

»Das werdet ihr nicht tun.« Skarbo wurde selbstsicherer. Er betrachtete den Haufen verlotterter Geräte, die sich hinter der kleinen Maschine versammelt hatten. »Ich glaube, ihr seid Lumpensammler.«

Der Vogel ließ ihn los und schwirrte nach vorn. »Ha!

Schmarotzer! Skarbo hat recht. Das seid ihr! Zecken und Schmeißfliegen!«

»Wir bevorzugen den Begriff *Symbionten*. Also, kommst du mit?«

Skarbo nickte. »Ich denke schon.«

Die Fahrt dauerte eine Weile. Die Kugel hatte einen Durchmesser von hundert Kilometern, was für Weltraummaßstäbe winzig war. Freie Fahrt aber hatte man immer nur zwischen zwei Schiffsrümpfen, und die Schiffe dümpelten ziemlich dicht aufeinander, während es in den Zwischenräumen von Trümmern nur so wimmelte. Höhere Geschwindigkeiten wären Selbstmord gewesen.

Höhere Geschwindigkeiten wären aber auch sonst besorgniserregend gewesen, denn sie befanden sich in einer Art halbkugelförmigem Korb aus Metallbändern, die abwechselnd schwarz verkohlt und rot verrostet waren. Die Bänder waren plump aneinandergeschweißt worden, sodass an den Nahtstellen große Schmelzperlen klebten. Skarbo kratzte an einer der Perlen, und seine Klaue hinterließ einen braunen Striemen im Rost. Richtig verschweißt. Echter Rost.

Der Vogel sah ihn kratzen. »Gut, dass wir uns in einer Feldblase aufhalten«, sagte er. »Könnte mich nicht darauf verlassen, dass die etwas Luftdichtes hinkriegen.«

Skarbo enthielt sich einer Äußerung.

Sie hatten ihre Zimmer verlassen und zugesehen, wie die Faktoren, wie sie sich nannten, ihrem Wrack den versprochenen ordentlichen Stoß versetzten. Jetzt schoben sie sich zwischen den bewegungslosen Rümpfen und den bis zur Unkenntlichkeit verdrehten Trümmern hindurch oder um sie herum. Nebenbei lieferte ihnen ihr Begleiter die noch fehlenden Einzelheiten.

Eine Konverterkugel war im Grunde das Gegenstück zu einem sehr großen Einzeller. Das äußere Feld war die Zellwand, der Dotter aus geschmolzenen Schiffen in der Mitte war der Zellkern. Geladene Teilchen im äußeren Feld vermochten elektrische Muster gerade so schnell zu speichern und zu verändern, dass sie einen primitiven Elektrorechner imitierten, der zwar nicht an KI-Standards herankam, aber ausreichte, um Schiffe zu zählen. Dabei änderten die Partikel ihre Emissionsspektren. Von außen ähnelte eine scharf nachdenkende Kugel ein wenig dem Farbenspiel auf einer Seifenblase.

Kugeln dachten oder bewegten sich nicht schnell genug, um in irgendeiner Weise eine Gefahr darzustellen, und was sie von Natur aus taten, war im Grunde nützlich. Deshalb hatte man sie seit hunderttausend Jahren gewähren lassen. Niemand wusste, wie viele es von ihnen gab.

Sie existierten, um für Geld Schiffsleichen einzuschmelzen. Meistens durchwanderten Konverter die Ränder in die Tage gekommener Zivilisationen und sammelten Schrott ein. Manchmal wurden sie auch angeheuert, um irgendwo ganz gezielt aufzuräumen. Wenn zum Beispiel der nähere Orbit deines Planeten unangenehm mit defekten Satelliten zugemüllt wurde und sie die Jachten behinderten, dann rief man einen Konverter. Der Konverter bekam dafür das Recht, das Metall einzusammeln, und vielleicht noch eine kleine Gebühr, und du hattest wieder einen sauberen Himmel.

Fast alle Konverter arbeiteten die meiste Zeit mehr oder weniger in eigener Sache. Hin und wieder, wenn der Ball aus geschmolzenem Metall in der Mitte zu groß wurde, schnitten sie einen gigantischen Brocken heraus, feinsäuberlich nach Molekülmasse geschichtet, und verkauften ihn.

Aber jetzt war nicht *die meiste Zeit*.

Es herrschte Krieg, und im Krieg ging es um Ressourcen. Nicht nur um Rohmaterial, um Wasser oder Nahrungsmittel wie in den guten alten Kriegen – hier ging es um Ressourcen jeglicher Art.

Plötzlich waren die Kugeln und ihre Inhalte sehr wertvoll. So wertvoll, dass an diesen Konverter schon elf Regierungen, Armeen und Konsortien herangetreten waren.

Darüber lachte der Vogel. »Wissen die alle voneinander?«

»Das ist nicht meine Sorge.« Die kleine Maschine wippte auf und ab. »Ich lebe nur hier.«

»Indem ihr Leute gegen Lösegeld abliefert, vermute ich.« Stirnrunzelnd musterte Skarbo die Maschine. »Oder ist auch das nicht deine Sorge?«

Wieder wippte sie. »Um ehrlich zu sein, mache ich mir gar keine Sorgen. Aber wenn du dir gern Sorgen machst, dann denk daran – wäre es besser, wenn ich alle Lebensformen, die hier hereinkommen, als Verunreinigungen des Metallballs enden lasse?«

Skarbo dachte kurz darüber nach. »Ich weiß nicht ...«, sagte er. »Kommt darauf an, was sonst mit ihnen geschieht. Aber ich nehme an, das fällt nicht in deine Zuständigkeit, oder?«

Eine Weile schwieg die Maschine. Dann antwortete sie. »Es herrscht Krieg. Ich bin zwar kein Experte, aber mir scheint, dass dieser Krieg wie die meisten Kriege von biologischen Wesen angefangen wurde. Aber für jede Tonne Biomaterial, das den Ball verschmutzt, schicken wir eine Gigatonne Metall hinein. Darunter ist Metall, das früher einmal denken konnte. Bereitet dir das Sorgen? Oder fällt das nicht in deine Zuständigkeit?«

»Autsch«, murmelte der Vogel.

Skarbo starrte die Maschine eine Weile an. Dann wandte

er sich ab und betrachtete die Schiffsrümpfe, die an ihnen vorbeizogen.

Er fragte sich, was sie wohl gedacht hatten und ob sie Angst gehabt hatten.

Mauer-Energiekollektiv

»Zeb?«

Etwas grub sich in seine Rippen.

»Wach auf!«

Es grub sich schmerzhaft hinein. Er wollte sich umdrehen.

»Oh Mist! Zeb, wach verdammt noch mal auf!«

Etwas traf seine Schulter. Es tat weh. Er öffnete die Augen und erkannte eine vertraute Gestalt.

»Hallo, Shol!«

»Oh, zum Glück, verdammt ...« Sie strich sich das Haar aus dem Gesicht, und er sah ihre Augenringe.

»Was ist los?«

»Ärger. Zweierlei. Zeb, tut mir leid, dass ich dich geschlagen habe. Aber ich brauchte so lange, um dich zu wecken, und bekam schon Angst, du seist irgendwo hängen geblieben.«

Er schüttelte den Kopf. »Bin nur müde.« Kein Zweifel, er war sehr müde, und das kam ihm nicht normal vor. Er bohrte sich die Fäuste in die Augen und setzte sich auf. »Entschuldigung, Shol. Wie spät ist es?«

»Tagesanbruch plus zwei.«

Er blinzelte. »Und warum ist es dann dunkel?« Im Zimmer herrschte Dämmerlicht.

»Ein Problem mit der Linse. Drei Pannen.«

»Du machst Witze.«

»Schön wär's. In den letzten fünf Stunden haben wir zwanzig Prozent unseres Lichts verloren.«

Er glotzte sie an. »Aber das ist doch verrückt! Linsen haben keine Pannen. Die treiben einfach nur dort oben. Es sei denn, jemand manipuliert sie.«

Sie nickte.

»Dann hat jemand sie manipuliert?«

»Aish glaubt es jedenfalls. Wir werden es herausfinden, wenn wir nachsehen. Zeb, und das heißt – du. Ich brauche jemand mit Atmotraining, und das bist du. Warst du zumindest. Ich spiele die Einweiserin.«

Er schwang die Beine von der Couch und stand auf. »Nun, klar. Aber es ist eine Weile her, seit ich das letzte Mal oben war. Bin leicht eingerostet. Gibt es sonst wirklich niemanden? Was ist mit Gesh und Xi? Oder …« Er suchte nach Namen. »Ach, jemand von den anderen?«

»Geshwith und Xiparanafy waren gestern Abend noch hier. Heute morgen nicht mehr. Mit ihnen sind zehn weitere gegangen – unter anderem Dekefstiel und alle anderen bisherigen Atmojungs.« Sie kräuselte die Lippen. »Die haben auch Namen, aber ich nehme an, du warst zu beschäftigt. Ist lange her, seit du mit Leuten gesprochen hast.«

Er überging ihre Bemerkung. »Und wo sind die jetzt?«

»Das wissen wir noch nicht. Daran arbeiten wir noch.«

»Ach, du Scheiße …« Er sah sie eine Weile an. »Das ist etwas Größeres, stimmt's?«

Sie nickte.

»Wie nimmt Aish es auf?«

»Sie bleibt ruhig. Bin stolz auf sie. Wir sind ihr was schuldig. Zeb? Du musst hinauf.«

»Ja. Geht in Ordnung.« Er streckte sich. »Dann mal los!«

Damit folgte er ihr zur Tür hinaus und achtete bewusst nicht weiter auf die Erschöpfung, mit der sie sich fortbewegte.

Sie trafen Aish in einer Nische im hinteren Teil des Raums, der als Festsaal, Besprechungszimmer und Speisesaal diente. Die Nische stellte so etwas wie ihr Büro dar, und der behelfsmäßige Tisch vor ihr war immer mit Notizblöcken aus Papier vollgemüllt gewesen, Aishs einzigem Spleen. Als sie noch ein Paar gewesen waren, hatte Zeb einmal gesagt, dass ihre archaische Versessenheit auf Papier ein Ausdruck ihrer Ablehnung des Virtuellen sei.

Seit ungefähr jener Zeit war ihre Beziehung ins Stocken geraten.

Jetzt lagen keine Notizblöcke mehr herum. Der Tisch sah leer gefegt aus, als hätte Aish ihn seiner Persönlichkeit beraubt.

In Zebs Hinterkopf schrillten winzige Alarmglocken. Er setzte sich auf den Rand des Schreibtischs. »Hallo, Aish! Wie ich höre, unternehmen wir einen Atmotrip.«

Sie sah auf, nickte und senkte den Kopf. Die Alarmglocken wurden lauter, und Zeb warf einen Blick zu Shol hinüber. Die biss sich auf die Lippe. Er wandte sich wieder zu Aish um und zwang sich zu einem munteren Ton. »Bestens. Haben wir ein Back-up, oder gehen wir solo hoch?«

Sie bedachte ihn mit einem trägen Halblächeln, als wolle sie sagen: *Ich weiß, was das soll.* »Solo«, sagte sie, und das Lächeln verschwand wieder. »Die anderen sind fort. Ich habe eine Nachricht von ihnen gefunden.«

»Fort?« Zeb sah zu Shol hinüber. »Fort ... warum?«

»Sind ausgetreten. Haben aufgegeben. Meinen, es hat keinen Sinn. Wir sollten einfach alles abschalten.«

Zeb und Shol sahen sich an. Dann atmete Shol hörbar aus. »Oh, Aish! Die irren sich gewaltig.«

»Wirklich? Bist du da sicher?« Mit düsterem Blick sah Aish zu ihr auf. Dann schüttelte sie den Kopf und zeigte wieder das halbherzige Lächeln. »Nun gut. Ja, wahrscheinlich. Leute? Drei Linsen sind verrutscht. Zeb, du zerrst deinen Hintern am Seil hinauf und reparierst das. Shol, du spielst die Einweiserin.«

Zeb stand auf und salutierte theatralisch. »Yes, Ma'am.« Er sah, dass Shol den Mund öffnete, und gab ihr einen sanften Tritt. Darauf schloss sie ihn wieder, und sie gingen hinaus.

Draußen im Gang blieben sie stehen. Zeb sah sie an. »Hast du sie schon mal so gesehen?«

Shol schüttelte den Kopf.

»Ich auch nicht. Wir halten uns also besser an ihre Anweisungen, Shol. Aber noch schwerer werden wir uns hinterher für die nächsten Schritte entscheiden können.«

»Ja. Zeb? Deshalb musst du dich umso mehr einbringen. Hörst du?«

»Ich höre.«

Die spartanisch eingerichtete winzige Kapsel rumpelte, ging nach oben und rumpelte wieder. Zeb hielt sich am Rahmen seines Sitzes fest und hoffte, nirgends anzustoßen. Gleichzeitig brachte er es fertig, das Comm zu aktivieren.

»Shol? Ich glaube, mit der Kapsel stimmt was nicht.«

Rumpel.

»Warum?«

»Die läuft überhaupt nicht rund.«

»Könnte sein, ja.«

Er runzelte die Stirn. »Muss ich mir Sorgen machen?«

»Weiß nicht.«

»Okay, besten Dank.«

Rumpel.

Shol empfand kein Mitleid, was verständlich war. Vielleicht sollte er lieber die Aussicht genießen.

Die war ziemlich gut. Dicht am Fenster fassten die segmentierten Greifarme nach oben, umklammerten etwas Unsichtbares – *rumpel* – und zogen die kleine Kapsel um weitere zwei Meter nach oben.

Das Unsichtbare wurde als dünne, helle Faser sichtbar, wenn er es aus dem richtigen Winkel betrachtete. Im Grunde war es keine einzelne Röhre, sondern es waren zwei parallele Fullerenröhren, Produkte einer uralten Technologie, die miteinander verbunden waren und ein flaches Kabel mit etwas weniger als einem Millimeter Durchmesser ergaben, die damit drei Nummern zu aufwendig konstruiert waren. Das Ganze bildete eine von drei Pardunen, die sich in einer Höhe von zehn Kilometern trafen.

An der Stelle, wo sie sich trafen, rotierten langsam acht kreisförmig angeordnete Linsen, die wiederum mit einer weit dünneren Röhre befestigt waren. Aus der Nähe ähnelte die Anordnung einer Blume, doch von hier unten war sie nur ein Punkt, der nach und nach heller wurde.

Ein Turmkäfer brauchte ungefähr zwei Stunden, um bis zu den Linsen aufzusteigen. Zeb hatte schon eine Stunde hinter sich, und von dem Geruckel wurde ihm übel.

Ein Käfer war eine unter Druck stehende Kapsel, in der man gerade so eben sitzen konnte, und sie verfügte über drei Hydraulikgreifarme. Mit zweien zog der Käfer sich an dem Seil hinauf, während er den dritten Arm zur Stabilisierung ausstreckte – und um gegebenenfalls nach einem anderen Seil zu greifen, sollte eines in der Nähe sein. Es ging zwar langsam, aber es war eine sichere Methode, um an Pardunen hinaufzuklettern. Auf diese Weise vermied man auch potenzielle Schäden, die Flugzeuge mit ihren heißen Abgasen verursachten, während sich in den Propellern die Seile aufwickeln konnten.

Sicher freilich nur, so weit es um die Seile ging. Zeb hatte nie das Gefühl gehabt, dass die Passagiere sicher waren.

Es waren immer zwei Mannschaftsmitglieder nötig, wobei nur einer oben war. Für einen Pardunenaufstieg brauchte man zwei Leute, von denen einer am Boden blieb und diesen Posten nur verließ, wenn der andere gerettet werden musste. Diesmal war Zeb oben und Shol am Boden, und sie hatte ihm nicht erst erklären müssen, weshalb das die richtige Aufteilung war. Deshalb konnte er sich auf die Aussicht konzentrieren.

Jenseits der Pardunen war die Welt in drei horizontale Bänder unterteilt. Unten die Ebene, verschwommen vom eisigen Nebel, der im Zwielicht schimmerte. In der Mitte der blauschwarze Himmel, der mit jeder Minute des schwindenden Tages dunkler wurde. Oben und einen Kilometer über ihm der Streifen des Himmelslids.

Auch aus dieser Perspektive sah es schön aus, und bei dem Gedanken bekam Zeb ein noch schlechteres Gewissen.

Rumpel-rumpel.

Rumpel.

Zeb riss den Blick von der Ferne weg. Der Käfer hatte angehalten, sein oberer Greifarm war beim Umfassen der Pardune erstarrt, was sich noch unheimlicher anfühlte als das ständige Ruckeln beim Klettern.

Er hatte ihn nicht angehalten. Vor ihm befand sich eine sehr einfache Anzeige. Sie hätte etwas anzeigen sollen. Aber abgesehen von einer einzigen Kontrolllampe tat sie nichts dergleichen. Das Lämpchen blinkte träge. Offenbar war Notenergie vorhanden, aber kaum mehr als das.

Er schaltete das Lämpchen aus und aktivierte das Comm. »Shol?«

Nichts.

Er versuchte es noch einmal. »Shol?«

Das Comm knisterte. »Ja. Sorry. Hab ein paar Sachen durchgecheckt. Na ja, hab's zumindest versucht.«

»Ich habe Energie verloren. Ich bin auf Notversorgung.«

»Wir alle haben Energie verloren. Genau das habe ich gerade gecheckt.«

»Oh.« Die beiden Röhren waren Leitungen. Über Plättchen an den Greifarmen nahm der Käfer die Energie ab, die am Boden eingeleitet wurde. Nur dass sie das im Moment anscheinend nicht wurde.

Er wartete. Nach einer Weile meldete Shol sich wieder. »Hör zu, wir haben ein viel größeres Problem! Jemand hat Orbital Joule gesteckt, dass wir die Hälfte unserer verbliebenen Leute verloren haben, und jetzt haben sie noch mal ein riesiges Segment des Lids ausgerollt.«

»Scheiße! Wie groß genau?«

»Es hat uns um weitere zwanzig Prozent runtergezogen. Und wir haben keine zwanzig Prozent mehr, nicht solange die Linsen nicht repariert sind. Zeb? Das ist übel.«

»Ja.« Er dachte nach. »Hör mal, ich muss weiter hoch.«

»Ja, das glaube ich auch. Wie sehen deine Batterien aus?«

Er blickte auf die Kontrolllampen. »Okay, aber wer weiß, ob das stimmt. Wie lange müssten sie denn halten?«

Sie zögerte. »Wenn die Batterien gut sind, dann reicht es für einen ganzen Aufstieg plus fünfzig Prozent. Runterkommen ist dann natürlich einfacher.«

»Ja. Einfacher.« Das war's! Im Notfall löste man einfach die Greifarme von der Pardune und ließ sich fallen. Dann konnte man nur hoffen, dass der Fallschirm funktionierte und dass es unten noch etwas gab, worauf man landen konnte. Zeb betrachtete die abgegriffenen Innenwände seiner Kapsel. »Was würdest du sagen, wie alt die Batterien sind?«

»So alt wie die Käfer, nehme ich an.«

»Dachte ich mir schon.« Von der Basis unten hätte er ein Leuchten sehen müssen, aber er sah es nicht. Doch er stellte sich Shol vor, wie sie im Dämmerlicht im Commraum saß. Plötzlich war es ihm unheimlich wichtig, dass er ein menschliches Wesen in seiner Nähe wusste.

Er räusperte sich. »Shol, können wir die Verbindung bitte offen lassen?«

»Machen wir.« Sie zögerte. »Solange die Energie reicht. Wir haben hier echt ein Problem.«

»Ja. Aber nicht nur wir. Ich habe nachgedacht, Shol. Einige Leute sind beleidigt abgezogen, richtig? Und sie haben gemeint, es sei Zeit, das Ding abzuschalten.«

»Und?«

»Wie schält man die Vrealitäten am besten ab? Indem man die Energiezufuhr ausschaltet. Und die sind wir.«

Eine Weile schwieg sie. Dann meldete sie sich wieder zu Wort. »Zeb, wir machen ein paar Prozent des lokalen Gitters aus, höchstens. Wenn man uns ausschaltet, ändert das nichts an den Vrealitäten, gar nichts.«

»Ja, aber vielleicht sind es ja nicht nur wir. Bleib dran, Shol! Wir sehen uns wieder, wenn ich unten bin.«

Er wartete auf das Okay. Dann holte er Luft, überprüfte die Anzeige und versuchte sich daran zu erinnern, was ihm das Kontrolllämpchen wirklich über den Zustand des Notstroms sagen wollte. Wahrscheinlich gesund – aber womöglich trügerisch.

Wie auch immer. Er aktivierte die Steuerung und ließ den Käfer seine stotternde Reise fortsetzen.

Rumpel-rumpel.

Das hatte sich schon mal nicht geändert.

Der Turm endete nicht bei der Linsenanordnung. Darüber reichte ein weiteres, aus drei Nanoröhren gewundenes Seil zehn Kilometer weiter über die Atmosphäre hinaus und bis zum Lagrangepunkt. Am Ende des Seils hing eine Pendellinse wie der Stein in einer Steinschleuder und wirbelte um den Planeten herum. Er hielt die gesamte Struktur unter Spannung. Eine mathematisch elegante, aber hinsichtlich der technischen Ausführung plumpe Lösung – als ob mit dem Inhalt eines jahrhundertealten Ersatzteillagers ein Provisorium gebastelt worden wäre.

Rumpel-rumpel.

Die Pardunen rückten näher zusammen. Die Linsenanordnung darüber hatte sich aus einem Punkt in einen Kreis verwandelt, dann zu einem Ring aus Kreisen, der immer breiter wurde, bis er Zebs ganzes Gesichtsfeld ausfüllte.

Nur wenige Meter unterhalb der Linsen hielt er inne. Die Anzeige der Batterie hatte sich nicht verändert, weshalb er ihr umso mehr misstraute. Doch für den Moment hatte er noch Energie. Er sprach ins Comm.

»Shol? Alles okay bei dir?«

Es dauerte eine Weile, bis er ihre Stimme hörte. Sie schien aus weiter Ferne zu kommen und gerade noch in seiner Reichweite zu sein.

»Gibt nicht viel zu berichten. Zunehmender Energieabfall. Bei dir?«

»Bin gleich da.«

»Kannst du was erkennen?«

»Nichts zu sehen. Die Anordnung sieht gut aus, aber ich bin noch hundert Meter unterhalb. Krieche jetzt den restlichen Weg hinauf und sehe es mir dann genauer an. Lasse dann ein paar Diagnoseprogramme laufen.«

»Alles klar. Sei vorsichtig!« Er konnte sie kaum noch hören.

»Versprochen.«

Er umfasste die Klettersteuerung und ließ den Käfer auf geringster Tempostufe weiterkriechen. Die Greifarme zogen die Kapsel mit jedem Griff kaum einen halben Meter nach oben. Er wusste nicht genau, warum, aber es fühlte sich richtig an.

Fünf Minuten später schmiegte sich der Käfer an das knollige Gelenk an der Verbindung der drei Pardunen mit der feinen Blume aus Metall und Glas und hielt an. Zwar war der Käfer durchaus in der Lage, an dem Gelenk vorbei und weiter nach oben zu klettern, aber das war nicht nötig, denn Zeb interessierte sich lediglich für die Anordnung.

Er startete den Teil des Rechners, der für Diagnoseprogramme zuständig war, und ließ ihn nach einer Verbindung zu der künstlichen Halbintelligenz suchen, die das System kontrollierte.

Kurz passierte nichts. Dann blinkten auf einen Schlag einige Lichter auf und wurden gleich darauf matt und trübe. Zeb kräuselte die Lippen. Die Maschine lief, sprach aber nicht. Das war irgendwie so, als sei das Licht an und jemand zu Hause, Besuch sei aber unerwünscht.

Das konnte durchaus ein gewöhnlicher Fehler sein, redete er sich ein. Der Käfer hatte nicht nur fast keinen Verstand, sondern war auch sehr alt und gebraucht. Etliche Tausend Jahre mindestens war er auf unterschiedlichsten entlegenen Kraftwerken im Einsatz gewesen, hatte alle möglichen Jobs ausgeführt, je nachdem, wem er gerade gehört hatte. Schließlich war alles, was das Mauerkollektiv baute, besaß oder sich aneignete, gebraucht oder zusammengebastelt und hielt gerade noch einen weiteren Job durch. Es war eine Metapher nicht nur für den Zustand des Kollektivs.

Aber die alte künstliche Halbintelligenz war hart im Nehmen. *Einfach* bedeutete nämlich auch strapazierfähig, vor allem, wenn sich das einfache Ding in einem Mantel befand, in dem es vor Strahlung und Trümmern geschützt war, über keine beweglichen Teile verfügte, dafür aber über einen Miniregelkreis-Kernreaktor, der nahezu ewig hielt. Deshalb gab er nichts auf seine Skepsis. Eigentlich durfte nichts schiefgehen.

Er tippte mit dem Finger auf die Steuerung. Dann seufzte er und stellte das Comm von Direktverbindung auf allgemeinen Funk um. Eine Weile dachte er nach, dann holte er Luft. »Hör zu!«, sagte er. »Ich bin hier oben. Dem Zustand der Linsensteuerung nach zu urteilen, würde ich behaupten, dass du auch hier oben bist. Ich finde heraus, was du gemacht hast, und vermute, dass ich es mit etwas Aufwand auch wieder reparieren kann. Ich nehme aber auch an, dass es nicht von allein kaputt gegangen ist. Deshalb lass uns erst einmal miteinander reden!«

Nichts. Er versuchte es noch einmal.

»Hallo?«

Er wartete und zählte Herzschläge.

Er kam bis hundert, und das ging ziemlich rasch, wie er fand. Dann meldete sich das Comm.

»Hi. Hast ja ganz schön lange gebraucht.«

Er starrte auf die Anzeige. »Käfer sind nicht die Schnellsten. Vor allem, wenn ihnen jemand die Hauptenergie kappt. Wer ist da?«

»Dekefstiel. Hallo, Zeb!«

Zeb atmete aus. »Nur du, oder auch andere?«

»Nur ich. Die anderen sind gegangen. Ich dachte, ich warte auf dich.«

»Speziell auf mich? Woher wusstest du, dass ich es bin?«

»Das war leicht zu erraten. Du bist vrealitätssüchtig, und du und Shol seid die einzigen Leute mit Atmotraining, die noch übrig sind. Und Shol bleibt immer unten. Deshalb.«

Als er Shol erwähnte, schaltete er das Comm rasch auf die Bodenbasis um. Nichts, nicht einmal der Pilotton. Shol war außer Reichweite. Plötzlich wollte er dringend unten sein.

Doch das kam noch nicht infrage. Er stellte wieder auf Funk um.

»...jemand sich fragt, was hier oben los ist.«

»Okay ... was?«

»Wir haben die Linsen lahmgelegt. Klar.«

»Legt ihr den Rest auch noch lahm?«

Es folgte eine Pause. »Nein. Noch nicht. Vorher wollen wir reden.«

Zeb pochte das Herz. *Noch nicht.* Das bedeutete aber *irgendwann,* und ohne die Linsen würde es kein *da unten* mehr geben. Er zwang sich, ruhig zu klingen. »Du kannst aber nicht nur mit mir reden, sondern musst zum Kollektiv sprechen.«

»Ich weiß. Aber die Leute hören auf dich. Aish hört auf dich.«

»Das war mal so.«

»Mach nicht rum!« Er klang barsch. »Du hast genauso wenig Zeit wie ich.«

Zeb runzelte die Stirn. »Du drehst der Basis den Energiehahn ab. Wenn sich das nicht bald ändert, gehen Leute drauf. Was willst du?«

»Tja, langfristig will ich eine richtige Zivilisation mit ordentlichen Aktien an wirklichen Planeten.«

Zeb lachte. »Das hätte ich mir denken können. Mist, das hätte ich *schreiben* können. Und ich hätte nicht darauf geachtet. Versuch es noch einmal! Fang noch mal an dem Punkt an, dass du willst, dass alle Vrealitäten abgeschaltet werden!«

In seiner Stimme schwang ein Lachen. »Okay, gut. Wir wollen, dass alle Vrealitäten abgeschaltet werden.«

»Ich aber nicht. Wenn das alles ist, hat sich unser Gespräch schnell erledigt.«

»Zeb, ich könnte die gesamte Linsenanordnung unbrauchbar machen.«

»Ja. Und das Lid. Und alles andere. Und alle deine Freunde töten. Und dann abwarten, wie lange der Gürtel braucht, bis er dich geschnappt hat.« Und, dachte er, dabei verbrauchen wir noch mehr von der Zeit, die du nicht hast.

Dekefstiel schien das nicht zu beunruhigen. »Bei allem Respekt, ich glaube nicht, dass das meine Freunde sind, und du bist derjenige, der an einem Greifarm zehn Kilometer über dem Boden hängt. Hör mal, ich gebe mir hier Mühe, vernünftig zu sein. Wir wollen nicht einfach alles abschalten, verstehst du? Wir wollen einen Kompromiss.«

Zeb lachte. »Was für einen Kompromiss? Nur ein paar Trillionen töten und die anderen in Ruhe lassen?«

»Wir wollen sie nicht einfach töten.«

»Als ob ihr das nicht wollt. Himmeldonnerwetter, ihr seid Abschalter!«

»Und du vereinfachst die Dinge zu sehr. Du kennst die Vrealitäten besser als jeder andere, stimmt's?«

»Keine Ahnung. Schon möglich. Und?«

»Wie ist das Geschwindigkeitsverhältnis?«

Zeb schüttelte den Kopf. »Unterschiedlich. Worauf willst du hinaus?«

»Ungefähr?«

»Hätten wir das nicht auch am Boden besprechen können?«

»Wir besprechen es jetzt. Komm schon!«

»Na gut. Ein paar Hunderttausend zu eins. Und?«

»Lass uns eine Zeit festlegen!«

Einen Moment lang stand Zeb auf dem Schlauch. »Redest du von einer Deadline?«, fragte er dann zögernd.

»Nenn es eine Lebenszeit. Viele, viele Lebenszeiten ...
sagen wir, eine halbe Million Jahre.«

»Oder ein halbes Jahr, wie ich sagen würde. Und dann?«

»Und dann schalten wir ab. Respektvoll, wenn du willst.
Wir könnten sogar eine Zeremonie abhalten.«

Zeb starrte das Comm an. »Du machst wohl Witze, verdammt!«, rief er schließlich.

»Wieso?«

»Wo soll ich anfangen?« Er schüttelte den Kopf. »Nun
gut, vergessen wir mal, dass du glaubst, es sei okay, eine
Trillion Leute umzubringen. Vergessen wir, dass du meinst,
es würde einen Unterschied machen, wenn du damit noch
sechs Monate wartest. Und lass uns vor allem total vergessen, dass du eine Zeremonie vorschlägst. Eine Zeremonie! Wie denn? Mit einer salbungsvollen Rede und trauriger
Musik? Vergessen wir's! Aber mir das alles vorzuschlagen?
Mir? Echt jetzt?«

Er hatte sich bemüht, ruhig zu klingen, aber als er beim
letzten Wort ankam, hatte sich seine Kehle zugeschnürt,
und er wurde lauter. Doch dann beherrschte er sich und
wartete.

Dekefstiel klang belustigt. »Ja, dir. Wirklich. Wenn man
bei jemandem etwas erreichen will, dann sollte man bei
einer harten Nuss anfangen. Deshalb fange ich bei dir an.
Sag mir mal Folgendes. Warum halten deine Freunde da unten die Vrealitäten am Laufen?«

Zeb wurde misstrauisch. »Weil sie – wir – einen Vertrag
haben.«

»Ja. Für die ist das ganz einfach, nicht wahr? Im richtigen Leben erledigen sie ihren Job und halten sich aus
dem vorgeblichen Leben raus. Aber dir sind Verträge egal,
Zeb.«

Zeb gab keine Antwort.

Es folgte ein langes Schweigen. Als Dekefstiel wieder sprach, klang er forscher. »Ob es dir gefällt oder nicht, die Zukunft intelligenten Lebens liegt hier draußen, Zeb. Nicht dort drinnen.«

»Na schön. Das glaubst du, und ich glaube, dass du deshalb eine weniger intelligente Lebensform bist als die Leute dort drinnen. Was nun? Bring mich einfach um! Damit sollte die Sache erledigt sein.«

Dekefstiel lachte. »Als wärst du das einzige Hindernis? Bestimmt. Wir könnten sogar eine Zeremonie für dich abhalten. Aber du bist es nicht. Ganze Planeten haben fest verwurzelte Wirtschaftssysteme, die nur einem Zweck dienen, und das weißt du auch. Wir werden größer und gelangen irgendwann dorthin, aber wir brauchen Leute, die uns unterstützen und nicht im Weg stehen.«

»Mich der Bewegung anschließen? Geht es darum?«

»Es gibt keine Bewegung, der man sich anschließen könnte, wenn es nach mir geht. Falls es eine gäbe, bezweifle ich, dass du so weit gehst. Nicht öffentlich.« Dekefstiel hielt inne. »Aber insgeheim vielleicht? Du wärst nicht der Einzige.«

»Oh, ich wette, dass ich nicht der Einzige wäre.« In Zeb regte sich Zorn. »Genauso wette ich, dass die Kerle, die uns dort unten im Stich gelassen haben, nicht über Nacht konvertiert sind. Stimmt's?«

»Das musst du sie fragen.«

»Werde mir nicht die Mühe machen. Wahrscheinlich sind sie sowieso damit beschäftigt, auf deine Einflüsterungen zu hören.« Zeb schüttelte heftig den Kopf. »Das hat jetzt lange genug gedauert. Ich werde die Linsen gerade rücken, und wenn ich dich jemals wiedersehe, dann rücke ich auch dich gerade. Kapiert?«

Am Ende hatte er geschrien. Das tat gut.

»Verstehe, was auch immer du sagst.« Dekefstiel klang bedauernd, aber auch immer noch ein wenig belustigt. »Du wirst allerdings merken, dass man manches gar nicht so einfach gerade rücken kann, wie du denkst. Und hinterher kommt man erst recht nicht so leicht auf den Boden zurück. Und ... Zeb? Wir werden gewinnen.«

Die Verbindung wurde unterbrochen, bevor Zeb sie selbst beenden konnte. Eine Weile starrte er auf die Armaturen, während in seinem Kopf alle jene Worte umherschwirrten, die er Dekefstiel sagen wollte. Dann stieß er ein Knurren aus und stellte das Comm wieder auf die Basis um. Immer noch nichts.

Er presste die Lippen aufeinander und wandte sich der Linsenanordnung und der teilnahmslosen künstlichen Halbintelligenz zu. Dekefstiel gegenüber hatte er sich sehr sicher gegeben, doch jetzt war seine Selbstsicherheit weitgehend dahin. Er hatte keine Ahnung, was mit dem System passiert war.

Tja, Zeit, es herauszufinden. Er fuhr das komplette Diagnoseprogramm hoch, aktivierte die Zugriffsfunktion und ließ sie auf den dumpfen Patienten los. Die Anzeigen leuchteten auf und zeigten einen Fundus sich rasch ändernder Zahlen und Symbole, die Zeb nichts sagten, die aber die Gedankengänge der kleinen Maschine illustrierten.

Er betrachtete sie und stellte sich vor, das Diagnoseprogramm sei ein antikes Schneidewerkzeug in den Händen eines Baders, der durch Haut, Knochen, Muskelgewebe und Knorpel schnitt, um die schwellenden Eingeweide darunter freizulegen ...

Das Programm ließ ein nachdrückliches Summen hören. Die wirr wechselnden Symbole blinkten einmal auf und ergaben dann ein einheitliches Muster.

Sie hatten sich Zugang zum System verschafft. Zeb rieb

sich die Hände und stellte das Programm auf *Überprüfung* um.

Wieder flackerten die Anzeigen, und diesmal ließ die Helligkeit nicht nach. Die Symbole glühten sich durchs Farbspektrum, bis sie sich bei einem blendenden Blau einpendelten. Zeb hob eine Hand, um die Augen zu schützen, und drückte sich auf seinem Sitz weit nach hinten.

Dann fing die Konsole an zu rauchen.

»Scheiße!« Zeb wedelte den Rauch weg, doch es wurde immer mehr. Deshalb rutschte er seitlich vom Sitz hinunter, duckte sich gegen die Wand des Käfers und bemühte sich, so viel Abstand wie möglich zu dem gleißenden Gerät zu bekommen. Zwischen vorsichtig gespreizten Fingern hindurch spähte er darauf. Es schnalzte wie bei einem vorsintflutlichen Kurzschluss, und dann ein Knall. Die ganze Konsole sprang ein paar Zentimeter nach oben und fiel wieder auf ihre Halterung zurück.

Das Leuchten war erloschen. Rauch stieg nach oben und bildete unter der gewölbten Decke eine neblige Scheibe.

Langsam nahm Zeb die Hand herunter und wollte schon auf seinen Sitz zurückkehren. Doch dann hielt er inne. Da war etwas ... Wieder drückte er sich krampfhaft gegen die Kapselwand und schreckte zurück.

Das war es. Die Wand wurde warm. Er fasste noch einmal hin. Eindeutig. Jetzt war sie schon wärmer ... wurde heiß.

Ihm wurde flau im Magen. Batterien. Die verdammten Batterien befanden sich hinter dieser Wand.

Er konnte nichts tun. Er wich von der Wand zurück und wartete ab. Das Metall strahlte Hitze ab, und das ohnehin schon mit Rauch gefüllte Innere des Käfers roch allmählich wie ein Ofen.

Dann tat es einen dumpfen, fast schon enttäuschenden

Schlag, und der Käfer schwankte so heftig, dass Zeb nach hinten taumelte und mit dem Kopf gegen die Wand stieß.

»*Au!*« Er rieb sich den Schädel. Als der Schmerz nachließ, ließ er sich an der Wand nach unten sinken, bis er auf dem Boden kauerte.

Ohne Energie war es das dann wohl – und die Energie war ihm definitiv ausgegangen, denn er spürte, wie sich der Käfer bereits abkühlte.

Er konnte nicht einmal den Greifarm von der Pardune lösen und sich fallen lassen, denn die Steuerung für den Greifarm befand sich auf der Konsole, und das ganze Armaturenbrett schien ziemlich nutzlos – weil geschmolzen – zu sein. Er streckte trotzdem die Hand danach aus und tippte darauf herum, um ganz sicherzugehen. Dann nickte er. Vollkommen verschmort. Altersschwaches Plastik war heillos mit weiterem altersschwachem Plastik verschmolzen. Nach einem erneuten Tippen brach an einer Ecke ein beachtliches Stück des Armaturenbretts ab und polterte zu Boden.

Er war gehackt worden, und zwar aggressiv. Die alte künstliche Halbintelligenz war als Kanal für einen Angriff benutzt worden, der das, was man als Hirn des Käfers bezeichnen mochte, vollkommen plattgemacht hatte. Es schien vorbei zu sein. Vermutlich gab es nicht mehr viel zu hacken.

Er lachte. Das Spiel war aus. Es wurde Zeit, endlich aufzuwachen. Bloß war er leider schon wach, und es gab kein Entkommen. Er fragte sich, ob Erfrieren besser oder schlechter war als Ersticken. Und was von beidem trat wohl als Erstes ein?

»Ach, scheiß drauf!« Er sagte es noch einmal, so laut, dass die Worte im Innern des Metallsargs widerhallten. »Scheiß drauf!«

Dann erstarrte er. Der Käfer hatte sich bewegt, ganz eindeutig mit einem Ruck zur Seite. Zeb stand auf, und als er sich aufgerichtet hatte, hatte es noch einmal geruckelt und noch einmal. Alle paar Sekunden ein kleiner Kick. Er warf einen Blick nach draußen, doch da war nichts außer dem milchigen Film des Himmelslids direkt unter ihm und dem mitternächtlichen Blauschwarz der oberen Atmosphäre über ihm. Aber der Käfer zuckte noch immer, als zupfe jemand sanft an der Pardune.

Dann machte er unwillkürlich große Augen. Kein Zupfen – Klettern. Das musste es sein. Ein zweiter Käfer musste die Pardune heraufkommen, um ihn zu retten.

Er grinste. Es gab nur einen anderen Käfer und nur eine Person dort unten, die ihn bedienen konnte. Sein Grinsen wurde breiter, und er sprach den Namen laut aus, um es wahr zu machen.

»Shol.«

Nun, er konnte keinen Kontakt zu ihr aufnehmen, denn selbst die Teile, die nicht verschmort waren, verfügten über keine Energie mehr. Er musste warten. Er setzte sich wieder und zählte die Zuckungen.

Nie hatte er sich die Mühe gemacht und ausgerechnet, wie oft ein Käfer greifen, ziehen und umgreifen musste, um so weit nach oben zu gelangen. Jetzt tat er es und kam auf etwa fünftausend.

Es wurde eindeutig kalt. Solange ein Käfer sich bewegte, wurde er von der Abwärme der plumpen Hydraulik der Greifarme aufgeheizt. Inzwischen strahlte lediglich Zeb Wärme ab. Und das reichte nicht. Er schlang die Arme um den Rumpf und zählte weiter.

Das erste Tausend schien ewig zu dauern. Bei fünfzehnhundert fing er laut an zu zählen, und bei jedem Wort wand sich Nebel aus seinem Mund. Bei dreitausend tat ihm der

Hals weh, und er bekam kaum noch genug Luft, um die langen Silbenreihen herauszubringen.

»Dreitausend, einhundert ... und ... drei ... und ... zwanzig ...«

Bis viertausend zwang er sich, laut zu zählen. Dann gab er auf. Die Luft reichte nicht, und der Teil von ihm, der noch klar denken konnte, sagte Nein, das stimme nicht, es sei nicht die Luft, sondern das andere Ding, und davon sei zu viel da und keineswegs nicht genug. Mittlerweile zitterte er aber zu stark, um die Worte aussprechen zu können.

Und dann kam er mit den Zahlen durcheinander, aber es war ihm gleichgültig.

Er hoffte, dass Shol bald käme ...

Er riss die Augen auf. Es klapperte, und ein heftiger Ruck ging durch den Käfer.

Sie war da.

Etwas beunruhigte ihn. Was war jetzt zu tun? Da war etwas. Hätte sein Kopf nur für einen Moment nicht geschmerzt, hätte er *nachdenken können*. Er scharrte mit den Füßen über den Boden, um sich aufzurichten, und dabei berührte er etwas Hartes. Es war das abgebrochene Stück der Konsole.

Ah, ja. Das war es.

Er nahm das Stück, suchte sich eine Stelle auf dem Boden und klopfte mit einer Kante. Und noch einmal.

Das Geräusch hallte in seinem Schädel wider. Er wartete, bis es verhallt war, und lauschte.

Bong.

Ja. Eine Antwort. Dann wusste Shol, dass er noch drinnen und am Leben war. Jetzt musste sie in Angriff nehmen, was immer sie vorhatte.

Er hoffte, dass sie sich beeilte.

Seine Hoffnung war begründet. Während er sich noch

gegen die Wand stützte, um zu warten, merkte er, dass die Luft nicht mehr ganz so kalt war. Mit einer Handfläche zog er immer größere Kreise auf dem Metall über ihm. Als er den Arm ganz ausgestreckt hatte, riss er die Hand weg und stieß einen Schrei aus.

Dort oben war die Wand zu heiß, als dass er sie länger berühren konnte. Ein Kreis, etwas kleiner als seine Handfläche, glühte bereits.

Mist – sie schweißte ein Loch in die Wand. Er zog sich so weit wie möglich von der Stelle zurück. Sein Herz schlug rasselnd gegen die Rippen, während der Kreis in einem lebhaften Gelb aufleuchtete. Es knisterte. Dann beulte sich das weiß glühende Metall nach oben und außen und verschwand.

Eine Sekunde lang fauchte die Luft durch die Öffnung nach draußen. Dann war ein hohles, hallendes Ploppen zu hören, und das Fauchen hörte auf.

Ihm schmerzten die Ohren. Und der Hals. Und noch immer auch der Kopf. Aber das Atmen fiel ihm nicht mehr so schwer. Er kroch auf das Loch zu und rief ihren Namen.

»Shol?«

Einen Moment lang Schweigen. Dann eine Stimme. »Nein. Sorry. Ich bin nicht Shol.«

Die Stimme klang so, als schlucke der Sprecher gerade.

Das war nicht möglich … Jetzt schluckte auch Zeb. »Iverrs?«

»Ja.« Wieder ein Schlucken. »Entschuldige. Shol meinte, dass du hier oben bist. Aber dann ist sie weggegangen, und ich konnte sie nicht finden. Alle anderen waren beschäftigt, weil die Energie nachließ. Deshalb bin ich gekommen. Ich dachte, du weißt, was zu tun ist. Zeb? Ich glaube, dass etwas richtig Schlimmes passiert ist.«

Zeb schloss kurz die Augen. Der Junge hatte völlig recht,

außer mit seiner Vermutung, dass etwas passiert *war*. Es passierte noch immer, und jetzt war er auch noch für den Jungen verantwortlich.

Er holte Luft – die Luft, die Iverrs ihm gebracht hatte – und wagte nicht daran zu denken, wie lange sie wohl reichen würde. »Was ist mit Aish?«, fragte er.

»Sie ging los, um mit Orbital Joule zu verhandeln. Niemand weiß, wann sie zurückkommt. Ich habe mir Sorgen gemacht. Entschuldige.«

»In Ordnung.« Ein weiterer Atemzug. »Iverrs? Hör zu, ich bin wirklich froh, dass du da bist. Deshalb brauchst du dich nicht weiter zu entschuldigen. Okay?«

»Ja. Entschuldige.«

»Das war schon mal ein Anfang. Und jetzt müssen wir wieder hinunter.« Übersetzung: Ich muss uns beide dort hinunterschaffen. »Wie viel Energie hast du noch?«

»Ich kann mich mit deinem System vernetzen, dann sehen wir weiter …«

»Nein!« Zeb ballte die Fäuste. Er hatte geschrien. Er durfte nicht schreien, und er durfte Iverrs nicht beunruhigen. Er wählte seine Worte mit Bedacht. »Jetzt muss ich mich entschuldigen … Aber bitte versuch nicht, uns zu vernetzen! Mein System hatte einen … Fehler. Es könnte dein System in Mitleidenschaft ziehen.«

»Alles klar. Ich mach's nicht.«

Zeb wartete auf das *Entschuldige*. Es kam nicht, und er nickte nachdrücklich. »Gut. Nun, wie steht es mit deiner Energie? Die drei Lämpchen ganz oben an der Konsole. Siehst du die?«

Es entstand eine Pause. »Ich weiß, wo die sind. Zwei grüne, ein orangefarbenes.«

»Gut. Das ist gut.« Es war tatsächlich gut, aber es konnte sich ändern. Würde sich unweigerlich ändern, denn mit diesen Reserven musste die Luft von zwei Käfern statt einem aufgeheizt und wiederaufbereitet werden, und bald schon würde sie Arbeit für zwei bewältigen müssen.

Mit anderen Worten – Beeilung.

»Mich in deinen Käfer verfrachten zu wollen, ist aussichtslos. Deshalb müssen wir uns etwas anderes einfallen lassen. Deine Beweglichkeit ist gut?«

»Ja.«

»Gut. Ich habe keine Energie mehr, Iverrs. Nichts ... Alles, was wir machen, muss von dir kommen.« Dann fiel ihm etwas ein. »Sag mal, wie oft hast du schon mit so einem Ding gearbeitet?«

»Dies ist das erste Mal. Die anderen haben mich nie reingelassen.«

»Ja. Das dachte ich mir.« Zeb starrte auf das Himmelslid hinab. Auf Erfahrung konnte er demnach nicht bauen.

»Zeb? Ich kann helfen. Die haben mich zwar nicht reingelassen, aber ich habe alles gelernt. Ich kann das ganze Handbuch auswendig. Es ist einfach.«

»Oh, gut.«

»Nein, Entschuldigung, ich meine es ernst.«

Zeb schüttelte sich. Er war müde, das war alles. »Geht klar, Iverrs. Ich habe eine Idee. Mit deinem Wissen können wir es probieren.«

Vor wenigen Stunden war er noch überzeugt gewesen, bald sterben zu müssen. Inzwischen war er davon nicht mehr ganz so überzeugt. Das hätte sich eigentlich besser anfühlen sollen, tat es aber nicht.

Ihm wurde nämlich klar, dass auch Iverrs ziemlich sicher bald sterben musste.

Das war ein ekelhaftes Gefühl.

Eine Stunde später waren sie bereit für einen Versuch. Vielmehr für *den* Versuch, denn es wäre sowohl der erste als auch der letzte.

»Wie sieht es mit der Energie aus?«

»Drei orangefarbene Lichter. Laut Handbuch ist die Reserve halb leer.«

»Gut.« Gut war es nicht, doch die Stimme des Jungen klang ohnehin schon angespannt, und er durfte auf gar keinen Fall in Panik verfallen.

Zeb räusperte sich. »Dann mal los!« Er hielt sich fest.

»Ja.«

Einen Moment lang passierte nichts, dann ruckte die Kapsel eine Winzigkeit zur Seite. Zeb machte sich auf ein weiteres Ruckeln gefasst, aber anscheinend war das Wackeln vorbei. Langsam entspannte er die Hände. »Bei mir scheint alles In Ordnung zu sein. Bei dir da unten alles okay?«

»Ja.« Noch immer angespannt – aber Phase eins hatte funktioniert. Iverrs Kapsel war Stück um Stück nach oben gekommen, um Zeb ein wenig anzuheben, sodass auf dem Greifarm, an dem Zeb hing, kein Zug mehr war. Jetzt musste er sich auf das fotografische Gedächtnis des Jungen bezüglich des Handbuchs verlassen. Bisher hatte er recht gehabt – unter seiner Anleitung hatte Zeb eine Abdeckplatte in der Nähe der Greifarme aus der Wand gestemmt. Die Arme waren hydraulisch, eine Technologie, die noch älter war als die Fullerenseile, an die sie sich klammerten, und hinter der Abdeckung befand sich ein Knäuel aus Röhren und kleinen Ventilteilen.

Zeb hatte den flachen Zapfen gefunden, mit dem man Druck aus den Greifarmen ablassen konnte. Im Kopf hatte er ihn schon ein Dutzend Mal gedrückt – so kurz wie möglich, hatte Iverrs gemeint. Nur so weit, dass der Greifarm sich lockerte, aber nicht so weit aufging, dass er den Halt an der Pardune verlor.

Jetzt stählte er sich für die Tat. »Okay, Iverrs. Jetzt geht's los.«

Er drückte den Finger gegen den Zapfen.

Erst bewegte dieser sich nicht, und er drückte fester zu. Dann gab er plötzlich nach, und voller Panik riss Zeb die Hand zurück.

Nichts schien sich verändert zu haben. Er schluckte. »Ich hab einmal gedrückt. Bin mir nicht sicher, ob etwas passiert ist. Kannst du das sehen?«

»Nein. Sorry.«

»Dachte ich mir.«

»Zeb? Ein rotes Licht.«

Zeb schüttelte den Kopf. Ihnen blieb keine Wahl. »Na gut. Wird Zeit, dass wir gehen. Iverrs? Bitte ganz sacht und langsam!«

Er hielt die Luft an. Mehrere ewig lange Sekunden passierte nichts. Dann schwankte die Kapsel ein wenig seitwärts – und fiel ungefähr einen Meter nach unten, bevor sie mit einem metallischen Klappern abgestoppt wurde.

Es hatte funktioniert. Zebs Kapsel saß auf der darunter und wurde von dem lose an der Pardune herabgleitenden Greifarm gehalten. Jetzt erst wurde ihm bewusst, dass er mit allen möglichen Misserfolgen gerechnet hatte, nicht aber mit einem Erfolg.

Er atmete aus. »Bestens, wir haben's. Runter mit uns!« Und dann ergänzte er, beschämt, dass es ihm erst jetzt einfiel: »Gut gemacht. Ich glaube, du hast uns beiden das Leben gerettet. Jetzt sollten wir hinunter und den anderen auch das Leben retten. Hast du sonst noch irgendwelche Handbücher gelesen?«

»Nein. Entschuldigung.«

»Nun, wir kümmern uns darum, wenn wir dort sind.« Er dachte kurz nach und fügte dann hinzu: »Verlass dich auf mich!«

»Klar.«

Klar. Zeb nickte. Iverrs waren unten die Leute ausgegangen, denen er vertrauen konnte. Deshalb war er nachsehen gekommen. Der Gedanke war nicht angenehm.

Die Kapsel zuckte einmal und dann noch einmal. Iverrs hatte mit dem Abstieg begonnen. Anscheinend musste er sich nicht unterhalten, was Zeb ganz recht war, denn ihm ging es genauso. Wenn er noch das Comm gehabt hätte, hätte er noch einmal probiert, die Mauer zu alarmieren, aber das Comm war so tot wie alles andere in seiner Kapsel, und Iverrs wollte er nicht darum bitten. Deshalb betrachtete er den Perlennebel des Himmelslids und lauschte mit seinem Muskelgedächtnis dem halb neuen, halb vertrauten Rumpeln seiner Kapsel, wenn sie auf die untere aufschlug. Und er machte sich Sorgen. Wenigstens sah das Himmelslid heiter aus. Er fragte sich, weshalb die Abschalter es in Ruhe gelassen hatten.

Das Ruckeln wirkte geradezu entspannend, und alle Müdigkeit war verflogen.

»Zeb?«

Er stemmte die Augen auf. Er musste geschlafen haben – das Himmelslid war nicht mehr unter, sondern über ihnen.

»Zeb? Alles okay mit dir?«

Die Stimme klang schrill, als unterdrücke jemand seine Panik. Der Ton ließ Zeb hochschrecken und aufmerken. »Ja. Ich bin hier. Alles gut. Was ist los?«

»Ich sehe etwas.«

»Wo?«

»Draußen. Richtung Himmelslid. Ich weiß nicht, was es ist.«

Zeb blinzelte und wollte sich konzentrieren, aber es war schwierig, die einförmige Oberfläche des Himmelslids scharf zu stellen. Doch dann spurten seine Augen, und er bemerkte, dass das Ding, das Iverrs gesehen hatte, näher war … viel näher.

Ohne den Blick davon abzuwenden, rief er: »Iverrs? Die fette schwarze Linie?«

»Ja. Die ist mir erst aufgefallen, als wir am Himmelslid vorbei sind.«

Zeb sah nach oben. Das musste schon vor einer Weile gewesen sein. Er kaute auf der Unterlippe. »Hat es irgendwas gemacht?«

»Erst mal nicht. Jetzt wird es, glaube ich, größer.«

Zeb beobachtete das Ding. »Das glaube ich auch.«

»Weißt du, was es ist?«

»Nein.« Wahrscheinlich war es nicht ratsam, Unsicherheit zu zeigen, deshalb fügte er hastig hinzu: »Wie steht es mit den Batterien?«

»Eine orangefarben. Zwei rot.«

»Aha.« Das Ding kam eindeutig näher, aber nicht genug, um Einzelheiten erkennen zu lassen. Dann sank es von der Unterseite des Himmelslids herab, und plötzlich verwandelte sich das, was wie eine schwarze Linie ausgesehen hatte, in eine Kette aus Punkten, die im Lidlicht silbern schimmerten und größer wurden. Sie kippten nach vorn und wurden zu drei glatten Scheiben, die schnell näher kamen.

»Weißt du jetzt, was es ist?«

Iverrs' Stimme klang ausdruckslos.

Zeb schüttelte den Kopf. »Nein, immer noch nicht.« Er sah den Scheiben eine Weile zu. Was immer sie waren, sie wirkten nicht freundlich.

Er zwang sich, ruhig zu klingen. »Hör mal, du hast noch genug Energie, um dich zu lösen, stimmt's?«

»Ja, aber wenn ich das mache, dann stürzt du ab ...«

»Das wäre in Ordnung. Also, halt dich auf jeden Fall bereit!«

Die Scheiben verloren im Näherkommen an Höhe. Sie steuerten auf eine Stelle unter den Kapseln zu, und in Zebs Kopf kristallisierte sich ein Gedanke.

Drei Scheiben. Drei Seile.

Sie sanken und waren nicht mehr zu sehen, und die Worte brachen aus Zeb hervor, bevor er Zeit zum Denken hatte.

»Iverrs? Lösen. Sofort!«

»Aber ...«

»Sofort!« Er suchte verzweifelt nach einem Argument, um den Jungen dazu zu bringen. »Ich brauche dich nicht mehr! *Hau ab!*«

Etwas wie ein Schluchzen erklang, und dann das Patschen einer Hand auf einen Schalter, verstärkt durch das Echo der Kapsel. Zeb drückte die Augen zu und wartete auf den Ruck und den Sturz. Er hoffte, dass Iverrs' Fallschirm funktionierte.

Und da kam der Ruck – aber nicht der Sturz. Stattdessen schwenkte seine Kapsel in eine heftige Aufwärtsbewegung um, sodass er gegen die Seitenwand geschleudert und auf den Boden gedrückt wurde. Dann erst der schwindelerregende Wirbel des freien Falls.

Mit beiden Armen ruderte er und spürte, wie sich seine Finger um den Unterbau der Konsole legten. Dann öffnete er die Augen.

Bewegung. Schwarz, Himmel und dann ein sich sanft drehendes Himmelslid, darauf das Wirbeln eines dünnen silbergrauen Kabels, das abgetrennt worden war. Das nächste konnte er nicht erkennen. Es war wie eine Muschel, eine ausgehöhlte Halbkugel, die auf ihn zukreiselte. Darin war etwas ...

Dann taumelte die Muschel an ihm vorbei, und er erkannte es. Es war keine Muschel. Es war eine halbe Kapsel, und das Etwas darin war Iverrs. Er war sauber in der Mitte durchgetrennt.

Das musste das Kabel gewesen sein. Und als Letztes hatte er gehört, dass Zeb ihn davongescheucht hatte.

Die halbe Kapsel wirbelte weiter, und jetzt fiel auch er schneller nach unten. Es war ihm gleichgültig.

Es war Zeit zu gehen.

Der Aufprall war eine augenblickliche, zeitlose, weiße Explosion hinter seinen Augen. Weiter nichts.

Brasedl-Sektor, ehemaliges Mandat, Kollektorenkugel

Ohne seiner Sache ganz sicher zu sein, hatte Skarbo eigentlich damit gerechnet, dass es zum Rand der Kugel hin weniger Wracks gab, doch stattdessen schien ihre Zahl zuzunehmen. Sie wurden immer kleiner und drängten sich dichter, sodass man sich zwischen ihnen hindurchschlängeln und sie mit dem Blasenfeld aus dem Weg schieben musste. Dabei schwankte das Gefährt bedenklich. Wäre das Feld nicht gewesen, hätte er nach den Trümmern greifen können, so dicht rückten sie ihnen auf den Leib.

Er wandte sich an die Maschine. »Warum ist es hier so eng? Wir kommen ja kaum durch.«

»Genau.«

Er wartete, doch sie schien nichts weiter sagen zu wollen. Er blickte zum Vogel hinunter, der auf einem Metallstück hockte, das ein bisschen weiter als die anderen hervorragte. Stieren Blicks starrte der Vogel nach vorn. Dann klackte er mit dem Schnabel. »Da. Dachte ich mir's doch!«

»Du dachtest *was?*« Skarbo sah ebenfalls hin. »Oh ...«

Plötzlich rückten die Trümmermassen auseinander, und sie befanden sich in freiem schwarzem Raum, in einer Blase, deren Wände aus dicht gepacktem Schrott zu bestehen schienen. Skarbo drehte sich um und begutachtete die Stelle, durch die sie in die Blase gelangt waren. Das schwache Rücklicht ihres Gefährts ließ erkennen, dass die Trümmerteile wieder zusammenrückten, bis kein Loch mehr zu erkennen war.

Er musterte die Maschine. »Sehr schlau. Was verbergt ihr hier?«

»*Verbergen* ist nicht das richtige Wort. *Kuratieren* vielleicht. Oder *pflegen*. Wie gut sind deine Augen? Entdeckst du schon etwas?«

»Meine Augen haben acht Lebensalter auf dem Buckel, Maschine. Die sind so gut wie tot.«

»Aber sie haben auf einem hohen Niveau angefangen, wie ich vermute. Auf einem viel höheren Niveau als dem menschlichen.«

Der Vogel lachte. »Das kleine Ding hat dich durchgecheckt, Insekt. Vor ihm kannst du nichts verbergen.«

Skarbo beäugte die Maschine einen Moment lang. Im trüben Licht konnte er nur das leichte Spiegeln in einem runden schwarzen Auge ausmachen. »Was fände sie wohl heraus, wenn sie dich durchchecken würde, *Vogel*?«

»Ha. Bin kein Vogel. Da gibt's nichts zu checken. Federn und Flügel und scheiß auf alles andere. Guckst du jetzt gefälligst?«

»Ja.« Er richtete den Blick nach vorn und dann zur Seite, aber er wusste nicht, wonach er Ausschau hielt. Dann, an den Grenzen seines Sehvermögens, löste sich die Dunkelheit in Formen auf, und er erkannte es.

Die Dunkelheit vor ihnen, über ihnen, unter ihnen und zu beiden Seiten war nicht einfach nur leere Dunkelheit. Sondern sie war voller Schiffe.

Er sah, wie die grauen Rümpfe vorbeiglitten. Sie unterschieden sich voneinander, hatten aber einiges gemeinsam – klobiges, grobschlächtiges Design ohne irgendwelche Ornamente, keinerlei Zugeständnisse an die Ästhetik. Manche sahen aus wie zwei an den Basen miteinander verbundene Kegel, andere wie unförmige Würfel. Eines war ein unübersichtlicher Haufen von Kugeln unterschiedlicher Größe, von denen jede im schwachen Licht einen anderen Grauton annahm. Sie lagen enger beieinander als die Wracks außerhalb der Blase, und viele zeigten Kratzer und Spuren von Waffenschäden – aber sie machten alle einen intakten Eindruck.

Allerdings hatten sie etwas an sich, das ihm Unbehagen bereitete. Er wandte sich an die Maschine. »Wie viele sind das?«

Die Antwort kam nicht gleich. »Viele«, sagte sie erst nach einer Weile.

»Und was stellen sie dar?«

»Das, was du vor dir siehst.«

Er nickte. Viele Schiffe. Noch immer war ihm unbehaglich. Auch in der großen Kugel zwischen den Wracks hatte er sich unwohl gefühlt. Dies vor allem deshalb, weil er von Tod und Schweigen umgeben gewesen war – soweit ein Vakuum schweigen konnte. Hier herrschte zwar auch Stille, aber kein Tod. Er suchte nach einem Wort dafür.

Ja, Wachsamkeit. Und er dachte: *Sie sind nicht tot.*

»Maschine?«, fragte er. »Woher kommen die alle?«

»Von überall. Das ist eine der ältesten Kugeln. Sie ist schon sehr lange unterwegs und hat Dutzende von Kriegen in Dutzenden von Sektoren erlebt. Weißt du, wie viele Schiffe sie in all den Jahrtausenden verwertet hat?«

Er schüttelte den Kopf.

»Ich auch nicht. Aber mindestens ein paar Hunderttausend. Mit den meisten war nicht viel anzufangen, aber hin und wieder fand die Kugel etwas ... Interessantes. Für eine Kugel hat sie eine sonderbare Geisteshaltung. Denn sie hat sie sich bewahrt. Und eines Tages hat sie etwas wirklich Interessantes gefunden.«

Der Vogel wackelte mit dem Kopf. »Interessant? Bewahrt? Sicher ungewöhnlich für eine Kugel. Aber da hat jemand nachgeholfen, stimmt's?«

Die Maschine lachte. »Zumindest tut das jetzt jemand.«

»Ihr?«

»Am Rande. Wir sind gleich da.«

Skarbo sah nach vorn. Zwischen den Schiffen schien sich eine Lichtung zu erstrecken – ein größerer schwarzer Fleck in der grauen Masse. Dann merkte er, dass der Fleck nicht leer war, nicht ganz. In der Mitte befand sich etwas ... Seltsames.

Es war ein weiteres Schiff, viel kleiner als die wuchtigen Kriegsschiffe ringsum. Es war länger und schlanker als die anderen, beinahe stromlinienförmig wie ein Gefährt, das früher einmal durch eine Atmosphäre geflogen war. Und es hatte etwas – er suchte nach einem passenden Ausdruck – Barockes an sich. Es war von außen überladen, viel zu viele Kapseln, Deck-Striche und Antennen. Am einen Ende hingen zwei gespreizte Zylinder, die aussahen wie prähistorische Triebwerksgondeln.

Es erinnerte Skarbo an etwas, das er einmal inmitten des Gerümpels im Keller auf Experiment gesehen hatte, das war schon Lebensalter her. Es war das Modell eines antiken Raumschiffs gewesen. Eine Weile hatte er es aufgehoben.

Mit einen Nicken deutete er darauf. »Ist das unser Ziel?«

»Beinahe. Siehst du das Ding kurz davor?«

Skarbo seufzte und strengte sich an. Ja, etwas Unförmiges, heller als das Schiff, schwebte langsam an ihm vorbei.

»Es sieht aber nicht besonders groß aus«, meinte er.

»Es ist groß genug. An das Ding heranzufliegen, ist ein bisschen knifflig. Würde es dir etwas ausmachen, wenn ich mich für eine Weile stumm schalte?«

Skarbo blickte zum Vogel hinunter. Der schüttelte bedächtig den Kopf. »Von mir aus«, sagte er.

Das unförmige Ding befand sich in einer Umlaufbahn um die Taille des alten Schiffs. Zwar machte es nicht den Eindruck, als sei die Maschine in Betrieb, aber der Korb schob sich zögernd darauf zu. Als sie sich einige Meter darüber befanden, öffnete sich unter ihnen eine Luke, und ein Schauer aus Eiskristallen stob hervor und schwirrte an ihnen vorbei. Er sank durch die Öffnung hinab und kam mit einem sanften Klicken auf, bevor die Luke sich wieder schloss. Zischend strömte Luft ein, und die Feldblase löste sich mit einem Knall auf. Dann ging quietschend eine dicke Tür auf.

Die Maschine hatte am Rand des Korbs ... *gehockt* ... wollte Skarbo sagen, aber das schien ihm nicht der richtige Ausdruck zu sein. Jetzt stieg sie nach oben. »Sollen wir gehen?« Ohne auf eine Antwort zu warten, schwebte sie durch die Tür.

Der Vogel drehte den Kopf und sah Skarbo von der Seite an. »Nun, sollen wir?«, ahmte er die Maschine ziemlich treffend nach. Dann sprang er in die Luft und flappte langsam hinter der Maschine her. Skarbo hörte ihn grummeln. »Geringe Schwerkraft. Mal was anderes ...«

Er hob die Schultern und folgte ihm hinaus. Dort blieb er stehen, um den Anblick zu erfassen. Er war von Bäumen umgeben.

Von innen war das Objekt – ungleichförmig und mit einem Durchmesser von einigen Hundert Metern – offenbar vollkommen ausgehöhlt und mit einem Wald bepflanzt. Oder, musste er sich korrigieren, mit Wäldern. Es war ein Mosaik aus Flecken unterschiedlicher Grün-, Blau- und Brauntöne. Eine blau-weiße Kugel inmitten des Hohlraums spendete Licht.

Über sich hörte er ein Krächzen und spähte nach oben. Der Vogel saß knapp über Kopfhöhe auf einem Ast und hackte auf das Holz ein. »Ist das echt? Sieht echt aus. Fühlt sich echt an. Welcher Irre bepflanzt das Innere eines Asteroiden mit Bäumen?«

Die Maschine stieg bis zum Vogel nach oben. »Bei diesem Irren handelt es sich um deinen Gastgeber«, sagte sie.

Skarbo blinzelte. »Du?«, fragte er.

»Nein. Euer eigentlicher Gastgeber. Komm! Ich erkläre es dir.«

Sie führte die beiden zwischen den Baumgruppen hindurch. An den Stämmen vorbei gab es Platz, aber keinen richtigen Pfad. Der von Laub, Gehölz und Wurzeln bedeckte Boden bot einen unebenen Untergrund. Skarbo vermutete, dass hier selten größere aufrecht gehende Wesen durchkamen. Er setzte seine Schritte mit Bedacht.

Nach einigen Hundert Metern veränderte sich der Wald. Die Bäume rings um die Luftschleuse waren niedrig und verbogen, mit tief eingeschnittener blauschwarzer Borke, die säuerlich roch. Hier waren die Bäume größer – vielleicht dreißig Meter hoch, schätzte Skarbo. Sie hatten schlanke, gerade Stämme und kaum Rinde, sondern nur eine glatte blassbraune Haut. Dazwischen gab es größere Abstände, und der Boden ebnete sich spürbar. Er entspannte sich ein wenig.

Dann hielt die Maschine an. »Das reicht«, sagte sie. »Skarbo? Bitte stell dich ein paar Schritte weiter nach hinten!«

Skarbo blinzelte und wich zurück. »Hier?«

»Ja. Danke. Nun ...«

Verdrängte Luft schlug Skarbo ins Gesicht, und ein paar Zentimeter über dem Boden erschien eine Plattform an der Stelle, an der Skarbo gestanden hatte.

»Bitte stell dich auf die Plattform! Vogel? Du kannst sie auch benutzen, wenn du nicht lieber fliegst.«

»Wie du willst.«

Der Vogel flatterte zur Seite. Dann spürte Skarbo, wie sich die Plattform von unten gegen seine Klauen drückte und langsam hob. Die Plattform befand sich so dicht an einem Baum, dass Skarbo ihn berühren konnte. Er betrachtete ihn, runzelte die Stirn und wandte sich zu einem benachbarten Baum um. Schließlich drehte er sich zu der kleinen Maschine um.

Die schwebte auf Kopfhöhe, ungefähr einen Meter neben ihm. Skarbo wies auf den näheren Baum. »Der sieht anders aus.«

»Ja. Das ist kein Baum. Sieh nach oben!«

Er legte den Kopf in den Nacken, bis es krachte. Die meisten Bäume verjüngten sich nach oben und fächerten sich übergangslos in hübsche runde Baumkronen auf, die den Hüten sehr hoher schmaler Pilze ähnelten. Dieser Baum jedoch wurde nach oben nicht schmaler, sondern reichte über die Baumkronen hinaus in den leeren Raum, wo er sich symmetrisch in fünf Streben verzweigte, auf denen ein breiter kopfstehender Kegel aus einem Material wie stumpfer Stein hockte.

Skarbo senkte den Kopf und wandte sich fragend an die Maschine. »Und was ist das?«

»Ein Wassertank. Zur Bewässerung in der feuchten und zum Löschen in der trockenen Jahreszeit. Hier drinnen stehen mehrere Hundert davon. Die sind recycelt – früher waren das mal Mikrowellenantennen.«

Die Plattform fuhr noch immer nach oben und schwebte langsam nach außen, während sich die Streben, die den Kegel hielten, in alle Richtungen verzweigten. Am oberen Rand des Kegels angelangt, konnten sie hineinsehen.

Der Kegel war randvoll mit Wasser gefüllt. Er war größer als Skarbo erwartet hatte, und die Wasseroberfläche hatte einen Durchmesser von ungefähr zwanzig Metern. In der Mitte schwamm eine schwarze Kugel mit halb so großem Durchmesser. Sie hatte etwas Raues und wirkte organisch. Ihre Oberfläche war gesprenkelt und gewellt und hatte orangefarbene Flecken, die unangenehm an Schimmel erinnerten.

Der Vogel überflog und umkreiste sie. »Was zum *Donnerwetter?* Ich glaube, das ist ein Samen! Sagt mir, dass das kein Samen ist!«

Die Maschine lachte. »Doch, es ist ein Samen«, bestätigte sie. »Der größte Samen in der bekannten Blase. Er wächst dort drüben.« Sie schoss kurz nach oben und zur Seite und deutete damit auf einen Waldbereich auf halbem Weg zum anderen Ende des Hohlraums.

»Tja, dieser da wird nicht wachsen. Er ist hohl.« Der Vogel steuerte im Sturzflug auf die Spitze des Samens zu und verschwand. Skarbo hörte halliges Krächzen.

Die Maschine schwebte dichter an ihn heran. »Also, diese Flugkreatur ... Wie lange kennst du sie schon?«

Skarbo seufzte. »Jahrhunderte, aber es kommt mir länger vor. Folgen wir ihr?«

»Ja.« Die Plattform schwebte bereits auf den oberen Teil des riesigen Samens zu. An der Spitze war ein Stück sauber abgeschnitten worden, sodass ein runder Eingang entstanden war, durch den die sinkende Plattform exakt hindurchpasste.

Skarbo wusste nicht genau, was er erwartet hatte. Die geschwungenen Innenwände des Samens waren mit eng verfugtem Holz vertäfelt – mit unterschiedlichen Holzsorten und einem wilden Durcheinander aus Formen und Farben. Vorsichtig drehte er sich um und wollte wissen, ob

sich irgendeine der Formen irgendwann einmal wiederholte. Er konnte nichts feststellen. »Wer hat das gemacht?«,
fragte er die Maschine.

»Das Schiff. Ich glaube, es langweilte sich.«

Skarbo dachte darüber nach. »Das Schiff – dasjenige, das
dieser Asteroid umkreist?«

»Genau. Ihm gefiel die Vorstellung, einen eigenen Mond
zu haben.«

Der Vogel war einmal im Kreis herumgeflogen und setzte
sich auf den Boden. »Ein gelangweiltes Schiff will einen
Mond, sagst du? So was hat einen Namen.«

In der Mitte erhob sich eine schlanke Säule, die sich wie
der vorgebliche Baum, der den Wassertank hielt, in fünf
Arme aufteilte. Die Maschine platzierte sich zwischen zwei
dieser Arme. »Wir müssen uns über das Schiff unterhalten.
Wir müssen uns über vieles unterhalten, auch über dich. Du
bist Skarbo der Uhrmacher?«

»Das haben wir bereits geklärt.«

»In den Augen des Schiffs bist du ebenfalls interessant.«

Skarbo runzelte die Stirn. »Heißt das, dass ich zur Samm-
lung komme?«

»Da bist du bereits.«

»Verstehe. Vermutlich war das kein Zufall, nicht wahr?«

»Nein. Und, wenn ich fragen darf, wie sieht es mit deinem verbleibenden Leben aus? Ich werde nur ungern takt-
los …«

Skarbo wollte antworten, doch der Vogel enthob ihn der
Mühe. »Der alte Narr ist für den Schredder. Hat gerade mal
noch dreiundachtzig Tage.«

Die Maschine gab ein Klicken von sich. »Das wird eng.
Sehr eng … aber machbar. Wahrscheinlich machbar.«

»Was ist machbar?« Skarbo spürte, dass er die Beherr-
schung verlor. »Mein Planet wurde zerstört, mein Lebens-

werk wurde ausgelöscht, ich wurde entführt. Ich sterbe in wenigen Wochen. Was ist machbar? Und warum sollte mich das etwas angehen?«

Die Maschine stieß einen Seufzer aus. »Entschuldige. Ja. Dir wurde übel mitgespielt, auch wenn du zuletzt nicht entführt, sondern gerettet wurdest, von uns. Und zwar aus den Klauen eines Freibeuters, der dich entführt und deinen Planeten zerstört hat.«

»Hemfrets?«

»Ja. Das Ding namens Hemfrets.«

»Aber wie das?« Skarbo erinnerte sich an die Einschussspuren an Hemfrets' Schiff. »Wie konnte irgendetwas ihn angreifen?«

Die Maschine machte ein Geräusch, das sich wie ein Lachen anhörte. »Glaubst du, dass sich alle Schiffe, die diese Kugel je eingesammelt hat, in ihrem Innern befinden? Im Grunde spielt das allerdings auch keine Rolle. Wichtig ist doch, dass dein Lebenswerk nicht ausgelöscht wurde.«

»Doch, es wurde ausgelöscht. Ich habe es gesehen.« Bitterkeit stieg in Skarbos Kehle auf.

»Nur der greifbare Teil davon. Und es ist noch nicht vorbei, falls es dich interessiert.«

Skarbo starrte die Maschine an. »Nicht vorbei? Wie das? Ich habe etwas erforscht, das sich in einigen Hundert Jahren selbst zerstören wird. Es hat mich mehrere Hundert Jahre gekostet, die Messgeräte aufzustellen. Wie soll ich da von vorn anfangen ... und wozu?«

Nach einer kurzen Pause meldete sich die Maschine mit einer schlichten Frage. »Wer sagt, dass du von vorn anfangen sollst?«

Schweigen. Dann schüttelte Skarbo den Kopf. »Nein«, sagte er.

»Nein?«

»Nein. Ein universelles Nein, wenn dir das lieber ist.«

»Universell?« Die Maschine lachte. »Das ist ehrgeizig.«

»Ein Ja wäre ehrgeizig. Ein Nein ist realistisch. Du kannst mir nichts bieten, das durchführbar wäre.«

»Schön.« Langsam drehte sich die Maschine einmal ganz im Kreis, verharrte und senkte sich auf die Gabel hinab. »Dann richte ich dem Orbiter aus, dass du den Spin nicht besuchen willst.«

Ganz langsam ließ sich Skarbo nieder. »Besuchen? Aber das ist unmöglich ...«

»Ja, aber offenbar möchtest du ja auch nicht. Mach dir darum keine Sorgen! Also, wenn du nun nicht zum Spin gehst, wo möchtest du stattdessen sterben?«

Das Denken fiel ihm zunehmend schwer. Vielleicht würde er sich gleich hier auf den Tod einstellen, inmitten eines Netzes aus unmöglichen Versprechungen. Allerdings war er nicht bereit, das jetzt schon hinzunehmen. In dem Chaos hörte er seine eigene Stimme. Sie klang ganz ruhig. »Wie kann ich den Spin erreichen? Ich würde mich gern dorthin begeben.«

Der Vogel lachte. Skarbo achtete nicht darauf.

»Tja, nun.« Die kleine Maschine stieg wieder von der Gabel auf. »Der Orbiter hat einen Plan.«

Misstrauisch linste Skarbo zu der Maschine hinauf. »Was ist ein Orbiter?«

Dann schreckte er zusammen, und der Vogel flatterte hastig nach oben und nach hinten, als weiche er zurück und wolle gleichzeitig an Höhe gewinnen. Jemand hatte gesprochen.

Ich.

Ein heiseres Flüstern, wie vom Wind getriebenes Laub und im eigentlichen Sinn kaum als Stimme zu erkennen. Sie klang alt. Nicht einfach alt in der Weise, wie Skarbo und vermutlich auch der Vogel alt waren, sondern *alt*. Und das war ein weiterer Gedanke zu dem Vogel, den er betrachtete und zu den Akten legte.

Die Maschine gab ein Räuspern von sich. »Ah. Das ist unser Gastgeber. Er spricht nicht viel, stimmt's?«

Nein.

»Nein ... nun, aber hier ist Skarbo der Uhrmacher.« Sie legte eine Pause ein. »Und sein Gefährte.«

Ja.

Der Vogel landete auf dem Boden und scharrte mit den Krallen. »Das läuft ja mal prima. Ist die senil, oder was?«

Skarbo sah ihn streng an. »Genug«, sagte er. »Lass es einfach mal gut sein!«

Wieder scharrte er. »Einverstanden. Genug! Genug von allem. Das ist doch Wahnsinn. Ich will raus.«

Die Maschine kam ebenfalls auf den Boden herunter, dicht vor dem Vogel, und stieß ein lautes Klicken aus, vor dem der Vogel zurückschreckte. »Es hält dich nichts«, sagte sie ruhig. »Der Kern brennt noch.«

Eine Weile starrte der Vogel sie an, bevor er den Kopf wegdrehte. »Ich habe jederzeit die Wahl.«

»Ja.« Die Maschine erhob sich wieder in die Luft. »Der Orbiter ist mein Freund. Und auch der deine, und du wirst ihn brauchen. Skarbo?«

Skarbo nickte. »Ja. Ähm ... Orbiter? Hallo.«

Hallo.

»Ja.« Mit der Wortkargheit des Schiffs konnte er beinahe schlechter umgehen als mit Schweigen. Er sah sich in der Kammer um, sah die erwartungsvolle Maschine und den schmollenden Vogel. Dann kam ihm ein Gedanke.

»Orbiter? Darf ich an Bord kommen? Ich würde dich gern richtig kennenlernen.«

Rasch flog die Maschine nach oben. »Ich glaube nicht ...«

Ja. Das wäre besser.

Einen Moment lang herrschte Schweigen. »Nun gut«, sagte die Maschine nach einer Weile.

»Nun gut?« Der Vogel wackelte mit dem Kopf. »Ihr habt euch gegenseitig verdient.«

Skarbo ging nicht auf ihn ein.

Während seines – wie er wusste – behüteten Lebens hatte Skarbo nicht viele Schiffe von innen gesehen. Das Innere des uralten Orbiters unterschied sich jedoch von allen anderen. Während das Innere des Monds, wenn man es so nennen wollte, bewaldet war, war der Orbiter vollkommen überwuchert, so sehr, dass die Luftschleuse, als sie sich öffnete, Grünzeug aus dem Weg schleifte. Es hörte sich ohnehin so an, als sei die Luftschleuse schon lange nicht mehr geöffnet worden.

Die Maschine war ihm nicht gefolgt. »Ich war noch nie an Bord«, hatte sie gesagt. »Ich glaube, da war noch niemand, spätestens seit der Orbiter da ist. Er ist gern für sich.«

Skarbo hatte darüber nachgedacht. »Wie lange ist er schon hier?«

»Ungefähr zwanzigtausend Jahre.«

»*Zwanzigtausend?*« Skarbo hatte den Kopf geschüttelt. »Wie alt ist er?«

»Keine Ahnung. Er ist jedenfalls von alter Bauart. So einen habe ich davor nie gesehen.«

Und jetzt zwängte Skarbo sich durch Ansammlungen knorrigen Buschwerks, die mit Leichtigkeit zwanzigtausend Jahre alt sein mochten. Oder Millionen ... wer wusste das schon?

Noch hatte das Schiff nicht gesprochen, und Skarbo hatte es nicht eilig, ein Gespräch zu beginnen. Er wollte das Ding besser verstehen und hatte das Gefühl, dass es ihm die ganze Zeit über Mitteilungen machte, ob nun mit Sprache oder nicht. Er schob sich durch die feuchte Vegetation. Es roch schimmlig, und seitlich hervorstehende Äste verhakten sich mit seinen Beinen, sodass er sie weit vom Boden heben musste, um nicht zu stolpern – oder schlimmer noch, ein Bein zu verlieren.

Nach einer Weile erreichte er eine Stelle, an der kein Gebüsch mehr wuchs. Die Luft schimmerte leicht violett, und er betrat eine überwachsene Lichtung. Hier war es viel kühler, und die Luft fühlte sich trocken und unstet an. Er sah sich um und bemerkte, dass der Schimmer so etwas wie ein Feld war. Das Ganze schien in unterschiedliche Habitate aufgeteilt zu sein. Er grinste. Vielleicht hatte er jemanden gefunden, der genauso zwanghaft war wie er selbst.

Inmitten der Lichtung lag ein flacher Felsbrocken, der sich gut zum Sitzen eignete. Er ließ sich darauf nieder. »Nun«, sagte er. »Möchtest du reden?«

Ja. Das wäre gut. Hier drinnen klang die Stimme noch trockener.

»Wäre es wirklich gut? Ich habe den Eindruck, dass du lieber nicht sprichst.«

Das kommt auf den Gesprächspartner an.

Skarbo nickte. »Das kann ich nachvollziehen.«

Du hast acht Lebensalter mit dem Erforschen des Spin zugebracht.

»Beinahe, ja. Hast du meine Arbeit verfolgt?«

Von Anfang an.

»Ich fühle mich ... geschmeichelt.«

Ich teile dein spezielles Interesse.

Dann herrschte Schweigen. Skarbo wartete. War es tatsächlich so? Wurden Schiffe senil? Oder hatte es nur vergessen, wie man sich unterhielt?

Schließlich ergriff die alte Stimme wieder das Wort. *Du*

hast geforscht und veröffentlicht, und dann hast du geschwiegen.

»Ja.« Skarbo wurde ganz mulmig zumute.

Vermutlich hast du herausgefunden, dass die Zerstörung des Spin unvermeidlich ist.

Skarbo nickte. »Hast du das von Hemfrets erfahren?«

Nein. Hemfrets entschied sich gegen eine Kooperation. Es starb im Schmelzofen inmitten der Trümmer seines gestohlenen Schiffs. Auch ich habe geforscht. Ich sehe, was du siehst.

»Ah.« In der Luft neben dem Felsen tanzte eine kleine Wolke aus schwarzen Punkten. Vermutlich Insekten. Skarbo beobachtete sie. Laut sagte er: »Ich habe versucht, mich selbst zu widerlegen. Ich habe immer präzisere und noch präzisere Modelle gebaut ... aber ich habe mich nicht geirrt.«

Bei mir lief es ganz ähnlich ab.

Skarbo hob ruckartig den Kopf. »Hast du auch Modelle gebaut?«

Einige greifbare. Vor allem aber Gedankenmodelle.

»Oh. Nun gut.« Skarbo seufzte. »Wie es scheint, werden wir beide etwas Kostbares verlieren. Aber zuvor werde ich noch sterben.«

Manches ist nicht unausweichlich. Würdest du gern den Spin besuchen?

»Die Maschine hat das bereits erwähnt. Ja, sehr gern – aber ich weiß nicht, wie das gelingen sollte. Mir bleibt nicht genug Zeit.«

Und wieder: Manches ist nicht unausweichlich. Ich werde die Kugel verlassen.

»Warum?«

Kugeln leben lange, sind aber nicht unsterblich. Diese hier stirbt. Sie hat gewisse ... Entscheidungen getroffen. Es steht die Frage ihres Erbes im Raum.

Skarbo beobachtete die Insekten. »Die Schiffe?«

Ja, unter anderem. Die meisten von ihnen sind Antiquitäten, aber sie sind noch immer mächtig. Im Moment halten sie sich verborgen. Wenn die Kugel stirbt, werden sie sichtbar, und das mitten auf einer Kriegsbühne mit vielen Beteiligten. Du weißt um die Kriegsfront?

»Ja.«

Sie stellt eine existenzielle Bedrohung für beinahe alles dar, was ihr in den Weg kommt. Die Kugel hat es mit ihnen und auch mit mir besprochen. Ich habe ihr einen Vorschlag gemacht, und sie ist damit einverstanden.

Die Stimme verklang. Skarbo wartete einige Zeit, doch der Orbiter schien nicht erpicht darauf zu sein, noch etwas hinzuzufügen. »Ist das der Plan, den die kleine Maschine erwähnt hat?«

Die Maschine heißt Grapf. Ich habe ihr alles mitgeteilt, was ihr schwaches Hirn wissen muss. Ich schlage vor, dass du zum Mond zurückkehrst. Ich muss Vorbereitungen treffen, aber das dauert nicht lange.

»Wie lange?«

Nicht lange. Vieles ist in Bewegung gekommen.

»Ich verstehe.« Skarbo stand auf. »Ähm … das ist vielleicht eine indiskrete Frage, aber was passiert, wenn eine Kugel stirbt?«

Das innere Feld kollabiert, und der Schmelzofen gerät außer Kontrolle.

Skarbo blinzelte. Außer Kontrolle … Plötzlich hatte er das Bild vor Augen, wie der weiß glühende Ball aus geschmolzenem Metallplasma ausbrach und alles verbrannte.

»Ich verstehe«, sagte er. »Ja. Bevor das passiert, wäre ich gern weg, bitte.«

Ich lasse dich rufen.

Mauer-Energiekollektiv
(nicht erreichbar)

Zeb erinnerte sich nicht daran, das Bewusstsein wiedererlangt zu haben. Es hätte schon eine Weile her sein können ...

Er hockte in den Trümmern der Kapsel, die wie eine hohle Frucht aufgeplatzt war. Er musste hart auf dem Planeten aufgeschlagen sein.

Die Beine konnte er nicht bewegen. Er sah an sich hinab und stellte fest, dass er mit weichem beigefarbenem Zeug umhüllt war. Es roch nach Trockenheit und Chemikalien.

Sturzschaum. Jemand hatte ihm einmal erklärt, dass dieser chemisch zustande kam. Er erinnerte sich nicht daran, dass der Schaum ausgelöst worden wäre, was ihm seltsam vorkam, aber vielleicht war es auch alles nur sehr schnell geschehen.

Er beschloss, sich nicht weiter damit aufzuhalten.

Er musste pinkeln. Eine Sekunde lang fragte er sich, ob der Sturzschaum auf negative Weise mit menschlichem Urin reagierte. Dann schüttelte er den Kopf und griff mit den Händen in den Schaum.

Er ließ sich leicht aufreißen. Nach wenigen Minuten hatte er sich davon befreit. Nun zog er sich hoch und stand auf, schwankte, während er gedanklich seinen Körper durchcheckte. Zu seinem Erstaunen war fast alles okay, nur ein Fußgelenk hatte Mühe, sein Gewicht zu tragen. Als er es betrachtete, stellte er fest, dass es außerordentlich geschwollen war. Dann war der chemische Schaum also doch nicht schnell genug gewesen.

Vorsichtig versuchte er einen Schritt und biss sich auf die Lippen. Immerhin konnte er gehen, wenn auch nicht schnell. Umständlich kraxelte er aus der Kapsel heraus und lehnte sich beim Pinkeln dagegen. Dann humpelte er ein paar Schritte weiter, um dem Geruch – nach Chemikalien und dem eigenen Urin – zu entkommen, und setzte sich auf einen Felsvorsprung. Von dort aus sah er sich um.

Er war auf einem flachen Hügel von einigen Hundert Metern Durchmesser aufgeprallt, der von niedrigen Bäumen mit blaugrünen Blättern umstanden war. Durch eine dünne Grasdecke brach der nackte erodierte Fels, an manchen Stellen zog sich graue Heide darüber. Den gesunden Fuß bewegte er leicht zur Seite und setzte ihn auf die Heide. Widerspenstig gab sie nach und federte sofort zurück, als er den Fuß wieder hob.

Dem Aussehen nach eine raue Gegend, doch sie glich keinem der Gebiete, die er zuvor hier unten gesehen hatte. Er musste in ziemlicher Entfernung zur Mauer gelandet sein – vielleicht weiter Richtung Äquator?

»Hallo, Zeb!«

Jemand war zwischen den Bäumen hervorgetreten, rechts von ihm. Eine schlanke Gestalt, doch nicht so nahe, dass er ihre Züge erkennen konnte.

»Fühlst du dich okay?«

Er füllte seine Lungen. »Gut. Wer bist du?«

Ein Lachen war zu hören. »Du wirst mich irgendwann erkennen, aber ich lasse nicht zu, dass du dich an mich gewöhnst. Bist du sicher, dass wirklich alles okay mit dir ist? Du belastest dein rechtes Bein stärker als das linke. Vielleicht ein gebrochenes Gelenk?«

Zeb biss die Zähne zusammen und zwang sich, einen

Schritt nach vorn zu gehen. Schmerzen schossen ihm durch das Bein, doch er schaffte es, den Schritt mit beiden Beinen zu vollenden. »Okay! Siehst du?«

»Widersprich mir nicht!« Die Gestalt winkte, und Zebs Fußgelenk gab nach, als hätte jemand dagegengeschlagen. Die Beine klappten unter ihm ein, und er fiel seitlich zu Boden, presste die Lippen aufeinander, um nicht zu schreien, und fing sich ungeschickt mit einer Hand ab.

Er sah auf, und durch einen Schleier aus Schmerzen erkannte er, dass die Gestalt bereits viel näher war. Und ihm bekannt vorkam. Eindeutig bekannt.

Sie beugte sich leicht zu ihm vor. »Ja, ganz offensichtlich ein gebrochener Knöchel. Möchtest du irgendetwas sagen?«

Zeb holte zweimal durch die Nase Luft. »Keff? Was führt dich hierher?«

Keff nickte. »Ich wusste, dass du mich das fragst ... aber ich bin nicht hier. Und du auch nicht, zumindest nicht so, wie du meinst. Sag mir, wo *glaubst* du zu sein?«

»Ich weiß es nicht. Vermutlich irgendwo in der Nähe der Mauer.«

»Da irrst du dich. Und das weißt du auch.« Keff sah sich demonstrativ um. »Die Örtlichkeit ist ziemlich charakteristisch, würde ich sagen, auch wenn du sie so noch nicht gesehen hast. Versuch es noch einmal!«

»Verpiss dich!«

Keff lachte. »Das tue ich gleich. Aber du nicht. Du wirst hier noch eine Weile bleiben.« Es setzte sich neben Zeb. »Siehst du, *ich* habe dich gefunden.«

Zeb starrte die Kreatur an.

»Mir war klar, dass da etwas war, als ich dich in der Felsblüte sah. Ich brauchte eine Weile, um es zu erraten, und dann noch eine Weile, um mir sicher zu sein. Und dann habe ich dich *gefunden*. Kommst du drauf?« Keff beobachtete ihn ein paar Sekunden lang und hob dann die Schultern.

»Seit ich dich getroffen habe, Zeb, habe ich die Zeitlinie zurückverfolgt und eine Reihe von Verschiebungen bemerkt. Wie Spitzen in einer Grafik. Wie Fußstapfen. Wie kleine Einschlagkrater, um die sich ein Netz aus winzigen Rissen ausbreitet. Ungefähr alle tausend Jahre ist jemand in die Vrealitäten eingetaucht, hat sich dort eine Weile aufgehalten, hat jedes Mal so ziemlich dasselbe gemacht und ist dann wieder verschwunden. Und immer ungefähr am selben Ort, Zeb.« Keff wedelte mit dem Arm. »Jedes Mal hier, auf einem Planeten, der beim Absturz eines Schiffs namens *Todesrassel* halb zerstört wurde. Deshalb habe ich die Fußspuren zu ihrem Ursprung zurückverfolgt. Hierher, und hier treffe ich dich.«

Zebs Herz raste. Er richtete sich auf und lehnte sich gegen den Felsen, verdrängte das Stechen im Knöchel. »Hier? Aber...«

»Ja, hier. Du befindest dich in der Vrealität, die du so liebst. Ich dachte, das sei offensichtlich.« Keff stand auf und sprach, ohne Zeb anzusehen. »Wie konntest du nur so dumm sein? Alle anderen begnügen sich damit, in den virtuellen Oberflächlichkeiten herumzutollen, nur du nicht. Dort oben hättest du nach Herzenslust *vögeln* können.« In dem Wort schwang bitterer Abscheu mit. »Dafür sind die oberen Ebenen gemacht, auch wenn alle so tun, als seien sie irgendwie tiefschürfend. Aber was heißt schon Erholung für euresgleichen? Nein, du musstest ja hier runterkommen. Immer wenn du dein Idiotenego hier reingepflanzt hattest, und mehr noch, wenn du wieder verschwunden warst, weil dir alles zu kompliziert wurde, blieb eine Welle von Zweifel zurück. Was hat dich nur geritten?«

Zeb schüttelte den Kopf. »Nichts hat mich geritten. Ich habe das Versprechen gegeben ...«

»Ein Versprechen?« Keff fuhr herum und streckte die Hand nach Zebs gesundem Knöchel aus. Zeb spürte ein reißendes Krachen, und entsetzliche Schmerzen schossen ihm ins Bein. In sein Brüllen mischte sich das Brausen seines Bluts im Ohr, aber trotz allem hörte er Keffs Stimme.

»Ich weiß um dein *Versprechen*. Ich habe dir doch gesagt, dass ich deinen tollpatschigen Weg bis zu seinem Beginn zurückverfolgt habe. Du hast versprochen, das Gedächtnis einer Maschine zu ehren, die im Sterben lag, weil du dich eingemischt hattest. Aber eigentlich hast du nichts weiter getan, als dieselbe Torheit fortzusetzen, die du begonnen hattest. Du bist ein Tourist, Zeb, nichts weiter, und wie jeder Tourist ruinierst du die Orte, die du besuchst.«

Die Stimme hielt inne, und gleichzeitig ließ der Druck auf seinen Knöchel nach. Die Schmerzen waren nicht mehr ganz so heftig. Der Atem fuhr ihm rau durch die wunde Kehle. Er schluckte. »Was willst du?«

»Nichts, was du mir geben könntest.« Keff breitete die Arme aus. »Du hast Trillionen von virtuellen Lebensjahren kontaminiert. Dafür gibt es keine Wiedergutmachung.«

»Was dann?«

Die Kreatur grinste. »Ein wenig Unterhaltung. Du wirst mich nicht mehr los, und ich kann mich zu jedem Ort und jedem Zeitpunkt in dieser Vrealität begeben. Ich bin eine Rückmeldung für dich. Wenn du willst, bin ich eine immune Zelle für dich. Ich werde meinen Spaß mit dir haben, und wir fangen gleich damit an. Du wirst jedes einzelne Jahr des Chaos durchleben, das du angerichtet hast. Du weißt zwar, wo du bist, aber errätst du auch, wann du bist?«

Zeb schüttelte den Kopf. Er traute sich keine Worte zu.

»Nun, du bist zurück am Anfang. Oder eigentlich kurz davor. Über dir ziehen die Sieben Staaten in die Schlacht, und du hockst in einem verkrüppelten kleinen Raumschiff, das bald abstürzen wird, gefolgt von einem riesigen komplett ausgefallenen Schiff.« Keff grinste. »Und du sitzt hier mit zwei gebrochenen Knöcheln. Was tust du?«

Es wandte sich um und ging.

Zeb starrte ihm hinterher. Fast hätte er ihm zugerufen, doch er beherrschte sich. Ihm fehlte der Atem für Wortspiele, und sonst blieb ihm nur Betteln. Außerdem hatte er der Kreatur schon genug Vergnügen bereitet.

Er sah sich um, spürte, dass seine Augen vor Schmerz und Adrenalin weit aufgerissen waren. Er befand sich mitten auf dem breiten Hügel – wahrscheinlich genau an der Einschlagstelle. Hier drinnen würde er augenblicklich sterben, wenn er nichts unternahm, und wenn er sich bewegte, würde er sehr schnell sterben. Ob er auch draußen, außerhalb der Vrealität, sterben würde, wusste er nicht. Keff hatte ihn gegen seinen Willen hierhergebracht, deshalb musste Zeb davon ausgehen, dass es die Regeln bestimmte...

Während sich seine Gedanken überschlugen, traf sein Körper eine Entscheidung. Er wälzte sich auf alle Viere herum und kroch los. Den Hang hinunter, weg von der Einschlagstelle, dorthin, wo er den Wald am nächsten glaubte. Dabei zog er die Unterschenkel an, sodass seine mehr als nutzlosen Füße in der Luft baumelten. Dennoch hatte er höllische Schmerzen in den Knöcheln – aber das war besser als die Alternative.

Auf den ersten Blick wirkte der Fels glatt, doch tatsächlich war er übersät mit winzigen beigefarbenen Kristallen, die glitzerten und scharf hervorstanden. Bald schon bluteten seine Knie, und reflexartig setzte er die Füße ab.

Bei seinem Schmerzensschrei sammelte sich Blut im Mund. Er spie rosafarbenen Speichel aus und zwang sich zum Weiterrobben.

Als sich die Haut von den Handflächen löste, hatte er jegliches Gefühl für Entfernung oder Zeit verloren. Es zählten nur noch die nächste Bewegung und der nächste Schmerzenslaut. Manchmal versuchte er, sich an die vereinzelten Grasstreifen zu halten, die sich in den Felsmulden festklammerten. Solche fand er aber bald nicht mehr und musste feststellen, dass das Gras fast ebenso scharf war wie der Fels. Und wenn die Halme brachen, sonderten sie eine beißende Flüssigkeit ab.

Deshalb gab er es auf und krabbelte einfach geradeaus weiter, bis jede Bewegung zu einem Heulen wurde, das wiederum ein neues Heulen gebar.

Und dann wich der Fels unter ihm, und bevor er Halt suchen konnte, fiel er bereits, rollte einen steilen Abhang hinab, hinein in den drahtigen Wald. Wenn seine Knöchel an Ästen und Steinbrocken hängen blieben, vervielfachte das schmerzhafte Reißen die Qualen seines malträtierten Körpers.

Sein Sturz ließ sich durch nichts abbremsen. Er erschlaffte und wartete darauf, dass er zu einem Ende käme.

Ein Krachen. Und dann ein Verharren voller Träume. Stimmen.

»Holla! Sieh nur ...«

»Was? Ach, du Scheiße! Wo ist denn der hergekommen?«

»Keine Ahnung. Sieht ziemlich kaputt aus. He, Freund ...«

Hände berührten ihn, drehten ihn um. Einer seiner Knöchel blieb irgendwo hängen, und er wollte schreien, brachte aber nur ein Wimmern zustande.

»Huuu, Scheiße! Du bist ja mal völlig im Arsch. Kannst du sprechen?«

Er versuchte zu nicken, aber selbst das gelang ihm kaum. Er befeuchtete sich die Lippen. »Absturz.«

»Ja, das glaube ich. Womit bist du denn abgestürzt?«

Er versuchte es noch einmal, und diesmal kamen die Worte leichter. »Nein. Absturz ... es wird einen Absturz geben.«

Schweigen. Er versuchte zu erkennen, wer die Leute waren. Zwei Umrisse vor dem abnehmenden Sonnenlicht, die Köpfe zur Seite gedreht, als würden sie sich gegenseitig betrachten.

Abnehmendes Sonnenlicht. Abend ... er hatte die Schiffe in die Abenddämmerung stürzen sehen, oder nicht? Dann müsste es bald geschehen, vielleicht schon sehr bald.

Er schaffte es, einen Arm zu heben und eine der Gestalten zu packen. »Wir müssen hier weg! Sofort! Bitte ...«

Man ergriff seine Hand, und er wurde sanft nach unten gedrückt. »Ja. Ja. Wir werden schon gehen. Ruh dich nur erst ein bisschen aus!«

Die Umrisse entfernten sich, und er hörte leise Stimmen, verstand aber nicht, was gesagt wurde. Er musste eingeschlafen sein, denn ohne Übergang wurde er plötzlich angehoben und auf eine Unterlage gebettet. Dann schob man ihn irgendwo hinein, und schließlich spürte er die raschen, sanften Bewegungen des Fliegens.

Er fragte sich, wie schnell sie flogen und ob ein Atmosphärenflugzeug überhaupt schnell genug wäre.

Im Moment lag das nicht in seinen Händen.

Er schlief wieder ein.

»Mond« des Orbiters, Brasedl-Kugel

Die nächsten beiden Tage verbrachte Skarbo mit Spaziergängen in den zugänglicheren Wäldern des Monds. Er bevorzugte die Einsamkeit. Und es gab vieles, das er, wie sich die kleine Maschine Grapf ausgedrückt hatte, verarbeiten musste.

Angefangen bei seinem Lebenswerk. Seit dem Augenblick, als er den Spin zum ersten Mal entdeckt hatte, wie er dann von dem Baschetschiff verdeckt wurde, hatte er mit sämtliche Logik übersteigender Gewissheit *gewusst*, dass er sein restliches Leben mit dessen Beobachtung zubringen würde. Gegen alle Ratschläge hatte er die Insektenform gewählt, weil sie ihm mit an Sicherheit grenzender Wahrscheinlichkeit Langlebigkeit verlieh. Und so stellte er sicher, dass er … nun, was? Seine Beobachtungen abschließen konnte? Wohl kaum. Denn dies war eine endlose Aufgabe.

Aber was dann?

Wenige Tage bevor Hemfrets in seiner kleinen Welt angekommen war, um sie zu annektieren, zu pulverisieren und alles Erdenkliche mit ihr anzustellen, hatte Skarbo beschlossen, sich sein Scheitern einzugestehen. Und selbst jetzt, da alles hinter ihm Liegende zerstört war und nur noch sehr wenig vor ihm lag, bekam er Zweifel an diesem Entschluss.

Nachdem er einen Tag lang herumspaziert war, hatte er

festgestellt, dass die Wälder das Mondinnere nicht komplett beherrschten. Einige Hundert Meter von dem alten Wasserturm entfernt lichtete sich der Wald und machte einem Skulpturengarten Platz – zumindest war das die beste Bezeichnung, die ihm einfiel. Durch die Vermittlung von Grapf hatte er den Orbiter danach gefragt, doch dieser hatte wie üblich nichts geantwortet, und die kleine Maschine behauptete, nichts zu wissen.

In dem Garten standen zweiundzwanzig Objekte, allesamt mattweiße eiförmige Körper auf schlanken Säulen, die zwischen ein und mehr als zehn Meter hoch waren. Die Objekte waren unterschiedlich groß, wichen aber nicht allzu deutlich voneinander ab. Das größte Objekt hatte einen Durchmesser von zehn Metern, das kleinste ungefähr die Hälfte. Ihre Längsachsen waren jeweils unterschiedlich ausgerichtet, und hin und wieder, wenn er einmal kurz weg- und dann wieder hinsah, hatten sie sich ein wenig bewegt. Genau konnte er es jedoch nie beobachten.

Rings um die Säulen war der Boden mit feinem, weichem schwarzem Sand bedeckt, der die Wärme des Sonnenlichts lange speicherte. Hier ließ es sich gut sitzen.

Der Vogel genoss den Ort ebenfalls. Nachdem er anfangs sehr skeptisch gewesen war, hatte er nun Spaß an der geringen Schwerkraft, die inmitten des Monds herrschte. Er vollführte Sturzflüge von der Mitte bis zum Wald und versuchte, Geschwindigkeitsrekorde aufzustellen. Skarbo sah ihm zu, wie er sich in sich verjüngenden Kreisen hinaufschraubte. Dort war er selbst für seine Augen nur noch als verschwommener schwarzer Punkt erkennbar, der sich vor dem Wald abhob. Der Vogel tollte eine Weile im Zentrum herum, kreiste und überschlug sich in der Richtungslosigkeit der fast völligen Schwerelosigkeit. Dann stürzte er sich wahllos hinab, die Flügel stromlinienförmig angelegt, ein schwarzer Streifen. Überm Wald zog er wie ein Kunstflieger wieder nach oben, bis er fast die Bäume streifte. Von Zeit zu Zeit hörte Skarbo ein leises »*Haaa!*«.

Der Orbiter hatte keine genaue Angabe machen wollen, wie lange die Kugel noch leben würde – jedenfalls nicht mehr lange. Anscheinend geschah es nicht zufällig. Die riesige Wesenheit hatte in der Sache etwas mitzureden.

Der Vogel schwirrte wieder im Mittelpunkt herum. Dann schoss er nach unten, diesmal mehr oder weniger in Skarbos Richtung. Dieser musste sich beherrschen, nicht aufzustehen, die Lichtung zu verlassen und zwischen den Bäumen Schutz zu suchen. Denn er wusste nicht genau, wie sehr sich der Vogel unter Kontrolle hatte.

Der Punkt wurde dicker.

Dann spürte Skarbo, dass sich der Boden bewegte, und plötzlich landete er viel härter als zuvor auf dem Boden. Er zwang sich, wieder aufzustehen, spürte, wie seine Beine ächzten, und stützte sich an einer Säule ab.

Über ihm erhob sich ein Kreischen.

»*Schwerkraft!*«

Er sah nach oben und duckte sich reflexartig, da sich der Vogel über ihm nach unten schraubte. Er fing sich halb, trudelte und verschwand zwischen den Bäumen. Aus der Ferne war ein »*Scheeeiße!*« zu hören, dann nichts mehr.

Er folgte der Stimme. Mit der Schwerkraft stimmte tatsächlich etwas nicht. Sie war größer und änderte sich ständig so spürbar, dass seine Beine beim Gehen einknickten und schwankten.

Als er den Rand der Lichtung erreichte, hoppelte der Vogel zwischen den Bäumen hervor und wedelte mit den Flügeln.

»Alles in Ordnung mit dir?«

Der Vogel schüttelte den Kopf. »Nein! Nichts ist in Ordnung. Großes Problem. Die Schwerkraft ist kaputt. Weiß nicht, warum. Wahrscheinlich heißt das nichts Gutes.«

Skarbo nickte. Er wollte sich einreden, dass dies nur Teil der Vorbereitungen war, die der Orbiter erwähnt hatte, aber es gelang ihm nicht. »Lass uns zum Turm zurückkehren!«

»Wenn wir es schaffen ... mit der defekten Schwerkraft.«

Die Schwerkraft war weiterhin unstet, und das Gehen gestaltete sich schwierig. Skarbo arbeitete sich von Baum zu Baum, um sich an den Stämmen abzustützen. Der Vogel hoppelte schlecht gelaunt vor ihm her, murmelte unentwegt Flüche, wenn der Boden schwankte.

Dann kamen sie zu den schlanken Bäumen in der Nähe des Turms. Skarbo sah nach oben, wo der umgekehrte Kegel über den Baumkronen hing. Er suchte nach einer Spur der Maschine.

Plötzlich wich der Boden unter ihren Füßen ruckartig aus, und Skarbo stürzte, schlug hart hin. Der Vogel stieß ein unartikuliertes Krächzen aus und schoss aufwärts. Eine Sekunde lang schwebte er auf einer Höhe, schwankte nach links und rechts und starrte nach oben. Dann kam er herunter, bis er dicht über Skarbo schwebte. »Lauf!«

Skarbo glotzte ihn an. »Was?«

»Lauf! Bist du nicht nur senil, sondern auch taub? Der Turm fällt um. Lauf!«

Wieder ging ein Ruck durch den Boden, und Skarbo sah nach oben.

Der Turm schwankte, pendelte und holte immer weiter aus.

Skarbo rappelte sich auf und lief los, zumindest versuchte er es. Der Boden schwankte nicht mehr, aber trotzdem stimmte etwas nicht. Etwas sorgte dafür, dass sich eine gerade Linie in eine Kurve verwandelte, und er prallte ständig gegen Bäume. Außerdem schien er nicht mehr so viel zu wiegen wie zuvor.

Dann hörte er ein lang gezogenes Reißen, das in einem tiefen, erschütternden Schlag endete.

Noch bevor er darüber nachdenken konnte, warf er sich instinktiv zu Boden. Zwei seiner Beine verhakten sich in den Wurzeln, und er machte sich so flach wie möglich.

Hinter ihm donnerte es. Dann erfassten ihn die Wassermassen. Sie drohten ihn loszureißen, ihn zu blenden, sich unter seinen Panzer zu zwängen und ihn zu schälen. Etwas Schweres prügelte auf ihn ein, riss ihn in einem taumelnden Strudel aus Gliedmaßen und Luftblasen los. Schließlich krachte er gegen etwas Hartes, und eine Zeit lang war alles verschwommen.

Dann war das Wasser weg. Er erinnerte sich nicht daran, dass es abgeflossen war. Er lag auf dem Rücken und spähte nach oben, ohne etwas zu erkennen. Aber immerhin konnte er atmen.

Allmählich sah er klarer. Sein Blick schweifte hinauf zu den Blättern der Baumkronen, doch jetzt gähnten darin ausgefranste Löcher, und das Licht war anders.

In einem der Löcher tauchte etwas auf. Er kniff die Augen zusammen und seufzte. Es war der Vogel. Er flatterte zu ihm herab und setzte sich auf einen abgebrochenen Ast in Kopfnähe. »Du bist noch am Leben, was?«

Skarbo brachte ein Nicken zustande. »Und du?«

»Anscheinend schon. Hm. Blöde Fragen.« Er hüpfte auf dem Ast entlang und dann wieder zurück. »Aber vielleicht nicht mehr lange. Hast du das Licht gesehen?«

»Ja.« Er blinzelte nach oben. »Es ist anders. Weniger intensiv. Und unsteter.«

»Schlau. Krächz! Bist du feuerfest, Insekt?«

Skarbo starrte ihn an. »Was?«

»Nicht so schlau. Die Schwerkraft hat verrückt gespielt, und ich bin aus dem Himmel gefallen. Was ist noch gefallen? Na? Na?«

Skarbo schüttelte den Kopf. Genug. Es reichte. Alles. Er zwang sich in eine halb sitzende Haltung, die sämtliche Schmerzen betonte, und gab sich Mühe, ruhig zu antworten. »Es ist mir egal, Vogel. Hab ich nicht mehr lange zu leben? Gut. Das scheint mir ein guter Zeitpunkt für das Ende zu sein. Aber bitte, lass mich in Frieden gehen! Halt die Klappe!«

»Alles klar. Dann verschmorst du eben in deinem Panzer, wenn dir danach ist.« Der Vogel schwang sich in die Luft und flatterte so wild über Skarbo hin und her, dass die Windstöße der Flügelschläge in den Augen zu spüren waren. »Feuer, Insekt! Die Sonne ist runtergefallen, das war's. Der Wald brennt.«

Skarbo dachte kurz darüber nach. »Und? Wohin soll ich entkommen, was meinst du?«

Der Vogel zögerte und wackelte mit dem Kopf. »Weiß nicht. Man könnte zum Mittelpunkt fliegen.«

»Nun, das kann ich wohl nicht.« Skarbo legte sich wieder hin. »Aber dir einen schönen Flug!«

»Ach, zum Donnerwetter noch mal ...« Der Vogel beschrieb eine Kehre und verschwand nach oben. Skarbo musste zugeben, dass die Luft, die der Vogel dabei zu ihm herunterwedelte, nach Rauch roch. Er zuckte mit den Achseln. Dann vielleicht doch kein Spin ... Aber er hatte ohnehin nie geglaubt, dass er einmal dorthin käme.

Er schloss die Augen und tröstete sich damit, dass es keine Träume geben würde.

Der Rauchgeruch wurde stärker. Er spürte, wie er sich krümmte, in der Haltung zusammenkauerte, in der er sterben würde. Vielleicht ging es ja schnell.

Dann klopfte etwas gegen seinen Panzer. Er öffnete die Augen und erkannte Grapf. Sie wich zurück.

»Bist du verletzt?«

»Nein.«

»Gut. Der Orbiter meint, wir sollen evakuieren. Bitte folge mir!«

Sie schwebte einige Meter weit und wartete. Skarbo hievte sich auf die Beine und folgte ihr. Zwar schien der Boden sicherer zu sein, aber irgendetwas stimmte trotzdem nicht mit der Schwerkraft – ein unbehagliches Gefühl von Bewegung, das nicht aufhörte, wenn er stehen blieb.

Die Maschine führte ihn zurück zur Lichtung, auf der er die Eiformen gefunden hatte. Er hatte damit gerechnet, dass sie verstreut herumlagen, aber aus irgendeinem Grund saßen sie noch auf ihren Säulen. Er zuckte mit den Achseln.

»Und was jetzt?«

»Der Orbiter bricht den Mond auf.«

Skarbo blinzelte. »Bricht ihn auf?«

»Ja. Ah, da ist die Kapsel!«

Eine weiße Kugel von etwa vier Metern Durchmesser schwebte auf die Lichtung herab und senkte sich so weit herunter, bis sie auf einer Höhe mit Skarbo war. Die Maschine flog tiefer und stieß energisch auf dem Boden auf. Dann war ein dumpfes Klicken zu hören, und die Seitenwand der Kapsel teilte sich in Segmente auf, die zur Seite glitten. Die Maschine flog hinein. »Komm! Der Orbiter kann nicht länger warten.«

Misstrauisch bestieg Skarbo die Kapsel. Das Innere war völlig leer, es gab auch keine Sitzgelegenheit, deshalb blieb er stehen. Er hörte Geflatter, und der Vogel landete schlitternd neben ihm. Skarbo sah sich um und wandte sich dann an die Maschine. »Sieht neu aus. Das passt ja gar nicht. Warum?«

»Sie ist nicht neu, sondern so alt wie der Orbiter. Allerdings wurde sie noch nie benutzt. Bitte halt dich vom Eingang fern! Wir brechen auf.«

Der Vogel hüpfte noch weiter in die Kapsel hinein. »So alt? Nie getestet? Das klingt nicht vertrauenerweckend.«

»Ich bin sicher, dass sie bestens funktioniert.« Die Maschine schwang sanft zur Seite, bis sie die Wand berührte, woraufhin sich die schlanken Eingangssegmente wieder zusammenfügten. Kurz leuchteten die Fugen dazwischen blau auf, doch dann verschwanden sie ganz. Es roch leicht nach Ozon.

In der Kapsel herrschte einen Moment lang Dunkelheit. Dann flackerten die Wände auf und verschwanden, und plötzlich schien es so, als stünden die Passagiere im Nichts. Der Waldboden sank blitzschnell unter ihnen weg, obwohl Skarbo kein Gefühl von Bewegung hatte. Schon waren sie hundert Meter über den Baumwipfeln. Nicht weit von dort, wo sie gestartet waren, brannte es, und Skarbo sah die sich rasch ausbreitenden Flecken anderer Brände in weiterer Entfernung, und überall stiegen wirbelnde Rauchsäulen auf, die sich spiralförmig auf den Mittelpunkt zubewegten. Andere kleine Sonnen waren demnach auch abgestürzt. Der Wald würde nicht lange überleben.

Er wandte sich an die Maschine. »Du hast gemeint, der Orbiter breche den Mond auf«, sagte er. »Was soll das heißen?«

»Das, was *aufbrechen* eben heißt. Sieh nur hin!«

Und tatsächlich, beim letzten Wort teilte sich der Mond sauber in zwei Hälften – ringsum zeigte sich eine Linie, die rasch breiter wurde und sich in eine schwarze Schlucht verwandelte. Die Wälder entlang des Risses bogen sich um fast neunzig Grad in den Graben, und Skarbo stellte sich die heulenden Winde der aus dem Mond entweichenden Luft vor. Erst flackerten die Brände gelb auf, da der Luftzug sie anfachte, doch dann verglommen sie schnell zu finsterer roter Glut.

Die beiden Mondhälften öffneten sich noch weiter, und Skarbo erkannte den alten Orbiter, eingerahmt von den beiden Mondhälften, aber nicht ganz in ihrer Mitte.

Noch immer ohne ein Gefühl von Bewegung huschte die Kapsel durch den Spalt und hielt in einiger Entfernung des Orbiters inne.

Mehrere Atemzüge lang schien alles ruhig zu sein. Der Vogel stieß ein kehliges Krächzen aus. »*Krah!* Das Feuer ist aus. Der Mond ist hin. Und jetzt?«

»Pst!« Skarbo stieß ihn mit einem Bein an. »Sieh hin! Da passiert etwas ...«

Und wirklich, es passierte etwas! An der Hinterseite des Orbiters öffnete sich ein Teil der Hülle – lediglich zwei Torflügel, die nach außen klappten. Das Ganze sah ungemein altmodisch, aber auch sehr zweckmäßig aus. Dann erschien zwischen den beiden Flügeln ein rosafarbener blasser Nebel und schwoll zu einer Blase an, die sich in Richtung des geteilten Monds hin dehnte, sich ein wenig schlängelte und an den tastenden Tentakel eines Meeresbewohners erinnerte. Als seine Spitze zwischen den beiden Hälften verschwand, verbreitete er sich zu einem Trichter.

Skarbo kniff die Augen zusammen. Ein körniger Schatten tauchte auf dem Ding auf ... Dann begriff er. Das war kein Schatten. Es waren Bäume.

Die Wälder flossen aus den Mondhälften und durch den Trichter in das Schiff.

Skarbo fand seine Stimme wieder. »Rettet er die Bäume?«

»Nein.« Grapf klang forsch. »Die meisten von ihnen überleben das Vakuum sowieso nicht. Zu viele beschädigte Zellen – aber es speichert ihre Gene. Und es lässt keine Biomasse verkommen. Als Ruß und Holzkohle wären die Bäume wertlos.«

Eine Weile beobachteten sie die geräuschlose Prozession sterbender Bäume. Es wurden bereits weniger. Alles war sehr schnell vonstatten gegangen. Skarbo fragte sich, wie viele Megatonnen Holz durch diesen dünnen Schlauch geflossen waren. Dann spähte er zu den Reihen schattenhafter Kriegsschiffe hinauf. Er hatte den Eindruck, als sähen auch sie zu, und schmunzelte.

Schließlich war die große Ernte vorbei. Skarbo hatte damit gerechnet, dass der Trichter sich wieder zurückzog, doch stattdessen bog er sich nach oben, und die Kapsel senkte sich zu ihm herab. Dann waren sie drinnen, und der Nebel umschloss sie.

Skarbo wollte schon fragen, wann sie an Bord des alten Schiffs wären, als ein sachter Ruck durch den Boden ging, und der Nebel verschwand. Die Kapsel klickte, woraufhin sich die Seitenwand öffnete.

Willkommen, sagte die trockene alte Stimme des Orbiters.

Skarbo sah sich um. »Oh!«, entfuhr es ihm, und seine Stimme hallte weithin.

Er stand auf grauen Steinplatten mit blauen und goldenen Flecken. Jede von ihnen hatte eine andere Form, und sie waren durch dünne Fugen schwarzen Mörtels verbunden. Auf den ersten Blick wirkten sie flach, in Wirklichkeit aber bog sich die Fläche immer stärker, bis sie zu einer Wand wurde, die hundert Meter weiter oben im Nebel verschwand. Skarbo kam sich vor, als stünde er in einer hohlen Hand.

In der Rundung erkannte er etwas – einen ausgefeilten Cluster aus Kugeln, manche glänzend, manche matt.

Es war sein Modell des Spin.

Nach einer Weile fand Skarbo seine Stimme wieder. »Hast du das gemacht?«

Es wurde nicht eigentlich gemacht. Aber ja, ich habe es verursacht. Ich erwähnte doch, dass wir etwas gemeinsam haben.

Der Vogel raschelte an Skarbo vorbei und umkreiste das Modell, schraubte sich nach oben, bis er dicht über ihm schwebte. Seine Flügel hinterließen feine Wirbel im Nebel. »Sehr gut«, ließ er verlauten. »Mindestens so gut wie alles, was das Insekt in achthundert Jahren zustande gebracht hat. Ihr könnt euch getrost über Planeten unterhalten.« Er glitt herab und ließ sich neben Skarbo nieder. »Und wo bleibe ich jetzt?«

Hier.

»Oh, nein, nicht hier! Irgendwo, wo es Bäume gibt. Du bist doch voller Bäume!«

Ja. Und anderer Dinge. Aber ich will euch hier haben.

Skarbo unterdrückte ein Schmunzeln. »Warum?«

Ich bin beschäftigt. Die Kugel wurde angegriffen ... wird noch immer angegriffen von einem Querschläger der Kriegsfront. Ich musste neue Pläne vorlegen. Dem ist wahrscheinlich ein Megabaum zum Opfer gefallen, was ich sehr bedaure. Jetzt werde ich gebraucht. Ihr könnt mir Gesellschaft leisten.

Der Nebel rings um die Steinplatten verdunkelte sich und wurde zum Weltraum.

Vor Verblüffung keuchte Skarbo laut auf.

Er sah ungefähr dasselbe wie das, was er von der Mündung des Tunnels gesehen hatte, mit dem er und der Vogel ins Schiff gelangt waren. Gleichzeitig wirkte es jedoch auch ganz, ganz anders. Vorhin waren die großen Schiffe nichts als Schatten, Umrisse und graue Formen gewesen. Mittlerweile zeichneten sie sich hell als scharf umrissene Ungeheuer vor dem verschwommenen Trümmermeer hinter ihnen ab. Und ihm fiel auf, dass sie sich bewegten. Mit der Eleganz von Tänzern und viel zu schnell für ihre Größe glitten sie aneinander vorbei, gaben ihre unregelmäßigen

Reihen auf und formten sich zu einer Kugel innerhalb der größeren Kugel aus Trümmern. Und der alte Orbiter befand sich in einem eigenen Hohlraum im Mittelpunkt der Kugel, wie Skarbo auffiel.

Die Stimme des alten Schiffs unterbrach seine Gedanken. *Bitte mach dich auf ein helles Licht gefasst!* Kaum hatte es zu Ende gesprochen, leuchtete die Kugel aus Schiffen auf und stach grellweiß in die Sehnerven.

Gerade noch rechtzeitig hatte er sich die Hand vor die Augen gehalten. Trotzdem huschten ihm lebhafte Nachbilder über die Netzhaut.

»Scheiße...«, hörte er den Vogel sagen.

Vorsichtig nahm er die Hand weg. Die Schiffe waren noch immer da, doch von den Trümmern fehlte jede Spur. Und zwar ausnahmslos von allen. Ungehindert konnte er bis zu dem geschmolzenen kleinen Stern in der Mitte der Kugel und in die andere Richtung bis zum schleierartigen äußeren Feld blicken.

Mit dem Feld stimmte etwas nicht. Obwohl er es vorher nie richtig gesehen hatte, gab es daran keinen Zweifel. Größtenteils bestand das Feld noch aus dem vielfarbig changierenden Schleier, den er sich vorgestellt hatte, aber es gab auch einfarbige Flecken – ein dumpfes Rot und Blau sowie hier und da ein Übelkeit erregendes Gelb. Die Flecken wurden größer. Er deutete darauf.

»Orbiter?«

Ja. Der Angriff hat das äußere Feld beschädigt. Die Farben bedeuten, dass diese Stellen keine Empfindung mehr haben. Die Kugel wäre innerhalb weniger Tage gestorben. Jetzt wird sie innerhalb weniger Stunden sterben, wenn niemand eingreift.

»Oh.« Skarbo betrachtete die Flecken. Zwei wuchsen aufeinander zu, einer rot, der andere blau. Als sie sich berührten, verschmolzen sie schlagartig zu einem Fleck. Eine

Sekunde lang war ein wildes Flackern zu sehen, bis alles rot war. Der Anblick war unangenehm, und Skarbo sah zu Boden. »Hat sie Schmerzen?«

Ja, in gewisser Weise. Aber wir haben eine Abmachung.

Die Schiffe bewegten sich wieder, verließen die Kugel, als wäre es ein Knobelspiel, und formten stattdessen einen hohlen Zylinder. Nicht ganz hohl, bemerkte Skarbo, denn in seiner Mitte schwebte ein Schiff. Es war größer als die anderen. Davor war es ihm nicht aufgefallen. Außerdem sah es ramponierter aus, so wie eins der Wracks, die er auf der Fahrt hierher gesehen hatte.

Der hohle Zylinder war auf den Mittelpunk der Kugel ausgerichtet, und plötzlich hatte Skarbo eine Vorstellung, was als Nächstes geschehen würde. »Gehört das alte Schiff zu der Abmachung?«, fragte er.

Ja. Dieses Schiff überwältigte Hemfrets' Einheit und meldete sich freiwillig. Es war beschädigt. Jetzt wählt es ebenfalls den Tod.

Skarbo nickte.

Lichtstrahlen schossen aus den anderen Schiffen, die entlang des Zylinders ein komplexes Gitter formten, das sich so lange bog und schrumpfte, bis es sich eng um das Schiff in der Mitte legte. Es blitzte einmal auf, und das Schiff war verschwunden, war wie ein Speer auf den Mittelpunk der Kugel geschleudert worden.

Als es den geschmolzenen Kern erreichte, war es nur noch ein orangefarbener Punkt vor dem gelbweißen Glühen. Es verschwand.

Der Kern zog sich zusammen, schrumpfte eine Sekunde lang. Dann dehnte er sich aus, schneller, als Skarbo folgen konnte, wurde zu einer grellen Kugel aus flammendem Plasma. Gerade wandte er sich ab, als blendende Gaswirbel an den Schiffen vorbeischossen. Er zuckte zusammen, doch dann bemerkte er, dass sich das Inferno teilte, bevor es sie berührte. Vor dem Gleißen war ein schwach durchscheinender Kegel zu erkennen. Also so etwas wie ein Feld.

Und dann war das Gas an ihm vorbei und prallte gegen das äußere Feld.

Dieses flammte auf, zerging wie Papier und wirbelte in verglimmenden Fetzen davon.

Skarbo holte Luft. »War es das?«

Ja. Die Kugel ist nicht mehr. Es tut mir leid.

»Und jetzt?«

Sieh nur!

»Was? Oh…«

Wieder löste sich die Formation, doch die Bewegungen veränderten sich. Statt elegant und geschmeidig wirkten sie ruckartig – beinahe brutal. Dann ploppte die Hälfte der Schiffe weg. Der Ausschnitt zoomte so rasend schnell heraus, dass Skarbo der Kopf schwirrte. Plötzlich stand er im Nichts, anscheinend einige Kilometer über einem Orbiter, der zu einem länglichen Punkt geworden war.

Vor ihm befanden sich weitere Punkte. Viele, viele Punkte – mindestens eine Flotte, und eine kleinere Gruppe stellte sich ihnen entgegen, vermutlich die alten Schiffe aus der Kugel.

Er deutete darauf. »Ist das der Querschläger?«

Ja. Sie haben sich gezeigt.

Die alten Schiffe waren eins zu zehn in der Unterzahl – vielleicht sogar zu hundert. Mehr. Es war unmöglich.

Zu schnell, als dass er es genau erkennen konnte, verschwamm die Formation aus alten Schiffen und zuckte. Es bildeten sich Muster, die wechselten und verschwanden, und mit jeder Bewegung schien die Zahl der Feinde geringer zu werden. Als er an das Wort *Feinde* dachte, hätte er fast gelacht.

Und dann war es vorbei. Er hatte die alten Schiffe nicht gezählt, aber es schienen nicht viel weniger zu sein. Nur die anderen Schiffe waren verschwunden.

Er atmete aus. »Orbiter? Haben wir gewonnen?«

Die Schlacht? Ja. Aber es waren größtenteils Baschetklienten – Freibeuter und gecharterte Jachten, höchstens halb in die Kriegsfront integriert. Die hätten gegen Berufskämpfer ohnehin kaum eine Chance gehabt.

Skarbo nickte. »Ich hielt dich nicht für kriegerisch.«

Das bin ich auch nicht. Aber wenn man so alt ist wie ich, dann lohnt es sich, kriegerische Freunde zu haben.

Dem hatte Skarbo nichts hinzuzufügen, und er stimmte ihm nachdrücklich zu.

Der Gedanke brachte ihn darauf, sich nach dem Vogel umzusehen, der uncharakteristisch ruhig geblieben war. Der stand neben ihm, und seine Augen glänzten im Dunkeln. Den Kopf hatte er leicht zur Seite geneigt, und sein Gesichtsausdruck ließ sich nicht deuten.

Skarbo schmunzelte.

Und jetzt befinden auch wir uns im Krieg, fügte das Schiff hinzu. Obwohl das nur ein Querschläger war, so gehörte er doch zur Kriegsfront.

Skarbo verging das Schmunzeln.

Sholntp (Vrealität)

Das rechteckige Fenster hoch oben in der Wand bestand aus schlichtem Glas, durch das sich ein diagonaler Sprung zog. Von einer Straßenlampe fiel schräg von oben ein blau-weißer Lichtbalken auf das Gesicht der Frau, die ihm gegen-über am Tisch saß. Der Schatten des Sprungs wirkte wie eine Narbe.

Die Frau war dünn, nicht mehr jung und blass. Ihre Stim-me klang ebenfalls dünn und blass.

»Du musst das verstehen«, sagte sie. »Du hast gesagt, es komme zu einem Absturz, und das kurz bevor die beiden Schiffe aufgeprallt sind. Was geschehen ist, könnte gut und gern das gesamte Leben auf diesem Planeten auslöschen. Woher wusstest du davon?«

Es war Zebs dritter Tag in der Zelle. Er war dort auf-gewacht, sie hatten ihn behandelt, und jetzt verhörten sie ihn. Höflich, aber hartnäckig. Er antwortete – aber es brachte nichts.

Sie erklärten ihm, es sei ein Wunder, dass er überlebt hatte. Seine Retter hatten nicht überlebt, genauso wenig wie bislang neunzig Millionen weiterer Personen. Die Op-ferzahl steige immer noch, sagten sie. Er müsse doch in der Lage sein, etwas Licht in die Sache zu bringen, meinten sie.

Es liege nicht in ihrer Natur, auf unfeine Methoden zu-rückzugreifen, erläuterten sie ihm, als er auch weiterhin keine Hilfe war. Und dann hielten sie lange genug inne, damit er sich ausmalen konnte, was sie meinten.

Die Frau war erst kürzlich dazugekommen. Vermutlich war sie ihre letzte Hoffnung, bevor sie gegen ihre Natur handeln und sich ihm gegenüber unfein verhalten würden.

»Es tut mir leid«, sagte er zum hundertsten Mal. »Ich kann dir nicht helfen.«

In einer verkohlten Sanitäterkapsel hatten sie ihn aus den Überresten des Flugzeugs gezogen, das es irgendwie geschafft hatte, zweihundert Kilometer von der Einschlagstelle entfernt aufzuschlagen. Danach hatte es der Plasmasturm aus dem zerstörten Getriebe des alten Kriegsschiffs vom Himmel gefegt. Sie hatten gemeint, es sei pures Glück gewesen, dass man ihn gefunden hatte. Es sei Glück gewesen, dass die Kapsel ihn geschützt hatte. Und es sei Glück gewesen, dass ihn jemand in der Nähe des Flugzeugwracks erneut gefunden hatte. Und er habe mehr Glück gehabt als seine Retter, die nicht überlebt hatten.

Trotzdem fühlte er sich nicht gerade wie ein Glückspilz.

Schließlich gingen der dünnen Frau die unterschiedlichen Formulierungen für ein und dieselbe Frage aus. Sie betrachtete ihn stirnrunzelnd, und er erwiderte das Stirnrunzeln so offen wie möglich, bis sie leicht den Kopf schüttelte, aufstand und hinausging. Zeb sah die Tür hinter ihr zufallen und lauschte dem leisen Schnappen der Verriegelung. Dann stand er auf, streckte sich, zuckte zusammen, da die Bewegung die kaum verheilte Haut spannte. Seine Knöchel waren in Zylinder aus Heilschaum gehüllt, die nur leicht nachgaben. So konnte er zwar nur steif, aber immerhin schmerzfrei gehen. Der Schaum lasse sich am nächsten Tag abnehmen, hatte man ihm erklärt.

Außer dem Tisch und zwei Stühlen enthielt das Universum seiner Zelle eine Elektrotoilette, ungefähr das fortschrittlichste Stück Technik, das er hier gesehen hatte, und eine weitaus primitivere Pritsche. Von der Welt außerhalb seiner Zelle hatte er kaum eine Vorstellung, außer dass dort häufig Martinshörner schrillten und manchmal Menschenmassen zu hören waren. Er ließ sich auf die Pritsche sinken, zog die verschossene Decke über sich und machte sich auf langes Warten gefasst.

Dann setzte er sich wieder auf. Eine Sirene heulte, aber sie klang anders als die Martinshörner. Sonst hatte es sich um die klassischen Signaltöne für den Straßenverkehr gehandelt – schrille Töne mit Dopplereffekt, die beim Vorbeifahren anschwollen und wieder abklangen. Dies aber war ein drängendes, ansteigendes Heulen, das unmittelbar den Teil des Gehirns ansprach, der sagte: *Lauf!*

Das Gemurmel der Menschenmassen war verstummt, als die Sirene eingesetzt hatte. Jetzt aber hörte Zeb wieder Geräusche, die allerdings ganz anders klangen als zuvor.

Es war pure Panik, die nicht wieder abnahm. Beinahe übertönte sie das Schnappen des Türriegels.

Er hatte mit der dünnen Frau gerechnet, mit einem Pfleger oder einem der anderen namenlosen Verhörer, die er während der letzten drei Tage kennengelernt hatte. Aber es war Keff.

Das schlanke Geschöpf war militärisch gekleidet. Um Zeit zu gewinnen und aus beliebigen anderen Gründen wies Zeb darauf. »Was soll das denn?«

»Dort draußen wird ein ziemlich beamtenmäßiger Umgangston gepflegt. Ich füge mich ein. Vielleicht bittet mich sogar noch jemand, etwas Nützliches zu tun. Ich sage dir dann, wie sich das anfühlt. Soll ich, falls es so weit kommt?«

Zeb setzte sich wieder hin. »Verpiss dich, Keff!«

»Nein, das macht mir jetzt schon viel zu viel Spaß. Hast du einen Plan?«

»Außer dass ich am Leben bleiben will? Nein. Ich hätte oben auf der Hochebene sterben sollen, nicht wahr?« Vorwurfsvoll funkelte er Keff an. »Ich wette, es wurmt dich ohne Ende, dass ich nicht draufgegangen bin.«

»Eigentlich nicht, schließlich habe ich mehrmals eingegriffen, um dich an einem Stück dort rauszukriegen. Was glaubst du – wie interessant wärst du für mich als Leiche?« Keff trat vor die Pritsche und blickte auf Zeb herab. »Ich habe hier die Kontrolle, Zeb. Ich kontrolliere alles, und ich habe ein paar Spiele für dich auf Lager. Das nächste beginnt jetzt – nun, es hat bereits vor zehn Minuten begonnen. Der Wind hat sich gedreht, und die Staubwolke des Schiffs weht in diese Richtung. Hast du die Sirene gehört?«

Zeb nickte.

»Nun, das ist ein Strahlungsalarm. Bleibst du draußen, kriegst du innerhalb eines Tages eine tödliche Dosis ab. Drinnen dauert es etwas länger. Jemand hat einmal gesagt, Panik sei schlimmer als Strahlung. Da bin ich mir nicht so sicher, aber sie ist auf jeden Fall schneller.« Theatralisch schüttelte es den Kopf und kniete vor der Pritsche nieder, streckte den Arm aus und legte Zeb eine Hand auf die Schulter. »Leute werden abwechselnd zerdrückt und verstrahlt, und du bist die Ursache dafür. Empfindest du nicht wenigstens eine Spur von Stolz?«

Zeb wandte den Kopf ab.

»Nun, wie auch immer. Jetzt solltest du drei Fakten erfahren. Erstens – als die Sirene einsetzte, suchte die Regierung das Weite. Zweitens – während der letzten vierundzwanzig Stunden wurden dein Bild und die Informationen über deine Verwicklung in die Sache in den Nachrichtenkanälen ausgestrahlt. Und drittens – die Tür zu dieser Zelle lässt sich nicht mehr verschließen.« Es stand auf und rieb sich die Hände. »Viel Glück.«

Dann kehrte es Zeb den Rücken und ging. Die Tür ließ es hinter sich halb offen stehen.

Draußen wurden die Geräusche der Massen lauter. Zeb linste zum Fenster hinauf. Es war so hoch angebrachte, dass er außer dem Himmel und der Straßenlampe nichts sah. Die Laterne brannte seit einigen Stunden. Wie lange würde die Nacht noch andauern? Er brauchte die Nacht.

Ein harter Gegenstand krachte gegen die Scheibe, dann noch einmal. So heftig es auch klirrte, das Glas hielt. Zeb wartete auf weitere Geschosse und hatte die Hände halb erhoben, um sie jederzeit vor das Gesicht zu schlagen. Doch anscheinend geschah nichts weiter. Auch die Menschenmenge war ruhiger geworden.

Doch es war eine wachsame Stille. Muster, Muster ...

Zeb warf sich gegen die Zellentür. Er war schon halb draußen, als etwas orangefarben aufblitzte, gefolgt von einer heftigen Erschütterung, die ihm die Luft aus den Lungen presste. Ein brüllend heißer Windstoß donnerte durch den Eingang und schlug die Tür hinter ihm zu. Er prallte an die gegenüberliegende Korridorwand und taumelte wieder nach hinten, bis er sich fing, die Augen weit aufriss und laut japste. An einer Biegung des Korridors lehnte er an der Wand.

Ein langer, ruhiger Augenblick verging. Dann wackelte das Gebäude, die Zellentür und ein Teil der Wand flogen in einem Flammenstrahl nach außen und verteilten sich über den Flur.

Zeb wandte sich bereits um, als die Druckwelle ihn erfasste.

Lärm drang an sein Ohr. Seine Lippen wurden gegen etwas Kaltes gedrückt, und sein Mund war voller Staub. Die Schulter schmerzte.

Regungslos lag er da und lauschte. Er hörte nichts als das

langsame, schwellende Rauschen des Bluts in den Ohren. Bei jedem Pulsschlag pochte es schmerzhaft im Kopf.

Vorsichtig hievte er sich auf alle Viere hoch und wartete, bis sich der Kopf nicht mehr drehte. Er wollte ausspucken, um die Zunge von dem groben Sand zu befreien. Das hätte aber Lärm gemacht, und außerdem fehlte ihm der Speichel zum Spucken. Stattdessen wischte er sich einen Finger am Hemd ab und fuhr sich damit um den Mund, um wenigstens die gröbsten Rückstände des geborstenen Gebäudes loszuwerden.

Dann erhob er sich.

Noch immer war kein Ton zu hören. Es gab Licht, aber nur ganz schwach. Dumpfe gelbe Kugeln flackerten alle paar Meter an der Decke, doch ihr Schein reichte kaum bis zum Boden. Rings um seine ehemalige Zelle waren sie zertrümmert und erloschen.

Wenn er es recht bedachte, war er aber dankbar für das Licht, auch wenn er die Umgebung kaum wahrnahm. Er wandte sich um und folgte dem Korridor, der von seiner Zelle wegführte. Er hatte keine Ahnung, wohin er ging. Als man ihn hergebracht hatte, war er halb bewusstlos gewesen. Nach allem, was er wusste, gab es in diesem Gebäude vor allem Korridore.

Die Wände bestanden aus einem nackten grauen Material, das kränklich orange im Licht der Deckenlampen schimmerte. Keine Wegweiser, keine Spuren, kein Hinweis auf einen Ausgang. Alles gleich.

Nach zehn Minuten blieb er stehen.

Er konnte ewig hier herumirren. Und je länger er in dem Gebäude blieb und weitere Nachtstunden aufbrauchte, desto wahrscheinlicher wurde die Aussicht, dass er jemandem über den Weg lief.

Natürlich gab es *einen* Weg nach draußen. Dort hielten

sich wahrscheinlich Menschen auf, vielleicht aber auch nicht.

Er wandte sich um und kehrte in Richtung seiner ehemaligen Zelle zurück. Teilweise ließ er sich dabei von seinem Muskelgedächtnis leiten, teilweise von dem dichter werdenden Staub und dem Brandgeruch. Es roch nicht nur nach verbranntem Gebäude, sondern es mischte sich ein Schweißton hinein, den er nicht zuordnen konnte. An der nächsten Biegung blieb er stehen und lauschte angestrengt.

Stille, so weit er es hören konnte. Er straffte sich und bewegte den Kopf ein wenig über die Eckkante hinaus.

Und erstarrte. Keine Stille. Sondern ein leises Rascheln. Er lauschte genauer – und wieder. Noch ein Rascheln ... und dann ein Räuspern.

Zeb dachte kurz nach. Dann hob er die Schultern. Diese Möglichkeit hatte jederzeit bestanden. Er sah sich auf dem Boden zu seinen Füßen um, fand ein ungefähr faustgroßes Stück Wand und hob es so leise wie möglich auf. Bereit, die Flucht zu ergreifen, warf er es in den offenen Korridor und wartete mit pochendem Herzen.

Zunächst nichts. Dann wieder das Räuspern.

Zeb kauerte sich hin und bewegte sich sehr langsam vorwärts, bis er mit beiden Augen um die Ecke sah. Er hielt kurz inne, bevor er aufstand. Jetzt hatte er die Leute doch noch gefunden.

Inmitten der Zerstörung war es schwer zu sagen, aber er meinte mindestens fünf Leichen zu zählen. Sie lagen rings um das Explosionsloch ausgestreckt, als wären sie dort hingeschleudert worden. Sein Geist setzte den Vorgang zusammen – sie waren zum Zeitpunkt der zweiten Explosion in der Zelle gewesen.

Das war also der Grund für den süßlichen Geruch. Er würgte.

Erneut war das Rascheln zu hören, und einer der Körper regte sich noch leicht. Er schlich näher und ging in die Hocke.

Es war eine junge Frau ... gewesen. Die eine Kopfhälfte bedeckte kurzes Haar, doch die andere Hälfte war ein hässlicher Filz aus Blut, abgelöster Haut und bleichen Knochensplittern. Die Pfütze unter ihr war schwarz und glänzte im Dämmerlicht. Ein Arm stand in unnatürlichem Winkel ab, die Augen waren geschlossen. Aus irgendeinem Grund war sie jedoch noch am Leben. Der Brustkorb hob und senkte sich beim Atemholen, einmal, zweimal, dreimal, und aus der Nähe hörte Zeb das Brodeln und Pfeifen zerstörter Lungen.

Dann holte sie noch einmal Luft, und diesmal öffneten sich ihre Augen. Nur einen Moment lang blickte sie ins Leere, bevor sie sie wieder schloss. Der Atem entwich ein letztes Mal.

Zeb blieb einen Augenblick lang bei ihr. Dann schüttelte er den Kopf, stand auf und suchte sich behutsam einen Weg durch den Schutt und an den Toten vorbei. Er gab sich alle Mühe, den Geruch verbrannter Haare und versengten Fleischs nicht einzuatmen.

In der Außenwand der Zelle gähnte ein unregelmäßiges, annähernd rundes und mannsgroßes Loch. Feuchte Nachtluft strömte herein, und das verschwommene Licht der Straßenlaterne fing sich in Staubwolken, die er mit seinen Schritten aufwirbelte. Zwei Schritte vor dem Loch blieb er stehen und lauschte erneut.

Immer noch nichts – keine Menschen, keine Sirenen.

Zeb begriff es nicht, ging aber weiter auf das Loch zu.

Dann packte ihn etwas am Knöchel.

Er stürzte, landete seitlich auf einem Schutthaufen. Ihm blieb gerade noch Zeit für einen einzigen Schmerzenslaut, bevor sich jemand auf ihn stürzte. Er sah, wie sich eine Faust öffnete, und dann waren seine Augen voller Staub. Er kniff sie zusammen. Schläge landeten in seinem Gesicht, auf den Armen und auf der Brust. Er wollte nach einer der prügelnden Fäuste greifen, doch stattdessen wurde eine seiner eigenen Hände gepackt. Jemand bog ihm kräftig den Daumen nach hinten.

Der Daumen brach, und Zeb heulte vor Schmerzen auf. Jemand lachte, und dann wurde sein anderer Daumen gefasst. Verzweifelt schlug er mit der verkrüppelten Hand um sich, traf ein Gesicht und stieß mit den steifen Fingern so fest wie möglich hinein.

Sie gruben sich in Augenhöhlen. Aus dem Lachen wurde ein Schrei, und das Gesicht wich ruckartig zurück. Er nutzte die Gewichtsverlagerung, stemmte die Hüften nach oben und achtete nicht darauf, dass ihm die Trümmerteile in die Seite schnitten. Plötzlich hob sich das Gewicht von ihm.

Es folgten ein Krachen und ein Schrei, der jäh abbrach. Dann nichts mehr.

Er wartete, blinzelte mit tränenden Augen, während seine Rippen bei jedem Atemzug ächzten. Endlich gelang es ihm, die Lider so lange geöffnet zu halten, bis er etwas erkannte.

Ein Mensch lag zwischen ihm und dem Loch in der Wand. Sein Kopf war auf der zerklüfteten Kante aufgeschlagen, das Gesicht nach oben gerichtet.

Der Rest des Gesicht ... Es sah aus, als hätte man ihm von den Augen bis zu den Lippen die Haut abgezogen. Unter den geschlossenen Lidern sickerte Blut hervor.

Zeb betrachtete die Finger seiner gebrochenen Hand. Nasse graue Streifen klebten daran. Die Haut hatte sich von dem Gesicht gelöst wie nasses Papier.

Er übergab sich.

Shephhat (Vrealität)

Die große Fähre stieß drei kurze Signaltöne aus, und der blaue Nebel, der über ihrem Schlot hing, verdichtete sich zu einer schwarzen Rauchfahne. Selbst aus der Entfernung spürte Zeb das Wummern der Maschinen in der Brust.

Am Heck wurde das Wasser verquirlt, und die Fähre bewegte sich von der Schiffsbrücke weg, zwängte den spitzen Bug zwischen den kleineren Booten hindurch, die den Hafen verstopften. Alle wollten dasselbe – sie wollten weg.

Die Stadt Shephhat war auf sechs großen und einigen kleineren Inseln erbaut, die in der Mündung eines tiefen Fjords einen annähernd runden Haufen bildeten. Der Fjord lag an der Küste des Südkontinents, ungefähr ein Drittel des Planetenumfangs von dem Ort entfernt, der später einmal Friedensgraben heißen würde. In guten Zeiten hatte die Stadt vier Millionen Einwohner gehabt. Inzwischen waren drei Viertel von ihnen weggegangen, und der Rest folgte ihnen gerade.

Seit dem Absturz waren einundvierzig Tage vergangen. Zwanzig Tage lang hatte die von dem verglühenden Schiff verursachte gewaltige Thermik dazu geführt, dass radioaktive und chemisch zusammengesetzte Aschen mit tödlichen künstlichen Passatwinden über den ganzen Planeten verteilt worden waren. In Shephhat waren die Winde mit der natürlichen Regenzeit zusammengefallen, sodass etliche Tausend Tonnen des langsamen Todes auf die Stadt herabgeregnet waren.

Die Asche war überall. Die meisten Menschen trugen Masken aus engmaschigen Stoffen, wenn sie sich das leisten konnten. Die Hersteller hatten sich eine goldene Nase verdient, und eine Zeit lang konnte man, wenn man eine besonders teure Maske trug, sogar als modisch gelten. Doch nur bis zu den Unruhen. Danach war auffälliger Konsum keine so gute Lebensart mehr, und man verlegte sich auf schmutzige Stofffetzen. In der zweiten Woche nach dem Ascheregen gab es ohnehin nichts anderes mehr.

Bei den Unruhen war es vor allem um Nahrungsmittel gegangen.

Im Hafen krachte und splitterte es. Die Fähre war durch einige verkeilte Barken gepflügt. Auf ihren flachen Decks standen die Passagiere dicht gedrängt. Beim Zusammenstoß gingen sie auf die Knie, und Hunderte fielen oder sprangen ins Wasser.

Ohne langsamer zu werden, preschte die Fähre durch den Pulk hindurch, und Zeb sah, wie Menschen von der Bugwelle unter Wasser gezogen wurden. Da begriff er, dass die hungrig dreschende Schiffsschraube der Fähre in dem engen Hafenbecken tonnenweise Wasser ansaugte.

Rasch wandte er sich ab, doch nicht rasch genug, um sich den Anblick des ersten Aufwallens rosa gefärbten Schaums im Bugwasser der Fähre zu ersparen.

»Welch ein Anblick, wie?«

Zeb wandte sich in Richtung der Stimme und seufzte. Neben ihm lehnte Keff am Hafengeländer. Das Wesen tauchte hin und wieder auf, stets in besonderen Momenten.

Es wandte sich zu Zeb um. »Bist du immer noch stolz auf dich?«

Zeb schwieg.

»Die Opferzahlen steigen. Inzwischen sind es fast zweihundert Millionen. Weißt du, was witzig ist? Nur die Hälfte von ihnen sind Strahlenopfer. Die anderen sind Opfer von Hunger, Gewalt, Krankheiten aufgrund des verseuchten Wassers und anderem feinen Zeug.« Es nickte zum Hafen hinüber. »Und manche ertrinken natürlich auch und werden von Schiffsschrauben in Hackfleisch verwandelt. Hast du gut gemacht.«

Zebs Lippen zuckten. »Kannst du nicht andere Leute langweilen?«

»Eigentlich nicht. Zumindest keinen, bei dem es so viel Spaß macht wie bei dir. Du bist mein persönliches Projekt. Fast so was wie mein Schoßtierchen.« Es richtete sich auf. »Wir sehen uns wieder. Noch oft.«

Es schlenderte davon. Zeb sah ihm nach, bis es um eine Ecke verschwand. Dann seufzte er.

Schon früh hatte er beschlossen, die Stadt nicht zu verlassen. Er glaubte nicht, dass eine Flucht aus Shephhat Rettung verhieß. Eigentlich wollte er nur Keff entkommen, und Keff würde ihm ohnehin überallhin folgen.

Die Fähre war durch die kleineren Boote hindurchgepflügt. Hinter ihr schloss sich eine Decke aus Wrackteilen. Wieder waren ein paar Tausend Leute mehr auf ihre vergebliche Reise aufgebrochen. Die meisten von ihnen hofften, den Südpol des Planeten zu erreichen, der angeblich vom Isotopenregen verschont geblieben war.

Noch wenige Tage, und alle Aufbruchbereiten wären verschwunden. Zeb versuchte, sich daran zu erinnern, ob er bei seinen vergangenen Besuchen in der Zukunft der Vrealität erfahren hatte, was mit ihnen geschehen würde, aber es gelang ihm nicht. Entweder gab es nichts, woran er sich erinnern konnte, oder er war zu sehr mit seinen Vergnügungen beschäftigt gewesen und hatte nicht darauf geachtet.

Er stieß sich vom Geländer ab und verließ die Hafenpromenade. Während der ersten Tage hatte er sich verkleidet, doch das war inzwischen nicht mehr nötig. Aufgrund des Hungers und des allgegenwärtigen Staubs sahen alle wie ausgemergelte Fremde aus.

Er wollte herausfinden, ob Keff ihn verhungern lassen würde. Es gab keine Nahrungsmittel. Wie so viele Handelsstädte baute Shephhat wenig an und importierte viel, und aus diesem Viel war am Tag des Absturzes plötzlich ein Nichts geworden. Es hatte einige Tage gedauert, bis die Lagerhäuser geleert waren, und der größte Teil ihrer Bestände war zunächst in die Läden der Reichen gewandert. Dann hatte es ein paar weitere Tage gedauert, bis die Randalierer auch diese Läden geplündert hatten. Mittlerweile herrschte Hunger.

Zeb machte eine sportliche Disziplin daraus, mit dem Hunger zu leben. Er ging langsam, ruhte sich oft aus und achtete auf einen gleichmäßigen Atem, damit ihm nicht schwindelig wurde. Jetzt ging er – sehr langsam – die lange, flache Rampe von der Promenade zu den großen Häusern hinauf, die das Ufer wie Denkmäler säumten.

Das Wahrzeichen der Stadt waren ihre neuen Türme, die aus alten Wurzeln erwuchsen. Zeb hatte sie für sich in drei Ebenen eingeteilt – die Türme selbst, von denen keiner niedriger als dreihundert Meter war. Je höher man kam, desto exorbitant teurer wurden die Wohnpreise. Sie dienten als Wohnungen, Verwaltungsbüros oder Firmensitze und boten den besten Bordellen Platz. Zu ihren Füßen lebten namenlose, machtlose, glücklose Beinahemenschen von den Krumen, die von der Reichen Tische fielen. Dazwischen erstreckte sich der Dienstleistungssektor von Shephhat, so hoch er es wagen konnte. Man wollte sich so weit wie möglich über die Armen erheben, ohne den Reichen unangenehm aufzufallen. Die besten Wohnungen lagen zwischen den Türmen und hatten somit keine direkte Verbindung zum Boden. Anschlussrechte an einen Turm konnten nicht gekauft, aber zu einer jährlichen Miete geleast werden. Mit dem Mietpreis pro Quadratmeter hätte man zehn Familien ernähren und kleiden können.

In den mittleren Stockwerken ging es beinahe so eng zu wie am Boden. Zeb war am Boden geblieben, obwohl die meisten Türme inzwischen leer standen.

Die hohen Gebäude ringsum rückten zusammen, die kleineren überschatteten ihn, und der Boden wurde feucht. Vor ein paar Wochen wäre er weich und nass gewesen. Die Türme entsorgten alle ihre Abfälle und Abwasser auf den Boden, wo alles einmal einen gewissen Wert besessen hatte.

Doch inzwischen hatte nichts mehr einen Wert außer unverseuchte Nahrungsmittel und sauberes Trinkwasser, und da es beides in der Stadt nicht mehr gab, waren die Reichen abgezogen, um auf andere herabzupinkeln.

Wenn ihnen nicht wiederum andere aufs Haupt pinkelten. Zebs Lippen zuckten.

Jemand klopfte ihm auf die Schulter.

Instinktiv wollten sich seine verkümmerten Muskeln zusammenballen, doch der Versuch fiel so matt aus, dass sein Wille ihn unterdrücken konnte, denn beim Zusammenballen wäre er gestürzt. Stattdessen holte er ein paarmal vorsichtig Luft und fragte: »Ja?«

»Willst du dich zu Tode hungern?«

Zebs Gesicht verzog sich zu einem bitteren Grinsen. »Ist einen Versuch wert.«

»Nein, ist es nicht. Du kannst nicht sterben, Zeb. Nicht, bevor ich es erlaube. Und das tue nicht.«

Ein tiefer Seufzer. Durchatmen schien nicht auszureichen. »Gut gemacht.«

»Klar. Aber jetzt eine Warnung! Wenn du dich umbringen willst – und vollkommen egal, wie du dich umbringen willst –, kriege ich das mit und weiß es zu verhindern. Dann vergelte ich dir das mit einem Tod ... oder vielmehr mit mehreren Toden meiner Wahl. Die werden dann natürlich nicht endgültig sein, tut mir leid.«

»Natürlich tut es dir leid.«

Hinter ihnen waren Schreie zu hören.

Jetzt drehte sich Zeb doch um.

Es waren vier Jugendliche, alles junge Männer, die auf sie zurannten. Sie sagten zwar nichts Konkretes, aber an ihren Mienen war abzulesen, dass sie ihn erkannt hatten. Er fasste sich ins Gesicht und spürte glatte Haut. Der Bart und die wunden Stellen waren verschwunden.

Er sah wieder wie er selbst aus.

Zum Weglaufen war es zu spät. Der vordere Jugendliche scherte im Näherkommen zur Seite aus, hob den Arm und traf Zeb im Nacken. Von der Wucht wurde er einmal um die eigene Achse gewirbelt und krachte mit dem Gesicht gegen eine Holzsäule. Vor seinen Augen blitzten grüne und violette Lichter auf, und er sank in sich zusammen. Sein Gesicht landete im Schlamm, und ihm blieb der Atem weg.

Der nächste Tritt versetzte ihm den Todesstoß. Er spürte ihn mit schlichter Klarheit, genau an der Schläfe. Er spürte, wie sein Schädelknochen nachgab, wie sein Gesicht über den trockenen Schlamm schmirgelte, das feine, leise Knacken im Hals, die plötzliche, vollkommene Abwesenheit jeglichen Körpergefühls und das Ausfließen aller Gedanken.

Er erwartete ... was? Er wusste nicht, was beim Sterben geschah oder wie genau eine Vrealität den Tod imitieren konnte. Er wusste nur, dass die Jugendlichen immer noch auf ihn eintraten. Zwar spürte er die Schläge nicht mehr, aber sein Kopf pendelte hin und her, wurde auf dem schlaffen Hals herumgeworfen, wenn sein Körper zuckte.

Dann hörten sie auf, und einen Moment lang war es ruhig.

Rings um seinen Kopf sammelte sich Flüssigkeit. Erst dachte er, einer der Angreifer würde auf ihn pinkeln, doch selbst mit seinen abnehmenden Sinnen nahm er wahr, dass das Zeug rosafarben war und sich an der Wange ölig anfühlte.

Dann sah er blassblaue Flammen auf der Flüssigkeit tanzen.

Er spürte keinen Schmerz, und doch merkte er, dass seine Augen schmolzen. Danach gab es nur noch Träume.

Am Anfang konnte er sie noch lenken. Er dachte an Aish und sah sie von ihrer Arbeit oder einer anderen Beschäftigung aufblicken und lächeln, und er erwiderte das Lächeln. Allerdings reagierte sie nicht auf ihn, und da fiel ihm auf, dass sie ihn gar nicht wahrnahm, sondern über seine Schulter hinwegsah.

Dann stellte er sich Shol vor, und sie sah ihn ganz eindeutig an, allerdings lächelte sie nicht. Sie hatte die Stirn gerunzelt und war rot vor Zorn. Sie sagte etwas, aber er hörte es nicht.

Eben wollte er sich etwas anderes vorstellen, als er spürte, dass ihm die Kontrolle entrissen wurde. Die Bilder verschwammen. Kindheitserinnerungen blitzten auf, tief vergraben, aber er erkannte sie sofort wieder. Eine frühere Liebhaberin, aber nicht seine erste, und eine durchtrennte Kapsel mit dem durchgeschnittenen Iverrs, der einen Faden aus Blutblasen im Vakuum hinter sich herzog, taumelten langsam an ihm vorbei.

Dann war da eine Hütte, nein, keine Hütte, größer ... ein niedriges Holzgebäude, umgeben von Vögeln, die in Wirklichkeit Bücher waren und mit den Seiten schlugen, während sie langsam das Haus umkreisten. Eine Stimme, die ihm irgendwie bekannt vorkam, sagte Hallo.

Dann verblasste der Traum, und er wachte auf, und in seinem Kopf blieb die Erinnerung an Aish, Shol und Iverrs, die allesamt tot waren.

Aus geschmolzenen Augen weinte er ohnmächtig.

Handschlag-Sektor
(neutral – umstritten),
Verwaltung Linker Hand

In seinem Quartier gab es einen Bildschirm, auf dem eine Analogie der echten Geschwindigkeit angezeigt wurde, mit der sie sich am Boden fortbewegt hätten, wenn es eine Möglichkeit gegeben hätte, eine Geschwindigkeit wie die, mit der sie unterwegs waren, mit Begriffen wie *echt*, *Geschwindigkeit* und *Boden* überhaupt zu erfassen.

Wiederholt hatte der Orbiter versucht, es ihm zu erklären, und es war ihm wiederholt misslungen.

Skarbo begnügte sich mit der Erkenntnis, dass sie sehr, sehr schnell unterwegs waren. Dass für ihre Geschwindigkeit die vereinten Maschinenleistungen von einunddreißig alten Schlachtschiffen aus dem Vorrat der Kugel nötig waren, von denen das kleinste zwei Kilometer lang war ... und dass der Orbiter auch noch nie so schnell geflogen war.

In einem Geflecht aus Feldern hingen sie zwischen den Schiffen. Wenn er nach hinten blickte, sah es rot aus, und wenn er nach vorn sah, war es blau. Das Rot, das Schwarz und zu einem gewissen Grad auch die Schiffe waren bei dieser Geschwindigkeit Illusionen, aber das kümmerte ihn nicht. Er hatte den Eindruck, dass es dem alten Orbiter Spaß machte.

Und ihm auch. Sein Quartier war seltsam, aber auf eine Art, die ihm gefiel – eine Reihe grober Kammern, die durch gewundene Tunnel miteinander verbunden waren, gerade so groß, dass er aufrecht darin gehen konnte. Sie bestanden aus einem Material, das so rau aussah wie grauer Beton, sich aber warm anfühlte. Der Orbiter hatte gemeint, das Design folge dem eines riesigen Ameisenhügels. Eine Weile fragte sich Skarbo, ob das Schiff damit unbeholfen für sein Wohlgefühl sorgen wollte, aber er hatte den Verdacht, dass es um einiges subtiler war. Oder vielleicht machte es sich auch nur über ihn lustig.

Nach und nach entwickelte sich eine Routine. Für Skarbo war sie gleichermaßen heilsam wie langweilig. Einige Zeit verbrachte er damit, das Schiff zu erkunden. Das alte Ding hatte ihm erzählt, dass es noch andere Modelle des Spin gebe, aber nicht, wie viele es waren. Allmählich fragte er sich, ob seine Zurückhaltung mehr als einen Zweck verfolgte und ob eins seiner Ziele der Spaß war, den er mit ihm trieb.

Bisher hatte er sechs Modelle gefunden. Zwei waren beinahe so groß wie dasjenige, das er zuerst gesehen hatte, aber eins, das auf einer feuchten Waldlichtung versteckt war, erwies sich als so klein, dass er es fast umfassen konnte. Keins von ihnen war so kunstvoll wie diejenigen, die er gebaut hatte. Der Orbiter aber hatte genügend andere Möglichkeiten, seine Kunstfertigkeit auszutoben, und die Anzahl der verschiedenen Habitate, die er auf das Schiff gezwängt hatte, schien grenzenlos zu sein. Skarbo vermutete, dass er noch andere Hobbys hatte. Eins davon war Verschwiegenheit.

Grapf folgte ihm überallhin. Mit der Zeit entwickelte Skarbo eine gewisse Zuneigung zu der kleinen Maschine, die den Orbiter gut zu kennen schien.

Irgendwann hatte der Orbiter nachgegeben, sodass Skarbo und der Vogel nicht mehr in der Modellsenke bleiben mussten. Nun stand ihm nicht nur sein eigener Ameisenhügel zur Verfügung, sondern auch eine kleine Hütte am Rand eines Geländes mit immergrünen Pflanzen. Hier roch es gut, und als Dreingabe verfügte die Hütte über einen Bildschirm, auf dem er das Geschehen ablesen und sich unterhalten konnte.

Als er einmal planlos daran herumhantiert hatte, hatte er gemerkt, dass er sich auf dem Bildschirm die *Zeit bis zum Ziel* anzeigen lassen konnte. Aktuell hieß es, dass es etwas über zweihundert Stunden – zehn Tage – dauern werde. Allerdings stellte er fest, dass damit nicht zehn Tage bis zum Spin gemeint war. Selbst mit ihrer unvorstellbaren Geschwindigkeit brauchten sie dorthin offenbar noch länger.

Wir können uns dem Spin so nicht nähern, hatte der Orbiter gesagt.

»Warum nicht?«

Der Vogel hatte als Erster geantwortet. »Weil wir wie ein Geschoss aussehen. Wahrscheinlich holt man uns aus dem Himmel runter. Peng! Völlig geschrottet.«

Das Geschöpf hat recht. Man könnte uns für eine flugfähige Invasionsmacht halten. Der Spin könnte über Verteidigungssysteme gegen etwas Derartiges verfügen. Das hatte er jedenfalls einmal.

Deshalb lautete der Plan, eine Lichtwoche außerhalb der vermuteten Einflussgrenze des Spin innezuhalten und sich neu zu gruppieren. Aus dieser Distanz konnte der Orbiter es aus eigener Kraft in etwas weniger als dreißig Tagen bis zum Spin schaffen. Einige der Kriegsschiffe würden in diskretem Abstand als Schutzmaßnahme folgen. Das reichte.

Aber da war noch eine andere Sache.

Du musst wahrscheinlich für ein paar Tage aussteigen.

Skarbo stutzte. »Wirklich?«

Ich rate sehr dazu.

»Warum?«

Ich beabsichtige, ein wenig zu kundschaften. Im Moment scheint es im Raum des Spin ruhig zu sein, aber das heißt nicht, dass es tatsächlich so ist oder dass es mit Sicherheit so bleiben wird.

»Das verstehe ich nicht. Ich dachte, die Kriegsfront ist hinter uns her.«

Ist sie auch. Aber ist sie nur hinter uns her?

Der Vogel schwebte neben ihm und schwang den Körper hoch und nieder. Skarbo hatte entschieden, diese Geste als Nicken zu deuten. »Wer kämpft im Krieg schon mit nur einer Front, hä?«

Ja.

Skarbo runzelte die Stirn. »Kann denn nicht eins der Kriegsschiffe losziehen?«

Das wäre zu auffällig. Ich dagegen gehe als liebenswürdiger Greis durch, wenn ich allein unterwegs bin.

Skarbo wich dem Blick des Vogels aus. »Verstehe. Wo sollen wir dann auf dich warten?«

Doch das alte Schiff gab keine Antwort.

Den Vogel beeindruckte das nicht. Später polterte er in Skarbos Quartier und fing bereits an der Tür zu sprechen an. »Hat es schon gesagt, wo wir hingehen? Hä?«

Mit *es* meinte er den Orbiter. Skarbo seufzte. »Nein«, sagte er. »Aber ich gehe davon aus, dass er das machen wird.«

»Du gehst davon aus? Ha. Weißt du, wovon ich ausgehe? Ich gehe davon aus, dass es senil ist. Oder dumm. Beides. Hat zu viel Zeit damit verbracht, in dunklen Winkeln Pläne zu schmieden und den alten Zeiten nachzuhängen. Weißt du, wie alt das Teil ist?«

Skarbo hob die Schultern. »Alt.«

»Das kannst du laut sagen. Viele, viele Zehntausend Jahre. KIs halten nicht ewig.«

»Vermutlich nicht.« Dann kam Skarbo ein Gedanke. Er musterte den Vogel mit strenger Miene. »Wie alt bist du?«

Der Vogel hatte unruhig mit einer Kralle am Boden gescharrt, doch jetzt hielt er inne und bog den Hals, damit er Skarbo mit einem Auge ins Gesicht sehen konnte. »Du hast mir ja auch alle deine Geheimnisse erzählt, was?«

Skarbo schwieg. Das schien der Vogel als Bestätigung aufzufassen. »Natürlich nicht. Warum soll ich nicht auch Geheimnisse haben?«

»Wie du willst.«

»*Wollen* hat damit gar nichts zu tun. Bei all dem hier geht es nicht ums *Wollen*. Oder bei dem, was bald geschehen wird. Tattergreis.«

»So hast du mich schon einmal genannt.«

»Könnte stimmen. Vielleicht habt ihr euch gegenseitig verdient, du und das Ding.« Er sträubte die Flügel und flog davon.

Skarbo sah ihm nach. Vielleicht ist es so, dachte er. Wohingegen du und ich? Er schüttelte den Kopf.

Der Bildschirm in seiner Hütte zeigte schon seit einigen Stunden *Ein Tag bis zum Ziel*, als etwas leise piepte. Er blickte von dem alten Film auf, den er gerade ansah. »Ja?«

Wir verringern Geschwindigkeit – und werden andocken. Das wird ein paar Stunden dauern. Willst du zusehen?

Ein paar Stunden erschien ihm recht lange, allerdings hatte Skarbo sonst nichts vor. Er nickte. »Ja, bitte.«

Bitte kehr in die Modellsenke zurück!

Er seufzte. »Kann ich es nicht von hier beobachten?«

Nicht so gut.

»Na schön.« Er erhob sich auf zwei Beine, die mit jedem Tag steifer wurden, und kehrte langsam durch die Wälder zurück zu der Stelle, an der sie am ersten Tag das Modell des Spin gesehen hatten.

Das Modell stand noch immer dort, aber die Senke hatte sich verändert. Die Nebelwände waren verschwunden. Jetzt wirkte es so, als stünde er im Weltraum mit dem Spin unter ihm und dem Netzwerk aus Kriegsschiffen ringsum. Hinter sich hörte er ein Flattern, und er schmunzelte vor sich hin.

»Hallo!«, sagte er, ohne sich umzudrehen.

»Selber Hallo. Hast dir eine schöne Zeit gemacht, was?«

»Ganz gut. Und du?«

Der Vogel flog vorbei und flatterte ihm vor der Nase herum. »Nein.«

Er wollte eben nachfragen, als sich das Schiff meldete.

Jetzt.

Und dann leuchteten die Verbindungen zwischen den Schiffen in regelmäßigen Abständen grell auf.

Skarbo widerstand dem Impuls, sich zu ducken. »Soll das so sein?«

Ja. Warte. Du wirst gleich sehen.

Er wartete, und dann verschwanden die Linien. Er holte Luft. Der Vogel über ihm klapperte mit dem Schnabel.

Er sah auf zwei miteinander verschlungene Ringe, schlank und mit grober Oberfläche. Nichts ließ ihre genaue Größe erkennen, doch irgendetwas sagte ihm, dass sie sehr groß waren. »Ah, Schiff?«

Zweihundert Kilometer.

Er blinzelte. »Ich habe doch gar nicht …«

Du wolltest nach der Größe fragen.

Er hörte den Vogel »Klugschwätzer« murmeln, ging aber nicht darauf ein. »Ja, das wollte ich.«

Jeder Ring hat derzeit einen Durchmesser von zweihundert Kilometern. Das kann sich sehr bald ändern.

»Wie das?«

Die Verwaltung Linker Hand hat Erweiterungen geneh-migt. Es herrscht Populationsdruck.

Das alte Schiff erklärte ihnen alles.

Es hieß Handschlag, was sich offenbar auf eine geheimnisvolle Form der Begrüßung aus einer Zeit bezog, als diejenigen, die etwas zu sagen hatten, noch alle Hände hatten. Die Galaxis war voll mit solchen Objekten, nur dass sie andere Formen aufwiesen.

Doch unzählige Male durch die ganze Geschichte hindurch hatte sich das Muster wiederholt. Wem dort, wo er herkam, Platz, Nahrung, Geld oder Glück ausgingen, der stieg auf das am wenigsten ramponierte Schiff, das er fand, und flog davon. Wem dann der Treibstoff ausging, der kaufte sich neuen, falls er über die nötigen Mittel verfügte, oder er blieb stehen, wenn er die Mittel nicht hatte. Handschlag war das Schicksal derer, die nicht weiterkamen.

Ringförmige Konstrukte im All waren nichts Neues. Aus fast allem ließ sich ein luftdichter Schlauch machen, und ein Ring war die logischste Form. Die Ringe von Handschlag waren in Glieder unterteilt. Jeder Ring bestand aus ungefähr sechshundert Sektoren, jeder etwa einen Kilometer lang. Die Sektoren waren voneinander abgetrennt, denn unter Flüchtlingen waren ansteckende Krankheiten häufig, und so konnten sie sich nicht weiter ausbreiten. Dasselbe galt auch für andere Erscheinungen mit der Tendenz, sich auszubreiten, so zum Beispiel Aufstände oder versehentliches Vakuum.

Verzahnte Ringe waren schon eher ungewöhnlich. Skarbo betrachtete sie eine Weile. »Warum sind die so?«, fragte er schlicht.

Wie üblich gab das Schiff keine Antwort. Skarbo schüttelte den Kopf und wandte sich an den Vogel. »Weißt du das?«

»Noch nicht. Aber ich habe eine Vermutung. Um den Frieden zu erhalten.«

»Was?«

»Zur Erhaltung des Friedens. Ist doch klar. Zwei Ringe, zwei Regierungen. Überflüssig, nicht wahr? Aber sie müssen zusammenarbeiten. Zwischen den Ringen muss Einklang herrschen, sonst ...« Ausdrucksvoll zuckte er mit den Achseln.

»Oh. Funktioniert es?«

»Ich denke schon. Das Schiff meint, sie lägen miteinander im Krieg. Und trotzdem schweben sie dort so hübsch umeinander herum.«

Jetzt waren sie dichter heran. Das All rings um die Ringe wirkte neblig. Skarbo merkte, dass es kein Nebel war, sondern dass es sich vielmehr um Schiffe handelte. »Es müssen Millionen sein«, sagte er laut.

»Möglich. Überall herrschen schlimme Zeiten. Die Bewohner fliehen.«

»Woher?«

»Hab ich doch gesagt. Von überallher.«

Skarbo starrte auf das Bild. »Aus dem Spin?«

»Vielleicht. Nahe genug ist er. Vor der Kriegsfront. Vor dem Gegner der Kriegsfront. Frag das Schiff!«

Ausnahmsweise wartete das Schiff einmal nicht mit seiner Antwort. *Denk dran, dass Handschlag sich an einer Stelle befindet, an die etliche Einflussgebiete eben nicht mehr ganz heranreichen. Im Grunde liegt es außerhalb von allem. Deshalb ist es für jedermann der natürliche Ausstiegspunkt.*

Skarbo dachte darüber nach. »Und danach?«

Es gibt kein Danach. Der Raumsektor von Handschlag ist klein.

»Und deshalb überbevölkert.«

Genau.

Sie beobachteten, wie Handschlag immer größer wurde, bis die beiden Ringe in ihrer Gesamtheit nicht mehr auf dem kuppelartigen Bildschirm über ihnen dargestellt werden konnten.

Das Netz aus Kriegsschiffen ringsum hatte sich aufgelöst und verteilt. Mit geruhsamen tausend Stundenkilometern krochen sie vorwärts durch eine Wolke aus hiesigen Raumfahrzeugen und Müll. Das sei weniger bedrohlich, meinte der Orbiter.

Dann meldete sich der Orbiter.

Ich habe die Gastfreundschaft der Verwaltung Linker Hand angenommen.

Skarbo wandte sich an den Vogel, der den Kopf schüttelte. »Und das heißt?«

Von dir aus gesehen hat sich der rechte der beiden Ringe einverstanden erklärt, uns als Gäste zu empfangen. Damit haben sie den Oberen Geschlossenen Reif überboten.

Skarbo seufzte. »Und das ist der linke Ring, stimmt's?«

»Natürlich.«

Der Vogel hüpfte. »Ich mag überbieten. Das klingt, als seien wir was wert.«

Sie glauben, dass wir es wert sind. Man hat dich an Bord eingeladen. Für meine Erkundigungen brauche ich ein paar Tage.

Skarbo betrachtete das Bild. »Sie befinden sich im Krieg miteinander. Ist es dort sicher?«

Jeder ist mit jedem im Krieg. Ich bin einigermaßen überzeugt, dass du hier sicher bist. Hingegen bin ich alles andere als überzeugt, dass du bei mir sicher wärst, weshalb ich erst die Lage auskundschafte. Außerdem könnte es interessant für dich werden.

Der Vogel sprang lautstark in die Höhe. »Könnte? Zweifellos! Langweilig, langweilig, langweilig. Wann gehen wir?«

Dich haben sie nicht erwähnt, aber du kannst dein Glück ja versuchen.

Skarbo verkniff sich ein Grinsen. Nebenbei stellte er fest, dass das Schiff noch nie eine derart qualifizierte Aussage getroffen hatte. *Einigermaßen.* Nun, gut.

Der Orbiter kam etwas unter zwei Zehnteln einer Lichtsekunde von der Verwaltung Linker Hand entfernt zum Stehen, schön parallel zu deren Achse. Eins der alten Kriegsschiffe hielt sich für alle Fälle eine Sekunde weiter hinten, und die anderen hatten sich zurückgezogen.

Der Orbiter hatte Skarbo eine Signalpfeife gegeben, wie er das Ding nannte – ein flaches Ei aus mattem Metall, klein genug, um es sich irgendwo unter den Panzer zu schieben. Dort schien es haften zu bleiben. Das Schiff versicherte Skarbo, dass es nicht auseinanderfallen werde. Um Hilfe zu rufen, brauche er nur einmal kräftig dagegenzutippen.

Er fragte sich, ob das Ei noch andere Eigenschaften besaß, aber das Schiff verriet es ihm nicht. Es juckte ein wenig.

Er bemühte sich, der Signalpfeife keine Aufmerksamkeit zu schenken, während er beobachtete, wie das kleine Shuttle auf ihn zukroch. Der Vogel klapperte mit dem Schnabel.

»Skarbo ist tot, bevor das Ding hier ist. Wenn es jemals ankommt. Hat es Angst? Oder ist es bloß langsam?«

Wahrscheinlich weder noch.

Beeindruckend war das Shuttle nicht – was immer es sonst noch sein mochte. Es hatte etwas Behelfsmäßiges an sich, eine Klumpigkeit und Asymmetrie, die überdeutlich den Eindruck erweckte, als sei es selbst gebaut und noch nicht ganz fertig.

Dann kam es immer näher und dockte schließlich rumpelnd an.

Skarbo wandte sich fragend an den Vogel. »Bist du sicher, dass du mich begleiten willst?«

Der Vogel stieß einen verächtlichen Pfeiflaut aus. »Bin ganz sicher. Alles ist besser. Komm schon!«

Das Innere des Shuttles war größtenteils zweckmäßig eingerichtet – eine kurze Metallröhre mit Bankreihen, die aus Holz zu bestehen schienen. Da nirgends ein Platz für den Piloten zu sehen war, wurde es wahrscheinlich automatisch gesteuert. Für Skarbo fühlte es sich in gewisser Weise nautisch an, und es roch nach Öl.

Der Vogel stieß ein lautes Schniefgeräusch aus. »Pfaaah!«

Skarbo linste zu ihm hinab. »Du hast keine Nase«, stellte er klar.

»Na und? Es stinkt trotzdem.«

Es klapperte, und dann ging ein Ruck durch das Shuttle. Skarbo taumelte und hielt sich an einer Banklehne fest. »Anscheinend haben wir abgelegt ...«

Dann ertönte ein raues Summen, und eine elektrisch klingende Stimme war zu hören. »Willkommen an Bord. Dies ist das Chartershuttle *Sohn des Zephir*. Unsere Reisezeit zur Zivilisation beträgt zehn Minuten, Lokalzeit Linker Hand. Bei einem Druckabfall sterben alle Sauerstoff atmenden Geschöpfe. Bitte macht euch für die Beschleunigung bereit.«

Skarbo sah sich um, doch außer den Bänken entdeckte er nichts, womit er sich für die Beschleunigung bereit machen konnte. Oder für sonst etwas. Er hob die Schultern und setzte sich. Der Vogel ließ sich neben ihm auf der Bank nieder. Dabei nahm er eine Unfallhaltung ein, indem er den Kopf einzog und die Flügel anlegte.

Ausnahmsweise hatte er einmal nichts gesagt. Skarbo fragte sich, ob er Sauerstoff atmete.

Ohne Vorwarnung nagelte ihn die Wucht der Beschleunigung an der Bank fest. Es dauerte ungefähr zehn Sekunden, bevor der Vorgang so schnell wieder abbrach, wie er begonnen hatte.

Er sah sich um. Der Vogel entfaltete sich aus der Mulde zwischen Sitzfläche und Lehne und streckte die Flügel. »Beschleunigung? Ich glaube nicht, dass es das auf dem Herweg auch gemacht hat.«

Skarbo wollte etwas sagen, doch die Elektrostimme kam ihm zuvor. »Das hat es nicht. Aber *Sohn des Zephir* hat sich erst auf dem Weg hinaus die Route eingeprägt. Jetzt kennt er den Weg zurück in die Zivilisation. Wir können *schnell* fliegen! Macht euch auf mehr gefasst.«

Das taten sie.

Auf drei weitere heftige Beschleunigungsstöße folgten etliche Übelkeit erregende Rucke und Kehren, während das Shuttle seine Geschwindigkeit mit der des riesigen Rings zu synchronisieren versuchte. Dann war wieder ein metallisches Schaben zu hören, und sie hatten erneut angedockt.

Die Reise hatte weniger als zehn Minuten gedauert, sich jedoch länger als eine Stunde angefühlt.

»Wir sind angekommen! *Sohn des Zephir* ist stolz, euch der Zivilisation überbracht zu haben, und wird euch ebenso gern wieder zurückbringen, wenn ihr entlassen werdet. Druckangleich ...«

Auf ein Zischen folgte ein sanfter Luftstrom, der nach etwas wohlriechend Organischem duftete. Dann teilte sich der vordere Teil des Shuttles entlang einer Linie, die bisher nicht sichtbar gewesen war, und öffnete sich wie ein Schnabel.

»Bitte sehr. Tretet vor! Sogleich wird ein Gleiter für euch eintreffen.«

»Ein *was?*« Skarbo spähte zu der Öffnung hinaus. Dort war alles in Zwielicht getaucht. Er erahnte lediglich einige ungenaue große Umrisse. »Warum ist es so dunkel?«

»Gleiter mögen es außen nicht hell. Drinnen kann es anders sein. Hier ist euer ...«

Einer der Umrisse näherte sich, größer, als Skarbo angenommen hatte – viel größer, mindestens fünfzig Meter im Durchmesser und ungefähr ballförmig. Als sich das Gebilde dem Shuttle näherte, kräuselte sich ein Teil der Oberfläche und schälte sich ab, bis ein kleiner Punkt frei wurde, der rasch zu einer Öffnung heranwuchs. Sie war groß genug, um aufrecht hindurchzutreten.

Der Vogel zischte. »Was ist das?«

»Der Gleiter. Dies ist der Lenkballonpilz Fillpsps. Die Weiterreise findet in seinem Innern statt.«

Skarbo trat vor. Hier war der Geruch noch stärker, und er spürte einen schwachen, warmen und leicht feuchten Luftstrom. Er nahm sehr langsam zu und wieder ab. Skarbo sah nach unten. Der Vogel saß neben ihm und hatte den Hals vorgestreckt, als mustere er etwas. »Es atmet, was meinst du?«

Er schüttelte den Kopf. »Ich meine nichts. Lenkballonpilz? Da gibt es nichts zu meinen.«

Hinter ihnen erklang die Stimme des Shuttles. »Tretet ein! Die Weiterreise zu Größerem. Ich muss gehen.«

Der Gleiter war inzwischen so dicht herangekommen, dass fast keine Lücke mehr bestand. Ein kleiner Schritt, und Skarbo stand in seinem Innern. Ein Rascheln hinter ihm verriet, dass ihm der Vogel gefolgt war. Mit forschem Klappern ging die Schnabeltür des Shuttles hinter ihnen zu, und die Öffnung des Gleiters schloss sich schwabbelnd, als zögen sich lauter Lippen zusammen.

Drinnen roch es nach Fäule. Es war nicht ganz dunkel, denn die Wände schimmerten phosphoreszierend, was Skarbo an ein sich windendes kleines Getier erinnerte. Es war hell genug, um zu erkennen, dass es sich um keine schlichte

Kugel handelte, denn wahllos standen überall knollige Höcker und Buckel hervor. Skarbo ließ sich auf einem der Auswüchse nieder, der unter seinem Gewicht leicht nachgab, als sei er mit Wasser gefüllt. Die Sitzgelegenheit war bequemer als erwartet. Sacht klopfte er auf die Oberfläche und wandte sich an den Vogel. »Setzt du dich zu mir?«

Der Vogel schüttelte den Kopf. »Ich berühre hier nichts, wenn es nicht sein muss. Sonst hole ich mir noch was. Habe die Schnauze voll von dummen Spielen. Du scheinst dich damit abzufinden. Keine Ahnung, warum.«

Skarbo beobachtete den Vogel eine Weile. »Vielleicht sehe ich nur so aus, als hätte ich mich damit abgefunden«, sagte er schließlich.

Der Vogel schwieg.

Skarbo schloss die Augen. Nur kurz, sagte er sich.

Nicht alle Gleiter waren gleich. Zunächst einmal waren manche größer als andere. Dieser hier war dreihundert Meter breit und beinahe fünfhundert Meter lang.

»Sie sind alle miteinander verbunden.« Der älter aussehende kleine Mensch namens Gorrif machte eine kreisförmige Bewegung mit der Hand. »Hunderte Kilometer von Mikropilzfasern. Diejenigen hier können sich natürlich nicht groß bewegen. Dabei sind die Fasern im Weg. Und dieser hier ist im Grunde bewegungsunfähig. Ganz in der Mitte, seht ihr? Aber die weiter außen wie zum Beispiel euer Freund Fillpsps und so, die haben einen ziemlich großen Radius, wenn sie aufpassen und sich nicht verheddern.«

Skarbo nickte. »Wie lange sammelst du sie schon?«

»Sammeln?« Gorrif stieß ein schrilles Lachen aus. »Oh, ich sammle sie nicht! Dagegen hätten sie etwas einzuwenden, will ich meinen. Ich bin ihr Gastgeber, würde ich sagen. Seltsame Kreaturen, nicht wahr?«

Wieder nickte Skarbo, sagte aber nichts. Er war sich nicht sicher, ob Gorrif der Richtige war, um irgendetwas seltsam zu nennen.

Es hatte eine Weile gedauert, bis sie von der Stelle, an der das Shuttle sie abgesetzt hatte, hierher gelangt waren. Fillpsps war langsam ein paar hundert Meter weit geschwebt, bevor er sie an einen anderen, etwas kleineren Gleiter übergeben hatte. Auf diese Weise hatten sie noch sechs weitere Male den Besitzer gewechselt, bis sie schließlich an der warzigen mattbraunen Hülle eines der größten Gleiter ankamen, die sie je gesehen hatten.

Seine Größe war der Grund, weshalb sich Gorrif vor etlichen Hundert Jahren den Makrolenkballonpilz Gadaps als Wohnstatt ausgesucht hatte. Wenn es um Zeitspannen ging, blieb er ungenau, aber er blieb auch bei den meisten anderen Aussagen ungenau. Skarbo hatte den Eindruck, dass er wieder ein Geschöpf vor sich hatte, das seine eigene Gesellschaft bevorzugte.

Dennoch war Gorrif gastfreundlich gewesen. Vor allem ihm gegenüber.

Der niedrige Tisch vor ihnen war beladen mit blätterförmigen ovalen Tellern, die laut Gorrif aus abgeworfenen Pilzschichten bestanden. Sie waren mit Häppchen beladen, die nach Skarbos Eindruck wie abgeworfene Pilzschichten rochen.

Er betrachtete sie. »Sind die für mich alle essbar?« Er war den Satz ein paarmal im Stillen durchgegangen. Die Frage klang ziemlich unverblümt, aber ihm fiel keine bessere Formulierung ein.

»Ja, ich glaube schon.« Wieder gestikulierte Gorrif mit der Hand. »Solltest du irgendwelche Zweifel haben, musst du nicht zugreifen. Ich würde mich keineswegs beleidigt fühlen.«

»Sehr freundlich, danke.« Skarbo sah sich nach dem Vogel um, doch dieser hatte sich mürrisch grummelnd verzogen, als sie angekommen waren. Seither hatte er ihn nicht mehr gesehen.

»Ich bin aber auch nicht beleidigt, wenn du dich trotzdem bedienst«, fügte Gorrif noch hinzu.

»Wirklich.« Gorrif sprach mit vollem Mund. »Und natürlich gibt es reichlich Getränke. Da kenne ich mich besser aus, um ehrlich zu sein.« Und wie um seine Worte zu unterstreichen, griff er zitternd nach einer Flasche und bekam sie beim zweiten Versuch zu fassen.

»Ja. Nun, danke für deine Gastfreundschaft.«

Gorrif trank aus der Flasche. »Sehr gern. Ich habe mich gefreut, dass ich gewonnen habe, das wirst du sicher auch gutheißen.«

Skarbo blinzelte. »Entschuldige?«

»Wofür? Warum?«

»Nein ... ich verstehe nicht. Was hast du gewonnen?«

Umständlich stellte Gorrif die Flasche ab. »Nun, dich natürlich. Das Recht, dein Gastgeber zu sein, zumindest. Wusstest du denn nichts von der Lotterie?«

Skarbo glotzte ihn an. »Nein«, gestand er. »Mir wurde gesagt, die Verwaltung Linker Hand habe sich bereit erklärt, uns zu beherbergen. Dass sie die anderen überboten hätten.«

»Ah. Bitte vielmals um Entschuldigung! Das stimmt, ist aber nicht die ganze Wahrheit. Offensichtlich mussten sie ihre Kosten wieder reinspielen, deshalb haben sie eine interne Lotterie veranstaltet, und ich habe gewonnen. Wir haben hier die Tendenz, alles zu einem Zahlungsmittel zu machen.«

Er hielt inne und betrachtete Skarbo, als erwarte er etwas. Skarbo schwieg, und nach einer Weile blies der Mann die Wangen auf. »Es war ziemlich teuer.«

Einen Moment lang wusste Skarbo nicht, was er sagen sollte. Schließlich entschied er sich für einen kurzen Satz. »Ich fühle mich geschmeichelt.«

»Oh nein! Die Ehre ist ganz auf meiner Seite.« Plötzlich sprang Gorrif auf. »Ich habe mich natürlich über dich schlau gemacht. Welch eine Geschichte! Diese langen Jahre des Studiums – Lebensalter! Und die Modelle, ach, die Modelle! Stimmt es, dass sie alle zerstört wurden?«

»Ja.« Skarbo wollte erzählen, dass es auf dem Orbiter noch weitere Modelle gab, pfiff sich aber zurück. Diesem Kerl traute er nicht.

»Wie schrecklich! Aber freilich, bei der Geschichte geht es um mehr als das, nicht wahr?«

»Was meinst du damit?«

Gorrif wedelte mit den Armen. »Nun, es ist doch ganz offensichtlich. Alle diese Gerüchte können nicht falsch sein. Was glaubst du, weshalb ich das viele Geld ausgegeben habe? Hm? Trink doch etwas!«

Er schob Skarbo eine Flasche hin, doch dieser lehnte sie mit einer Handbewegung ab. »Welche Gerüchte?«

»Ach, spar dir deine Heuchelei! Ganz sicher weißt du das selbst besser als jeder andere.« Gorrif beugte sich vor, und Skarbo roch aus seinem Atem alle möglichen Substanzen heraus. »Der Spin natürlich. Du hast ihn jahrhundertelang erforscht. Offenbar hast du keine deiner Entdeckungen veröffentlicht. Wer täte das schon? Ich mache dir keinen Vorwurf. Du wärst ein Narr, wenn du alles preisgegeben hättest.«

Skarbo widerstand dem Drang, ganz weit zurückzuweichen. »Dann bin ich eben ein Narr.«

»Das bezweifle ich sehr.«

Sie musterten sich einen Moment lang. Dann senkte Gorrif den Blick, und seine eifrige Miene kollabierte zu einer mürrischen Visage. »Nun, wenn du es mir nicht sagen willst, dann willst du es eben nicht. Welch ein Jammer! Ich wette, ich finde es heraus. Vielleicht verrät es mir dein Vogel.«

Skarbo hob die Schultern. »Das bezweifle ich. Und damit du es weißt – er ist nicht mein Vogel. Ich bin eindeutig nicht für ihn verantwortlich.«

»Ja. Ich kann mir vorstellen, dass das eine Belastung wäre ... tja, nun. Wenn du nichts essen kannst, nichts trinken willst und mir nichts über deine lebenslange Obsession erzählst, dann zeige ich dir meinerseits wenigstens etwas von meiner Leidenschaft. Gadaps? Wir möchten gern nach draußen sehen. Machst du bitte auf?«

Ein Beben erschütterte den Boden unter Skarbos Füßen, und die gegenüberliegende Wand des Gleiters kräuselte und teilte sich entlang einer vertikalen Linie, bis das Zimmer nach draußen vollkommen offen war.

Von hier aus wirkten die großen dunklen Umrisse viel näher. Und auch näher beieinander, und zwar auf so bedrängende Weise, dass Skarbo sich verkrampfte. Er trat an die Öffnung, um mehr erkennen zu können. Da war etwas ...

Dann bemerkte er es. Er drehte sich zu Gorrif um. »Treten die gegeneinander an?«

Der kleine Mann lächelte. »Sehr gut. Deine lebenslange Angewohnheit der Beobachtung zahlt sich aus.«

»Aber sie kämpfen doch nicht etwa gegeneinander, oder?«

Gorrif breitete die Arme aus. »Warum nicht? Ich würde mich schwerlich für sie interessieren, wenn sie nur in der Gegend herumschweben würden.«

Eine ganze Weile starrte Skarbo den Mann an. In dessen Augen war ein neuer Ausdruck getreten. Oder fiel es ihm erst jetzt auf? Etwas Kaltes und Gieriges ... Dann blickte er wieder zu den Umrissen hinaus. Zwei von ihnen bewegten sich eindeutig aufeinander zu. Ohne den Blick von ihnen abzuwenden, fragte er: »Warum kämpfen sie?«

»Ah! In der Wildnis kämpfen sie natürlich nicht gegeneinander. Aber in dieser Umgebung stehen sie unter Stress. Hier gibt es nicht genug Platz, wie du siehst. Wenn es inmitten einer Kolonie zu eng wird, kann sich eine Gruppe meist aus der Enge lösen und woanders hingleiten. Hier aber nicht.«

Skarbo musterte Gorrif mit scharfem Blick. »Willst du damit sagen, dass du das mit Absicht tust?«

»Es ist eine Auswirkung der Umgebung.«

»Aber du gestaltest die Umgebung.« Skarbo sah weg. Als Mensch wäre ihm übel geworden. Diese Reaktion hatte man ihm ausgebaut, aber er erinnerte sich noch daran.

»Ja, vermutlich schon. Und auch ein wenig Biotechnik hier und da, wenn ich ehrlich bin. Natürlich verfügen sie über Abwehrmechanismen. Eine Schicht dicht unter der Deckschicht ist leicht ätzend. Damit laufen sie weit weniger Gefahr, von Angreifern gefressen zu werden, die schneller sind als sie. Doch dieser Effekt ist bei denen hier stärker. Viel stärker sogar. So stark, dass er sich offensiv nutzen lässt. Und die Chemie unterscheidet sich von Exemplar zu Exemplar, weshalb sie keine gleichen Chancen haben. Man weiß nie, welcher von ihnen einen Vorteil hat, aber es macht echt Spaß, es zu erraten. Sieh nur!«

Skarbo wusste, dass er zusehen würde, und das machte es noch schlimmer. Gern hätte er sich eingeredet, dass er den Kämpfenden damit seine Achtung erwies, vermochte sich aber nicht recht davon zu überzeugen.

Mittlerweile berührten sich die beiden Gleiter beinahe. Sie hatten ungefähr die Form von Kugeln mit rauer graubrauner Oberfläche, und Skarbo schätzte, dass sie einen

Durchmesser von etwa zwanzig Metern hatten. Dutzende schlanker Fasern gingen in alle Richtungen von ihnen ab und liefen zu den anderen Gleitern, die zusahen. Skarbo meinte jedenfalls, dass sie zusahen. Ob es wirklich so war, konnte er nicht sagen. Und Gorrif wollte er nicht fragen.

Dann berührten sich die beiden.

Nach Skarbos Erwartung hätten Funken fliegen müssen, oder das Publikum hätte aufkeuchen sollen. Doch nichts dergleichen geschah. Nur zwei Körpermassen, die sich langsam aneinanderdrückten, bis sie an der Kontaktstelle sichtbar abflachten. So verharrten sie für einen langen Moment, bevor sie genauso langsam zurückfederten.

Allerdings in veränderter Form. Selbst aus der Entfernung erkannte Skarbo bei einem der Gleiter einen hässlichen Fleck voller Brandblasen. Und er schien sich auszubreiten.

»Ah!« Gorrif stand neben ihm. »Ein guter Anfang. Aber nur ein Anfang. Auf welchen setzt du?«

»*Setzen*?« Skarbo schüttelte den Kopf. »Nie und nimmer.«

»Ein Jammer. Damit wäre das Spiel viel interessanter geworden. Ich wollte dir die Möglichkeit geben, dir deinen Gefährten zurückzugewinnen.«

Langsam sickerten die Worte ein. Nach einiger Zeit zwang sich Skarbo, sich zu dem Mann umzudrehen. Dessen Augen, da bestand kein Zweifel mehr, waren kalt. »Was hast du gesagt?«

»Dein Gefährte. Das Flugwesen. Möglicherweise dein Freund. Ich hätte auf Liebhaber spekuliert, so wie ihr euch gezankt habt.«

»Der Vogel? Was hast du mit ihm angestellt?«

»Oh, noch nichts. Ich habe ihn lediglich in Gewahrsam genommen. Er ist ziemlich lästig, nicht wahr? Aber ehrlich gesagt kann ich dich gut verstehen, wenn du ihn nicht wieder zurückgewinnen willst.«

Skarbo gelangte zu der Überzeugung, dass der Mann nicht scherzte. Er fragte sich, ob er ein Signal an den Orbiter senden sollte. Die Signalpfeife juckte noch immer unter seinem Panzer. Einen Augenblick lang dachte er nach. Er hatte keine Ahnung, ob dem Vogel hier eine ernsthafte Gefahr drohte. Hätte er einen Tipp abgeben müssen, dann hätte er gewettet, dass der Vogel sich aus irgendeinem Grund absichtlich in Gewahrsam hatte nehmen lassen. Er zuckte mit den Achseln. »Wenn wir gehen, musst du ihn wieder freilassen«, sagte er und wandte sich ab, um das Schauspiel draußen zu beobachten.

Aber nicht so schnell, dass ihm die Enttäuschung entgangen wäre, die über das Gesicht des Mannes huschte. Skarbo schmunzelte leicht vor sich hin.

Die beiden Gleiter waren auseinandergeschwebt und bewegten sich nun wieder aufeinander zu. Dem Verwundeten, wenn man ihn so nennen konnte, war es gelungen, sich ein wenig zu drehen, sodass er dem Gegner eine heile Stelle zukehrte. Skarbo fragte sich, ob es das war – die ganze Strategie? Und wie viel Haut konnte der Gleiter verlieren, bevor er das Ende nahm, das ihm und seinesgleichen bevorstand? Sterben … vermutete Skarbo.

Doch dann sah er, dass die verwundete Kreatur höher stieg, sehr rasch. Die feinen Fäden, die sie mit ihren Artgenossen verbanden, dehnten sich und rissen. Und dann zog der Gleiter einen sanft wogenden Klumpen hinter sich her wie einen Meeresbewohner.

»Ah!« Gorrif nickte. »Er geht aufs Ganze. Jetzt werden wir sehen.«

Skarbo konnte nicht erkennen, was das Geschöpf dadurch gewonnen hatte. »Stirbt er nicht, wenn er sich von den anderen abgetrennt hat?«

»Schon möglich. Aber nicht gewiss. Sieh hin!«

Der verletzte Gleiter hing nun dicht über dem anderen. Er stieg nicht weiter in die Höhe, dafür bewegte sich der andere nach oben, vermutlich als Reaktion. Dabei streifte er ganz leicht einen der losen Fäden.

Dieser blieb an ihm haften.

Skarbo kniff die Augen zusammen, bis er einige undeutliche Quadratmeter Deckschicht im Fokus hatte. Er brauchte einen Moment, bis er begriff, was geschehen war. Der Faden war nicht haften geblieben, sondern war eingedrungen, und ringsum schwoll ein hässlicher Kraterrand an. Die Faser wurde immer dicker.

Dann kam es zu einer Berührung mit einem weiteren Faden, schließlich mit einem dritten. Skarbo konzentrierte sich wieder auf das Bild der beiden Gleiter, und jetzt sah alles ganz anders aus.

Die beiden waren durch einen immer dicker werdenden Strang aus Fasern verbunden, die an der Haut des unteren Gleiters zerrten, bis ein widerlicher Gipfel entstand. Dann riss die Haut, schälte sich ab und gab eine dunkle braunrosafarbene Schicht darunter frei, die auf unangenehme Weise an nacktes Fleisch erinnerte.

Der verwundete Gleiter verlor an Höhe. Während er fiel, zerrte er an der Haut, die noch immer an dem Faserbündel hing, bis sie immer mehr ausriss und der Sprung schließlich um den ganzen Körper verlief. Aus dem Riss tropfte eine klare Flüssigkeit hervor.

Skarbo beobachtete, wie das Wesen schrumpfte und zitterte. Er wandte sich an Gorrif. »Spüren sie Schmerz?«

Der Mann zuckte mit den Achseln. »Das weiß ich nicht. Wen kümmert's?«

Skarbo musterte seinen Gastgeber eine Weile schweigend. »Ich möchte gern gehen«, sagte er schließlich.

»Ja, das glaube ich.«

»Und?«

»Das kann in Kürze besprochen werden. Willst du denn nicht den Gnadenstoß miterleben?«

»Nein.«

»Du kannst dich gern umdrehen.«

Doch das tat Skarbo nicht.

Der fallende Gleiter drehte sich nach wie vor und hing dabei an einem immer länger werdenden Streifen seiner eigenen Haut. Der Sieger stieg weiter nach oben, sodass die Spannung in dem Fadenbündel, mit dem er den anderen im tödlichen Griff hatte, nicht nachließ. Die anderen Gleiter, die das Schauspiel beobachteten – oder auch nicht –, schienen zurückzuweichen. Skarbo fragte sich, ob sie das Interesse verloren hatten, nachdem alles fast vorbei war. Obwohl er sich dafür hasste, musste er eine Frage stellen. »Was passiert jetzt mit ihm?«

»Das siehst du gleich. Ah! Da. Was sagst du nun?«

Und er hatte tatsächlich etwas gesehen, aber er wusste nicht genau was. Etwas war durch sein Gesichtsfeld gehuscht und hielt vor dem Opfer inne. Er strengte sich an – da war noch eins und noch ein weiteres. Dann erkannte er es.

Doch am liebsten hätte er es nicht erkannt.

Demnach gab es hier also Aasfresser, fliegende schwarze Wesen. Sie waren so klein, dass er sie nicht genau sah, obwohl er sich anstrengte, bis ihm die Augen tränten. Aber er hatte eine Vermutung. Die Winzlinge stürzten sich klatschend in das nackte Fleisch und verschwanden. Sie gruben sich hinein. In Skarbos Vorstellung besaßen sie messerscharfe Mundwerkzeuge ...

Gorrif lächelte. »Siehst du? Das Ding ist schon fast tot, aber nichts wird vergeudet. Die Gleitermilben sorgen dafür. Das Ding bietet den idealen Wirtskörper für ihre Larven. Du solltest stolz sein.«

Skarbo wandte sich zu Gorrif um. »Ich?«

»Nun, ja. Natürlich! Du und die Milben, ihr habt ein gemeinsames Erbe, zumindest im Geiste. Allesamt Insekten!« Er zeigte ein durchtriebenes Grinsen. »Oder willst du die Wahl verleugnen, die du vor so vielen Leben getroffen hast?«

Skarbo unterdrückte seinen Zorn. »Ich leugne nichts. Dafür bin ich nicht verantwortlich. Und ich wiederhole – ich möchte gehen.«

»Ah, natürlich. Wie ich bereits sagte, darüber muss erst gesprochen werden.«

Skarbo schüttelte den Kopf. »Mit dir habe ich nichts zu besprechen.«

»Das mag sein, aber ich bezog mich nicht auf mich. Es gibt noch andere Beteiligte. Ich nehme an, dass der kleine Gegenstand unter deinem Panzer ein Signal aussendet, oder?«

Skarbos Zorn verebbte und wurde schlagartig durch ein anderes Gefühl ersetzt. Denn zum ersten Mal, seit Hemfrets sich auf seinen Planeten eingeladen hatte, empfand Skarbo Furcht. Ganz langsam hatte er nach dem Sender, den ihm der Orbiter gegeben hatte, greifen wollen, doch jetzt hielt er inne. »Und wenn es so wäre?«

»Würdest du wetten, dass dein greiser Freund dir zu Hilfe eilen kann, ohne dass er von jenen anderen Beteiligten daran gehindert wird? Ah, ich vergaß! Du wettest ja nicht.«

Skarbo zwang sich, ganz ruhig weiterzusprechen. »Lässt du uns gehen?«

»Uns? Gut, dass du dich erinnerst. Nein, ich lasse euch nicht gehen. Entschuldige bitte, aber ich habe bereits neun Angebote für dich erhalten. Weißt du, was dort draußen passiert?«

Skarbo wartete.

»Du befindest dich in Kriegsgebiet. Ich weiß nicht, was mit dir geschehen wird, wenn du einmal verkauft bist, aber ich werde nicht hierbleiben. Das hätte ich sowieso nicht getan. Hast du eine Vorstellung, wie langweilig es einem mit Gleitern werden kann? Geistlose Geschöpfe. Seit Jahren schon will ich weg. Mit jedem dieser Angebote könnte ich von hier verschwinden. Deshalb solltest du dich eigentlich geschmeichelt fühlen. Ich werde das höchste Gebot annehmen – ah, genau jetzt, wie es scheint! Da. Fertig. Und natürlich kann es nicht rückgängig gemacht werden, falls du dich das gefragt hast. Das Geschäftsgebaren deiner neuen Besitzer ist ziemlich geradeaus. Selbst mein Tod würde den Vertrag mit Sicherheit nicht ungültig machen. Und falls du dich an die Verwaltung Linker Hand wenden willst, spar dir die Mühe. Die bekäme Vakuum zu atmen, sollte sie sich einmischen.«

Plötzlich brauchte Skarbo sich nicht mehr zur Ruhe zu zwingen. Sie überkam ihn ohnehin, denn es war die einzige vernünftige Reaktion auf eine Situation, die so weit außerhalb seiner Kontrolle lag, dass es schon fast lächerlich war.

Fast.

Seine Klaue hatte die unterbrochene Bewegung zu Ende gebracht. Er spürte, wie sie sich um die Signalpfeife schloss, spürte, wie der kleine Sender kratzend ans Licht glitt. Er hielt ihn in die Höhe.

Gorrif lachte. »Dann bist du also doch ein Spieler? Ein letzter verzweifelter Einsatz? Gut gemacht. Das beruhigt mich beinahe. Anscheinend steckt doch noch ein Rest Mensch in dir.«

Skarbo schüttelte den Kopf. »Du hattest vorhin schon recht. Ich bin kein Spieler. Aber ich glaube, dass der Orbiter auch keiner ist.« Und sacht drückte er das kleine Gerät.

Ein schwaches Ploppen war zu hören. Dann schüttelte

sich die Signalpfeife, um aus seiner Hand zu entkommen, und schwirrte davon, bis sie zwischen ihm und Gorrif in der Luft schwebte.

Einen Moment lang betrachteten sie beide die Signalpfeife. Dann lachte Gorrif wieder. »Ich nehme an, es wartet auf eine Antwort«, sagte er. »Es wird lange warten müssen, denn wie gesagt, wir befinden uns in Kriegsgebiet. Dein verrückter alter Freund ist inzwischen vielleicht schon eine Dampfwolke.«

Skarbo schwieg.

Der kleine Fleck setzte sich in Bewegung, schwang leicht hin und her und drehte sich dabei um die eigene Achse. Für Skarbo sah es so aus, als suche er nach etwas.

Dann hörte er auf zu schwingen.

Und verschwand.

Einen Sekundenbruchteil später flog das Zimmer in die Luft.

Die Explosion warf Skarbo nach hinten in Richtung der Öffnung. Einige Meter von der Kante entfernt kam er auf der Seite auf und schlug verzweifelt seine Klauen in den Boden. Dieser gab ausreichend nach, sodass er Halt fand und nicht weiterschlitterte.

Der Raum war von wirbelndem Staub und Schutt erfüllt. Gorrif lag ganz in der Nähe, seine verwirrte Miene war von weißem Staub bedeckt. Davon hob sich als Kontrast das rote Rinnsal ab, das aus seinem Ohr lief. Er stützte sich auf dem Ellbogen auf. »Was ...«

»Ich glaube nicht, dass es auf eine Antwort gewartet hat«, sagte Skarbo. Er löste seine Klauen aus dem Boden und stand auf, wobei er Gorrif eine Kralle entgegenstreckte.

Dessen Blick war starr auf die Klaue gerichtet. Er leckte sich die Lippen. »Du bist trotzdem verkauft«, sagte er. »Es hat keinen Zweck, wenn du kämpfst.«

»Es hat keinen Zweck, wenn ich nichts tue.« Skarbo trat einen Schritt auf den Mann zu. »Vielleicht habe ich mit diesen Milben doch etwas gemeinsam.«

Gorrif bekam große Augen und kroch rückwärts über den Boden. »Halt, warte ...«, keuchte er.

»Ich habe gewartet.« Skarbo trat einen zweiten Schritt auf ihn zu.

Dann war ein wütendes Kreischen zu hören, und etwas schoss in den Raum und flatterte zwischen ihnen umher.

»*Ha!* Wo ist der Mistkerl?«

Es war der Vogel, auch er über und über mit Staub bedeckt. Er blickte wild um sich, und seine Federn standen ab wie mitten in einer Explosion erstarrt. Mehrmals schlug er heftig mit den Flügeln, während er Skarbo anfunkelte, als begutachte er ihn. Dann nickte er, wirbelte herum, steuerte den am Boden liegenden Gorrif an und stürzte sich mit einem heiseren Schrei wie eine Rakete auf ihn.

Mit den Krallen voraus fuhr er ihm ins Gesicht. Gorrif stieß einen Schrei aus und schlug verzweifelt nach dem Vogel. Doch der hatte sich festgekrallt, zerwühlte ihm mit den Klauen das Gesicht und hackte mit dem Schnabel darauf ein. Dabei stieß er hin und wieder ein lautes »Ha« aus.

Skarbo wich zurück und sah weg, bis die Schreie und die Schmatzgeräusche aufhörten.

Nach einer Weile hüpfte der Vogel in Skarbos Gesichtsfeld. »Ah, das habe ich gebraucht! Jetzt sollten wir wohl besser gehen.«

Skarbo stierte ihn an. Vom Hals abwärts war der Vogel noch immer staubbedeckt, doch alles darüber glänzte rot verschmiert. Skarbo schaffte es nicht, ein Schaudern zu unterdrücken.

Der Vogel sah ihm in die Augen. »Fandest du das ein

bisschen extrem? Schon möglich. Entschuldige. Da kam mein innerer Greifvogel durch.«

Skarbo nickte. »Meinetwegen musst du dich nicht zurückhalten. Ich mochte ihn nicht.«

»Das habe ich gemerkt. Du hast die Klaue gegen ihn erhoben. Bei mir hast du das noch nie getan, wie sehr ich dich auch gereizt habe ... Aber soll ich dir einen Rat geben? Wenn es dich stört, wie ich aussehe, dann sieh mich nicht an.«

Skarbo hielt seinem Blick noch einen Moment lang stand. Dann wandte er sich entschlossen ab und betrachtete die Gestalt, die einmal Gorrif gewesen war.

Der Körper lag reglos am Boden, das malträtierte Gesicht nach oben gekehrt. In Fetzen war die Haut davon abgezogen worden. Der Mund stand offen, und auf der Unterlippe lag ein Stück abgetrennter Zunge. Die Augenhöhlen gähnten rötlich blau. Ein kalter, distanzierter Teil von Skarbos Bewusstsein suchte nach Spuren der Augäpfel, vergeblich.

Er wandte sich wieder zu dem Vogel um und holte Luft. Dann atmete er wieder aus.

Der Vogel neigte sich zur Seite. »Kommt jetzt doch keine Frage?«

Skarbo schüttelte den Kopf.

»Sehr weise. Ha! Reimt sich auf Abreise. Sollen wir gehen?«

Skarbo nickte. »Ja. Und wie?«

»Gute Frage. Ich denke, es liegt alles auf der Hand. Aber eben vielleicht nicht auf unserer Hand.«

Dann krachte es in der Ferne, worauf ein hohes, klagendes Zischen ertönte. Der Boden bebte, und Skarbo spürte, wie sich sein Panzer bog.

»Vogel? Ich glaube, da bricht jemand ...«

»Ja. Das kannst du später erklären. Hier geht's gleich rund. Wie war das noch mal? Überlebst du im Vakuum?«

»Weiß ich nicht.«

Der Vogel drehte den Kopf und sah zu ihm auf. »Dann wollen wir hoffen, dass es nicht nur rund, sondern auch schnell geht ...«

Es kam zu einem spürbaren Druckabfall. Skarbo holte Luft, aber sie kam ihm leicht verbraucht vor. »Kannst *du* denn im Vakuum existieren?«

Der Vogel gab keine Antwort. Dann knallte etwas, und sie waren von einer nebligen violetten Blase umgeben. Skarbos Panzer dehnte sich nicht mehr.

Jemand hatte ein Feld generiert. Er wandte sich um. Erst entdeckte er niemanden. Dann machte der Vogel »Aha.« Daraufhin sah er noch einmal genauer hin.

Ein paar Zentimeter außerhalb des Felds und mit ihm durch einen dünnen violetten Faden verbunden, schwebte die Signalpfeife.

Der Vogel sprang auf. »Fähiges kleines Ding ... hilft uns fürs Erste.«

Skarbo nickte. »Weißt du, was als Nächstes passiert?«

»Nein.«

Skarbos Blick schweifte vom Vogel zur Signalpfeife. Sie schwebte einfach nur. Er zuckte die Achseln. Einen Versuch war es wert. »Ähm, Signalpfeife, kannst du uns von diesem Ort wegbringen?«

Sie rührte sich nicht.

Er versuchte es noch einmal. »Hast du dem Orbiter eine Nachricht gesendet?«

Immer noch nichts.

»Wartest du auf etwas?«

Das kleine Ding zuckte.

Der Vogel klapperte mit dem Schnabel. »Dann warte besser nicht zu lange! Hier fliegt alles auseinander.«

Skarbo sah sich um. Der Vogel hatte recht. Gadaps tat

nichts gegen den Druckabfall. Auf seiner Innenseite bildeten sich hässliche Beulen und Blasen. Der Boden kräuselte
sich, und die Öffnung zitterte und zerrte. Anscheinend lag
sie mit sich selbst im Widerstreit. Draußen stießen die anderen Gleiter, die sich in ihren Fäden verheddert hatten, wie
bei einem Kugelstoßspiel gegeneinander.

Dann schnappte die Öffnung zu. Der Vogel krächzte.
»Was hat das zu bedeuten?«

»Zu unserem Schutz, nehme ich an.«

»Eine Falle! Ist dir das nicht aufgefallen? Jetzt bist du dran,
dir was zu überlegen. Komm schon!« Die Vogelstimme
klang schriller als sonst.

Skarbo setzte sich auf eine der stabileren Boden-
auswüchse. »Was soll ich mir denn einfallen lassen?«,
fragte er.

»Egal, was! Mach schon!«

»Nun gut.« Einen Moment lang musterte er den Vogel.
»Ich kann mir keinen Ausweg vorstellen, der mithilfe
meiner Fähigkeiten machbar wäre. Außerdem glaube ich,
dass du nicht nur nicht das bist, was du zu sein scheinst,
sondern auch nicht das, was du zu sein bestreitest. Da ich
hier sehr wohl sterben werde, während du das tust, was
deinesgleichen, was auch immer das ist, eben so tut, wäre
es äußerst zuvorkommend von dir, wenn du ehrlich wärst.«
Er hob die Schultern. »Egal, hast du gesagt.«

Der Vogel starrte ihn eine Weile an, kippte den Kopf erst
auf die eine, dann auf die andere Seite, als wolle er ausprobieren, mit welchem Auge er besser sah. Schließlich ergriff
er das Wort. »Für deine Beichte hast du dir einen sonder-
baren Zeitpunkt ausgesucht.«

»Ich beichte ja nicht. Ich hatte gehofft, *du* würdest eine
Beichte ablegen.«

»Das glaube ich dir gern.« Der Vogel starrte ihn noch

einige Zeit an, bevor er den Blick abwandte und den Kopf schüttelte. Das war die *menschlichste* Geste, die Skarbo je bei ihm gesehen hatte. »Ich bin kein Vogel. Das sage ich dir schon seit Jahrhunderten. Und sonst? Manche Geheimnisse sind Geheimnisse, und manche Geheimnisse sind die Geheimnisse anderer, und viele Geheimnisse sind gar nicht so interessant, wie du glaubst. Such dir eins aus!«

Skarbo nickte. »So etwas habe ich erwartet«, sagte er. »Und wie soll ich dich jetzt nennen?«

»Bleib bei Vogel! Daran habe ich mich gewöhnt.«

»Und wie kommen wir hier raus?«

»Das weiß ich immer noch nicht. Du warst dran, dir was auszudenken. Erinnerst du dich?«

Der Boden schwankte. Sie sahen sich an. Dann öffnete sich schlagartig die gegenüberliegende Wand, als hätte sie jemand mit Gewalt aufgerissen.

Und so war es auch. Der Vogel machte große Augen und wandte sich ab. »Ach, du Scheiße! Schon wieder?«

Skarbo nickte. »Schon wieder«, sagte er. »Hallo, *Sohn des Zephir!*«

»Seid gegrüßt! Wie beklagenswert diese Zivilisation doch scheitert! Stehe zu eurer Verfügung.«

»Der sollte sich auf den Müll verfügen ...«, grummelte der Vogel.

Skarbo stieß ihn mit dem Fuß an, worauf er den Schnabel hielt. »Kannst du uns aus dieser Kammer rausbringen?«, fragte er das Shuttle.

»Sicher. Das Loch dient gleichermaßen als Ausgang wie als Eingang. Bitte sehr! Kommt an Bord!«

Sie gingen an Bord. Die Feldblase und die Signalpfeife bewegten sich mit ihnen. »Schiff? Darf ich dich etwas fragen?«, sagte Skarbo, als sich die schnabelartige Tür schloss.

»Jederzeit! Es ist mir eine Freude.« Und das Shuttle klang tatsächlich überaus eifrig.

»Nun, würde es dir was ausmachen, dieses Mal sehr behutsam zu beschleunigen?«

Es folgte eine kleine Pause. »Nicht so schnell?«, fragte das Schiff schließlich gedehnt.

»Wenn es dir nichts ausmacht.«

Wieder ein Zögern. Dann: »Sehr wohl. Langsam. Uninteressant.«

Da kam Skarbo ein Gedanke. »Können wir rausgucken?«

Die Stimme klang wieder heiterer. »Aber gewiss! Ich verfüge über die Fähigkeit, vollkommen durchsichtig zu werden. Seht nur!«

Die Wände verschwammen und verschwanden, sodass sie plötzlich im Nichts standen.

Das kleine Shuttle flog zitternd durch das Gedränge der Gleiter. Die Pilze schienen keine Anstalten zu treffen, aus dem Weg zu gehen, und er sah, wie sich ihre Häute spannten, wenn das unsichtbare Schiff an ihnen vorbeischabte. Dicker Schleim und gerissene Fasern blieben an ihrem Schiff kleben und vernebelten die Sicht.

Jetzt wünschte er sich, er hätte dem Shuttle die Beschleunigung gestattet. Sie wäre in jeder Form besser gewesen als dieses Schlachten in Zeitlupe. Er schüttelte den Kopf. »*Sohn des Zephir*? Sind diese Organismen verbreitet?«

»Nein. Lenkballonpilze sind selten. Sie kommen nur auf einem Planeten vor.« Noch immer klang das Shuttle eifrig. »Diejenigen in dieser Kammer sind einzigartig. Genetisch verändert. Es gibt keine anderen wie sie. *Sohn des Zephir* freut sich, euch eine Besichtigungstour anbieten zu können.«

»Oder einen Völkermord anzurichten, wie wir sagen würden.« Das kam vom Vogel, und ausnahmsweise musste

Skarbo ihm zustimmen. »Schiff?«, sagte er. »Kannst du die Sicht wieder ausschalten, bitte?«

»Ausschalten. Aber es ist ein einzigartiger ...«

Skarbo erwiderte nichts. Kurz darauf verschwand die Sicht und verwandelte sich zurück in eine Wand. Jetzt erkannte er auch die Bänke wieder und nahm vorsichtig Platz. Der Vogel hüpfte an seine Seite.

»Ich glaube nicht, dass diese Dinger so ein tolles Leben hatten«, sagte er leise. »Vielleicht ist es eine Erlösung für sie.«

Skarbo musterte ihn ungläubig. »Entwickelst du etwa Mitgefühl mit anderen Wesen, Vogel?«

Er krächzte. »Nur vereinzelt. Aber glaub bloß nicht, dass das auf alle zutrifft, Insekt!«

Skarbo nickte. Er wollte eben etwas erwidern, als das Shuttle erbebte und mit einem Satz vorwärtsschoss.

»Wir sind draußen!« Das Schiff klang selbstzufrieden. »Möchtest du jetzt hinaussehen? Das wäre aufschlussreich.«

Es wartete die Antwort nicht ab. Die Hülle klärte sich, und sie blickten zurück auf den Ring. Das Shuttle musste einen Zahn zugelegt haben, denn in ihrem Gesichtsfeld waren bereits drei Ringsegmente zu sehen. Es war leicht zu erkennen, welches davon sie eben verlassen hatten, denn in seine Hülle war ein rundes Loch gestanzt worden. Eine Wolke aus Eiskristallen löste sich auf, und bei genauerem Hinsehen erkannte Skarbo Punkte und Flecken. Gleiter ... oder was von ihnen übrig geblieben war.

Er schüttelte den Kopf. »Schiff? Hast du dieses Loch gemacht?«

»Nein! *Sohn des Zephir* verfügt nicht über derlei Fähigkeiten.«

»Was war es dann?«

»Das kleine Gerät, das du mit dir führst.«

Skarbo blinzelte. »Wirklich?«

»Allerdings! Mancherlei Fähigkeiten. Ah, ich empfange eine Nachricht.«

Es hielt inne, und nach einer Weile war eine warme menschliche Stimme zu hören.

»Achtung, Flotte! Aufgrund jüngster Entwicklungen erhielt die Verwaltung Linker Hand die Erlaubnis, das einundneunzigste Segment umgehend abzutrennen. Die Operation wird augenblicklich durchgeführt. Um Feldeffekte zu vermeiden, zieht euch zehn Kilometer weit zurück und nähert euch nicht!«

Ein heftiger Ruck ging durch das Schiff, und auf einen Schlag war der Ring in größere Ferne gerückt. Dann endete das Gefühl von Bewegung, und ebenso plötzlich raste das Bild wieder heran, doch diesmal grobkörniger, als sei es stark vergrößert worden.

Einen Moment lang schien nichts zu passieren. Dann sah Skarbo zwei grelle Lichtpunkte an beiden Enden des Segments, wo es mit seinen Nachbarn verbunden war. Die Punkte schwollen an und wuchsen zu gleißenden Purpurkugeln heran.

Als Nächstes bildete sich dazwischen ein Bogen – eine schwankende rote Linie, die sich allmählich um das ganze Segment herumzog, bis es ganz eingehüllt war. Die Helligkeit erreichte ihren Höhepunkt, und so plötzlich, dass Skarbos Augen zuckten, verschwand das Segment.

Er spähte hinaus. »War es das?«

Das Schiff klang nervös. »Fürs Erste! Die Verwaltung holt nun Gebote passenderer Mieter ein, um den Leerstand zu füllen. In der Zwischenzeit sorgen Felder für Stabilität. Siehst du?«

Das tat Skarbo erst einmal nicht, aber dann stellten sich

seine geblendeten Augen um, und er entdeckte einen dünnen Purpurfaden, der den zerbrochenen Ring schloss.

Der Vogel neben ihm sagte: »Hm. Kurz und bündig. Ha. Jetzt braucht Gorrif sich keine Sorgen mehr um seinen Vertrag zu machen.«

Skarbo wollte etwas sagen, ließ es dann aber sein.

Doch er war sicher, dass der Vogel nicht zugegen gewesen war, als Gorrif das erwähnt hatte. Er nickte vor sich hin. »Wohin gehen wir jetzt?«

»Ach, *Sohn des Zephir* weiß es nicht. Ich bin untröstlich.«

Skarbo wandte sich an den Vogel, doch der schüttelte den Kopf. »Untröstlich, als ob uns das weiterhilft.«

»Zerknirschung. Der Krieg naht. Alles wird unwägbar.«

»Und wohin gehen wir dann?«

»Wo auch immer es sicher ...«

Plötzlich machte das Schiff einen Satz. Skarbo hielt sich an der Lehne fest. »Bitte bring uns vorsichtig in Sicherheit!«

»Nein ... das war nicht *Sohn des Zephir*.« Die Stimme des Shuttles brachte es fertig, nervös zu klingen.

Der Vogel sprang in die Luft. »Wenn du es nicht warst, wer dann? *Sohn des Schwachkopfs*!«

Wieder ging ein Ruck durch das Schiff. Dann sagte es mit unbewegter Stimme: »Die Beleidigung habe ich nicht verdient. *Sohn des Zephir* wurde verhaftet. Wir werden in einem Fesselfeld gefangen gehalten. Entschuldigung.«

Skarbo hob den Kopf. »Ich sehe nichts.«

»Das Feld ist nicht sichtbar. Bitte bleib sitzen und warte auf weitere Informationen!«

Jetzt hatte das Schiff einen dumpf mechanischen Ton. Skarbo dachte darüber nach und gab seinem Bauchgefühl nach. »Schiff? Hast du Angst?«

Das Schiff antwortete nicht. Der Vogel ließ sich auf der Bank nach hinten fallen und verbarg den Kopf unter dem

Flügel. Irgendwann war es ihm offenbar gelungen, das Blut wegzuwischen, wie Skarbo auffiel.

Dann sahen sie beide unvermittelt nach oben. Denn erneut hatte sich eine Stimme gemeldet – ebenfalls mechanisch, aber barsch wie brummende Metallgegenstände.

»Achtung. Lebensform erkannt. Lebensform, antworten.«

Skarbo sah, dass der Kopf des Vogels wieder unter dem Flügel hervorkam. »Lebensform in der Einzahl?«, flüsterte er.

Der Vogel hob die Flügel.

Skarbo schmunzelte. »Lebensform antwortet. Wer bist du?«, fragte er.

»Wird bearbeitet.« Nach einer Pause ertönte eine andere menschliche Stimme. »Hallo? Hier spricht die Patrouille Linker Hand, Außenbereich. Anscheinend ist da drinnen jemand am Leben. Ist das korrekt?«

Skarbo achtete darauf, nicht zu dem Vogel hinabzublicken. »Mindestens«, erwiderte er.

»In diesem Fall bist du verhaftet. Wir kontrollieren das immer erst, wenn wir einen Brecher festsetzen. Wir bringen dich sicher nach drinnen. Verhalte dich ruhig.«

»Brecher?« Der Vogel schwenkte den Kopf herum und blickte Skarbo ins Gesicht. »Ich dachte, das sei ein Shuttle.«

Skarbo tat den Kommentar mit einer wegwerfenden Bewegung ab. »Verhaftet?«

Wieder eine Weile nichts. Dann war die Stimme wieder zu hören. »Lass mich erklären. Ein durchlöchertes Segment gilt als kriminelle Sachbeschädigung, und dein Schiff hat diese Beschädigung verursacht. Deshalb wird es weggebracht und verschrottet. Und du stehst erst einmal unter Arrest. Die Formalitäten erledigen wir, wenn wir angedockt haben. Für die Kosten der Verschrottung deines Schiffs wirst du haftbar gemacht. Dazu kommen die Kosten deiner

Überführung, der Zelle, Miete, Luft und der Nahrungsrationen, von nun an bis zum Ende deiner Haftstrafe. Solltest du nicht zahlen, wirst du nicht aus der Haft entlassen.«

»Halt!« Skarbo war aufgesprungen. »Das ist nicht mein Schiff!«

Ein Seufzen war zu hören. »Du bist die Lebensform an Bord, ist das korrekt?«

»Nun, ja … aber …«

»Dann bist du laut Gesetz haftbar für alles, was das Schiff innerhalb eines Kilometers von Handschlag tut. Die Linke Hand erkennt Schiffs-KIs nicht als Haftungspersonen an, verstehst du?«

»Das verstehe ich nicht! Das hat mir niemand gesagt.« Skarbo holte mit seiner Klaue aus. »Ich wurde entführt!«

Jetzt klang die Stimme leicht belustigt. »Die Unterlagen besagen, dass du willentlich ein Geschäftsverhältnis eingegangen bist. Du wusstest doch von der Lotterie, oder?«

»Nein! Anfänglich nicht …«

»Natürlich wusstest du davon. Du kannst dich nicht einfach aus einem Segment heraussprengen, nur weil dir ein Handel nicht gefällt. Verhalte dich ruhig. Du bist gleich drin. Du und was immer du noch bei dir hast.«

Ein leises Klicken war zu hören. Das Schiff bewegte sich wieder, wenn auch viel sachter.

Skarbo stampfte auf. »Schiff! *Sohn des Zephir,* sprich mit mir!«

Lange herrschte Stille. Dann meldete sich das Schiff mit schleppender Stimme. »Dem habe ich nichts als meine Entschuldigung hinzuzufügen. *Sohn des Zephir* wird verschrottet … Ende.« Es verfiel in Schweigen und war mit nichts wieder zum Reden zu bewegen.

Darum blieb nur noch das Warten, während das Schiff an den segmentierten Ringen andockte.

Nach dem Anlegen wurde Skarbo in der Luftschleuse von einer höflichen, aber bestimmten schwebenden Maschine begrüßt, die ihn verhaftete. Angesichts des Vogels, der es offenbar lustig fand, sich auf die Maschine zu setzen, war sie leicht verdattert und schickte nach menschlicher Hilfe. Die menschliche Hilfe deklarierte den Vogel als nicht zugelassene waffenfähige Wesenheit und setzte deren Besitz auf die Liste der Anklagepunkte gegen Skarbo.

Er sah sich nach der Signalpfeife um, entdeckte sie aber nirgends. Er hoffte, dass sie irgendwo etwas Hilfreiches unternahm.

Um *Sohn des Zephir* tat es ihm ein bisschen leid. Positiv zu vermerken war hingegen, dass der Vogel mitgenommen wurde.

Bergkette Wiits (Vrealität)

Nur ungern ließ er vom Schlafen ab – mit jedem Tag weniger gern – und blickte zum Blätterdach hinauf. Darüber helles Licht. Er hatte lange geschlafen, und das Glück war ihm hold geblieben. Kein Regen bisher.

Er fasste mit der Hand neben sich. Das Bündel war noch da. Zusätzliches Glück – niemand hatte es gestohlen. Vielleicht hatte er trotz allem noch einen solchen Ruf, dass man ihn in Ruhe ließ.

Er wälzte sich auf die Seite, stützte sich mit einem Ellbogen ab und drückte sich hoch. Das Bündel war mit einem Lederriemen verschnürt. Er griff mit einem Finger unter den Riemen, hob ihn hoch und warf ihn sich über die Schulter. Das Bündel glitt bis zu der Kerbe an seiner Hüfte, die wie natürlich dafür gemacht war. Er spürte es und vergaß es dann.

Das Bündel enthielt seinen gesamten Besitz, und er trug ihn nun schon dreihunderttausend Tage lang mit sich herum. Sein Geist indes zählte weiter, als wäre er ein mechanisches Zählwerk, das einmal *Klick* machte.

Angesichts der runden Summe musste er blinzeln.

Weiter. Bevor er eingeschlafen war, hatte er am Abend zuvor beschlossen, zur Küste hinunterzugehen. Es war Herbst, und deshalb sollte es dort reichlich Fische geben. Die Frauen der Fischer waren bestimmt damit beschäftigt, die Schäden an Booten und Takelagen zu reparieren, die so spät im Jahr noch entstanden. Also erwarteten ihn Arbeit, Lohn und womöglich ein warmer Schlafplatz, und das war allemal besser als ein Teppich aus Laub, der sich in eine triefende Matratze verwandelte, wenn der Regen kam.

Seine Füße kannten den Weg. Er war ihn schon – *klick* – achthundertundachtmal gegangen. Während der ersten paar Hundert Jahre hatte es dort noch keine Siedlung gegeben. Dann war sie allmählich gewachsen wie eine Schwiele an einem Baum, die über ein in die Borke eingedrungenes winziges Tier wächst. Mittlerweile standen dort einige Hundert Häuser. Die meisten Bewohner lebten so weit über der Armutsgrenze, dass sie mit einiger Sicherheit damit rechnen konnten, auch das nächste Jahr noch durchleiden zu können.

Er erinnerte sich an Zahlen. Er war – *klick* – tausendneunhundertmal gestorben, wenn auch in letzter Zeit nicht mehr. Vieles andere hatte er vergessen.

Die Leute nannten ihn, wie sie wollten. Hin-und-wieder war ein Name, Zugvogel ein anderer. Es gab noch mehr. Ihm waren alle Namen einerlei.

Er ließ die Bäume hinter sich und schritt beschwingt die Hänge des seichten Hügellands zur Küste hinab. Noch konnte er das Wasser nicht sehen, denn das würde erst in einigen Tagen ins Blickfeld rücken. Die Wolkenbank, die sich über der Küste bildete, war aber bereits am Horizont zu erkennen.

Mittags hielt er an, um aus einem der Bäche zu trinken, die zu Füßen der Hügel entsprangen. Er aß nur wenig, denn er war selten hungrig, konnte sich kaum erinnern, jemals hungrig gewesen zu sein, zumindest nicht richtig. Durst hatte er jedoch fast immer.

Etwas in seinem Kopf buhlte um Aufmerksamkeit. Er

hielt einen Moment lang inne und konzentrierte sich, durchforstete sein Inneres nach diesem Etwas. Das kam gelegentlich vor, aber nur mit großem Abstand. Letztes Mal, als er sich für einige Tage im Krieg befunden hatte. Nicht dass er in einen größeren Krieg verwickelt gewesen wäre, sondern er allein hatte im Krieg gelegen mit einer Zivilisationstruppe, die sich – *klick* – die Zamphr nannte.

Das Mal davor war es um eine Seuche gegangen. Seuchen waren häufig. Wegen der Thermik aus dem Friedensgraben – den man noch immer nicht so nannte – war das Klima auf dem Planeten anhaltend gestört. Aber der Graben war auch erst tausend Jahre alt. Zebs anderes Selbst würde sich um diese Zeit gerade auf seinen ersten Besuch hier vorbereiten.

Das Mal davor ... spielte keine Rolle.

Keine Sorge. Er fände schon heraus, was es war, wenn es eintrat.

Das Land wurde zum Meer hin immer flacher. Der Ozean hatte keinen Namen, sondern wurde immer nur das Meer genannt. Die Menschen, die seine Küste während der letzten Jahrhunderte besiedelt hatten, mochten es wörtlich. Am zweiten Tag lichteten sich die Wälder und wichen einem weiten Grasland, das wiederum bald einem zähen, drahtigen Teppich aus bläulich grünem Sandkriecher wich. Die Halme zuckten, sprangen und drohten ihm in die Knöchel zu schneiden. Da erinnerte er sich – *klick* –, hielt inne, pflückte einige der langen, harten Blätter der Palmweide und wickelte sie sich um die Beine.

Früher als erwartet befand er sich zwischen den ersten Häusern. In den – *klick* – einundachtzig Jahren seit seinem letzten Besuch hier war der Ort abermals gewachsen. Letztes Mal hatte er bis zu den Hinterufern gereicht, einem spitzen Bogen aus Lagerhäusern, Klamottenläden, Absteigen und rauchenden kleinen Werkstätten, der sich wie das gespannte Seil eines Katapults bis zu den Hügeln hinaufzog – und damit auch weg von den teuren Grundstücken der feinfühligen Leute.

Jetzt waren die Ufer von einem ganz anderen Katapultseil eingeschlossen, das viel größer war und neuer aussah. Niedrige, nichtssagende Hütten mit flachen Dächern und öden grauen Wänden aus Zementblöcken säumten Straßen, die mit etwas Flachem, Gleichförmigem gepflastert waren, das weder aus Lehm noch aus Stein bestand. Es gab Schornsteine, aber das Wort erschien ihm zu altertümlich. Denn sie bestanden aus hohen, schlanken Metallröhren und pusteten nicht die altmodischen blauen Rauchwolken aus. Vielmehr waren ihre Spitzen schwarz verfärbt, und die Luft darüber schimmerte in einem blaugrauen Nebel, der auf heiße chemische Prozesse hinwies.

Flüchtig nahm er einen beißenden Geruch wahr. Er blieb stehen und schnüffelte, als wolle er ihm seine wahre Identität entlocken. Dann lachte er.

»Fortschritt? Was du nicht sagst!« Noch einmal lachte er und setzte noch ein »Scheiße« hinzu. Dann rückte er das Bündel an der Hüfte zurecht und ging an den neuen Vierteln vorbei zu den alten Vierteln, die früher einmal neu gewesen waren. Fortschritt, in der Tat. Inzwischen gab es zum Hunger auch noch Verschmutzung.

Die Hinterufer schienen sich nicht groß verändert zu haben, sie waren lediglich älter und ramponierter geworden. Lehmziegelwände, die – *klick* – aufrecht gestanden hatten, als er das letzte Mal hier gewesen war, neigten sich nun schief, und auf den Wegen war es ruhiger geworden. Weniger Menschen oder weniger Betrieb oder beides.

Interessant.

Ohne dass ihnen die Erinnerung dreinredete, trugen ihn

die Füße zu dem alten Platz. Dasselbe Schild baumelte noch quietschend an derselben Eisenkette, ein Ölgemälde erinnerte an den letzten Versuch, bei den selbstbestimmten, rauen Küstenbewohnern eine Monarchie zu etablieren.

Der Ausgeweidete Prinz. Der Name entlockte ihm ein Schmunzeln. Das Schild ebenfalls. Aber das musste man ihm lassen, man konnte es schwerlich vergessen.

Drinnen im einzigen Raum des Gebäudes roch es nach demselben Rauch und denselben Getränken, dazu kam eine Note, die er nicht kannte. Eine Bar gab es nicht, nur einen breiten Tisch in der Mitte, der mit Flaschen, Fässern, Blätterbündeln und Stapeln jener kleinen Druckbehälter aus Blech vollstand, die irgendeinen Dampf enthielten, der gerade in Mode war.

Das letzte Mal – *klick* – waren die Behälter in der Unterzahl gewesen. Jetzt nahmen sie über die Hälfte des Tischs ein. Dann kam zu den üblichen Problemen nun also noch Drogenabhängigkeit hinzu. Interessant. Und noch interessanter – die Spelunke war halb leer.

Zeit für eine Kostprobe. Er klopfte auf den Tisch. »Wirt!«

Dann drehte er sich um und sah in ein halbwegs vertrautes Gesicht. Braun gebrannt, faltig, mit weit auseinanderstehenden grauen Augen. Er runzelte die Stirn. »(*Klick*) Lanceste?«

Das Gesicht verzog sich zu einem breiten Lächeln. »Du bist Zugvogel, nicht wahr?«

Er nickte. »Unter anderem.«

»Das dachte ich mir. Ich habe von dir gehört.« Das Lächeln brach ab. »Ich bin Lancreasty. Lanceste war mein Großvater, und er hat dir eine Nachricht hinterlassen. Zahl deine Rechnung oder verpiss dich!«

Wieder nickte er, hob das Bündel über die Schulter und sah sich nach einem Platz zum Abstellen um. Doch es gab

nur den Tisch. Er zuckte mit den Achseln. »Stört es dich?«
Damit schob er den Stapel mit Behältern zur Seite.

»He, lass das!« Lancreasty wollte den Stapel wieder gerade rücken, doch Zeb legte ihm die Hand auf die Brust,
stemmte sich gegen den Wirt und stieß ihn nach hinten.
Der Mann torkelte zurück, zwei, drei, vier unkontrollierte
Schritte, bis er mit dem Rücken gegen das Geländer einer
langen Holzbank krachte. Kopfüber stürzte er darüber.

Der Mann, der gerade Zugvogel war, schüttelte den
Kopf. »Tschuldigung«, sagte er. »Ich bin mir ziemlich sicher,
dass ich deinem Großvater gesagt habe, er soll das Teil um-
stellen.« Während er sprach, legte er das Bündel auf dem
Tisch ab.

Lancreasty hatte sich wieder aufgerappelt. Er trat einen,
aber wirklich nur einen Schritt nach vorn. »Ich rufe die Ordner...«

»Klar tust du das. Die sind dann nach einer Weile da.«
Zwei Lederriemen wurden gelöst, und die äußere Klappe
wurde aufgeschlagen. Er packte sie und versetzte ihr einen
Stoß.

Da entrollte sich das Bündel über den Tisch.

Er ging den ausgebreiteten Inhalt durch, sortierte, ver-
warf. »Ah, tut mir leid! Kein Geld. Das ist unangenehm.
Aber ich habe so einen...« Er kramte eines der matten kleinen Metallteile heraus, spannte einen Hebel zurück (wieder
ein Klicken) und richtete es auf den Wirt.

Das Magazin voller rasiermesserscharfer Scheibchen an
der Spitze des Teils glänzte. In der Kaschemme war kein
Mucks mehr zu hören.

Er lächelte Lancreasty an. »Weißt du, was das ist?«

Der Mann nickte, ohne den Blick von dem Ding zu wenden.

»Gut. Solltest du zu irgendeinem Zeitpunkt entscheiden,

dass du deine Augen nicht mehr brauchst, gib Bescheid, und ich hole es wieder heraus. Also, ich möchte ...« Er hielt inne. Eigentlich hatte er mehrere Sorten ausprobieren wollen, denn es war sehr lange her seit dem letzten Mal, doch schien es ihm nicht der richtige Moment zu sein, sich zu dröhnen. »Ich will ein Gebräu. Was hast du da?«

Noch immer nahm Lancreasty den Blick nicht von der gespannten Federpistole, streckte aber die Hand nach dem Tisch aus und tastete darauf herum, bis er ein Fass berührte. Er ergriff ein Glas, hielt es unter den Zapfhahn, füllte es und reichte es ihm. Die Oberfläche der trüben Flüssigkeit bebte leicht.

Obwohl er das Getränk rasch hinunterstürzte, war es angesichts dessen, was er eigentlich hatte konsumieren wollen, ein dünner, fade schmeckender Ersatz. Indem er das Glas auf den Tisch knallte und den Kneipenwirt dabei zusammenzucken sah, fühlte er sich ein bisschen entschädigt. Aber nur ein bisschen.

Er kniff die Augen zusammen und beugte sich zu Lancreasty vor. »Dann erzähl mir mal! Wenn die Ordner noch zugange sind, gibt es dann auch noch die Maßregler?«

Lancreasty gab keine Antwort, doch seine Augen weiteten sich ein wenig. Die Ordner waren lediglich eine halb private Miliz, die Maßregler hingegen waren die Vollstrecker eines organisierten Verbrechersyndikats. Eine ihrer Einkommensquellen waren die Stadtväter, für die sie Ordnungsdienste ausübten. Wer von den Maßreglern erwischt wurde, dem wurde eine Hand abgehackt und dessen Geschäft wurde gepfändet. Das wirkte.

»Denn wenn es sie noch gibt, dann würde es sie vielleicht interessieren, dass du dein Gebräu verwässerst. Soll ich es ihnen sagen?«

Der Wirt schüttelte den Kopf.

»Alles klar, dann sind wir uns wohl einig. Keine Ordner, keine Maßregler. Und tust du mir einen Gefallen?«

Ein eifriges Nicken.

»Hinterlass deinen Enkeln keine blödsinnigen Nachrichten!«

Die Federpistole noch immer gespannt und sichtbar in der Hand, rollte er sein Bündel mit der anderen Hand wieder ein, nestelte die Riemen zu einem Knoten zusammen und warf es sich über die Schulter.

Dann drehte er sich um, grinste in die wachsamen Gesichter der anderen Gäste. »Wir sehen uns in einigen Generationen wieder«, sagte er und ging zur Tür.

Als er über die Schwelle trat, fasste ihn jemand am Ärmel. Er sah in ein unrasiertes Gesicht mit tiefen, dunklen Augenhöhlen, in die gelbe Augen eingesunken waren. »Ja?«

»Den Brandy verwässert er auch ...«, lallte die Gestalt.

»Was du nicht sagst!« Er schnupperte vorsichtig. Der Geruch war unverkennbar. »Aber du trinkst ihn trotzdem, oder? Mir scheint, dass nicht er der Idiot ist. Solltest mal darüber nachdenken.«

Der Mann sank in sich zusammen.

Draußen blieb er stehen. Die Sonne schien ihm angenehm auf die Schultern. Er holte tief Luft, atmete lange aus und rang gleich wieder nach Luft, um den sauren Gestank der Kneipe aus den Lungen zu bekommen. Dann lachte er. »Du trinkst sowieso zu viel«, sagte er sich. »Bist immer noch von irgendwas abhängig. Egal. Vorwärts.«

Vor ihm lag eine Straße, die zumeist abwärts führte und immer schmaler wurde. Der beißende Geruch ließ nach, stattdessen waren ältere Aromen auszumachen. Teer, Holz und Rauch von undefinierbaren Brennstoffen. Fische und das, was aus Fischen hergestellt wurde. Billiges, gefährlich verändertes Gras sowie zunehmend mehr und letztlich zu viele Menschen. Obwohl die Sonne noch nicht hoch stand und heiß vom Himmel herunterbrannte, hockten Kinder schon im Schatten und schienen sich nicht noch einmal von dort fortbewegen zu wollen. Manche stießen zerbrochene Gegenstände an, die eigentlich keine Spielzeuge sein sollten. Manche kratzten Muster in den Staub und machten dabei Geräusche wie schläfrige Insekten. Manche taten auch nichts.

An einer Kreuzung, unter einer Auskragung, die wirkte, als hätte man an der Ecke eines schiefen Hauses ein Stück aus dem Erdgeschoss herausgebissen, blieb er stehen. Jemand hatte die Wunde mit Betonquadern gekittet, die unter der Hand zerbröselten. An all das konnte er sich nicht erinnern.

»Du arme alte Fickstätte«, sagte er laut. »Was ist aus dir geworden?«

Dann erstarrte er.

Ein Geräusch, das leise Klappern von Metall auf Metall, irgendwo links hinter ihm.

Und dann noch einmal, diesmal rechts.

Aber keine anderen Geräusche. Die Kinder saßen steif da, die Blicke gesenkt.

Wieder dasselbe Spiel. Links, dann rechts. Demnach waren es mindestens zwei, und sie hatten ihre Waffen gespannt. Sie nahmen wohl an, dass er die Schusslinie des einen querte und in die des anderen hineinlief, egal, in welche Richtung er ging.

War es das? Ein weiterer Tod? Keff hatte sich Zeit gelassen.

Nun, da er darüber nachdachte, fiel es ihm ein. Er hatte Keff schon lange nicht mehr gesehen.

Nun denn. In Gedanken hob er die Schultern. Einmal mehr spekulieren.

Nach links dann also.

Er stemmte eine Hand gegen die Quader im Rücken und stieß sich kräftig ab, sodass er unter der auskragenden Ecke des Gebäudes hervorschnellte und scharf nach links schlitterte. Dabei wirbelten seine Füße Staub auf.

Der Mann in der Uniform der Maßregler hatte die Muskete bereits an der Schulter, doch sie war noch immer auf die Stelle gerichtet, an der das Ziel als Erstes um die Ecke hätte biegen müssen.

Ein pfeifender Knall und eine graue Rauchwolke.

Es roch nach Schießpulver. Etwas berührte seine Schulter, jedoch nicht schmerzhafter als ein Fingerschnippen, und er hechtete durch die Rauchwolke.

Er stieß gegen den Uniformierten, und sie wälzten sich gemeinsam am Boden. Mit einer Hand bekam er die Muskete zu fassen, riss sie dem Mann aus den Fingern und schleuderte sie weg. Dann sprang er auf und rannte weiter. Irgendwie war es ihm gelungen, die Federpistole immer noch in der Hand zu behalten, doch auch die Kinder waren noch da. Im Laufen wirkten sie auf ihn wie kleine Statuen am Boden, und die Federpistole hatte eine weite Streuung. Noch konnte er sie nicht einsetzen.

Ein weiterer Schrei und ein weiterer Knall irgendwo hinter ihm. Er spürte, dass ihn etwas in der Hüfte traf, rechts, ziemlich weit unten, als hätte man ihn getreten. Dann war er um die Ecke und rang, in einen Eingang gedrückt, japsend nach Luft.

Er war getroffen worden. Die Stelle an der Hüfte fühlte sich heiß und betäubt an, doch heftige Schmerzen strahlten von ihr aus, schossen ihm ins Bein, und sein Fuß fühlte sich nicht gut an. Dann war es wohl ein Nervenschaden, und womöglich steckte die Musketenkugel noch. Im Vergleich dazu tat ihm die Schulter nur leicht weh.

Aus beiden Wunden blutete er. Später könnte das sein größtes Problem werden, doch im Moment noch nicht, und er war noch nicht tot. Das machte schon fast Spaß.

Muster, Muster ... welchem Muster würde er jetzt folgen, wenn er an ihrer Stelle wäre? Immer angenommen, dass sie die Muster wahrnahmen.

Ja. Das.

Er lauschte angestrengt. Auf der Straße war es ruhig, es herrschte die lauernde Abwesenheit von Geräuschen, die entstand, wenn viele Menschen leise zu sein versuchten. Ein ausgezeichneter Hintergrund für ...

Da war es. Rechts von ihm. Ganz leise Schritte, ganz dicht. Und dann wieder, noch näher. Also bewegte sich einer von ihnen behutsam vorwärts. Du weißt, dass ich hier irgendwo stecke, Freund, aber du weißt nicht genau, wo ich bin.

Ein weiterer Schritt sollte reichen.

Da war er. Er holte Luft, hob die Federpistole, bis sie ungefähr auf Gesichtshöhe einer Person sein musste, die an der Wand entlangschlich. Mit einer Drehung sprang er aus dem Eingang hervor, den Finger am Abzug ...

Eine Frau?

Er erstarrte in der Drehung, verlor das Gleichgewicht und streckte den Arm aus, um sich an der Mauer abzufangen.

Sie war groß und schlank, und ihre Kleidung hatte ganz eindeutig keine Ähnlichkeit mit den Uniformen der Ordner oder Maßregler. Sie wirkte entspannt, geradezu belustigt.

Es gelang ihm, sich so weit zu fassen, dass er eine Frage stellen konnte. »Wer bist du?«

Sie lächelte. »Jemand, den du nicht gesucht hast. Aber da ich nun einmal die bin, die du gefunden hast ... Sollen wir weitermachen?«

Er schüttelte den Kopf, und bei der Bewegung schmerzte seine Schulter. »Womit weitermachen?« Viel zu spät riss er die Federpistole hoch.

Sie runzelte die Stirn und schüttelte ebenfalls den Kopf. »Lass das!«

Und plötzlich glühte die Federpistole rot. Er schrie auf und ließ sie fallen. Dann sah er die Frau vorwurfsvoll an. »Wie zum Donnerwetter hast du das gemacht?«

»Lange Geschichte.« Sie lächelte. »Also, ja. Weitermachen.« Und bevor er reagieren konnte, hatte sie den Fuß zurückgezogen, und jetzt schwirrte er nach vorn.

Der erste Tritt traf ihn am Knie. Der zweite, während er zusammenbrach, im Bauch. Den dritten bekam er kaum noch mit, außer dass dabei sein Kopf wild nach hinten gerissen wurde.

Ein Sternbild aus bunten Lichtern ... und dann nichts mehr.

Handschlag, Verwaltung Linker Hand – Unabhängige Haftanstaltsgesellschaft

Skarbo hatte die Tage seit seiner Verhaftung sorgfältig mitgezählt. Inzwischen waren es neunundzwanzig.

Kämpfe waren häufig.

Die Waffe der Wahl war ein Nagelschwert – angespitzte Zehennägel, die an einem beliebigen langen Gegenstand befestigt wurden. Die Zehennägel älterer Zweibeiner wurden aufgrund ihrer Robustheit hoch gehandelt. Die Gefangenen erhielten getrocknete Blätter, aus denen sie einen bitteren Tee zubereiten konnten, wenn sie sie einen Tag lang in der täglichen Wasserration ziehen ließen. Der Tee war nicht nur bitter, sondern trocknete die Zunge aus – sagten diejenigen, die Zungen hatten. Darüber hinaus sorgte der Tee für härtere Nägel, wenn man sie so lange in dem Sud liegen ließ, bis sie seine grünlich braune Farbe angenommen hatten. Skarbo fand, dass die Nägel und der Tee ohnehin ähnlich rochen.

Es herrschte kein Mangel an Zehennägeln verstorbener und manchmal noch nicht verstorbener Zweibeiner. Verschleiß wurde gefördert, da er eine Alternative zu Entlassung oder weiterer Verpflegung darstellte. Gorrif hatte die Tendenz, auf Handschlag alles zu Geld zu machen, ganz richtig erkannt. Das Gefängnis war privat, erhielt eine einmalige Summe, wenn der Gefangene eingeliefert wurde – und das war's, es sei denn, die Insassen konnten Bußgeld und Verpflegungskosten abbezahlen. Das war kein Geschäftsmodell, das die Betreiber dazu anspornte, die Gefangenen möglichst lange am Leben zu erhalten.

Skarbo versuchte, sich von den Kämpfen fernzuhalten. Das war nicht allzu schwer. Jemand hatte ihn einige Stunden nach seiner Einlieferung versuchshalber mit einem Nagelschwert angegriffen, aber die Waffe war an ihm abgeglitten und hatte nur einen minimalen Kratzer zurückgelassen. Er nahm an, dass der Nagel dem Material ähnelte, aus dem sein Panzer bestand. Nach diesem Ereignis hatten die anderen ihn größtenteils in Ruhe gelassen und gingen ihm wachsam aus dem Weg. Das konnte sich allerdings jeden Moment ändern.

Jetzt hatte er sich in eine Ecke verkrochen, während die beiden Männer sich umzubringen versuchten. Er hätte gern gewusst, wo die Signalpfeife war. Seit seiner Verhaftung hatte er sie nicht mehr gesehen.

»Zehn auf den Schneider!«

»Zwanzig!«

Der Große, den man Schneider nannte, wirkte gefasst und entspannt. Er war muskulöser und besser genährt als der andere, und das lange Nagelschwert hielt er locker in der Hand. Auch Skarbo hätte auf ihn gesetzt.

Aber er spielte ja nicht mit. Und außerdem ... der andere Mann ...

Nun, da war etwas ...

Skarbo war es nicht gewohnt, Säugetiere einzuschätzen. Darauf hatte er sich nicht einmal gut verstanden, als er selbst noch dazugehört hatte, und die ohnehin spärlichen Erinnerungen daran waren verblasst. Doch irgendetwas an den unbewussten Zuckungen des kleineren Manns fiel ihm auf. Er atmete schwer, schien aber nicht vor Erschöpfung außer Atem geraten zu sein. Aus einem Mundwinkel hing ein Speichelfaden herunter, und er wischte ihn mit dem schmutzigen Ärmel ab. Dabei zog er ganz kurz die Lippe nach unten, und Skarbo sah einen gelben Zahn, der zu lange war, um Zahn genannt zu werden.

Dann waren es also Fänge ...

Der Große täuschte nach vorn an, tänzelte dann aber seitwärts, als sich der Kleinere auf ihn stürzte. Die Zuschauer knurrten anerkennend. Der Große lachte. Es sah wie ein Spiel aus.

Früher war das Gefängnis durch Felder in Zellen eingeteilt gewesen, doch Felder zu erstellen und zu betreiben kostete Geld. Deshalb war alles nun ein einziger großer Raum, vielleicht einen Kilometer lang und halb so breit. Die Männer schliefen, wenn sie konnten, aber nie für lange. Dabei überlebten nur diejenigen, die keinen tiefen Schlaf fanden. Tiefschlaf konnte tödlich enden.

Das Gefängnisinnere wirkte zwar offen, war es aber nicht. Vielmehr bestand es aus Flicken, Bereichen mit fließenden Grenzen, die sich je nach den Ausgängen der Revierstreitigkeiten oder aufgrund von Bestechungen oder gar Heiraten verschoben. Das Konzept der Heirat hatte man ihm dreimal erklären müssen, bevor er es kapiert hatte.

Die Flicken reichten nicht bis an die Ränder. Entlang der Außengrenze verlief ein leerer Streifen, begrenzt auf der Innenseite von den Flicken der Insassen und von außen, in konzentrischen Kreisen, durch ein Wärmefeld, ein Brennfeld und die eigentliche Wand. Einmal hatte er das Wärmefeld berührt, nur zum Teil aus Versehen, und der Schock hatte ihn umgeworfen. Das Brennfeld, sollte jemand stark genug sein, bis zu ihm vorzudringen, tat genau das, was der Name sagte.

Der Randstreifen bildete einen etwas über drei Kilometer langen Kreis.

Von den Flicken hatte Skarbo nur durch Zufall erfahren, denn man sah sie nicht. Aber er hatte seine übliche Runde gedreht, als er einmal einige Schritte zu weit zur Mitte abgewichen war. Plötzlich war jemand vor ihm gestanden.

»Verpiss dich, Käfer!«

Skarbo hatte die untersetzte Gestalt betrachtet. Er tippte auf ein Weibchen, war sich aber nicht sicher. Bezüglich des Geruchs war er sich sicher. Selbst hier drinnen stach er heraus.

»Ich bin kein Käfer«, sagte er.

»Natürlich bist du das nicht.« Ein Grinsen zeigte abgebrochene Zähne. »Wie wär's mit Kakerlake? Also, verpiss dich, Kakerlake.« Ein kurzes Zögern. »Zu deinem eigenen Besten.«

»Ja, das ist unser Flicken.« Eine andere Stimme. »Wenn du noch einmal hier reinlatschst, reißt sie dir die Beine aus. Oder was davon übrig ist.«

»Das sollte sie sowieso machen.« Eine dritte Stimme.

Plötzlich bildeten etliche Insassen einen dichten Bogen vor ihm.

Er wich einen Schritt zurück, doch da war kein Platz. Sie drängten sich auch hinter ihm.

»Das habe ich nicht gewusst«, sagte er und hörte die Hilflosigkeit in der eigenen Stimme.

Ein groß gewachsener Mann trat aus der Gruppe vor ihm heraus. »Muss man dir's erst beibringen, Kakerlake? Ich glaube, wir können dir eine ganze Menge beibringen.«

Gelächter.

Hinter ihm sagte jemand: »Sieht so aus, als gingen seine Beine ziemlich leicht ab. Was meint ihr? Sollen wir alle nehmen oder ihm noch eins lassen?«

Der Hochgewachsene spuckte aus. »Alle. Und dann drehen wir ihn auf den Rücken. Vielleicht finden wir eine weiche Stelle zum Auslöffeln.« Er leckte sich die Lippen.

Die Horde drang auf ihn ein, er wurde gepackt.

»He!« Die Stimme kam von hinten. Die anderen zögerten, dann versteinerten sich ihre Mienen.

»He, Kackfleisch! Lass die Kakerlake in Ruhe!«

Die anderen hielten inne. Das Gesicht des Hochgewachsenen zuckte, er wandte sich halb um und spuckte ein »Verpiss dich!« über die Schulter.

»Ja, vielleicht. Aber erst, wenn ihr erwachsen werdet.« Das untersetzte Weibchen, das sich ihm als Erstes entgegengestellt hatte, bahnte sich einen Weg durch die Menge.

Der Mann, den sie Kackfleisch genannt hatte, spuckte noch einmal aus. »Bist du jetzt etwa auf seiner Seite?«

Sie schüttelte den Kopf. »Quatsch. Aber ich habe diesen Flicken gegründet, falls du's nicht mehr weißt. Und ich möchte nicht auf verteilten Insekteninnereien ausrutschen. Ich sagte, lass die Kakerlake in Ruhe!«

»Und ich sagte, verpiss dich.«

Die Frau nahm eine etwas andere Haltung ein. »Wirklich?«

Die anderen wichen einige Schritte zurück. Kackfleisch grinste. Dann stürzte er sich mit ausgestreckten Händen auf die Frau und krallte mit den Fingern nach ihrem Gesicht.

Sie rührte sich nicht, bis er fast über ihr war. Und selbst dann schien sie sich kaum zu bewegen. Skarbo aber hörte ein nasses Klatschen, und Kackfleisch lag gekrümmt auf dem Boden. Er hatte die Augen geschlossen und gab ein Wimmern von sich.

Die Frau trat dicht an ihn heran und beugte sich zu ihm hinab. »Das ist immer noch mein Flicken«, erklärte sie.

Dann trat sie zu, zweimal, und zwar so stark, dass sie beide Male einen kleinen Satz dabei machte.

Beim ersten Tritt schrie Kackfleisch auf. Beim zweiten übergab er sich.

Die Frau trat zurück und holte Luft. »Werd erwachsen!«, verlangte sie. »Und wisch deine Kotze auf! Darauf will ich auch nicht ausrutschen.«

Die Menge löste sich auf. Skarbo schluckte. »Danke«, sagte er. »Ich schulde dir was.«

Sie wandte sich ab. »Schön. Vielleicht zahlst du es mir in einer anderen Welt zurück. Jetzt verpiss dich!« Und dann war sie verschwunden.

Von hinten hörte er eine Stimme »Kakerlake« sagen, und irgendjemand kicherte.

Von da an hielt er sich nur noch an den Rändern auf. Und er schaffte es, sich selbst nicht einzugestehen, dass Kakerlaken genau das taten.

Und jetzt tippte ihm jemand auf den Panzer, und eine heisere Stimme fragte: »Hat's da noch Platz für jemand?«

Skarbo blinzelte. Höflichkeit fand sich hier nur selten, und wenn, dann war sie oft nicht so gemeint, wie sie zu sein vorgab. Er verbrachte eine Sekunde damit, sich auf die etwaige Reaktion gefasst zu machen. Dann wandte er sich halb um.

Und blinzelte erneut. Der ihn auf den Panzer getippt hatte, war ein älterer Menschenmann, und Alte waren hier genauso selten wie Höflichkeit. Skarbo rutschte ein Stück zur Seite, und der Ältere huschte auf den Platz neben ihm.

»Ich bin dir dankbar.«

Skarbo nickte und wandte sich wieder dem Kampf zu. Die beiden Kontrahenten umkreisten sich. Der Schneider hatte zwar noch sein Nagelschwert, wirkte inzwischen aber vorsichtiger. Der andere sah entspannt aus.

»Ich setze fünfzig auf beide …«

»Fünfzig? Woher hast du so viel? Hast du jemand dafür geblasen?«

Gelächter.

Und wieder tippte ihm jemand auf die Schulter. Diesmal drehte er sich ganz um und sah den Alten an. »Kann ich helfen?«

Der Mund öffnete sich zu einem Grinsen. »Das bezweifle ich. Ich vermute auch, dass ich dir nicht helfen kann, außer dass wir vielleicht ein wenig miteinander reden. Das hat hier zwar keine Tradition, aber man kann nie wissen. Vielleicht rufen wir ja einen Trend ins Leben.«

Skarbo schüttelte den Kopf. »Tut mir leid. Ich glaube, ich habe nicht viel zu sagen.«

»Na gut. Dann rede ich.« Der Alte sah an ihm vorbei und beobachtete den Kampf. »Wenn ich Geld hätte, würde ich auf den Kleinen setzen. Du?«

»Weder noch.«

»Das überrascht mich nicht.« Der Mann machte schmale Augen. »Ich habe so einiges über dich gehört.«

Skarbo wartete.

»Ich habe gehört, du wüsstest, wann du sterben wirst. Stimmt das?«

»Ja.«

»Aha. Und wann ist das?«

Skarbo hatte nicht mehr daran gedacht. Wie lange war er hier? Er musste im Kopf nachzählen. »In dreizehn Tagen.«

Der Alte machte große Augen. »So genau? Und so bald?«

»Ja.«

»Ich sollte dich Todeskakerlake nennen.«

Ein Krachen war zu hören, und dann erhoben sich laute Schreie. Der Schneider stand noch, taumelte aber, während sich der Kopf des Kleineren in seine Taille grub und er von dessen Armen umschlungen wurde, sodass er selbst sich nicht mehr bewegen konnte. Das Nagelschwert kreiste nutzlos in der eingeklemmten Hand.

»Zehn auf Rask …«

»Und zehn …«

»Hier zwanzig …«

Der Alte stieß Skarbo an. »Bist du dir sicher, dass du nicht willst?«

»Wetten?« Wieder schüttelte Skarbo den Kopf. »Will ich nicht und kann ich nicht.«

»Gut. Ich will, kann aber nicht. Hör zu, Todeskakerlake, wir haben etwas gemeinsam. Auch ich weiß, dass ich sterben werde.«

Weitere Schreie. Die Kämpfenden hatten sich voneinander gelöst. An Rasks Schulter lief ein breiter Schnitt herunter, doch er stand aufrecht und wirkte wachsam. Der andere fasste sich mit einer Hand an die Rippen und wirkte kurzatmig.

»Hundert auf den kleinen Rask!«

»Pfeif auf dein Geld …«

Dann zwängte sich jemand durch die Zuschauermenge nach vorn, eine schlanke Frau mit tatsächlich intakter und nahezu sauberer Kleidung. Sie hielt eine Hand hoch, füllte ihre Lunge und rief: »Fünfhundert auf Rask, dass er den Schneider beim nächsten Angriff tötet! Wer hält dagegen?«

Atemlose Stille. Der Alte beugte sich zu Skarbo vor und flüsterte. »Sei beeindruckt, Todeskakerlake! Hier werden Leute für weit weniger gekauft und wieder verscherbelt.«

Kurz dachte er, dass niemand dagegenhalten würde, doch dann war aus den Zuschauern eine Stimme zu hören. »Ich gehe mit.«

Die Frau streckte sich, um den Gegenspieler zu sehen. »Wer ist das? Bist du allein?«

»Das bin ich. He du, heb mich hoch!«

An einer Stelle entstand Bewegung, und dann wurde jemand auf die Schulter eines anderen gehoben – eine menschenähnliche kleine Kreatur mit großen Augen in einem flachen, blassen Gesicht. Sie hob eine Hand. »Ich nehme deine Wette an, du beschissene Xanthippe. Bist du dir immer noch sicher?«

»Ich nehme dein Geld, solltest du es tatsächlich haben.« Sie lachte. »Wenn nicht, dann nehme ich dich.«

Das Geschöpf hob einen Finger und ließ ihn hin und her wackeln. »Das hättest du wohl gern. Lasst sie kämpfen!«

Die Menge brüllte.

Schneider leckte sich die Lippen und trat einen halben Schritt nach vorn. Rask beobachtete ihn. Dann, so schnell, dass Skarbo der Bewegung nicht folgen konnte, stürmte er vor und sprang, bis er mit Armen und Beinen auf dem Rumpf des Hochgewachsenen landete. Beide stürzten, rollten ein Stück über den Boden, während das Nagelschwert wild in der Luft herumzuckte. Als sie schließlich liegen blieben, war Schneider oben, doch etwas stimmte nicht. Er heulte laut, stieß einen hohen, schrillen Laut aus und hielt das Nagelschwert in einem unnatürlichen Winkel abgespreizt.

Er wurde noch immer von Rasks Armen und Beinen umklammert, und der Kopf des Kleineren grub sich zuckend und wühlend in seine Achselhöhle.

Dann änderte sich der Klang von Schneiders Geheul. Rask zog den Kopf zurück, und er hatte etwas im Mund – etwas, das sich bis zu einem wüsten Loch in Schneiders Oberarm spannte.

Bänder. Nein ... halt ... Sehnen, das war das richtige Wort.

Rask knurrte und kaute, und plötzlich rissen die Sehnen, und Schneiders Arm hing schlaff herab, den Griff des Nagelschwerts noch immer in den gelähmten Fingern.

Und dann stieß Rask noch einmal mit dem Kopf zu, diesmal zielte er aber auf die Kehle.

Ein Knirschen war zu hören. Das Heulen brach ab. Rask wälzte sich herum und stieg von dem schlaffen Leib herunter. Dann erhob er sich und verbeugte sich.

Am Ende schluckte er.

Einen Moment lang herrschte absolutes Schweigen. Dann brüllte die Menge los.

Skarbo spürte die Hand des Alten auf seinem Panzer. Ganz dicht an seinem Ohr erklang dessen Stimme. »Lass uns gehen! Es sei denn, du willst auf das Fleisch bieten.«

»Fleisch?«

»Klar. Weshalb sollte man die Leiche verkommen lassen?«

Skarbo lief es kalt über den Rücken.

Der Alte schien einen eigenen Flicken zu haben. Sie überquerten mehrere angebliche Grenzen und blieben an einer freien Fläche in der Nähe des äußeren Rings stehen. Dort kauerte sich der Alte hin. »Hier müsste es passen«, sagte er und klopfte einladend auf die Stelle neben sich. »Setzt du dich zu mir?«

Skarbo klappte die Beine unter sich zusammen.

So ganz aus der Nähe roch er ... etwas ... im Atem des Alten. Etwas Süßsaures. Etwas Faules.

Er beschloss, die Frage zu stellen. »Wann stirbst du?«

Der Alte lächelte. »Du riechst es schon, nicht wahr? Du hast scharfe Sinne. Menschen nehmen es nicht wahr. Es wird mich in drei Monaten umbringen, wenn ich es zulasse. Aber ich werde es nicht zulassen.«

»Das verstehe ich nicht. Wie willst du es aufhalten ... Oh.«

Er brach ab und schüttelte den Kopf.

Das Lächeln wurde breiter. »Wie ich sehe, bist du dahintergekommen.« Der Alte atmete ein, und Skarbo hörte ein Rasseln. »Habe eine Dosis Schuppenwurm abbekommen. Weißt du, was das ist?«

»Nein.«

»Das ist ein Parasit. Kleine Eier, so klein, dass man sie einatmen kann, und daraus werden Würmer, die zu größeren Würmern heranwachsen, und eines Tages brechen sie hervor und verwandeln sich in Schuppenfliegen, und man atmet sie wieder aus.« Er hielt inne. »Nur ist das Ausatmen der Fliegen nicht so einfach wie das Einatmen der Eier, wenn du weißt, was ich meine. Man atmet auch nicht alle aus, denn manche bleiben hängen, und diejenigen, die man nicht ausatmet, finden andere Wege ... Das führe ich jetzt nicht näher aus.«

Skarbo nickte. »Was unternimmst du dagegen?«

Er erntete einen strengen Blick. »Das ist meine Sache. Ich habe Pläne.«

Eine Weile sprach keiner von beiden. Skarbo beobachtete, wie sich die dünne Brust hob und senkte, und lauschte dem schwachen Keuchen am Ende eines jeden Atemzugs, der von der Anstrengung beim Luftholen zeugte. Nach einer Weile, nachdem der Alte anscheinend von sich aus nichts weiter zu sagen hatte, stellte Skarbo eine Frage. »Weißt du, wo du dich infiziert hast?«

»Wissen kann ich nichts. Aber vermuten. Ich vermute, dass ich mir die Eier auf einem Frachter auf dem Weg nach draußen eingefangen habe.«

»Aus was nach draußen?«

»Von wo, nicht aus was. Aus dem Spin, Todeskakerlake. Von dort raus.« Der Alte kniff die Augen zusammen. »Jetzt hörst du mir zu, was?«

Skarbo nickte, merkte es aber erst, als die Bewegung abgeschlossen war.

»Dachte ich mir. Willst du den Rest hören?«

Diesmal nickte er wissentlich.

Der Alte hieß Pathin. Er sprach langsam und erzählte vom Spin.

Die Bevölkerung des Spin hatte mit etwas unter einer Trillion offizieller Einwohner ihren – zumindest seit moderner Geschichtsschreibung – höchsten Stand erreicht. Dazu kamen ungefähr noch einmal so viele weniger offizielle Einwohner oder Durchreisende, doch das war vor einer Viertelmillion Jahren gewesen. Lange her, aber für Spinverhältnisse noch immer neuzeitlich.

Seit damals ging der Trend ohne Unterbrechung nach unten, und zwar immer rasanter.

Pathin hatte auf einem Planeten namens Zshifs gelebt. Er sah zu Skarbo auf. »Schon mal davon gehört?«

»Nein.«

»Dachte ich mir. Äußerer Spin, auf dieser Seite. Zwei Sonnen, eine davon rot. Drei Planeten.«

Skarbo schloss die Augen bis auf einen Spalt. Er stellte sich die Modelle vor ... »Ja«, sagte er. »Hab ihn.«

»Gut. Hübscher Fleck. Farmen. Die Sonnen werfen ziemlich bunte Schatten. Man sagte, wer beim Licht der roten Sonne Sex hat, bekommt eine Tochter. Hätte was dran sein können.« Der Alte stieß einen Seufzer aus, der zu einem Brodeln wurde. »Dann ging die Sonne allmählich ein. Weniger Licht für die Farmen, weißt du? Daraufhin hängte man diese riesigen Solarfelder in den Orbit. Um die Energie ganz weit oben einzufangen, bevor sie auf die Atmosphäre trifft, sagten sie und beamten sie von dort runter. Das sei effizienter.«

Skarbo musterte den Alten eindringlich. »Aber wie sollte dann noch etwas wachsen?«

»Was weiß denn ich?« Pathin schüttelte den Kopf. »Also starb im Lauf der Jahre alles ab. Und ich bin gegangen. Wir sind alle gegangen. Für die Frachter gab es ohnehin nichts mehr zu tun. Keine Waren. Keine Nahrung. Bloß noch Leute, die fort wollten. Weißt du, wie viele mit mir an Bord waren, Todeskakerlake?«

Skarbo schüttelte den Kopf.

»Fünftausend. Und das war nicht einmal eins der großen Schiffe. Wie ich hörte, haben allein an dem einen Tag tausend Schiffe den Spin verlassen.«

Skarbo sah den Alten lange an. »Wie viele?«, fragte er schließlich.

»Das hast du doch gehört.«

»Ja, aber ... das würde ja fünf Millionen Leute am selben Tag bedeuten. Wieso alle an diesem einen Tag?«

Pathin hustete und spuckte aus. Kurz begutachtete er den Schleimklumpen, bevor er wieder zu Skarbo aufblickte. »Du verstehst es nicht, was? Nicht bloß an diesem einen Tag, Todeskakerlake. An jedem Tag. Jeden Tag mehrere Millionen. Hunderte Millionen jedes Jahr. Ich war nicht der Erste, und danach ging es noch schneller. Du hast den Spin von außen beobachtet und gesehen, dass er stirbt, nicht wahr? Nun, wir haben ihn von innen gesehen und gespürt, dass er stirbt. Was gab es noch zu tun? Entweder man wurde virtuell, oder man haute ab. Ich bin gegangen.«

»Und jetzt bist du hier.« Skarbo sah sich in dem Gefängnis um.

»Und jetzt bin ich hier, aber das ist nicht meine ganze Geschichte. Seither habe ich viel gemacht. Hab gevögelt. Hab gesoffen. Hab Geld gemacht. Hab ein Leben gelebt.«

Skarbo dachte darüber nach. »Wie lange ist es her, dass du den Spin verlassen hast?«, fragte er schließlich.

Pathin lächelte sanft. »Ich habe es dir doch gesagt – ein Leben. Ein langes Leben. Vermutlich ist der Spin inzwischen leer. Wahrscheinlich ist es der erste Fall in der Geschichte, dass eine gesamte Galaxis evakuiert wird. Wenn du dorthin willst und hoffst, Leben anzutreffen, bist du zu spät dran. Dort sind alle weg oder virtuell geworden.«

»Virtuell?«

»Klar. Die leben in den Maschinen, Todeskakerlake. Die Vrealitäten. Ein Leben in einer Vrealität dauert ein paar Stunden in der äußeren Welt. Was glaubst du denn, wofür die Solarenergie genutzt wurde?«

Es folgte ein langes Schweigen. Skarbo spürte, wie sich in seinem Magen ein kalter Knoten bildete und rasch wuchs.

Dann stieß Pathin ihn an. »Gib nicht auf, Todeskakerlake! Du hast mit dem Leben noch nicht abgeschlossen ... und ich auch nicht. Noch nicht ganz. Niemand von uns weiß, wie es am Ende ausgeht. Ich erzähle es dir hinterher.« Unvermittelt hob er den Kopf. »Na ja, dir wahrscheinlich nicht. Nicht, wenn du einen Funken Verstand hast.«

Skarbo lachte. »Welche Wahl habe ich denn?«

Der Alte betrachtete ihn eine Weile und wandte sich schließlich ab.

Die Menge zerstreute sich. Viele schlenderten an ihnen vorbei und unterhielten sich gedämpft. Manche hielten Brocken mit rotem Fleisch in den Händen, nicht größer als Fäuste, und kauten.

Den Verlierer hatte man nicht umkommen lassen. Nichts ließ man umkommen – und da dämmerte es Skarbo, dass es vielleicht noch einen anderen Grund gab, weshalb man ihn mehr oder weniger in Ruhe ließ.

Er sah einfach nicht besonders essbar aus.

Ihm lief ein Schauer über den Rücken, und er streckte eine Kralle nach Pathin aus. »Diese Leute aus dem Spin ... Wohin sind die aufgebrochen?«

Der Alte machte eine unbestimmte Handbewegung. »Hierher. Dorthin. Hier sind zumindest schon einige.«

»Flüchtlinge?«

»Ein paar. Andere nicht. Viele hatten Geld dabei. Sie betreiben Geschäfte. Manche von ihnen sogar Planeten. Auch diesen Ort hier. Haben ihre Fehden mitgebracht. Deshalb hat Handschlag zwei Enden.«

Skarbo sah den Alten fragend an, doch das runzlige Gesicht blieb ausdruckslos. »Und wie bist du hier gelandet?«

Der Alte wandte sich um und spuckte wieder aus. »Das geht dich nichts an, Todeskakerlake.«

Skarbo nickte. »Nun, ich danke dir«, sagte er und stand auf.

»Warte!«

Die Hand des Alten lag auf seinem Bein. Er betrachtete es. »Was?«

»Vielleicht kann ich dir doch helfen. Zieh mich hoch!«

Skarbo hielt ihm eine Klaue hin. Er war nicht sicher, ob er ihm tatsächlich beim Aufstehen helfen konnte, denn obwohl der Körper des Alten verbraucht war, wog er doch so viel, dass er ihm womöglich eine Gliedmaße ausreißen konnte. Doch der Gedanke an Hilfe schien bereits auszureichen, und indem er nur leicht an ihm zerrte, zog sich Pathin hoch, bis er auf beiden Beinen stand. Als er sich aufgerichtet hatte, beugte er sich gleich wieder zu ihm vor. Er klang heiserer. »Siehst du, wo ich hingespuckt habe?«

»Ja.«

»Sag mir, was du siehst!«

Skarbo runzelte die Stirn. Er begutachtete den Schleimklecks.

Dann blickte er wieder zu Pathin auf. »Ich sehe Schuppen«, sagte er. »Braune Schuppen.«

»Ja. So fängt es an.« Der Alte klopfte sich auf die Brust. »Ich spüre sie. Es kommt, und zwar schon bald. Und deshalb kannst du mir helfen ... und ich helfe dir, Todeskakerlake. Komm mit mir zum entgegengesetzten Ende runter! Falls ich zusammenklappe, schleifst du mich weiter.«

Skarbo nickte und ging neben ihm her. Sie kamen nur

langsam vorwärts, da Pathin alle paar Schritte stehen blieb, um mehrmals hintereinander rasselnd einzuatmen, aber sie kamen voran.

An seinem entgegengesetzten Ende lief das Gefängnis schmal aus. Hier herrschte weniger Betrieb, denn dies war der am schlechtesten beleuchtete und belüftete Teil der Anlage. Nur die Ärmsten, Schwächsten oder am wenigsten Mobilen hielten sich hier auf.

Schließlich gelangten sie zum äußersten Ende. Die letzten besetzten Flicken lagen hinter ihnen, und sie standen auf freiem Gelände. Der Rundweg und das Feld dahinter bildeten eine bogenförmige schmale Barriere, die den am wenigsten bevölkerten Bereich teilweise einschloss. Obwohl es hier dunkel, entlegen und muffig war, verstand Skarbo nicht, weshalb hier niemand einen Flicken für sich beanspruchte.

Dann entdeckte er eine Rolle mit schmutzigem Stoff auf dem Boden. Pathin seufzte, ließ sich fallen und schob sich den Stoff hinter den Kopf. Da verstand Skarbo.

»Das ist dein Flicken?«

Pathin grinste, und selbst im schlechten Licht erkannte Skarbo die bräunlichen Reste auf seinen Zahnruinen. »Ja. Mein Heim. Ein guter Platz fürs letzte Gefecht, was?«

»Vermutlich schon.« Als Skarbo noch einmal das leere Areal und den fleckigen Stoff betrachtete, zerbrach etwas in ihm. »Ich bleibe bei dir.«

»Oh nein, das tust du nicht!« Pathin hustete, spuckte sich in die hohle Hand und schloss die Finger um den Auswurf. »Dir machen kleine Krabbeltiere vielleicht nichts aus, Todeskakerlake, aber das ist es noch längst nicht. Noch nicht einmal annähernd. Außerdem erteile ich dir einen Auftrag. Eine viel schwerere Aufgabe, als deine kleinen Verwandten aus meinem Mund fliegen zu sehen. Bist du dazu bereit?«

Skarbo lächelte. »Ja«, sagte er. »Das sind zwar nicht meine Verwandten, aber ja.«

»Gut. Folgendes! Verscheuche alle Lebewesen von hier. Im Umkreis von *mindestens* hundert Metern um mich herum darf niemand mehr sein. Hast du das verstanden?«

Skarbo glotzte ihn an. »Ich hab's gehört, aber ...«

»Hundert Meter. Verdammt, Todeskakerlake! Du warst bereit, mir zuzusehen, wie ich mich in eine Brutstätte von Fliegen verwandele. Was soll daran jetzt schlimmer sein? Manchmal kann man sich seine Herausforderungen eben nicht aussuchen. Mach schon! Und mach es bald! Du hast fünf Minuten.«

Und damit senkte er den Kopf und vergrub das Gesicht in dem Stoff. Sein ganzer Leib bebte unter einem Hustenanfall.

Skarbo sah sich um. Die Grenze des Flickens war näher als hundert Meter – viel näher. Und ringsum lungerten zahlreiche Gaffer herum. Vorher waren sie nicht zu sehen gewesen, aber der Anblick eines Insekts neben einem offensichtlich sterbenden Menschen weckte offenbar ihr Interesse.

Er hatte ein Publikum.

Er stand auf, und da ihm nichts anderes einfiel, schritt er auf die Grenze des Flickens zu. Die Zuschauer erhoben sich, als er näher kam.

»Hast du ihn getötet, Kakerlake?«

»Was gibt's zu sehen?«

Er schluckte. »Pathin will allein gelassen werden.«

Gelächter. Ein junger Mann schob sich durch die Gruppe nach vorn. »Ein alter Sonderling stirbt. Da sehen die Leute eben zu. Willst du uns daran hindern?«

Ein anderer stellte sich neben ihn. »Vorsicht! Die Kakerlake krabbelt dich noch zu Tode.«

Weiteres Gelächter.

Skarbo schloss für einen Moment die Augen. Dann hatte er einen Einfall. Er öffnete die Augen, riss sie so weit wie möglich auf und wies über die Köpfe der Menge hinweg nach hinten. »Die Türen! Seht nur!«

Alle drehten sich um. Dann wandte sich der erste Junge wieder zu ihm um. »Was? Von hier aus erkenne ich nichts. Was ist da los?«

Skarbo zwang sich zu einem ernsten Tonfall. »Du erkennst es nicht? Natürlich. Du hast Säugetieraugen ... Das Feld ist unten. Das kann ich sehen.« Er wurde lauter. »Das Feld ist unten! Lauft!«

Eine ganze Weile rührte sich niemand. Schließlich ging einer los und verfiel gleich darauf in Laufschritt. Und dann rannten sie plötzlich alle.

Hinter sich hörte Skarbo gurgelndes Lachen. Er drehte sich zu Pathin um. »Das wirkt hoffentlich«, sagte er. »Sonst bin ich tot.«

Noch einmal lachte der Alte, und ein stotterndes Raspeln drang aus seinen verstopften Lungen. »Wenn du hierbleibst, bist du so oder so tot. Lauf selbst!« Er krümmte sich zusammen und nahm den Kopf zwischen die Knie.

Skarbo betrachtete ihn. Dann rannte auch er.

Der vorwärtsstürmende Pulk sammelte unterwegs noch mehr Gefolgsleute ein. Hinter ihm war alles leer, und Skarbos Klauen glitten über den Boden. Er war nie ein guter Läufer gewesen. Dafür war seine Gestalt einfach nicht gemacht.

Plötzlich wurde es hell. Einen Sekundenbruchteil lang sah er seinen Schatten, der wie ein Pfeil einige Meter vor ihm herschoss. Dann wurde er mit Gewalt nach vorn geworfen, während heiße Luft seinen Panzer abflammte.

Ringsum prasselten Tropfen nieder.

Er warf sich herum, um nicht weiterzuschlittern, und spähte nach hinten.

Pathin war verschwunden. An der Stelle, wo der Alte gelegen hatte, breiteten sich inmitten einer roten Blume Stofffetzen aus.

Dahinter tat sich im Nebel des Brennfelds eine zehn Meter lange Bresche auf ... und dahinter wiederum ein grobes Loch.

Skarbo ging erst ein paar Schritte, dann rannte er los.

Als er an der zerrissenen Schwelle angekommen war, zögerte er mit erhobenem Bein, als wolle er austesten, ob sie sein Gewicht trug oder ob die Bresche echt war. Dann holten ihn die anderen ein, und er wurde weitergeschoben. Sirenen heulten mit einiger Verspätung auf, ertönten aber hinter ihm.

Es war nur logisch, die Flucht anzutreten.

Und so floh er.

Langsam erwachte Skarbo aus einem Schlaf, den er nicht als Schlaf wahrgenommen hatte. Es war ruhig, und er lag auf kühlem Metall. Dann öffnete er die Augen.

Es war dunkel, und ein träger Luftzug wehte Industriegerüche herbei – ölig und verbrannt, mit säuerlichen Noten, die rasch wieder verflogen. Er horchte. Erst vernahm er nur die Geräusche seines eigenen Körpers, das unterschwellige Ächzen seines steifen alten Panzers und das schwache Rauschen der Körperflüssigkeiten, die sonst selbst in leisester Umgebung von den Hintergrundgeräuschen übertönt wurden. Geduldig lauschte er ihnen, bis sie ihm so vertraut waren, dass er sie herausfiltern und auf anderes achten konnte.

Da war es. Ein tiefer, langsamer Puls, und jetzt, da er sich darauf konzentrierte, merkte er, dass er dem Rhythmus der Luftströme entsprach. Luftströme, die vor allem in eine bestimmte Richtung gingen.

Hier war er also – aber wo waren alle anderen? Es mussten Hunderte gewesen sein.

Nun, aus seiner liegenden Position heraus konnte er das nicht herausfinden. Vorsichtig richtete er sich auf und stellte fest, dass er tatsächlich noch aufrecht stehen konnte.

Und nun ... wohin? Sinne, an die er sich kaum erinnerte, nahmen Echos und Luftbewegungen auf und beschrieben ihm die Beschaffenheit seiner Umgebung. Sie verrieten ihm, dass ihn auf zwei Seiten enge Wände umgaben und dass die Decke über ihm sehr niedrig war. Dann also ein Tunnel. Oder ein Schacht.

Und deshalb nur zwei Möglichkeiten. Dorthin, woher die Luft kam, oder dorthin, wohin die Luft blies.

Im Weltraum schufen Maschinen Luft, und Lebewesen atmeten sie. Laut sagte er zu sich selbst: »Ich wähle das Leben.« Und mit diesen Worten machte er sich auf den Weg.

Eine Weile glaubte er, der Schacht führe strikt geradeaus, doch dann merkte er, dass er aufgrund seiner Sinne unbewusst Kurskorrekturen vornahm, und zwar immer zu einer Seite hin. Demnach beschrieb der Schacht eine lange flache Kurve, so als winde er sich um etwas herum. Nach und nach änderten sich die Echos, und der Tunnel schien größer zu werden. Oder der Schacht öffnete sich zu einer Halle.

Dann stolperte er über den ersten Leichnam.

Er konnte ihn nicht genau erkennen, obwohl er die Augen aufs Äußerste anstrengte. Angesichts der Größe vermutete er allerdings, dass es sich um einen Mann handelte.

Er schüttelte den Kopf und stieg darüber hinweg.

Nach wenigen Schritten stieß er auf einen weiteren Toten. Dann lagen gleich zwei nebeneinander, und schließlich entdeckte er eine ganze Ansammlung von Leichen, die in der Finsternis kaum zu zählen waren. Inzwischen hing ein süßlicher Geruch in der Luft, so als sickere langsam etwas aus der Kleidung der Toten, das darin eingeschlossen gewesen war.

Dann machte der Schacht eine Biegung, und Skarbo sah Licht vor sich. Er wurde schneller und bemühte sich um große Schritte, um den toten Körpern auszuweichen.

Nach einer weiteren Biegung wurde es so hell, dass er etwas erkennen konnte. Er blieb stehen und sah sich um, während er so flach wie möglich atmete.

Es waren Hunderte, und sie türmten sich vor einer Wand, die den Schacht begrenzte. Diese Wand war nicht massiv, sondern bestand aus einem Metallgeflecht, dessen Zwischenräume so groß waren, dass ein menschlicher Arm hindurchgreifen konnte. Viele Arme steckten darin und waren während ihres verzweifelten Ringens, auf die andere Seite zu gelangen, im Tod erstarrt. Einige lagen abgetrennt jenseits der Wand auf dem Boden. Der süßliche Geruch war noch intensiver geworden.

Wie Skarbo feststellte, waren die Menschen offenbar auf der Flucht nach draußen gewesen. Einige von ihnen kannte er aus dem Gefängnis.

Er starrte noch immer auf die vielen Toten, als er eine schwache Luftbewegung neben sich spürte. Er wandte sich um, und im selben Moment sagte eine forsche Stimme: »Du bist tot.«

Die Stimme kam von oben. Dort entdeckte er eine matte Metallstange von ungefähr einem Meter Länge. Sie schwebte beinahe senkrecht, und die Spitze neigte sich ihm entgegen. Er hatte den Eindruck, als würde er gemustert.

»Was bist du?«, fragte er sie.

»Ich bin Excrutor. Du bist tot.«

Am liebsten hätte Skarbo gelacht, doch stattdessen schüttelte er nur den Kopf. »Nein. Sie sind tot.«

Die Stange neigte sich zurück, als wolle sie die Szene betrachten. »Der Vorgang war erfolgreich. Sie sind tot. Deshalb musst auch du tot sein.«

Skarbo ließ den Blick noch einmal über die Leichenberge schweifen und dachte über den süßlichen Geruch nach. »War es Gas?«

»Ja. Zyanid. Deshalb musst du tot sein.«

Abermals schüttelte Skarbo den Kopf. »Anscheinend nicht. Wie lauten deine Befehle?« Er spannte sich an.

Die Stange schien eine Weile nachzudenken. Dann drehte sie sich horizontal, bis ein Ende auf Skarbo deutete. »Nachtrag – Insekt stellt sich als abweichend heraus«, konstatierte sie. »Diesbezüglich muss nachgebessert werden.« Und bevor Skarbo reagieren konnte, holte sie in flachem Bogen aus und prügelte wie eine Keule auf ihn ein.

Der Schlag traf ihn so heftig am Kopf, dass er umgeworfen wurde. Er fiel auf den Rücken, rollte weiter und krachte gegen den Leichenberg. Durch den Aufprall löste sich einer der Toten und landete neben ihm auf dem Boden. Ein Arm streifte sein Gesicht, als wolle er ihn liebkosen.

Er wartete nicht, bis der Schmerz kam. Aus den Augenwinkeln nahm er wahr, dass die Stange, die sich Excrutor nannte, auf ihn zuschoss. Ein zweiter derartiger Schlag, und er wäre tatsächlich tot, wie sie behauptete. Er streckte die Hand nach dem Leichenberg aus, packte ein herausstehendes Bein und zerrte mit aller Kraft daran.

Erst glaubte er, dass er sich vergeblich bemühte. Doch schließlich bewegte sich etwas, dann etwas mehr, und nach einem weiteren verzweifelten Ruck stürzte eine Leichenlawine auf ihn herab. Es waren mehr, als er erwartet hatte, und das Gewicht schlug auf seinen Panzer ein und nagelte ihn am Boden fest.

Das Prasseln hörte auf, und einen Moment lang herrschte Stille. Dann spürte er Schläge in rascher Folge, die durch das träge Fleisch und die Knochen auf ihn übertragen wurden, und das Gewicht auf ihm schien abzunehmen. Die Excrutor-Stange bahnte sich einen Weg zu ihm, und sie war schnell.

Ihm gingen die Ideen aus. Er fragte sich, was ihn erwartete, falls sie seinen Panzer zertrümmerte.

Die letzte Leiche wurde weggeprügelt. Skarbo rollte sich herum und ruderte mit den Gliedmaßen, um sich vor dem fliegenden Knüppel zu schützen. Ringsum häufte sich zerschmettertes Fleisch, und die vielen toten Körper schienen von einer Explosion zerrissen worden zu sein. Die Stange ragte über Skarbo auf. Sie war rot verschmiert, Knochen- und Hautfetzen klebten daran. Sie holte aus. Er schloss die Augen und wartete, dann öffnete er sie wieder.

Die Stange verharrte nach wie vor bewegungslos am weitesten Ausholpunkt. Er musterte sie eine ganze Weile. Schließlich kroch er keuchend über die Fleischreste hinweg nach hinten. Auf dem glitschigen Boden rutschte er mit seinen Klauen aus und schlitterte über den Boden.

Die Stange bewegte sich immer noch nicht, doch er hörte ein schwaches, raues Summen, das rasch lauter wurde. Die Umrisse der Excrutor-Stange verschwammen. Dann stieg plötzlich Rauch auf, und Skarbo wich eilig zurück.

Die Stange glühte erst in mattem Rot, dann in grellem Gelb. Geschmolzenes Metall tropfte herab und landete zischend zwischen den Fleischbrocken. Schließlich fiel die Stange auf die Leiche, die Skarbo eben noch abgeschirmt hatte.

Ein lautes Zischen erklang, und eine Wolke aus süßem Rauch stieg auf. Hastig kroch Skarbo ein Stück weiter.

Die Excrutor-Stange steckte halb in dem verkohlten, dampfenden Grab, das sie sich in dem toten Menschenfleisch selbst gegraben hatte.

Skarbo hockte sich hin. Er keuchte, und sein Kopf fühlte

sich ... seltsam an. Er fasste sich an die Stelle, wo ihn der Schlag getroffen hatte. Er erwartete eine Platzwunde mit austretender Körperflüssigkeit und hoffte, dass er noch über Körperflüssigkeiten verfügte. Aber er fühlte nichts, keine spürbare Verletzung. Trotzdem war ihm merkwürdig zumute.

»Hast du was abgekriegt?«

Vor Schreck sprang Skarbo in die Höhe. Die Stimme kam aus dem Leichenberg. Der sich bewegte.

Ein Arm reckte sich, eine Leiche rollte zur Seite und erhob sich. Sie wischte sich mit dem Arm über das Gesicht und grinste. »Du solltest doch wissen, wie man sich durch Berge von Abgestorbenem gräbt, Kakerlake.«

Beim Grinsen zeigten sich abgebrochene Zähne, und beim Sprechen entstand Mundgeruch. Sie hatte ihn schon einmal so genannt. Nach einem Kampf.

Er atmete aus. »Ist hier sonst noch etwas am Leben?«

»Nein.« Der Ton ließ keinen Raum für Zweifel.

»Wie hast du überlebt?«

Sie zuckte mit den Achseln. »Mit viel Glück und guten Genen. Ich habe deine Unterhaltung mit dem Alten mitbekommen.«

Skarbo wartete.

»Du interessierst dich für den Spin.«

»Ja.«

»Willst du dorthin?«

»Ja.«

»Vergiss es! Dann kannst du dich genauso gut in jenem Haufen dort vergraben.« Sie wies auf den Leichenberg. »Und darauf warten, dass dir der Saft in den Mund tropft.«

Er unterdrückte ein Schaudern. »Warum?«

»Was hat der Alte gesagt? Der wusste nicht einmal die Hälfte. Der stammte aus reichem Hause, Kakerlake. Der kannte komplizierte Worte. Der konnte sich eine Koje auf einem Frachter leisten, als es noch welche gab. Aber er hatte keine Ahnung, wo wir alle herkamen.«

»Du bist auch aus dem Spin?«

»Woher sonst?« Sie runzelte die Stirn, räusperte sich und spuckte aus. »Igitt! Scheißzyanid. Nicht mal einfallsreich. Ja, ich bin vom Spin. Alle kommen aus dem Spin, Kakerlake. Niemand begibt sich dorthin, jedenfalls nicht mehr.«

Skarbo seufzte. »Erzähl mir vom Spin! Und ... bitte! Ich heiße Skarbo.«

Sie musterte ihn eine Weile. Dann spuckte sie wieder aus. »Nun gut, Skarbo. Ich bin Chvids. Ich erzähle dir vom Spin, aber nicht hier. Die Verwaltung schickt bald jemanden, und ich will diesen Typen nicht begegnen.«

Skarbo sah sich um. Es schien nicht viele Möglichkeiten zu geben. »Wo sollen wir hin?«

Sie grinste. »Raus wäre mein Vorschlag. Hier lang wird es kaum möglich sein, deshalb vermute ich mal ... dort lang.« Sie deutete wieder in den Schacht hinein.

Sie wanderten durch die Finsternis und kamen an der Stelle vorbei, wo Skarbo aufgewacht war. Der Luftzug wurde stärker, und auch die Industriegerüche nahmen zu.

Lange schwiegen sie. Dann fragte Skarbo: »Warum bist du nicht gleich dort entlang gegangen?«

Er hörte ein leises Lachen. »Denk doch mal nach! Da waren Hunderte von uns. Was passiert, wenn ich als Einzige in die Richtung laufe? Ziemlich bald wäre ich nicht mehr die Einzige, und wenn man ganz hinten ist, wird man nicht so leicht zerquetscht. Außerdem habe ich vermutet, dass sie Gas einsetzen würden. Selbst für mich ist es besser, vor dem Zeug davonzulaufen. Sollte ich überleben, hätte ich immer noch zurückkehren können.«

Skarbo nickte. Dann fiel ihm etwas ein. »Was hast du mit dieser ... Stange gemacht?«

»Womit? Mit dem Excrutor? Nichts. Das war nicht ich. Ich vermute mal, das warst du, mein Freund.« Wieder lachte sie. »Ein weiterer guter Grund, mich an dich zu halten.«

Er schüttelte den Kopf. »Das war ich nicht.«

»Red keinen Scheiß!« Sie hielt inne. »Jemand passt auf dich auf, Skarbo. Ich glaube, ich bleibe bei dir.«

»Du hast mich in Schutz genommen ...«

»Ja. Aber diese Pisser sind tot so wie alle anderen Pisser auch. Nur wir leben noch.«

Skarbo schwieg.

Sie kamen an dem Loch in der Gefängnismauer vorbei. Schon hundert Meter weiter wurde der Schacht plötzlich breiter und teilte sich in drei Arme auf. Es war noch immer dunkel, aber zu Skarbos Erstaunen hatten sich seine Augen an die Düsternis gewöhnt. Nun sah er grobe Konturen vor sich, und Chvids neben ihm bildete einen schwankenden Umriss. Ihre Augen schimmerten ganz leicht.

Skarbo blieb stehen. »Wo geht's weiter?«

Chvids zögerte, wandte den Kopf hin und her. »Bin mir nicht sicher. Mir ist so, als käme aus dem mittleren Gang mehr Luft. Dort entlang vielleicht?«

Sie wollte vorwärtsgehen, doch Skarbo packte sie und hielt sie fest. »Warte!«, sagte er.

»Warum?«

Er sah sie überrascht an. Er wusste, dass seine Augen besser waren als die von Säugetieren, aber nicht, dass dies auch für seine Ohren galt. »Hörst du das nicht?«

»Nein. Was?«

»Dann streng dich an! Hör einfach!«

Einen Moment lang verharrten sie schweigend. Dann nickte sie. »Ein Rasseln oder so ...«

Skarbo grinste. »Oder so«, bestätigte er.

»Und was bedeutet das?«

Skarbos Grinsen wurde breiter.

Dann war es da.

»Ha! Hab ich dich gefunden. Am Leben? Am Leben! Ha. Wer ist das?«

Skarbo wies auf die Frau, die die Arme über den Kopf geschlagen hatte. »Das ist Chvids. Hallo, Vogel!«

»Selber Hallo. Dummkopf!«

Skarbo blinzelte. »Wieso das?«

»Warum hast du nicht gewartet?«

»Wo?«

»Am anderen Ende. Dummkopf!«

Skarbo seufzte. »Wie konnte ich wissen, dass ich dort warten sollte?«

»Ich dachte, diesen fliegenden Prügel zu schmelzen, sei ein ausreichender Wink gewesen. Was hätte es denn noch sein sollen?«

»Ich wusste nicht, dass du das warst.« Skarbo fasste Chvids an der Schulter. »Das ist …« Er unterbrach sich. Er hatte sagen wollen *Ein Freund*, dann nur *Jemand auf unserer Seite*. Schließlich entschied er sich für den Kompromiss. »Er ist kein Feind.«

Sie nahm die Arme herunter. »Wirklich?«

»Wirklich.« Skarbo zögerte. »Wenigstens glaube ich das. Ich kenne ihn seit achthundert Jahren.«

Sie drehte sich langsam um und bekam große Augen. »Red keinen Scheiß!«

»Ja.« Er zuckte mit den Achseln. »Vogel? Wohin gehen wir?«

»Durch den mittleren Gang. Das Chvids-Ding hat recht. Sag ihr, dass ich kein Vogel bin!«

Skarbo lachte. »Freut mich, dich zu sehen.«

Der Vogel stieß ein Krächzen aus und klapperte mit dem Schnabel. »Da freust du dich aber allein. Komm! Die Leute warten.«

Chvids starrte ihn an. »Welche Leute?«

Skarbo hob eine Klaue. »Warte!«, rief er. »Gehört zu diesen Leuten etwa der Orbiter?«

Der Vogel ließ sich Zeit. Dann kippte er den Kopf einmal auf jede Seite. »Vielleicht. Keine Spur von ihm, aber er weiß es am besten. Auch sonst kein Verkehr. Der Krieg naht, Skarbo. Die Kriegsfront ist auf dem Weg hierher. Zweihundert Kilometer im Umkreis von Handschlag wurde eine Flugverbotszone eingerichtet. Beide Ringe haben ihr zugestimmt. Sieht so aus, als säßen wir fest.«

»Gut.« Skarbo blickte einen Moment lang ins Leere. »Nun, dann sollten wir uns wohl was einfallen lassen. Oder nicht?«

»Hab ich mir schon. Ich hab gesagt, dass es *so aussieht*, als ob. Komm schon!«

Man sah den Ringweg nicht, es sei denn, man sah ganz genau hin, und ganz genau hinsehen konnte man nicht, ohne ihm so nahe zu kommen, dass man auseinandergeschnitten wurde.

Er war ein wohlgehütetes Geheimnis.

Skarbo hielt sich an dem Griff vor ihm fest. »Wie schnell?«, rief er.

Der Vogel warf den Kopf so rasch herum, dass Skarbo den Schnabel fast ins Gesicht bekam. »Ungefähr tausend Kilometer. Kommt einem schneller vor, was?«

»Viel schneller.« Und es war tatsächlich so. Obwohl die miteinander verbundenen Segmente von Handschlag wenig Oberflächenkontur aufwiesen und auch sonst nichts in der Nähe war, was als Fixpunkt hätte dienen können, hatte die Fahrt der kleinen Kapsel etwas Hektisches an sich.

»Ist sie schnell genug?«

»Weiß ich nicht. Hoffe es. Wir nehmen immer noch ein bisschen Fahrt auf.«

Der Vogel hatte sich tatsächlich etwas einfallen lassen.

Der Ringweg war ein kreisförmiges Fadenfeld, das einmal um den linken Ring von Handschlag herumlief. Daran hing an zwei Ringen desselben Feldtyps eine plumpe Kapsel, die gerade groß genug für ein halbes Dutzend mittelgroßer Menschen war. Mit einem Ring an jedem Ende war das Ganze so etwas wie eine reibungsfreie kreisförmige Seilbahn. Zur Beschleunigung brauchte die Kapsel lediglich einen kleinen Reaktionsmotor auf der einen Seite und auf der anderen Seite noch einen zum Bremsen. So kam man schnell und einfach um den ganzen Komplex herum, ohne sich mit den internen Toren herumschlagen zu müssen oder – wichtiger noch – fremdes Territorium durchqueren zu müssen. Aufgrund einer alten Absprache war der Ringweg neutraler Boden.

Außerdem war er sehr laut. Die Reaktionsmotoren waren antike Pulsstrahltriebwerke, und bei entsprechender Geschwindigkeit erzeugten sie ein penetrant jammerndes Geräusch, und die ganze Kapsel bebte vor lauter Mitgefühl mit. Die innere, also dem Handschlag zugekehrte Hälfte der Kapsel war durchsichtig, sodass man die schmale violette Linie des Fadenfelds sehen konnte, die scheinbar völlig unbeweglich das Gesichtsfeld zweiteilte, während die Segmente von Handschlag dahinter vorbeihuschten.

Chvids grinste breit, woraufhin ihr erodiertes Zahnfleisch zum Vorschein kam. Skarbo hätte erwartet, dass ihn das stören würde, aber dem war nicht so. *Ich werde weniger menschlich*, dachte er. *Sollte mir das Sorgen bereiten?*

Doch es bereitete ihm keine Sorgen.

Womit er auch konfrontiert wurde – es kümmerten ihn immer weniger. Zum Beispiel das Thema Nahrung. Auf dem Weg hierher hatte der Vogel plötzlich gefragt: »Wann hast du zum letzten Mal was gegessen?«

Die Frage hatte ihn ins Grübeln gebracht. »Ich weiß es nicht«, hatte er eingestanden. »Ist eine Weile her.«

»Was für eine Weile?«

Er strengte sich an. »Ah, als wir zum Orbiter kamen, nehme ich an.«

Der Vogel musterte ihn vorwurfsvoll. »Das ist wirklich lange her. Noch ist es zu früh für dich, um abzuschalten. Du brauchst Brennstoff.«

»Ich fühle mich wohl.«

»Das hat nichts zu bedeuten. Säugetiere fühlen sich wohl, wenn sie erfrieren. Manche Insekten fühlen sich wohl, wenn in ihrem Hirn ein Parasit sitzt, der sie im Kreis fliegen lässt.«

»Wirklich?«

»Nein, das habe ich mir ausgedacht. Ha! *Natürlich* wirklich. Verlass dich nicht auf deinen Körper, dass er Entscheidungen für dich trifft, darauf will ich hinaus. Aber das heißt wahrscheinlich, dann ist auch nichts rausgegangen, wenn nichts reingekommen ist, oder?«

Skarbo glotzte den Vogel an und schüttelte den Kopf.

Chvids klopfte ihm auf den Panzer. »Frag das Vogelding, ob es was zu essen gibt!«, meinte sie.

Skarbo seufzte. Chvids sprach nicht gern persönlich mit dem Vogel, und dieser wiederum reagierte nicht auf ihre Fragen.

Und die Antwort kannte er sowieso. Es gab nichts zu essen. Er fragte sich, wann *sie* das letzte Mal gegessen hatte. Und nebenbei auch, ob der Vogel überhaupt Nahrung brauchte.

Jetzt meldete er sich, und Skarbo schüttelte sich. »Entschuldige, was war das?«

Der Vogel kreischte laut, um das Geräusch der Kapsel zu übertönen. »Ich sagte, wir haben die Geschwindigkeit erreicht. Bist du bereit?«

Er nickte.

»Gut. Dann mal los.«

Skarbo wandte sich zu Chvids um und bedeutete ihr, sich festzuhalten. Sie nickte und umklammerte das Geländer. Die Lippen hatte sie zusammengepresst.

Skarbo nickte dem Vogel zu, der es irgendwie fertigbrachte, an dem zitternden Handlauf über der Steuerung zu hängen. Er schien Luft zu holen. Dann ließ er los und wirbelte herum, bis er auf dem Handlauf saß und sich sein Kopf auf einer Höhe mit der Steuertafel befand. Einen Moment lang betrachtete er die Steuertafel und warf den Kopf erst zur einen, dann zur anderen Seite, als suche er sie ab. Dann stieß er ein kurzes Krächzen aus und hackte mit dem Schnabel auf die Tafel ein.

Als er davon abließ, prangte in der Tafel ein sauberes ovales Loch. Eine Weile begutachtete es der Vogel, bevor er von Neuem dreimal auf dieselbe Stelle einhackte.

Beim dritten Hieb zischte es laut, und der saure Geruch von Elektrizität breitete sich aus.

Mit einer Drehbewegung richtete der Vogel sich auf. »Ich glaube, das war's. Könnte eine Weile …«

Die Beleuchtung wechselte in ein grelles Blau, und ein Alarm heulte los.

Die Kapsel bebte. Sie schlingerte so wild, dass Skarbo auf seinem Sitz herumgeworfen wurde, und dann setzte die Schwerkraft aus.

Der Antrieb gab keinen Mucks mehr von sich. Das Licht wurde schwächer und ging aus.

»... dauern«, sagte der Vogel leise. Er sah sich um. »Das war es. Wir sind abgekoppelt.«

Skarbo wandte sich dorthin, wo zuvor noch *oben* gewesen war. Das Fadenfeld war verschwunden. Genau wie der Handschlag, stattdessen erblickten sie Sterne.

Chvids' Gesicht wirkte bleich im schwachen Sternenlicht. »Was ist passiert?«

Skarbo streckte den Arm aus, um ihr die Klaue auf die Schulter zu legen, überlegte es sich aber noch einmal anders. »Wir haben uns gelöst. Wir bewegen uns im freien Fall aus dem Raum von Handschlag heraus.«

»Wir entfernen uns von dem Ring?« Ihre Stimme zitterte ein wenig.

»Ja. Wir sollten aufgesammelt werden.« Das Wort *bald* fügte er nicht hinzu, denn er hielt sie für erwachsen genug.

Sie nickte. »Vom wem? Von den Leuten, von denen du gesprochen hast?«

Skarbo musterte den Vogel. Der zuckte mit den Schultern. »Letztlich schon. Wahrscheinlich. Der von Handschlag verwaltete Raum ist ja nur winzig. Sobald wir ihn verlassen haben, kümmern die sich nicht mehr um uns.«

Chvids nickte erneut. Dann zuckte es plötzlich in ihrem Gesicht. »Ähm ... ich fühle ...«

Sie brachte den Satz nicht zu Ende.

Skarbo duckte sich gerade noch rechtzeitig. Offenbar hatte sie es geschafft, vor nicht allzu langer Zeit noch etwas zu essen.

Zum Glück hatte der Vogel das Reinigungssystem der Kapsel nicht außer Betrieb gesetzt, als er die Feldsteuerung kurzgeschlossen hatte.

»Und das?«

Der Vogel sah es sich an. »Bin mir nicht sicher. Ein Nebel? Eine große Gaswolke. Skarbo? Du warst doch der Astronom.«

Skarbo schüttelte den Kopf. »Ich war Uhrmacher.«

»Nun, du hast achthundert Jahre damit zugebracht, durch diesen Teil des Himmels auf deine kostbare Steinuhr zu blicken. Dir muss doch etwas aufgefallen sein.«

Skarbo unterdrückte einen Seufzer. Er wandte sich der Erscheinung zu, welche die anderen betrachteten. »Ja, das ist ein Nebel.«

»Hat er auch einen Namen?«

»Weiß ich nicht genau.« Er forschte in seinem Gedächtnis. »Könnte der Flachfruchtnebel sein. Aus dieser Perspektive habe ich ihn nie gesehen.«

»Ha. Wie auch?«

Gebannt spähte Chvids hinaus. »Er ist schön.«

»Das ist er wohl.« Skarbo betrachtete wieder die verschwommenen Farbstreifen und musste ihr recht geben. Er war schön. Das ist der Vorteil eines unverbrauchten Blicks, dachte er. Und nachdem sie sich von ihrer Übelkeit durch die Schwerelosigkeit erholt hatte, betrachtete Chvids alles mit unverbrauchtem Blick.

Nachdem sie sich vom Ringweg gelöst hatten, hatten sie Zeit gehabt, sich zu unterhalten. Sie war auf einem Bauernhof im Spin zur Welt gekommen, auf einem Planeten, dessen Namen sie nicht einmal wusste. Manchmal und insgesamt nur für einen winzigen Bruchteil ihres Lebens war es ihr gestattet gewesen, draußen zu sein und im sterbenden Licht der durch Solarmodule abgeschirmten Sonne die Felder zu bestellen. Den Großteil ihres Daseins hatte sie dagegen in kilometerlangen Tunneln verbracht, wo sie im Halblicht gelebt und gearbeitet hatte. Die fetten weißen

Maden, die sie dort gehütet hatte, hatten wahrscheinlich ein besseres Leben gehabt als sie, zumindest bis zu jenem Augenblick, wenn sie mit einem Stromschlag betäubt und mit einer Maschine gehäutet und zu Hackfleisch verarbeitet wurden.

Sie und ein anderer Arbeiter hatten sich in einem Hackfleischbehälter versteckt. Sie wussten nicht, wohin er gebracht wurde, und sie hatten keine Ahnung, wie lange sie überleben würden ... ob überhaupt.

Chvids hatte überlebt, und der Container war irgendwann auf Handschlag abgeladen worden, wie sich herausstellte. Der andere war ertrunken. Als man sie beide fand, wurde Chvids wegen mutwilliger Beschädigung ins Gefängnis geworfen. Das Hackfleisch wurde als kontaminiert deklariert.

Etwas wie Sterne hatte sie noch nie gesehen.

Über den Anblick hatte sie ihre Abneigung gegen den Vogel ganz vergessen. Zu Skarbos Erstaunen behandelte der Vogel sie mit ernstem Respekt.

»Und was ist das?«

Sie deutete in die andere Richtung, am Handschlag vorbei auf eine kaum sichtbare körnige Oberfläche, die das gesamte Gesichtsfeld einnahm. Sie schien sich über sie zu wölben, als wolle sie sie ganz umschließen.

»Ah.« Der Vogel wackelte mit dem Kopf. »Das ist nicht so gut. Das ist die Kriegsfront.«

Eine Weile sahen sie hinaus. Schließlich fragte Skarbo: »Schiffe?«

»Ja. Schiffe. Viele. Immer noch sehr weit weg.«

Chvids wies schon wieder mit dem Finger. »Die sind nicht alle weit weg. Sieh doch nur!«

Skarbo folgte ihrem Fingerzeig. Vor den anderen hob sich ein dickerer Knoten ab, der größer wurde. Er beobachtete ihn einen Moment lang. Dann drehte er sich zum Vogel um.

»Sind die uns freundlich gesinnt, wenn sie erst einmal hier sind?«

»Nicht, wenn sie von dort kommen.« Der Vogel senkte den Kopf. »Vielleicht hat es doch nicht funktioniert.«

»Können wir es nachverfolgen? Identifizieren?«

»Nein. Kapseln haben nur einen Sender, den sie nicht einmal abschalten können. Wäre jetzt sowieso zu spät. Mist. Sie nähern sich schnell ...«

Skarbo kniff die Augen zusammen. Er konnte sogar schon Einzelheiten erkennen – ein stumpfes, kantiges Etwas mit nüchternen Aufbauten. »So was in der Art habe ich noch nie gesehen.«

Auch der Vogel betrachtete es. »Sieht nach nichts Gutem aus. Frage mich, ob ...«

Dann brach er ab.

»Wir grüßen die Rettungskapsel. Bitte antworten.«

Die Stimme klang wie gehämmertes Metall.

Skarbo sah sich in der Kabine um und richtete seine Worte dann an die anderen. »Wir können nicht«, sagte er. »Wir haben keine Kommunikationsmöglichkeit.«

Wieder meldete sich die Stimme. »Darum kümmern wir uns. Ihr redet. Wir hören zu.«

Chvids stieß Skarbo an. »Sie bringen das Metall zum Vibrieren«, flüsterte sie. »Vielleicht können sie uns auf dieselbe Weise auch verstehen.«

»Sehr gut.« Die Stimme klang nicht, als wolle sie ihnen gratulieren. »Nun lasst das Flüstern und identifiziert euch! Ihr habt zehn Sekunden. Dann eröffnen wir das Feuer.«

Der Vogel öffnete den Schnabel, doch Skarbo machte eine schroffe Abwärtsbewegung mit der Hand, und der Vogel hielt inne. »Wir sind zu dritt. Wir sind von Handschlag ausgebrochen«, sagte er. Und für alle Fälle setzte er hinzu: »Wir sind neutral.«

»Was ihr nicht sagt. Wir sind auch von Handschlag aus-gebrochen, aber wir sind nicht neutral. Niemand ist neutral, wenn er diesen Haufen Schiffe in nur einer Tagesreise Ent-fernung im Rücken hat. Namen?«

Skarbo beobachtete den Vogel, der das Schiff draußen böse anfunkelte. »Ihr zuerst.«

»Wir sind diejenigen mit den Kanonen. Namen! Zehn Sekunden.«

Mittlerweile war das Schiff dicht herangekommen. Skar-bo schätzte, dass es weniger als hundert Meter entfernt war. Es schien sich nicht weiter zu nähern. Vielmehr schwebte es unbeweglich im Sichtfeld. Es wirkte behelfsmäßig und grotesk wie von einem Kind zusammengebastelt, um je-manden zu erschrecken. Einige der Flossen, die wie Klingen aussahen, und die vernieteten Ausbeulungen waren offen-sichtlich Attrappen.

Aber trotz allem verfügte es über ausreichend Feld-kontrolle, um durch Vibration vernehmbare Laute zu über-tragen und die Antworten zu erfassen.

Mindestens fünf Sekunden waren verstrichen. Skarbo traf eine Entscheidung. »Chvids, Skarbo und Begleiter«, sagte er.

Die Stimme blieb weiterhin für einige Sekunden still. Dann ergriff sie erneut das Wort. »Skarbo ist ein Name, den ich schon einmal gehört habe. Im Zusammenhang mit *ge-sucht* und *tot*. *Begleiter* dagegen ist gar kein Name. Ihr habt nicht getan, was wir verlangt haben. Haltet euch in der Mitte der Kapsel auf.«

Und ohne Vorwarnung wackelte das Schiff und ver-schwand. An seine Stelle trat etwas viel Kleineres – ein glattes, eiförmiges beigefarbenes Objekt, das ungefähr halb so groß war.

Der Vogel stieß einen rauen Laut aus. »Schlecht! Sie haben ein Feld heruntergenommen. Waffen ...«

Ein Fleck an der Spitze des Eis glühte gelb auf.

Skarbo blieb noch Zeit für zwei Worte. »Nein, wartet!« Dann ertönte ein Knall, woraufhin die Kapsel wild herumtrudelte. Ein Alarmsignal heulte auf, und die Luft entwich mit einem Kreischen. Skarbo schlug erst gegen Metall und dann gegen Chvids, die ein eigenartig heiseres, unartikuliertes Knurren ausstieß und ihn mit zitternden Fingern packte. Kurz hielt sie ihn fest, doch dann wurde sie von ihm weggerissen und prallte torkelnd gegen die Wand.

Plötzlich ließ das Trudeln nach, etwas summte leise. Aus dem Kreischen der entweichenden Luft wurde ein hohes Pfeifen... und hörte nicht auf. Skarbo suchte nach der Quelle des Geräuschs und entdeckte einen kleinen Knoten aus Siegelschaum, der wie ein Pilz aus der Wand austrat. Man hatte ihnen ein Loch in die Hülle geschossen.

Die Stimme meldete sich wieder. »Nehmt dies als Warnschuss. Dem Zeug nach zu urteilen, das da herauskommt, hat sich eure Hülle nicht wieder ganz geschlossen. Mir ist das egal, und das nächste Loch wird um einiges größer sein. Namen.«

Der Vogel hatte seine Krallen in die Armlehne einer Couch gebohrt und schlug mit den Flügeln. »Habe keinen Namen«, sagte er mürrisch. »Kann euch nicht helfen. Was für ein bescheuerter Grund, auf uns zu schießen.«

Die Stimme lachte. »Gestern war der Grund vielleicht bescheuert, heute ist er es nicht mehr. Genau. Ich vermute, an eurem derzeitigen Standort seid ihr harmlos. Ich nehme euch in Schlepptau.«

Skarbo begutachtete den Schaumpfropfen. »Wir haben immer noch ein Leck.«

»Und das ist mir immer noch egal. Solltet ihr noch atmen, wenn wir wieder auf Handschlag sind, gebt Bescheid.«

Skarbo wandte sich ab und schloss die Augen. Dann öffnete er sie wieder. Etwas schwebte vor seinen Augen vorbei, eine kleine dunkle Kugel. Er schlug mit der Klaue danach.

Sie zerschellte in Hunderte kleinerer Kugeln. Sie waren dunkelrot.

Er wandte sich zu Chvids um, die sich mit einer Hand an einem Rumpfspant festhielt. Eine ganze Flut solch kleiner Kugeln entsprang einer Stelle an ihrem Kopf. Als er sich ihr näherte, drehte sie sich lächelnd zu ihm um, und er entdeckte die Wunde, die über ihre Schläfe verlief.

Doch er musste sich korrigieren. Nicht über die Schläfe. Durch die Schläfe hindurch. Etwas hatte tief und glatt in den Kopf der Frau geschnitten – ein sauberer, schwarzrandiger Spalt, aus dem Blutbälle hervorsprudelten.

»Vogel?«, fragte er, ohne den Blick von ihr abzuwenden.

Chvids schloss die Augen, und ihre Finger ließen los.

»Vogel?«

»Was? Oh.« Er stieß sich von der Couch ab und schwebte zu Chvids hinüber. Einer der Blutstropfen knallte ihm gegen den Kopf, doch er schien es nicht zu merken.

Skarbo wurde wütend. »Schiff dort draußen? Wer immer du bist! Chvids ist verletzt, vermutlich tödlich. Was willst du diesbezüglich unternehmen?«

Keine Antwort. Skarbo wollte schon laut werden.

Doch bevor er dazu kam, hallte die Kapsel wie ein Gong.

Das weiße Schiff schien zu flackern. Dann verwandelte es sich in eine sich ausdehnende Plasmawolke.

Skarbo sah, dass der Vogel langsam den Kopf hob. »So was«, sagte er.

Dann war eine andere Stimme zu hören.

Entschuldigt. Geht es euch gut?

Es war der Orbiter.

Der Vogel reagierte als Erster. »Wie soll es uns denn gut

gehen? Skarbo wurde entführt und ins Kittchen geworfen. Außerdem hat man auf uns geschossen.«

Ihr seid zu dritt? Wer ist die Dritte?

»Eine Frau. Ein Mensch. Verletzt.«

Ich verstehe.

Draußen, zwischen der Kapsel und dem Rest des Universums, wurde plötzlich ein schwacher Nebel sichtbar, und die Kapsel wich leicht zur Seite aus. Das Geräusch austretender Luft verhallte. Der Ruck warf Chvids sacht gegen den Rumpfspant, doch sie gab keinen Laut von sich.

Wir haben keine Zeit, euch reinzubringen. Die Lage ist ... brenzlig geworden. Behandelt sie, so gut ihr könnt.

Skarbo starrte auf den Nebel hinaus. Das Schiff konnte er nicht sehen. »Und das ist alles?«

Fürs Erste. Nochmals Entschuldigung. Ich bin weniger... kompetent, als ich es war.

»Kompetent?« Skarbo schüttelte den Kopf. »Das verstehe ich nicht.«

Gerade du solltest das aber verstehen. Aber ich habe Hilfe. Die alten Kriegsschiffe sind nicht weit.

Der Nebel wurde dichter. Mit einem Nicken deutete der Vogel darauf. »Sieht aus wie ein Schlepptaufeld. Ich glaube, wir folgen dem Feld.«

Jenseits des Nebels verschwammen die Sterne. Der Vogel klapperte anerkennend mit dem Schnabel. »Und es geht ziemlich schnell.«

Eine Weile beobachtete Skarbo den Nebel. »Das sehe ich«, sagte er schließlich.

Mit der eingeschränkten Ausrüstung des Erste-Hilfe-Koffers hatten sie ihr Möglichstes getan. Ein unförmiger Hügel aus Pflastergel bedeckte Chvids' Schläfe, und nach einigen Diskussionen hatte sie sich sedieren lassen. Ein lockerer Gurt hielt sie auf der Couch, auf der sie halb saß, halb lag. Es herrschte keine Schwerkraft. Folglich befanden sie sich in der Trägheitsblase des Schiffs, das sie im Schlepptau führte, und die Schwerkraft konnte sich jederzeit wieder einstellen.

Skarbo beobachtete Chvids. Auch als er selbst noch über eine menschliche Anatomie verfügt hatte, war ihm nur wenig darüber bekannt gewesen, und mittlerweile wusste er gar nichts mehr.

Er hatte sie nicht einmal gemocht. Und jetzt dachte er schon in der Vergangenheitsform über sie.

Als er einen sachten Schnabelhieb auf die Schulter spürte, schreckte er hoch, wandte sich um und blickte in die Augen des Vogels.

Der schnalzte mit der Zunge. »Es war ihre Entscheidung, mitkommen zu wollen«, sagte er.

»Ich weiß.« Das machte es auch nicht besser. »So allmählich sollte sie aus der Sedierung erwachen.«

»Hab Geduld!«

Skarbo schüttelte den Kopf. »Ich *hatte* Geduld. Achthundert Jahre lang hatte ich Geduld.« Er schüttelte den Kopf. »Und ich habe nichts erreicht. *Nichts!*« Das letzte Wort schrie er.

Der Vogel rückte von ihm ab und richtete beide Augen auf ihn. »Meinst du?«

»Was soll ich sonst meinen?« Skarbo zuckte mit den Achseln. »Ständig habe ich zugesehen, wie etwas nach und nach stirbt. Und jetzt sehe ich ...« Er brach ab und wandte sich zu Chvids um.

Ihre Lider zuckten. Dann hoben sie sich. Ihre Augen kreisten, fokussierten sich. Sie holte Luft.

»Was ist passiert?«

Der Vogel schwebte zu ihr hinüber und musterte sie kurz.

Dann vollführte er mitten in der Luft ein kunstvolles Schulterzucken. »Ach, nicht viel! Du hast einen Schuss abbekommen. Skarbo macht sich Vorwürfe. Ich mache ihm ebenfalls Vorwürfe.«

Sie hustete. »Es ist nicht seine Schuld. Oder?«

»Wen juckt's? Mach ihm trotzdem Vorwürfe.«

Skarbo schob ihn aus dem Weg, und der Vogel schwebte bereitwillig zur Seite. »Hallo, Chvids, wie fühlst du dich?«

Sie schüttelte leicht den Kopf, als wolle sie etwas austesten. »Einigermaßen. Schwach. Irgendwie fix und fertig.«

»Beweg dich nicht!«

»Mir ist langweilig.« Aber dann seufzte sie und schloss die Augen.

Skarbo betrachtete sie und sah zum Vogel hinüber. Der schüttelte den Kopf.

Erst nach zwei Tagen sahen sich der Orbiter und seine Freunde in der Lage, kurz abzubremsen, um sie an Bord zu holen. In der Kapsel roch es noch immer nach dem Erbrochenem, das das Reinigungssystem nicht ganz beseitigt hatte.

Der Orbiter war tatsächlich weniger kompetent als früher. Er war weitreichend beschädigt worden. Von vorn sah er einigermaßen intakt aus, aber über die barocken Flanken zogen sich lange Schrammen. Eine davon verbreitete sich an einer Stelle zu einer klaffenden Wunde, durch die die Sterne zu erkennen waren.

Von zwei der alten Kriegsschiffe wurde der Orbiter wie von Leibwächtern flankiert. Oder wie von Pflegern.

Bestürzt betrachtete Skarbo das verstümmelte Schiff. »Was ist passiert?«

Ich habe etwas gefunden, und etwas hat mich gefunden.

Nachdem sie an Bord gekommen waren, erzählte der Orbiter ihnen alles. Er war aus dem Raum von Handschlag in Richtung Spin davongeflogen, und fast zwei Tage lang war nichts geschehen. Dann war er mitten in einen Krieg geraten.

Skarbo nickte. »Die Kriegsfront.«

Nein. Die nicht. Aber eine Folge davon. Die Kriegsfront kann sich nur mit der Geschwindigkeit ihres langsamsten Schiffs fortbewegen, aber sie wächst so schnell, wie sich ihr Leute anschließen. Das hatte ich nicht vorausgesehen. Sie ist sehr angewachsen.

»Wie sehr?«

Sie hat inzwischen einen Durchmesser von einer halben Million Kilometer. Sieh nur.

Die Luft vor Skarbo erzitterte und wurde zum Weltraum. Erst dachte er, dieser sei dicht mit Sternen besetzt, doch dann fiel der Groschen.

Schiffe. Hunderttausende. Vielleicht sogar Millionen, deren Formation die Form einer ausgestreckten Hand hatte, die sofort zuschnappen konnte.

»Oh«, sagte er.

Ja. Die Kriegsfront hat den Handschlag bisher unangetastet gelassen, aber sie hat sich rings um ihn herum ausgebreitet. Sie dringt in den herrenlosen Raum an den Außenbezirken des Spin ein, und während ihre Ranken sich nähern, geht ihnen alles dazwischen in die Falle. Sonnensysteme, kleine Zivilisationen und einige ältere Kriege, die sich unter dem Druck intensivieren. In einen solchen bin ich hineingeraten.

»Ich bin froh, dass du entkommen konntest.«

Das wäre mir beinahe nicht gelungen. Ich musste gerettet werden.

»Von diesen beiden?« Skarbo wies nach links und rechts und deutete dorthin, wo er die eskortierenden Kriegsschiffe vermutete.

Ja. Und dabei haben sie ihre Fähigkeiten unter Beweis ge-

stellt. Deshalb wurden wir bemerkt. Folglich haben wir es jetzt eilig. Die Kriegsfront als Ganzes will sich ihrer vermutlich bemächtigen, und etliche Akteure innerhalb der Kriegsfront versuchen, vor uns das Ziel zu erreichen, das sie als das unsere identifiziert haben.

Skarbo nickte. Dann kam ihm ein Gedanke. »Wo ist Grapf?«

Zerstört. Ich werde es vermissen.

Und das alte Schiff verfiel in Schweigen.

Chvids erwachte gelegentlich und stellte sogar Fragen.

»Weißt du, wohin es uns bringt?«

Der Vogel machte ein verächtliches Geräusch. »Willst du raten?« Und ohne auf eine Antwort zu warten, setzte er hinzu: »Zum Spin. Wohin sonst? Dorthin wollen die alle.« Mit einer Kopfbewegung deutete er auf die Wand aus Schiffen der Kriegsfront.

Ihr Abstand verringerte sich.

Sie verzog das Gesicht. »Ich will nicht zurück. Ich will nicht ...«

Sie beendete den Satz nicht. Doch Skarbo setzte ihn in Gedanken fort: *... dort sterben.*

»Keine Sorge«, sagte er. »Es wird dort nicht so sein wie früher.«

Und das entsprach sicher der Wahrheit, glaubte er.

Das schien sie zu beruhigen. Sie schloss die Augen. »Bin müde. Kopfschmerzen.«

Später erwachte sie halb und übergab sich wieder. Dann wachte sie nicht mehr auf.

Sie beobachteten ihre unruhige Bewusstlosigkeit.

Mittlerweile herrschte kein Zweifel mehr. Skarbo erkannte die Sternbilder, die er zuletzt gesehen hatte, als er auf Experiment den Himmel beobachtet hatte.

Der Orbiter ließ ihn mit der Sichtsteuerung spielen. In eine Richtung sah man die vorrückende Kriegsfront. Sie hatte Handschlag überspült, als hätte der Doppelring nie existiert.

Und jetzt existierte er auch nicht mehr.

Skarbo hatte den Orbiter gefragt, wie viele Schiffe ihnen folgten.

Viele Hunderttausend Großkampfschiffe und noch viel mehr kleinere. Es ist die größte Ansammlung von Schiffen seit einer halben Million Jahren, und die Zahl steigt ständig aufgrund von Assimilation. Diejenigen, die sich nicht anschließen, werden ausgeschlachtet. Hör dir das an.

Erst war ein Knistern zu hören, dann eine Funkmeldung.

»... als Letztes hat sich die Navy von Neu-Hanseatal der Kriegsfront angeschlossen, ohne dass sie auf die Zustimmung ihrer Regierung gewartet hätte. Schließ dich uns an oder stirb, lautete die Botschaft, und die Navy hat sich angeschlossen. Unsere Reporterin Kalf Bbei war als Kriegsberichterstatterin bei der Navy, und jetzt hoffen wir, dass sie als Kriegsberichterstatterin bei der Kriegsfront ist. Kalf?«

»... (*Knistern*) ...es, kannst du mich hören? Ich befinde mich noch immer auf demselben Schiff. Wir haben Position innerhalb der Kriegsfrontflotte eingenommen und bewegen uns auf die Außenbezirke des Hanssystems zu.«

»Wir hören dich deutlich, Kalf. Sag mir, wurden dir irgendwelche Beschränkungen auferlegt?«

»Nein. Sie scheinen der Meinung zu sein, dass sowieso die ganze Galaxis ihre Route beobachtet. Wozu dann also Geheimhaltung?«

»Und ihr folgt den anderen immer noch?«

»Ja, durchaus. Wir fliegen auf den Spin zu, und ich wüsste nicht, was uns aufhalten sollte.«

»Vielleicht kannst du uns ja erzählen, wie es sich anfühlt, Teil einer solchen Unternehmung zu sein.«

»Ich will nicht lügen. Es ist aufregend und beängstigend zugleich. Wenn ich mit den Leuten spreche, bekomme ich das Gefühl, Teil von etwas Riesigem zu sein, Teil eines großartigen Projekts, das es noch nie zuvor gab. Wir wissen nicht, was uns bei der Ankunft erwartet. Wir vermuten, es wird Konkurrenz geben. Man munkelt, dass sich eine zweite Flotte von der anderen Seite nähert, aber Genaueres wissen wir darüber nicht. Allerdings müssen wir damit rechnen, denn alle sehen im Spin so etwas wie einen Preis. Inzwischen reden viele schon von einem Neuanfang, aber wenn man sie in vertraulichen Momenten erwischt, äußern sie ihre Angst, dass es sich eher um ein Ende handeln könnte. Ich glaube nicht ...«

Die Stimme brach ab.

»Kalf? Bist du noch da?«

Stille.

»Nun, wir haben Kalf verloren. Will heißen, die Verbindung zu ihr. Wir hoffen natürlich, dass wir nicht auch sie selbst verloren haben. Kalf, falls du uns hören kannst, wir bleiben ...«

Dann wurde auch diese Stimme abgewürgt.

Skarbo starrte auf die Stelle, an der er die Stimmen vernommen hatte. »Schiff?«

Fort. Alles wandelt sich, Skarbo. Auch ich habe das Gefühl, dass es ein Ende nimmt.

Skarbo blinzelte. Noch nie hatte er so nachdenkliche Äußerungen vonseiten des alten Schiffs gehört. Er grübelte eine Weile darüber nach. Dann sagte er: »Schiff? Mir geht es genauso. Aber ich bin noch nicht bereit für das Ende.«

Ja. Und natürlich kommt das Ende oft vor dem Anfang.

»Und der Anfang oft vor dem Ende.«

Sie unterbrachen die Unterhaltung, und Skarbo wandte sich wieder den Sichtbildschirmen zu. Ihm war wohler zumute, wenn er sie von der Kriegsfront wegdrehte, denn diese war jenseits seiner Kontrolle und seines Begreifens. Er richtete die Anzeigen lieber auf etwas Verständlicheres.

Oder auf etwas, das er wenigstens halbwegs zu verstehen glaubte.

Ja. Der Spin.

Er wusste nicht recht, was er davon halten sollte. Ihm blieben, wie er sich vorzählte, noch sieben Tage zu leben, und er war fast da. Doch irgendwie fühlte er sich weiter von ihm entfernt als je zuvor.

»Orbiter?«

Ja?

»Wie ist es dort?«

Ruhig.

»Kennst du unser Ziel?«

Nur aus der Erinnerung. Ich war fast hunderttausend Jahre nicht mehr dort. Die Populationszentren befanden sich eher in der Mitte. Aber ich fange lieber am Rand an – am Äußeren Umlauf. Dort gibt es... gab es ... eine Transitstation. Das ist mein Ziel. Dort könnte es ein Shuttle geben. Das wirst du brauchen, wenn du irgendwo landen willst.

Skarbo blinzelte. Er hatte geglaubt, er selbst habe ein langes Leben gehabt. Tausend Jahrhunderte – und das war nur der letzte Lebensabschnitt. Wie alt war dieses Ding?

Er schüttelte sich. »Gibt es eine Karte? Ich würde es gern ...« Er zögerte. Er wollte sagen: *wahr machen.* Die Leute dorthin zurückbringen, wenigstens in Gedanken. Stattdessen sagte er: »Studieren.«

Ich kann dir einige Bilder projizieren.

»Danke.«

Plötzlich füllte sich die Luft vor ihm mit Planeten. Es war

ein Modell, keine Karte, und es sah genauso aus wie die vielen Modelle, die er über Jahrhunderte hinweg geschaffen hatte. Aber nicht ganz genauso, denn wenn er mit der Klaue in das Modell hineingriff, bekam er es zu fassen, konnte es bewegen, kam ihm näher.

Er verlor sich völlig darin.

Das Alarmsignal schrillte, und da erst fiel Skarbo auf, dass er es schon zum zweiten Mal hörte. Er löste sich von dem Modell.

Wie lange er mit der Beobachtung des Spin zugebracht hatte, wusste er nicht. Das Modell war berauschend. Er konnte zwischen den Planeten umhergehen, sah Wolken über Kontinente hinwegziehen, die er in den achthundert Jahren der Beobachtung nie bemerkt hatte. Er konnte in die Atmosphären eintauchen, um Städte, Meere und Gebirge zu betrachten.

Er hatte gehofft, Bewegungen zu sehen, aber das Modell war statisch. Nichts bewegte sich.

Das Signal hatte aufgehört. Er sah sich um. »Schiff? Was war das?«

Wir werden langsamer. Bald werden wir andocken.

»Andocken? Oh. Wo?«

Da. Sieh nur.

Neben Skarbo saß der Vogel auf der Sitzstange, seinem Beobachtungsposten. Er schwieg.

In dem Ding, das er sah, vermutete Skarbo eine Raumstation, allerdings hatte sie unfassliche Ausmaße – viel größer als Handschlag.

Wenn man ein paar Hundert Kugeln von jeweils einem Kilometer Durchmesser nahm, sie dicht um eine Bombe packte, diese zündete und das Ganze eine Sekunde nach der Explosion einfror, dann wäre etwas entstanden, das dieser

Station ähnelte. Sie wirkte so, als hätte alles erst vor einem Sekundenbruchteil in der Bewegung innegehalten und würde sich jeden Moment weiter ausbreiten.

Skarbo fand seine Stimme wieder. »Wie heißt das Teil?«

Früher sagte man schlicht und einfach Terminal dazu. Jetzt sendet es einen automatischen Funkspruch aus, demzufolge es sich Exeunt nennt. Warum, weiß ich nicht. Ich habe einen Gruß gesandt, bekomme aber keine Antwort.

»Wirst du dich nähern?«

Ja.

»Ist es ungefährlich?«

Das Schiff schien kurz zu zögern, bevor es sich wieder äußerte. *Wahrscheinlich. Denk daran, dass wir Verstärkung haben. Meine Freunde sind nicht weit. Und wenn du auf einem Planeten landen willst, dann müssen wir ein atmosphärentaugliches Flugzeug finden. Früher gab es hier so etwas.*

»Verstehe.« Skarbo wandte den Blick ab.

Der Vogel zischte. »Weißt du, was das ist?«

Skarbo blinzelte. »Eine Raumstation. So etwas wie ein Eingangstor, würde ich sagen.«

»Vielleicht schon, aber auch noch etwas anderes. Das ist ein richtig großes Teil, das man baut, um sich besser zu fühlen, nachdem man vergessen hat, wie man Planeten baut.«

»Wirklich?« Skarbo glotzte das Gebilde an.

»Wirklich. Derart anzugeben, ist ein Zeichen des Niedergangs. Richtig fortschrittliches Zeug braucht nicht groß und ausgefallen zu sein. Ha. Und Exeunt hat was mit Fortgehen zu tun, nicht mit Ankommen. Vermutlich wussten die, dass es bergab ging.«

Auf dem Sichtschirm wuchs das Ding immer mehr an. Kugeln glitten an ihnen vorbei. Aus der Nähe wirkten sie narbig und verfärbt.

Sie schoben sich auf eine Kugel zu, die einigermaßen intakt aussah. Ein leiser dumpfer Schlag war zu hören.

Wir haben angedockt.

Skarbo und der Vogel sahen sich an. Dann hob der Vogel den Kopf. »Irgendwelche Lebenszeichen?«

Es dauerte ein wenig. Dann: *Nein. Außer einer automatischen Antwort spricht hier niemand.*

»Und das hat was zu bedeuten?«

Das weiß ich nicht. Interessant ist lediglich, dass meine Identifikation anscheinend erkannt wurde.

»Warum?«

Weil ich sie vor einhunderttausend Jahren schon einmal benutzt habe. Das deutet auf eine durchgehende Erinnerung hin. Womöglich hat der Besitzer oder das Management seither auch nicht gewechselt.

Der Vogel hüpfte ungeduldig auf und ab. »Und? Was machen wir?«

Ich schlage vor, dass ihr wartet. Ich halte es für unklug, diesen Ort zu betreten, bevor wir weitere Informationen haben.

»Und das kommt von der Maschine, die uns zum Handschlag geschickt hat?« Der Vogel schüttelte den Kopf. »Ha...«

Ich meine mich zu erinnern, dass ihr freiwillig dorthin gegangen seid.

Der Vogel schnaubte. Skarbo wandte sich fragend zu ihm um. »Was ist mit Chvids?«

Dort drinnen könnte es bessere medizinische Versorgungsmöglichkeiten geben. Oder auch nicht. Könnte auch Risiken bergen. Angesichts ihres Zustands kann ich es nicht empfehlen.

»Zustand?« Skarbo sah zu der Frau hinüber. Sie bewegte sich nicht, schwebte schlaff in den Gurten, und ihr Gesicht war grau. »Stirbt sie?«

Sie ist dem Tod nahe. Ich spiele gerade eine Möglichkeit durch.

»Die da wäre?«

Sie würde in einer virtuellen Umgebung ein normales Leben führen.

Skarbo blinzelte. »Nur das?«

Ein anderer Weg ist für mich nicht abzusehen.

»Virtuell?« Der Alte hatte von den Vrealitäten des Spin erzählt...

Allmählich wurden ihm andere Lebewesen wichtiger. Vor allem Chvids. Und deshalb hatte er getan, was er getan hatte. Er hatte sich vergewissert, dass es einen Sinn ergab.

Sie dockten wieder ab und tasteten sich eine Stunde lang vorsichtig durch den Kugelwald. Das Schiff schlug keinen neuen Andockversuch vor, und Skarbo brauchte nicht nach dem Grund zu fragen. Stattdessen scannten sie, kartografierten und beobachteten.

Es gab kaum Möglichkeiten zum Andocken, denn die meisten Kugeln wiesen Schäden auf. Viele waren komplett zerstört, und man sah ihre verbogenen Metallrippen im Innern. Hin und wieder generierte der Orbiter ein Feld, um Trümmer aus dem Weg zu schieben.

Dann hielt er an.

Ah. Das ist neu.

Skarbo spähte nach draußen. Erst meinte er, einen weiteren Extremschaden vor sich zu haben. Sie befanden sich fast am Ende des großen Zentralschachts, doch statt eines sauberen Abschlusses erblickten sie einen rohen Stummel, aus dem abgebrochene Stängel hervorragten. An einem von ihnen hing eine Halbkugel.

Dann begriff er, was mit *neu* gemeint war.

»Im Bau?«

Ja. Wenigstens war es das irgendwann einmal. Ich nehme

an, dass die Arbeiten schon vor vielen Jahren abgebrochen wurden.

Der Vogel nickte. »Das erklärt den Zustand«, sagte er.

»Was meinst du damit?«

»Nur halb fertig? Kann ja nichts werden. Wie ein halb gebautes Nest. Das fällt immer auseinander.«

Skarbo nickte.

Dann ordnete sich die Welt in seinem Kopf so rasant um, dass ihm schwindelig wurde, und er begriff.

»Oh«, sagte er, und es schien ihm Jahrhunderte zu dauern, um nur diese eine Silbe zu artikulieren. Und dann: »Schiff?«

Eine Stunde später hatten sie das Shuttle gefunden. Skarbo hörte kaum, wie der Orbiter es bekannt gab. Die ganze Zeit hatte er damit verbracht, auf das halb fertige Ding hinauszustarren, das zum Scheitern verurteilt war, konnte aber nichts erkennen. Er fragte sich, weshalb er achthundert Jahre gebraucht hatte, um die eine schlichte Tatsache zu bemerken. Und jenseits tiefster Verzweiflung hoffte er, dass sich die Idee verwirklichen ließ, auf die er und das Schiff gekommen waren.

Das Schiff hatte sich seine These angehört. Er war unsicher gewesen, ob es dazu bereit wäre. Als er geendet hatte, war es in eine seiner immer häufigeren Schweigephasen verfallen.

Dann hatte es gesagt: *Ich stimme dir zu. Ich bin erstaunt. Ich gratuliere dir.*

Er schüttelte den Kopf. »Da gibt es nichts zu gratulieren. Es war ins Blaue hinein geraten. Genauso gut könntest du dich beim Vogel bedanken, dass er mich auf den Gedanken gebracht hat.«

Trotzdem.

Skarbo hätte am liebsten auf irgendetwas eingeprügelt. »Aber es ist zu spät! Darauf hätte ich schon vor vielen Lebensaltern kommen sollen. Lebensalter! Und ich bräuchte noch einige Lebensalter, um es zu analysieren. Jetzt habe ich gar keine Zeit mehr.«

Wieder Schweigen. Schließlich sagte das Schiff bedächtig: *Vielleicht ist es noch nicht zu spät. Ich habe einen Vorschlag.*

Skarbo hob den Kopf. »Ich ahne, wie dein Vorschlag lautet.«

Die Vrealitäten. Meinst du das?

»Ja. Dort könnte ich noch Lebensalter haben.«

Bist du bereit, deinem Problem weitere Lebensalter zu opfern?

»Ja.« Er sah Chvids an. Und auch ihr, dachte er.

Dann sah er nach draußen, und seine Gedanken überschlugen sich.

Skarbo?

»Ja ... ja.« Er riss sich aus seiner Grübelei und sah sich das Bild des Fahrzeugs an. »Ist es ... passend?«

So ziemlich. Ich würde keine Unternehmungen in hoher Schwerkraft empfehlen ... Bist du noch immer überzeugt, es tun zu wollen?

Er nickte. »Ja. Alles. Für sie.« Er deutete auf Chvids. »Und für ... nun ja, für alles.«

Nicht für dich?

»Nein. Beziehungsweise nicht in erster Linie.« Neben sich hörte er den Vogel etwas von einem *beknackten Erlöserkomplex* grummeln. Er überhörte es.

In Ordnung. Ich habe einen geeigneten Planeten ausgewählt.

»Gut. Dann gehen wir jetzt besser.«

Der Hafen Wiits (Vrealität)

Zeb erwachte aus der Bewusstlosigkeit. Das schien eine Ewigkeit zu dauern und schmerzte so heftig, als würde er von den Toten erwachen.

Er setzte sich auf und verschaffte sich einen Überblick über die Umgebung, denn das erschien ihm sicherer, als erst seinen eigenen Zustand unter die Lupe zu nehmen. Das konnte warten.

Er war nicht in der Stadt. Die Gerüche unterschieden sich, ebenso die Geräusche. Das Letzte, woran er sich hinsichtlich einer Stadt erinnerte, war geschäftige Stille, aber hier umgab ihn die natürliche Ruhe eines Orts, der einfach nur er selbst war. Das Rauschen des Winds und ferne Seevögel. Und daneben ein leises, tiefes, beständiges Ächzen, das ihn an Bäume erinnerte.

Auch die Luft roch nach Meer. Nicht nach den Hafengerüchen der Stadt, sondern nach frischer Brise.

Bisher hatte er die Augen nicht geöffnet, aber nun war er bereit dazu.

Als Erstes erblickte er die Frau. In ihren Augen lag Belustigung. »Hallo«, sagte sie. »Wieder bei uns?«

Er brauchte einen Moment, um sich zu erholen. Dann sagte er: »Ich war noch nie bei euch.«

»Nein. Aber jetzt bist du bei uns.«

Schweigend musterte er sie. Sie erwiderte seinen Blick,

ohne zu blinzeln oder das Gesicht zu verziehen, das die Andeutung eines halbherzigen Lächelns zeigte.

Sie war hochgewachsen und schlank, trug weite Beinlinge und ein einfaches Hemd, das sehr locker saß, ihre Figur aber umso deutlicher betonte. Auf den ersten Blick strahlte sie jugendliche Schlankheit aus. Dahinter aber verbarg sich etwas anderes – so als sei die junge Frau nur ein Abbild, das auf einen älteren Hintergrund projiziert wurde. Auch ihr Gesicht war ebenmäßig, besaß aber eine Zerbrechlichkeit, die immer stärker ins Auge sprang, je länger er sie ansah.

Ihre ausdruckslosen Augen waren dunkelbraun.

Nachdem er sie gründlich gemustert hatte, löste er den Blick von ihr. Falls es ein Wettkampf gewesen war, hatte er ihn verloren. Bei dem Gedanken musste er schmunzeln.

Schließlich war er nicht länger bereit, sich mit ihr zu befassen. Er stand auf, streckte sich ausgiebig und sah sich um.

Sie befanden sich in einer runden Kammer mit einem Durchmesser von höchstens einem Dutzend Schritt. Wände und Decken bestanden aus dicken Ranken, die in einem komplizierten Muster mit Senkrechtstreben verflochten waren. Je länger Zeb das Muster betrachtete, umso mehr verwirrte es ihn. Auf dem Boden lagen Matten aus einem ähnlichen, aber feineren Material, und in regelmäßigen Abständen waren hohe, schmale Fenster in die Wände eingelassen.

Er trat an eins der Fenster und blickte hinaus.

Und hinunter.

Nur mit Mühe unterdrückte er ein Keuchen. Unter ihm breitete sich das Meer aus – weit unter ihm. Eine krabbelnde graugrüne Fläche mit beigefarbenen Streifen.

Er konnte nicht anders. Er drehte sich zu der Frau um. »Wie hoch sind wir?«

Aus dem leichten Schmunzeln wurde ein breites Lächeln.

»Nur vierhundert Meter. Dies ist der Untere Ausguck.« Er begriff, dass es sich um einen Eigennamen handelte.

»Der Untere Ausguck? Gibt es noch andere?«

»Natürlich. Sieh dort hinaus!« Sie wies auf die Fenster hinter ihr.

Er ging hinüber und spähte hinaus, und diesmal gab es nicht nur unten, sondern auch oben etwas zu sehen.

Sogar eine ganze Menge. Er erkannte weitere ... Türme? Nein, keine Türme. Eher Stiele, knotige, geflochtene, verdrehte Stiele, teils dünner, teils dicker. Sie ragten aus dem Meer heraus und verbreiterten sich zu einem kunstvollen Geflecht, das immer flacher wurde und schließlich eine Plattform bildete.

Er schüttelte den Kopf. »Gehe ich recht in der Annahme, dass ...«

»Vermutlich hältst du sie für Bäume, oder?«

Er nickte.

»Nein. Auch wenn sie Meerbäume genannt werden, sind es keine Bäume. Es sind eher senkrechte Korallen. Aber sie wachsen. Ungefähr zehn Zentimeter im Jahr.«

»Davon merkt man ja kaum etwas.«

Nun lächelte sie rückhaltlos. »Nun, es kommt darauf an, wie lange du sie beobachtest. Als wir hier ankamen, ragten sie nur wenige Meter aus dem Meer heraus.«

Rasch rechnete er im Kopf nach. »Aber das heißt ja, dass ihr seit ...« Er sprach nicht weiter.

»Ja.« Plötzlich gab sie sich einen energischen Ruck und stand auf. »Das haben wir wohl gemeinsam. Wie heißt du? Wie lautet dein *richtiger* Name?«

»Zeb«, sagte er nach längerer Pause.

»Gut. Also komm, Zeb!«

Er schüttelte den Kopf. »Nicht so schnell! Wer bist du? Warum hast du mich angegriffen?«

Sie kräuselte die Lippen. »Du meinst wohl, weshalb ich dich *gerettet* habe.«

»Nein, das meine ich nicht. Bei mir lief alles bestens, bis du mich bewusstlos geschlagen hast.«

»Bei dir lief gar nichts bestens. Die Ordner und Maßregler waren hinter dir her. Du warst verletzt. Oder hast du das vergessen? Du wärst gestorben. Mal wieder.«

»Wieder?« Er musterte sie scharf. »Woher weißt du das?«

Sie lachte. »Daran ist nichts Außergewöhnlich. Du hast eine Geschichte, mein Freund. Du hast Spuren hinterlassen. Sogar Legenden geschaffen. Du bist interessant. Und nebenbei scheinst du geheilt zu sein.«

»Ich ...« Er fasste sich an die Hüfte, dann an die Schulter. Kein Schmerz, kein Blut. Er riss die Augen auf. »Warst du das?«

Sie sah ihn eine Sekunde lang an. »Ist das ein Problem?«

»Nein.« Das war gelogen. Er hatte mit allen ein Problem, die die Vrealität beeinflussen konnten. Keff hatte er seit vielen Lebensaltern nicht mehr gesehen, hatte das Geschöpf beinahe schon vergessen. Verfügte diese Frau über ähnliche Fähigkeiten?

Noch immer betrachtete sie ihn. Dann zuckten ihre Lippen, und sie wandte den Blick ab. »Deine Entscheidung. Also, kommst du mit?«

Er zuckte mit den Achseln. »Weshalb die Eile?«

Sie verzog das Gesicht, aber jetzt war ihr Lächeln eher traurig, und diesmal schimmerte auch ihr Alter durch. »Für ihn ist Eile ... unendlich. Aber ich fürchte, dass du und ich überhaupt keinen Grund zur Eile haben. Auch das haben wir gemeinsam, Zeb. Deshalb hatte ich gehofft, dass du irgendwann hier aufkreuzt.«

Sie näherte sich der Wand und drückte sacht dagegen. Ein Teil davon rollte sich auf und gab eine Öffnung frei, gerade groß genug, dass sie aufrecht hindurchgehen konnte. Sie trat hinaus, drehte sich um und winkte ihn zu sich.

Er folgte ihr und fragte sich, was sie wohl mit *gemeinsam* meinte.

Spin, Äußerer Umlauf

Skarbo stand ungefähr fünf Schritte vom Klippenrand entfernt. Näher wagte er sich nicht heran. Der Fels unter der grauen Staubbodenschicht war weich und wies zahlreiche Frostrisse auf. Am Fuß der Klippe, einen Kilometer tiefer, lagen überall Brocken von jungen Steinschlägen.

Das Shuttle hatte funktioniert. Es war kaum mehr als eine spitz zulaufende Röhre mit einem betagten Chemiemotor an einem Ende gewesen, die halbwegs passabel durch die dünne alte Atmosphäre getuckert und mit einem Ruck und lautem Quietschen auf dem Hochplateau gelandet war – keine hundert Meter vom ursprünglich angesteuerten Landeplatz entfernt.

Es war kalt, obwohl das Skarbo nichts ausmachte, und es herrschte kein Frost. Die Luft war dünn, alt, vollkommen trocken und roch nach Felsstaub.

In gewisser Weise erinnerte ihn die Umgebung an die letzten Jahre von Experiment, aber hier war es irgendwie schlimmer. Eine Weile rang er nach dem richtigen Ausdruck, bis er ihm einfiel – *verwaist.*

Ja. *Verwaist,* das traf zu. Experiment war zwar auch nie sonderlich dicht bevölkert gewesen – außer von ihm selbst. Dieser Planet aber war bewohnt gewesen.

Das Schiff meinte, dass es sich bei den Reihen aus glänzenden, schräg gestellten Tafeln um primitive Solarmodule handelte, auf weit niedrigerem technischem Niveau und ähnlich wie die riesigen, lautlosen und hauchdünnen Solarschleier im nahen Orbit, die sie auf ihrem Weg durch die Atmosphäre passiert hatten.

Skarbo hatte beim Anblick des Solarschleiers den Atem angehalten. »Was ist das?«

Es nennt sich Himmelslid.

»Es ist schön.« Das war es auch – die wechselnden Farben erinnerten ein wenig an die Oberfläche der Kugel.

Ja. Es handelt sich um einen monomolekularen Sonnenkollektor. Sie haben auch einen anderen Namen – man nennt sie Leichentücher. Denn irgendwann sterben die Planeten, die von ihnen bedeckt sind. So wie dieser.

Skarbo betrachtete das tödliche schöne Ding, das sanft flatterte, und schwieg.

Nun befand er sich auf dem Planeten und entdeckte noch weit mehr als das Solarzeug. Er wusste wenig über Landwirtschaft, erkannte aber auf einen Blick, dass dies keine geeignete Gegend für Ackerbau war. Trotzdem hatte sich jemand daran versucht. Zwischen dem Fuß der Klippe und der Sonnenfarm lag ein Bauernhof. Ein ungefähr kilometerbreiter Streifen bestand aus Feldern, die ehemals unterschiedlich bepflanzt gewesen waren. Skarbo glaubte, noch eine gewisse Ordnung darin zu erkennen.

Aber nun war alles tot, alles trocken.

Er tastete nach den kleinen Commknöpfen, die ihm an einer dünnen Kette um den Hals hingen. Sie sollten möglichst unsichtbar bleiben, und er konnte sich nicht vorstellen, dass sie irgendjemandem auffielen. Dann hob er sie an den Mund.

»Was meinst du, seit wann das Gebiet schon aufgegeben wurde?«

Das weiß ich nicht. Es gibt keine Berichte in irgendeiner Form, die mir bekannt wären. Wenn du an Ort und Stelle suchst, findest du vielleicht etwas Weiterführendes, aber dafür ist keine Zeit.

Er nickte. »Wie weit ist die Kriegsfront entfernt?«

Etwas weniger als einen Tag. Skarbo? Du musst den Knopf nicht an den Mund halten. Ich kann deine Stimme auch erfassen, wenn er herunterhängt.

»Oh. Entschuldige.«

Noch einmal sah er zu der Sonnenfarm hinüber. Alt und plump, aber wirkungsvoll. Das Schiff versicherte ihm, dass sie Strom erzeuge, genau wie die Schleier im Orbit.

Und das bedeutete, dass auch die anderen Entdeckungen des Schiffs funktionieren sollten.

Aus dem Weltraum sah der Planet irgendwie seltsam aus. Zunächst hatte er sich aus der Ferne wie ein weiterer eisblauer kleiner Ball dargeboten, der um einen flackernden gelben Stern kreiste. Alt und kalt wie fast alles, was sie im Spin gesehen hatten, mit dunkleren Flecken, die die ehemaligen Ozeane markierten. Oberflächenwasser gehörte anscheinend der Vergangenheit an. Doch beim Näherkommen tauchten weitere Einzelheiten auf. So auch ein Netz aus kilometerlangen Riefen, die sich hellgrau vor dem matten Blau der Oberfläche abhoben und strahlenförmig von beiden Polen ausgingen.

Als sie noch näher heran waren, wurden Gebäude daraus – zahllose Reihen schlichter niedriger Metallkonstruktionen, die halb im Staub versanken und mit Schienen und Leitungen verbunden waren, die man auf Pylonen gespannt hatte.

Skarbo deutete auf die Leitungen. »Sind die echt?«

Ja. Uralte Technologie, aber simpel und langlebig.

Auf den ersten Blick wirkten sie so tot wie alles andere

auf dem Planeten. Doch dann schaltete das Schiff auf Infrarot um.

Da leuchtete der Planet auf. Aus den matten Riefen wurden grelle Striemen.

Die Gebäude strahlten mehrere Megawatt Hitze in den Raum ab.

Das Schiff war in eine geostationäre Umlaufbahn heruntergegangen, und sie hatten die Drehungen des Planeten schweigend betrachtet. Aus der Nähe war zu erkennen, dass die Hitzelinien Lücken aufwiesen – Stücke von mehreren Hundert Metern Länge waren dunkel.

Der Vogel war bisher sehr still geblieben. Doch bei dieser Entdeckung klapperte er mit dem Schnabel. »Teilweise kaputt.«

Ja. Aber der Großteil nicht. Über neunzig Prozent der Vorrichtungen scheinen funktionstüchtig zu sein. Denk dran, dass wir nur die Oberfläche sehen. Der Großteil der Anlagen dürfte sich tiefer befinden.

Skarbo blinzelte. »Der Großteil?«

Ja. Was du siehst, ist lediglich das, was von einer zehntausend Kubikkilometer großen Maschinenanlage an die Oberfläche tritt.

»Und das alles betreibt virtuelle Wirklichkeiten?«

Ja, ich glaube schon.

Mehr gab es nicht zu sagen. Es bedeutete aber, dass die andere Möglichkeit, von der das Schiff gesprochen hatte, nach wie vor gangbar war. Und ganz vielleicht war auch Skarbos Vorhaben noch möglich.

Wer wusste das schon ...

Doch jetzt stand er auf dem Planeten, weit von den Polen entfernt, und es wurde Zeit, dass er sich bewegte. »Wohin soll ich gehen?«, fragte er.

Nach unten, wo es noch bewohnbare Gebiete gibt. Ich

führe dich zu einer Stelle, an der ich eine Schnittstelle vermute.

Skarbo nickte und ließ den Rand der Klippe hinter sich. Hundert Meter entfernt stand ein niedriges Blockhaus. Dies sei der Eingang, hatte das Schiff gemeint.

Der Schlitten, auf dem Chvids' regloser Körper ruhte, schwebte hinter ihm her. Das Grau ihres Gesichts passte in gewisser Weise zu dem Planeten.

»Ist sie noch am Leben?«

Kaum noch.

Dies war ein echter Grund zur Eile.

Der Eingang des Blockhauses wies zum Rand der Klippe. Er stand offen, anscheinend schon sehr lange. Drinnen hatten sich Staubverwehungen angehäuft, und das blasse, schräg einfallende Sonnenlicht brachte tanzende Staubpartikel zum Leuchten.

Kein Zeichen von Regen, dachte er. Hätte es geregnet, hätte der Staub anders ausgesehen.

Im Innern des Blockhauses gab es gleich vorn einen Absatz, und hinten führte eine breite Wendeltreppe mit flachen Stufen nach unten. Er zögerte nicht lange, denn es gab nur diesen einen Weg.

Auch die Stufen waren staubig, und nachdem er eine Windung der Wendeltreppe hinter sich hatte, wurde es dunkel. Er überlegte kurz, das Schiff zu bitten, sich ins System einzuklinken und dies zu ändern, doch das Schiff hätte bald genug ähnliche Aufgaben zu erfüllen, und an dieser Stelle hatte er schließlich mit Dunkelheit gerechnet. Er tippte gegen den kleinen Knopf, woraufhin dieser aufleuchtete. Von den Wänden reflektierte ein diffuser gelber Schein. Ohne sein Zutun leuchtete auch ein Knopf an einer Kette auf Chvids' Brust auf. Sie waren zusammengeschaltet, wie ihm wieder einfiel. Von unten wurde ihr Gesicht so hell angestrahlt, dass es nicht mehr grau aussah und sie beinahe gesund wirkte.

Dreimal im Kreis, viermal, fünfmal, bis er wieder auf einem Absatz herauskam. Er blieb stehen, und der Schlitten stieß ihn sanft von hinten an.

»Schiff?«

Ja. Das ist die Ebene. Folge dem Gang.

Dieser führte zehn Schritte weit von der Treppe weg auf ein Lichtrechteck zu. Als er durch das Rechteck hindurchgetreten war, öffnete sich eine Welt vor ihm.

Staunend blieb er stehen. »Schiff? Siehst du das?«

Ja.

Für den Augenblick gab es nicht viel mehr zu sagen.

Sein Blick schweifte über die Kante eines Spalts im grauen Fels, der zwar tief und lang, aber nur zehn Meter breit war. Weit über ihm erahnte er die Decke. Auf der anderen Seite des Spalts verlief ein Absatz wie der, auf dem er stand. Wenn er sich vorsichtig vorneigte, sah er, dass es weiter unten im Abstand von jeweils mehreren Metern weitere Absätze gab. Er begriff, dass es die Stockwerke eines Habitats sein mussten.

Und es waren eindeutig viele Stockwerke. Er zählte mindestens zehn.

Der Absatz gegenüber wurde von Türen gesäumt, durch die Licht herausfiel.

Er räusperte sich. »Ich bin im Wohntrakt. Wohin jetzt?«

Überquere den Spalt. Es sollte Brücken geben.

Er sah nach links und rechts. Es gab tatsächlich Brücken. Sie waren schmal und hatten keine Geländer. Er näherte sich der nächsten Brücke und begutachtete sie.

»Schiff? Der Übergang ist beschädigt. Ich komme nicht hinüber.«

Ja. Es gab beachtliche Erdverschiebungen. Ich rate dir, eine andere Brücke zu benutzen.

Skarbo nickte und schritt am Absatz entlang zur nächsten Brücke. Auch die war defekt, bestand nur noch aus Stummeln, von denen sich Risse bis weit in den Absatz hineinzogen. Als er sich näherte, lösten sich Felssplitter.

Er dachte kurz nach. »Schiff? Wie viel Gewicht kann der Schlitten tragen?«

Eigentlich ist er nur für eine Person gedacht. Aber Chvids wiegt unterdurchschnittlich wenig, und du hast seit fünfzig Tagen nichts mehr zu dir genommen.

»Dachte ich mir doch.« Er zog den Schlitten zu sich heran und legte sich darauf, erst nur ganz vorsichtig, dann mit seinem ganzen Gewicht. Kurz gab der Schlitten unter seiner Klaue nach, stieg dann aber wieder hoch, und er spürte, wie sich seine Füße vom Boden lösten.

So musste es gelingen.

Über Chvids hinweg ergriff er den anderen Rand des Schlittens und zog sich umständlich hinauf. Der Schlitten schwankte zwar, wahrte aber das Gleichgewicht. Skarbo streckte ein Bein aus und schaffte es, sich von der Wand abzustoßen.

Langsam schwebte der Schlitten über den Spalt. Skarbo hütete sich vor einem Blick nach unten.

Dann waren sie auf der anderen Seite. Er rollte sich hinunter, wobei er sich mit einer Klaue am Schlitten festhielt. Erst als Chvids ebenfalls ins Rollen geriet, fiel ihm auf, dass er die Abdeckung mit herabgezogen hatte. Er schob sie wieder hinauf. Sie reagierte nicht. Eine Blutung, hatte das Schiff gesagt. Nicht behandelbar.

Etwa alle zehn Meter gab es eine Tür. Die meisten standen offen, einige fehlten. Er sah die Reihe entlang. »Welche?«

Egal, welche. Dort solltest du ohne Weiteres eine Einheit finden. Die gab es überall.

Er ließ den Schlitten zurück und sah sich um. Die Zimmer waren alle gleich – rechteckig, und die Wand zur Ebene hinaus bestand gänzlich aus leicht milchigem Glas. Manche hatten Vorhänge vor den Fenstern. Schlafpolster unterschiedlicher Größe, deren Stoffbezüge steif gefroren waren.

Im nächsten Zimmer fand er sie. Er nickte vor sich hin, denn das war zu erwarten gewesen.

Offensichtlich gab es hier kaum Insekten. Die trockene Kälte oder andere Einflüsse hatten die Leichen gut konserviert. Sie waren geschrumpft, ausgetrocknet, aber noch zu erkennen. Er nahm an, dass sie die Wahl, die er für Chvids getroffen hatte, für sich selbst getroffen hatten.

»Schiff?«

Ja?

»Ich habe Tote gefunden. Siehst du?«

Er hielt den Knopf hoch und schwenkte ihn herum.

Ah.

Skarbo sah genauer hin. »Die haben ein Maschenteil auf dem Kopf. Ist es das, was ich suche?«

Vrealtitätsschnittstellen. Ja. Die kannst du wahrscheinlich benutzen.

»Ja. Lieber nicht.« Nein, wirklich nicht, dachte er. »Ich suche mir andere.«

Dennoch betrachtete er eine ganze Weile die schweigenden Leichen, als müsse er eine Totenwache halten. Erst dann wandte er sich zum Gehen.

Oder doch nicht. Ihm war etwas aufgefallen.

Er sah genauer hin. Auf der Brust eines der Toten lag ein grob ovalförmiger Gegenstand, nur wenig größer als ein menschlicher Daumen. Durch den Staub waren seine Umrisse undeutlich geworden. Skarbo dachte kurz nach und streckte gleich darauf eine Klaue aus, um ihn ganz vorsichtig an sich zu nehmen. Der Gegenstand hing an einer feinen Kette, die eine dunkle Linie im Staub hinterließ, als er sie hochhob.

Er blies den Staub weg. Es war ein Anhänger aus einem dunkelroten Material, leicht glänzend, in das das Muster eines stilisierten Sterns eingraviert war.

Er blinzelte. Jemand musste den Anhänger einmal sehr geschätzt haben. Er fragte sich, wer es gewesen war und wie es der Person ergangen sein mochte.

Er seufzte, richtete sich auf und trat auf den Gang hinaus. Im nächsten Zimmer stand an der einen Wand ein Schrank, und auf einem seiner Regalbretter entdeckte er eine kleine graue Erhebung. Er griff danach und schüttelte den Staub ab. Es war ein Mittelding zwischen Mütze und Headset.

»Schiff?«

Ich sehe es.

»Funktioniert es noch?«

Probier's doch aus.

In den Worten schwang ein Schulterzucken mit, und Skarbo hätte fast geschmunzelt.

Fast.

Er nahm das Ding genauer in Augenschein. Es bestand aus einem feinen grauen Netz. Als er es in der Hand hielt, flackerte es an einer Stelle auf, und dann leuchtete es orangefarben.

Anscheinend ist es noch aktiv.

Er nickte. »Und was jetzt?«

Setz es Chvids auf. Aber sieh erst zu, dass du selbst auch eins hast. Zwischen ihrem Eintritt und deinem solltest du nicht allzu viel Zeit verstreichen lassen.

Er legte das Netz auf ein Schlafpolster und kehrte auf den Absatz zurück. Diesmal dauerte die Suche nicht so lange. Zwei Zimmer weiter fand er eine andere Schnittstelle. Auch sie leuchtete.

Er trug sie zurück.

Bist du bereit?

»Ich glaube schon.« Er hielt das Netz hoch. »Sieht nicht nach meiner Größe aus.«

Ich glaube, die waren universell einsetzbar.

»Das will ich hoffen. Und du bist dir in Bezug auf die Vrealitäten sicher, ja?«

Ich habe alles gescannt. Es funktioniert. Die Beschleunigung von hier nach dort ist ungefähr eins zu einer Viertelmillion. Nach diesem Maßstab wird die Kriegsfront in ungefähr tausend Standardjahren in den Spin eindringen.

Skarbo zögerte noch immer. »Und du bist wirklich dazu imstande, wie du behauptest? Du kannst Dinge nach innen projizieren?«

Da bin ich mir ziemlich sicher. Das Datenformat wird vielleicht verändert, aber der Inhalt sollte erhalten bleiben.

Ihm gingen die Fragen aus, und Chvids lief die Zeit davon.

Er betrachtete ihr Gesicht. Sie war sehr blass. Ihre Augen waren halb geschlossen, was er fast noch schlimmer fand, als wenn sie ganz geschlossen gewesen wären. Nicht schlafend und nicht wach. Nicht einmal die heilsame Ruhe einer herkömmlichen Bewusstlosigkeit, sondern irgendein Zwischenzustand, der nur und auf ewig von innen zugänglich war.

Und innen war alles, was er ihr noch bieten konnte.

Es wurde Zeit. Er seufzte und griff nach dem Netz. Dann hob er Chvids' Kopf leicht an, damit er das Netz darunterlegen konnte, und stülpte es ihr über den Schädel.

Das Licht wurde intensiver. Unter seinen Fingern bog sich das Netz und spannte sich, schmiegte sich dem Kopf an.

Kurz fragte er sich, ob ihre Lider ein wenig gezuckt hatten, doch als er genauer hinsah, konnte er nichts erkennen.

»Ich glaube, das war's«, sagte er. »Hoffe ich zumindest.«

Gut. Und jetzt du, wenn du fertig bist.

»Ich bin fertig.« Er sah sich um, bevor er sich auf das freie Schlafpolster legte. Während er das Netz über den Kopf hielt, sagte er: »Bis in tausend Jahren.«

Oder tausend Minuten. Viel Glück.

Skarbo lächelte. »Eine Frage der Perspektive«, murmelte er. Dann zog er sich das Netz über den Kopf und spürte, wie es sich liebkosend an ihn schmiegte.

Die Welt verblasste.

Die Welt verblasste, und dann setzte sich eine neue Welt zusammen. Aus grauem Nebel erwuchsen Wolken, die den Blick begrenzten. Ein grasbedeckter Abhang verfestigte sich unter Füßen, die nicht die Füße waren, die er vor wenigen Augenblicken noch besessen hatte.

Natürlich besaß er sie auch jetzt nicht wirklich ... aber er musste sich daran gewöhnen.

»Skarbo?«, fragte plötzlich eine Stimme hinter ihm.

Er wandte sich um und lächelte. »Du hast dich verändert.«

Die hochgewachsene Frau erwiderte das Lächeln. »Ich bin schon seit einem Monat hier. Aber du hast dich auch verändert, deutlicher als ich.«

Er sah an sich hinab. Ein Mensch, ein ganz normaler Mensch, mehr oder weniger. Eine Gestalt, an die er sich zu erinnern glaubte. »Oh ... ja. Nun, ich würde mal sagen, ich habe mich zurückverwandelt.«

»Warst du einmal menschlich?«

»Vor langer Zeit. Und womöglich die ganze Zeit über. Vielleicht trug ich von jeher auch immer schon die Tendenz zum Insekt in mir.«

Sie lachte. »Tatsächlich hast du so etwas an dir. Jetzt, nachdem du's erwähnt hast.«

»Ja.« Er bewegte die Arme, ging ein paar Schritte. »Das ist gut. Wie geht es dir?«

»Gut.« Sie sah ihn einen Moment lang an. »Das war's, oder? Ich kann nicht zurück.«

Unwillkürlich formten seine Lippen ein angedeutetes trauriges Lächeln. »Nein. Erst mal sehr lange nicht. Du lebst hier genauso lange, wie du dort lebst. Hier aber verläuft alles viel langsamer. Hier hast du noch Zeit.«

»Wie viel Zeit?«

»Das weiß ich nicht. Viele Lebensalter womöglich. Hoffe ich ...«

Er brach ab, und sie nahm seine Hand. »Bist du nur meinetwegen hier? Das musst du nicht.«

»Nein. Nicht nur. Ich wäre zwar mit dir gekommen, aber hier gibt es noch etwas anderes. Ich habe etwas zu erledigen.«

Und er erklärte es ihr. Es dauerte eine Weile, und als er fertig war, schwieg sie lange.

Schließlich sagte sie: »Ich bleibe bei dir. Solange ich kann.«

»Danke.«

»Also.« Sie blickte sich um. »Wohin gehen wir?«

»Das weiß ich nicht. Der Orbiter hat uns hoffentlich Informationen gesandt. Die müssen wir finden.«

Wie auf Stichwort hin lichteten sich die Wolken.

Sie standen auf einer weiten, leicht gewellten Hochebene. Auf einer Seite fiel das Gelände über viele Kilometer langsam ab zu einer Reihe von Tälern, die im flachen Sonnenlicht in der Ferne verschwammen. Waldstücke konkurrierten mit bläulich grünem Grasland. Auf der anderen Seite ging es steil bergauf. Am Hang war nackter, bröckelnder Fels zu sehen, der in ein paar Hundert Metern Höhe gipfelte.

Schweigend erklommen sie den Gipfel. Dafür brauchten sie einen halben Tag, und als sie oben waren, stand die Sonne direkt über ihnen. Mit zusammengekniffenen Augen blinzelte Chvids zu ihr hinauf. Dann lächelte sie Skarbo an. »So habe ich mich noch nie gefühlt. Ich mag diesen Traum.«

Er schüttelte den Kopf. »Es ist kein Traum. Es ist eine Zukunft.«

»Vermutlich schon.«

Sie sahen sich um, betrachteten die Gegend. Hier oben wehte ihnen der Wind einen aromatischen Duft zu. Skarbo vermutete, dass es der Wald war. Bäume, dachte er. Dem Orbiter hätte es hier gefallen.

Andere Gerüche gab es nicht, keine Spur von Holzrauch, nichts Tierisches, kein Geräusch außer dem Wind.

Chvids unterbrach die Stille. »Wonach suchen wir?«

»Keine Ahnung. Aber wenn ich es sehe, werde ich es merken.« Hoffe ich, dachte er.

Sie nickte. »Gut. Nun, wenn du es von hier oben aus nicht siehst, müssen wir eben weiterziehen.«

»Ja ...« Er blickte übers Land. »Aber ich will nicht einfach aufs Geratewohl irgendwo suchen.«

»Dann lass es bleiben!« Sie lachte. »Hast du's schon vergessen? Immer der Luft entgegen.«

»Was?« Und dann fiel ihm das Gefängnis auf Handschlag wieder ein. »Aber wie sollen wir auf diese Weise weiterkommen?«

»Wir erhalten eine Richtung, der wir folgen können.«

Er wandte sich um und spürte einen stetigen Luftzug. Weit in der Ferne glaubte er, ein Wolkenband zu sehen. Vielleicht eine Küste? Küsten galten als bevorzugte Gegenden, oder nicht?

»Nun gut«, sagte er. »So machen wir's.«

Chvids lächelte ihn an. »Noch eins. Weißt du, wie man Nahrung anbaut?«

Er schüttelte den Kopf. »Nein. Ich sollte dich warnen. Ich kann mehr oder weniger gar nichts.«

»Schon in Ordnung. Du musst nur wissen, wie du hier klarkommst. Und wenn du dann noch Zeit übrig hast, lernst du alles andere.« Sie drehte sich in den Wind. »Oh ja, neues Leben! Lass uns gehen.«

Ortsname (unbekannt)

Die Türme waren mit einer Hängekonstruktion aus Seilen verbunden, die unter dem eigenen Gewicht träge hin und her pendelten. Die Seile verliefen nicht gerade, denn während er der Frau von Turm zu Turm folgte, gelangte er immer höher. Sie bildeten eine lose Linie, die sich ins Meer hinauszog, und je weiter draußen, desto höher wurden die Türme. Er hatte einundzwanzig gezählt, als er den letzten Turm erblickte.

Obwohl sie um die hundert Meter an Höhe gewonnen hatten, musste er den Kopf noch immer in den Nacken legen, um die Spitze des letzten Turms zu sehen. Das Seil führte zu keiner Plattform wie bei den anderen, sondern wand sich als geflochtener Umgang, der anscheinend nur breit genug für seine Füße war, um die dicke graue Säule nach oben, und zwar zwei Manneslängen pro Umrundung. An der Spitze, noch immer mindestens hundert Meter über ihm, erstreckte sich eine breite Plattform, die anders aussah als die übrigen, nicht geflochten, sondern als feste Konstruktion.

Als die Frau an der Spirale ankam, blieb sie stehen und winkte ihn vorwärts. »Du zuerst.«

Er zögerte, während er mit einer Hand das Seil umklammerte. »Warum?«

Sie lächelte. »Er will nicht mich sehen, und ich will ihn nicht sehen. Zumindest nicht in erster Linie.«

Zeb seufzte. »Gute Frau! Wer immer du bist, ich bin nicht in der Stimmung für Spielchen.«

Sie nickte. »Das ist gut, denn er spielt nicht. Ich lasse dich durch.«

Und bevor er antworten konnte, hatte sie ihr eigenes Halteseil losgelassen und trat vom Steg herunter.

Aus einem Reflex heraus tappte er vorwärts. Doch noch bevor er die Bewegung abgeschlossen hatte, wackelte der Steg unter ihm. Er starrte hinunter. Die Frau hing mit einer Hand an dem Steg und lächelte zu ihm herauf.

»Geh schon!«, forderte sie ihn auf. »Nach dir.«

Er schüttelte den Kopf und trat auf den Spiralgang. Der schwankte zwar weniger als der Steg, besaß aber kein Geländer. Zeb presste sich an den Stamm des Meerbaums, und zu seiner Überraschung fühlte sich dieser nicht kalt an, sondern lauwarm. Ein leises Rascheln und ein Zittern unter den Füßen verrieten ihm, dass die Frau wieder oben stand.

Je höher sie stiegen, desto mehr war von den anderen Meerbäumen zu sehen. Von hier oben erkannte er Vögel als schwarze Punkte, die die Plattformen umschwirrten. Hin und wieder flog einer von ihnen so dicht heran, dass er ihn genauer betrachten konnte. Er hatte einen kompakten, gewehrkugelförmigen mattschwarzen Leib mit eigenartig schlanken Flügeln, die so lang waren wie Zebs Arme, und einen gebogenen Schnabel. Weder in dieser noch in irgendeiner anderen Vrealität hatte er solche Vögel je gesehen.

Nach einunddreißig Umrundungen erreichte sein Kopf den Boden der Plattform. Die Seile verliefen durch eine offene Luke. Noch zwei Meter, und er stand auf einem Gestell aus eng verfugten Holzbrettern.

Vorsichtig wandte er sich um und wollte sich einen Eindruck von der Umgebung verschaffen. Doch dazu brauchte er mehr als eine Umdrehung.

Er war auf einer mechanischen Vorrichtung gelandet, inmitten einer komplizierten Wolke aus *Bestandteilen* – aus Kugeln, Perlen, dünnem Verbindungsgestänge und aufwendigen Gleisen, die nur dann kreisförmig aussahen, wenn er sie aus einem bestimmten Winkel betrachtete. Das Ganze war groß – ungefähr fünfzig Meter im Durchmesser und wahrscheinlich ebenso hoch, und die Apparatur füllte ungefähr die Hälfte davon aus.

Er hörte die Frau hinter sich. Ohne sich umzudrehen, fragte er: »Was ist das?«

Und dann hob er ruckartig den Kopf, denn irgendwo über ihm antwortete eine männliche Stimme. »Stell es dir als ein Knobelspiel vor. Gefällt es dir?«

»Ich weiß nicht ...« Er wurde ungeduldig. »Im Moment weiß ich gar nichts. Wenn du mir nicht sofort eine Erklärung abgibst, demoliere ich alles, nur um herauszufinden, was dann passiert.«

Der Mann lachte. »Das würde auch keine Rolle mehr spielen. Aber ich beantworte dir deine Frage. Tritt an den Rand! Dann komm ich zu dir.«

Zeb zügelte seinen Zorn. Was ging hier vor?, fragte er sich. Offenbar spielte hier nichts eine Rolle, jetzt genauso wenig wie in den letzten Tausend Jahren.

Er trat an den Rand. Als er die Vorrichtung aus dem Abstand genauer betrachtete, fiel es ihm auf.

»Planeten«, sagte er. »Das ist kein Knobelspiel. Das sind Planeten.«

»Beides.« Die Stimme war schon näher gekommen, aber noch immer über ihm. Er blickte nach oben.

Jetzt, da er nicht mehr in der Planetenmaschine stand, konnte er den Rest der Plattform einsehen. Sie hatte in etwa die Form einer Halbkugel. Ganz oben in der Kuppel befand sich eine mehrere Meter breite Öffnung, die mit einem durchsichtigen Material bedeckt war und diffuses Licht hereinließ. Etliche weitere Öffnungen waren scheinbar wahllos über die Kuppelwände verteilt.

Ansonsten war alles voller Regale, Fächer, Gestelle, kreisförmiger Stege und Leitern, und überall stapelten sich Blöcke und Rollen aus Papier.

Ein Mann stieg langsam eine Leiter herab. Unten angekommen, stieß er mit dem Fuß eine Papierrolle zur Seite und ging auf Zeb zu.

Er war hochgewachsen, schlank und auf den ersten Blick in Lumpen gekleidet. Aber dieser Eindruck täuschte, wie Zeb gleich darauf merkte. Der Fremde trug ein langes Jackett und einen Kilt, der aus den Flicken eines gleichermaßen haarig wie glänzend wirkenden dunkelbraunen Materials zusammengenäht war und bis knapp zum Boden reichte.

Das Licht von oben enthüllte wirres Haar, verbarg aber die Gesichtszüge.

Der Mann nickte. »Hallo«, sagte er.

»Hallo.«

Wieder Schweigen. Dann sagte der Mann: »Wirst du etwas demolieren?«

Zeb sah sich um. »Noch nicht. Vielleicht verrätst du mir vorher, was hier vor sich geht. Sie sagt es mir nicht.« Dabei wies er über die Schulter zu der Frau hinüber.

»Ja, ich erkläre dir alles. Das wird eine Weile dauern.«

»Ich habe Zeit.« Zeb zuckte mit den Achseln.

»Genau wie sie, und zwar aus denselben Gründen. Aber ich nicht.« Der Mann lächelte traurig und trat vor. Das Licht aus einer der Öffnungen fiel auf sein Gesicht, und Zeb blickte in uralte Augen. Im Vergleich dazu wirkten die Augen der Frau wie die eines Neugeborenen. Noch dazu hatte Zeb für einen Moment den Eindruck, ein anderes Geschöpf vor sich zu sehen, und sein Hinterhirn ergänzte ein leises Summen wie von harten Flügeln.

Doch dann verblasste der Eindruck wieder, und er nickte. »Na schön. Erklär es mir!«

Es war spät, und der Himmel hatte ein dunkles Purpur angenommen.

Sie hatten den Saal verlassen, den der Mann den Zweiten Maschinenraum nannte, und befanden sich in einem Zimmer, das mehr wie eine Wohnung aussah. Ebenfalls ein halbkugelförmiger Raum, aber viel kleiner. Die Spitze des Korallenstiels drang von unten durch den Boden und öffnete sich zu einer flachen Schale. Darin flackerte ein Feuer. Der Rauch stieg nach oben und entwich durch ein verrußtes Gittergeflecht aus durchlässigem Stoff in der Kuppel.

Der Mann hieß Skarbo, und er hatte ihm alles erklärt.

Jetzt saßen sie schweigend nebeneinander. Skarbo hatte über dem Feuer Fleisch gebraten und bot Zeb einen der Spieße an. Ein scharfer Geruch entströmte dem Rauch. Er merkte, dass er Hunger hatte.

»Das schmeckt gut«, sagte er, um die Stille zu durchbrechen. »Was ist das?«

»Hast du die schwarzen Vögel gesehen?«

»Ja, aber sie sind mir völlig unbekannt.«

»Die habe ich gezüchtet.« Skarbo hob die Schultern, und Zeb fiel zum wiederholten Mal das Insektenhafte in den Bewegungen seines Gastgebers auf. Inzwischen waren ihm die Zusammenhänge natürlich klar. »Ich brauchte ein Hobby, und es hat mir Spaß gemacht. Außerdem erinnern mich die Vögel an *etwas,* das ich vor langer Zeit kannte.«

»Und es macht dir Spaß, sie zu essen?«

»Oh ja, sehr sogar! Sie sind sehr schmackhaft. Aber du hast dich gar nicht zu meinen Erzählungen geäußert.«

»Nein.« Mit steifem Rücken lehnte sich Zeb zurück und kreiste mit den Schultern. »Die muss ich erst mal verdauen. Achthundert Jahre dort draußen ... und dann noch die ganze Zeit hier drinnen ... Tja, was soll ich sagen?«

»Ich verstehe. Eigentlich denke ich kaum darüber nach. Außerdem kamen mir die Jahre *dort draußen,* wie du sagst, oft vergeudet vor. Ich wollte etwas herausfinden, was sich als falsch herausstellte, und zwar grundlegend. Hier drinnen dagegen habe ich am richtigen Punkt angefangen.«

Zeb nickte. »Und ist es dir gelungen?«

»Ja. Ziemlich leicht sogar. Und ich glaube, die alte Arbeit war keine Vergeudung. Die Papierrollen? Das ist sie. Alle meine Modelle mit Tinte auf Papier.« Er lachte. »Ich vermute, das war die einzige Möglichkeit, wie das Schiff sie in den Vrealitäten platzieren konnte. Entweder das, oder es fand die Idee einfach lustig. Ich habe virtuelle Jahrhunderte gebraucht, um sie mir alle durchzulesen.«

»Und dann ist es dir klar geworden?«

»Und dann wurde es mir klar. Ich hatte es eigentlich schon vorher gewusst. Es war eine zufällige Bemerkung, die mich erkennen ließ, was ich wusste.« Kurz verfiel er in Schweigen und betrachtete den Fleischspieß in seiner Hand. »Warum gehen wir davon aus, dass unsere Vorgänger vollkommen waren, nur weil sie so mächtig waren? Oder dass sie nicht unterbrochen wurden? Der Spin fiel auseinander, weil er nicht fertig gestellt wurde. Alle diese unmöglichen Umlaufbahnen, diese eigenartigen Kraftfelder und dergleichen? Das waren alles nur Gerüste. Die größte Baustelle der Galaxis, und sie stürzte ... stürzt ... ein.«

»Und du glaubst zu wissen, was dagegen unternommen werden kann?«

»Oh, ich *weiß,* dass ich es weiß! Ich weiß nur nicht, ob

ich es schaffe. Das hinge von anderen ab, sollte es so weit kommen.«

»Sollte?« Zeb musterte den Mann. Der saß vornübergebeugt vor dem Feuer, und der gelbe Schein flackerte über sein Gesicht. Jetzt hob er den Kopf, und in seinen dunklen Augen lag Schmerz. Er holte Luft, doch dann sprach die Frau.

»Du solltest gehen. Nichts hat sich geändert.«

»Sollte, sollte ...« Skarbo schüttelte den Kopf.

Zeb sah die beiden abwechselnd an. Er hatte den Eindruck, dass diese Diskussion schon viele Male geführt worden war. »Also«, sagte er. »Was ...?«

Die Frau lächelte. »Der alte Trottel ist der Überzeugung, dass er meinetwegen hierbleiben muss.«

»Deinetwegen?« Zeb starrte sie an. »Aber willst du denn nicht auch zurückkehren?«

»Nein.« Obwohl sie nur sanft den Kopf schüttelte, hatte ihre Geste etwas Endgültiges. »Wohin sollte ich denn zurückkehren? Ich wurde dort draußen tödlich verletzt, und jetzt bin ich tot. Ich bin schon lange tot.«

Zeb wollte fragen, wie es dazu gekommen sei. *Wir haben etwas gemeinsam*, dachte er, und die Worte brauten sich zu einem unheilvollen Gedanken zusammen. Er schluckte und wandte sich an Skarbo. »Wie lange müsstest du bleiben, wenn du es tätest?«

Der Mann zuckte die Achseln. »Ich weiß nicht. So lange die Vrealität andauert. Womöglich Millionen von Jahren. Ich habe sie hierhergebracht, verstehst du?«

»Ja, es ist alles seine Schuld.« Sie lachte. »In dieser Welt ist *alles* seine Schuld, musst du wissen. Er versucht, die Welt auf seinen Bauchmuskeln zu tragen.«

»Ich habe achthundert Jahre vergeudet ...«

»Ach, halt doch den Mund!« Sie lächelte noch immer, aber ihr Tonfall hatte etwas Schneidendes. »Am besten gehst du raus und reparierst, was du reparieren kannst. Bei mir ist es zu spät.«

Zeb räusperte sich. »Und was bedeutet das dann für mich?«

Ihr Lächeln erstarb. »Ah. Nun, sag mal, wie lange bist du schon hier drinnen?«

Er dachte einen Moment lang nach. »Das weiß ich nicht. An manches kann ich mich erinnern, wenn ich will, aber es sind so viele ...« Er brach ab und schüttelte den Kopf.

Sie nickte. »Ja«, sagte sie. »So fühlt es sich an. Daran merkst du es.«

Der unheilvolle Gedanke konnte gedacht werden.

Auch ich bin tot.

Er starrte ins Feuer und beobachtete, wie die Hitze in Wellen über die Kohlen schwappte. Die wechselnden Farben erinnerten ihn an etwas.

Das Himmelslid, das war es. Und da, zwischen ihm und der Erinnerung an das Himmelslid, war Aish. Und wenn er tot war, dann war sie das vermutlich auch. Genau wie Shol und die anderen.

Die Erinnerungen schienen plötzlich ganz frisch zu sein, blitzten aber viel zu kurz auf.

Das war wahrlich der Preis der Sucht, hörte er Aish förmlich sagen.

Die Kohlen verschwammen. Er fuhr sich mit einer Hand über das Gesicht und blickte zu der Frau auf, die ihn beobachtete.

Sie lächelte traurig. »Tut mir leid, Zeb.«

Er nickte. »Danke. Warum hast du mich gesucht?«

»Nicht unbedingt gesucht, aber ich weiß ein Gerücht zu deuten, wenn es mir zu Ohren kommt. Wenn einer für Generationen verschwindet und dann wiederkehrt?« Sie zuckte mit den Achseln und verzog den Mund. »Und dass du bei deinem letzten Verschwinden die Zeche geprellt hast, weckte mein Interesse. Du warst sowohl außerhalb der normalen Zeitlinie als auch vergesslich oder ungezogen. Ich habe mich gefragt, ob du eine verwandte Seele bist. Eine solche Seele brauche ich bald, Zeb.«

»Nun, das ist ja ganz liebreizend.«

Beim Klang der Stimme zuckten alle zusammen. Skarbo wandte sich um und starrte auf etwas hinter ihm. Zeb sprang auf, fuhr herum ...und sah eine Gestalt in den Feuerschein treten.

Es war Keff.

Zeb setzte sich wieder. »Ach, du großer Mist!«, flüsterte er.

Keff ließ sich neben ihm nieder. »Entschuldige, was war das?«

Skarbo war aufgestanden. »Hast du ... das ... mitgebracht?«

Zeb schüttelte den Kopf. Keff kicherte. »Nicht ganz, aber man könnte sagen, dass ich mich an ihm schuldig gemacht habe. Ich bin dir jahrhundertelang gefolgt, Zeb, durch all die unterschiedlichen Vrealitäten und Leben, auch die einsamen Leben. Manchmal hätte ich fast eingegriffen, aber mir schien, dass du auch ohne mein Zutun eine ziemlich üble Zeit verbringst. Deshalb habe ich es sein lassen. Habe dich allein gelassen. Ach, du Scheiße, ist das lustig! Nach all diesen Scheißleben bist du immer noch hier?« Es sah nach oben. »Und jetzt hast du sogar Freunde gefunden?«

Die Frau trat näher und sah Keff an. Es erwiderte den Blick und wandte sich dann ab. »Verstehe«, sagte es. »Du glaubst, du kannst hier drinnen alles kontrollieren. Ich habe gesehen, wie du seine Kugelwunde geheilt hast. Aber du bist weit davon entfernt, die Kontrolle innezuhaben, das kann ich dir versichern.« Er stieß Zeb an. »Hör zu, ich habe auch gesehen, wie sie dir in den Bauch getreten hat. Das war viel witziger. Eigentlich hätte sie dir in die Eier treten sollen, aber egal.«

Zeb musterte das Geschöpf einen kurzen Augenblick lang. »Wenigstens habe ich Eier«, sagte er schließlich.

»Daran erinnerst du dich, wie?« Keff stand auf und wandte sich an Skarbo und die Frau. »Ihr wolltet ihm gerade die gute Nachricht verkünden, oder? Lasst euch nicht unterbrechen, ich werde es genießen.«

Sie schüttelte den Kopf. »Was bist du?«

Es lachte. »Ich bin sein persönlicher Plagegeist. Wie fühlt man sich so, wenn man tot ist? Immerhin ist man sich dann sicher, dass man für nichts lebt.«

Zeb spürte einen harten Knoten im Innern und sah zu Keff auf. »Also, ich bin tot, was bedeutet das für dich?«

»Wie bitte?«

»Nun, jetzt bin ich so etwas wie ein Geist in der Maschine. So sieht es aus, oder? Du hast gewonnen. Ich kann nicht zurück. Und das heißt, dass auch du verloren hast.« Er grinste und spürte den Luftzug an den Zähnen. »Es ist aus, Kreatur. Deine Mission hat sich erledigt.«

Keff wurde ein bisschen lauter. »Bilde dir bloß nichts ein! Du warst nicht mein einziges Projekt, und du hast noch immer Jahrhunderte des Elends und der Einsamkeit vor dir. Du kannst dich noch auf vieles freuen.«

Die Frau schüttelte den Kopf. »Das glaube ich eher nicht«, widersprach sie.

Wieder lachte Keff. »Ach, wirklich? Weil du auch tot bist? Was willst du denn dagegen unternehmen, wer immer du auch bist?«

»Ich heiße Chvids.« Sie deutete auf Keff. »Wie heißt du?«

Es gab keine Antwort. »Es nannte sich Keff«, erklärte Zeb stattdessen.

»Wirklich? War das da draußen auch dein Name, Kreatur?«

Es gab noch immer keine Antwort. Plötzlich lachte Skarbo. »Allmählich begreife ich!«, rief er.

Zeb sah die beiden ratlos an. »Tja, ich aber nicht. Kann es mir jemand erklären?«

»Es ist ganz einfach.« Skarbo beugte sich vor, um sich auf dem Rand der Feuerschale abzustützen. »Keff ist auch tot, nicht wahr, Kreatur?«

Es sah ihn gereizt an. »Und wenn es tatsächlich so wäre?«

Zeb musste schmunzeln. »Ah«, sagte er, »drei Geister!«

»Und wenn schon ...« Keff nahm einen beinahe jammernden Tonfall an. »Ich kann trotzdem tun, was ich will. Ich lasse Ereignisse geschehen. Ich kann ihm das Leben zur Hölle machen. Zur Hölle! Für immer! Wie hört sich das an?«

»Das glaube ich nicht.«

Chvids sah ihn an. »Du hast eine Idee«, sagte sie.

»Ja.«

»Was?« Keff wirkte tatsächlich verwirrt.

Zeb breitete die Arme aus. »Ruhig! Wenn wir beide tot sind, dann kann ich dasselbe wie du. Vielleicht sogar besser. Vielleicht mache ich dir eher das Leben zur Hölle. Ein Duell! Was meinst du?«

»Das wagst du nicht!« Es hob die Stimme. »Das könntest du nicht!«

»Oh doch, das könnte er.« Chvids ließ sich neben Zeb nieder. »Du hast gesagt, dass ich seine Wunde geheilt habe, stimmt's?«

»Das hast du auch getan.«

»Nein, habe ich nicht.« Sie ergriff Zebs Hand. »Er war es.«

»Ich?« Zeb konnte seine Verblüffung nicht verbergen.

»Ja. Hör mal, warum nicht? So lange, wie du schon hier bist, musst du dich doch öfter schon verletzt haben, nicht wahr?«

»Ich denke schon. Kann mich nicht erinnern. Bis auf die Situationen, in denen ich getötet wurde.«

»Klar, aber es muss passiert sein. So wie es vorhin passiert ist.« Sie lächelte. »Probier's gleich mal aus!«

»Ich weiß nicht ...« Er versuchte, einen Blick in sich hineinzuwerfen, und entdeckte dort fast so etwas wie eine Steuerung.

Keff stieß einen theatralischen Seufzer aus. »Nun, versuch es ruhig! Und wir sollten uns in der Zwischenzeit mit etwas anderem befassen.«

»Und womit zum Beispiel?«

Es sah sich um. »Tja, ein Kampf scheint mir im Moment ein guter Weg nach vorn zu sein.«

»Ein Kampf?« Zeb war aufgesprungen.

»Ja. An deiner Stelle träte ich dazu an. Du kannst natürlich auch gleich aufgeben.«

Das Zimmer erbebte ganz leicht. Zeb schnüffelte – es roch nach Rauch, und der Geruch kam nicht aus der Feuerschale.

Skarbo trat nach vorn. »Bist du das, Keff?«

»Nein.« Es schüttelte den Kopf. »Scheint, dass du außer mir noch andere Feinde hast. Aber ich bin natürlich dein bester Feind.«

Durch die Wände flackerte rotes Licht herein.

Zeb wandte sich an Chvids und Skarbo. »Können Meerbäume brennen?«

Skarbo schüttelte den Kopf. »Nein. Nur Papier und Holz.« Er deutete mit einem Nicken nach oben, nach draußen. »Und genau das brennt auch.«

Zeb rannte zur Tür und spähte hinaus. Einen Moment

lang beobachtete er die Flammen. »Ach, du großer Mist!«, rief er entsetzt.

Hundert Meter über ihnen stand der Zweite Maschinenraum lichterloh in Flammen.

Zeb wandte sich um. »Was nun?«

Skarbo und Chvids schwiegen.

Verzweiflung stieg in Zeb auf. Er wollte schreien. »Es muss doch eine Rettung geben! Es ist dein Leben ... deine Leben ...«

»Es gibt keine Rettung«, entgegnete Skarbo tonlos. »Lass es brennen!«

»Ach, komm schon!« Keff sah von ihm zu Chvids. »Wirklich? Kein Kampf? Kein Spaß?«

»Es gibt keinen Gegner, gegen den ich kämpfen möchte. Und gegen die einzige Person, die in infrage käme, will ich nicht kämpfen.« Skarbo wandte sich der Feuerschale zu und sprach hinein. »Chvids, habe ich recht?«

Sie nickte. »Tut mir leid. Aber es musste sein. Du wärst nie gegangen, wenn ich es nicht getan hätte.«

Zeb brauchte eine ganze Weile, bis er sich wieder in der Gewalt hatte. »Du machst Witze«, stieß er schließlich hervor. »Du hast den Maschinenraum in Brand gesteckt?«

»Ja.«

»Oh, ich bin beeindruckt!«

Keff lachte. »Ich bin mehr als beeindruckt. Bestimmt hat es seine Zeit gebraucht, dieses Ding zu bauen, oder?«

Skarbo lächelte. »Tausend Jahre.«

»Wow. Spitze, Mädchen!« Keff deutete eine Verbeugung in Chvids' Richtung an. »Wollen wir Freunde sein?«

Sie gab keine Antwort.

Zeb sah von ihr zu Skarbo. »Was jetzt?«

Sie zuckte mit den Achseln. »Wir sollten gehen. Skarbo?«

Skarbo nickte bedächtig. »Ja. Ja. Du hast recht, natürlich.«

Ich hätte bleiben wollen. Ich will es immer noch, in gewisser Weise, und den Grund dafür kannst du nicht in Brand stecken.«

»Aber du gehst?«

Er lächelte. »Ja. Ich verstehe den Wink mit dem Zaunpfahl.«

Sie schien zu zögern. »Was musst du tun, um zu … gehen?«

»Bestimmt nichts Konkretes. Trotzdem möchte ich nicht einfach nur verschwinden.« Er stand auf und streckte sich. »Mir hat dieser Körper gefallen. Leb wohl, Zeb! Es tut mir leid, dass wir uns nicht länger kannten.«

Zeb senkte den Blick. »Ach, am Ende hättest du mich wahrscheinlich sowieso nur gehasst.«

»Das bezweifle ich. Leb wohl, Chvids!« Und das war alles. Er wandte sich um und ging hinaus. Zeb sah ihm nach, wie er über den schwankenden Steg aus Seilen nach oben in das Flammenmeer des Zweiten Maschinenraums stieg. Dann wandte er sich zu Chvids um.

»Alles in Ordnung mit dir?« Die Frage kam ihm lächerlich vor.

Sie nickte. »Ich hatte viel Zeit, mich darauf vorzubereiten. Nun, was fangen wir jetzt mit dem da an?« Sie deutete auf Keff.

Zeb grinste. »Ach«, sagte er. »Das da.«

Spin, Äußerer Umlauf, unbekannter Planet

Als Skarbo aus der Vrealität kam, stellte er fest, dass er im falschen Körper steckte. Er hatte nicht geahnt, wie sich das anfühlen würde. Körperlich erstaunlich neutral, wie er nun feststellte. Vermutlich war sein richtiges Gehirn hier draußen nicht länger als einen Tag lang untätig gewesen. War es wie das Erwachen aus einem langen Traum?

Einem tausendjährigen Traum ...

Dann traf ihn eine Welle der Angst. Waren die tausend Jahre noch nicht vergangen? Er forschte in seinem Bewusstsein, ob die Antworten, die er dort gespeichert hatte, noch vorhanden waren.

Ja. Sie waren noch vorhanden. Die Angst ließ ein wenig nach.

Er fasste sich an den Kopf und zog das Netz herunter. Seine Klaue fühlte sich ganz ungelenk an.

Skarbo?

Er seufzte. Dann sagte er: »Hallo, ich bin wieder da.« Und ich wäre lieber nicht zurückgekehrt, dachte er.

Gut. Willkommen. Geht es dir gut?

»Ja. Danke.«

Und Chvids?

»Die ist noch dort.«

Gut. Also, wir haben ein Problem.

Er schwang sich von der Couch und setzte die Füße auf

den Boden. Zitternd trugen sie sein Gewicht. »Der Körper, den ich in der Vrealität hatte, war mir lieber«, erklärte er.

Wir haben ein Problem.

»Das habe ich bereits gehört. Welches?«

Die Kriegsfront ist früher eingetroffen.

Das alte Schiff klang ... angespannt, falls das überhaupt möglich war. Skarbo blieb stehen und dachte nach. »Was bedeutet das?«, fragte er.

Es bedeutet, dass es schwierig wird, dich da rauszuholen.

»Ah. Schwierig? Oder unmöglich?«

Schwierig. Und riskant. Ich stehe unter ...

Dann wurde der Orbiter abgeschnitten. Skarbo spürte, wie sich sein Puls beschleunigte. »Schiff?«

Schweigen. Skarbo ergänzte das entscheidende Wort – *Beschuss.*

Dann war er wohl auf sich allein gestellt.

Vorsichtig ging er einen Schritt vorwärts. Die Beine trugen ihn mit Mühe, fühlten sich spröde und zerbrechlich an. Vermutlich konnte er sie sehr leicht verlieren. Früher, in einem Anflug morbider Neugier, hatte er einmal gemutmaßt, dass er wahrscheinlich auch mit nur zwei Gliedmaßen laufen konnte. Im Grunde so wie ein Mensch.

Sein Gang wurde sicherer. Er näherte sich dem Schlitten, auf dem er Chvids vermutete. Ihr Leichnam lag noch immer dort, aber er musste gar nicht genau hinsehen und wusste sofort, dass sie lediglich eine tote Hülle war. Der Schlitten hatte sich auf den Boden abgesenkt, denn seine Batterien waren leer. Das passte.

Das Zimmer wurde hell erleuchtet ... ein kurzer, greller Blitz, der Bilder auf seiner Netzhaut zurückließ. Und dann noch einmal.

Auch das Geräusch drang bis zu ihm vor, ein abgehacktes Zischen.

Energiewaffen. Dort draußen schoss jemand, doch das Ziel konnte er nicht benennen. *Unter Beschuss*, dachte er und verfluchte sich.

Es wurde Zeit, dass er hinausging. Also verließ er das Zimmer und blieb mit großen Augen auf dem Absatz vor der Tür stehen.

Der Schlitten hatte keinen Saft mehr. Über den Spalt zu schweben, war keine Option mehr.

Skarbo rannte los, erst in großen Sätzen, dann schlitternd, immer am Absatz entlang. Im Vorbeilaufen überprüfte er jede Brücke. Rissig, rissig, eingestürzt, nicht mehr vorhanden, rissig ...

Dann spürte er frische Luft unter einer Klaue. Der Steg hatte eine Biegung gemacht, er aber nicht.

Er fuchtelte wild. In seiner Panik kniff er die Augen zu, und seine Klauen kratzten und quietschten auf dem Stein. In einem seiner Hinterbeine krachte es empfindlich, und dann lag er auf dem Steg. Seine Glieder ruderten noch immer und schienen vom Abgrund wegschwimmen zu wollen.

Wie ein festgenagelter Käfer, dachte er.

Er zwang sich zur Ruhe. Er würde nicht fallen. Doch er war auch nicht überzeugt, dass er jemals wieder gehen konnte. Das Krachen hatte sich übel angehört. Mit aller Vorsicht richtete er sich auf. Eins seiner Hinterbeine schleifte hinter ihm her, aber es haftete noch am Körper. Es ließ sich sogar leicht belasten, wie er prüfend feststellte. Gerade genug.

Dann war er also noch nicht auf zwei Beine reduziert.

Die Biegung des Stegs war so eng, dass er nicht um die Ecke spähen konnte. Deshalb lehnte er sich an die Wand und schob sich einige Schritte nach vorn. Und dann noch ein Stück weiter.

Es war dunkel. Er stellte seine Augen darauf ein und merkte, dass sie noch immer funktionierten.

Das Licht durchfuhr ihn wie eine Lanze. Ein weiterer Blitz, diesmal von oben. Er warf sich herum, um seine sensibilisierten Augen abzuwenden, doch das Bild bewegte sich mit ihm.

Das also war mit den anderen geschehen. Fünfzig Meter weiter endete der Steg in einer Ruine.

Über eine Länge von hundert Metern war das Dach eingestürzt. Und der Verursacher der Beschädigung klemmte zwischen zersplitterten Felsbrocken.

Noch immer waren Reste der stromlinienförmigen Gestalt zu erkennen, denn ohne Zweifel handelte es sich um ein Atmosphärenfahrzeug. Durch den Aufprall war es vorn eingedrückt und gestaucht worden. An der Stelle einer ehemaligen Tragfläche entdeckte Skarbo eine schmale Wunde. Bei dem Teil des Wracks, das halb im Fels eingegraben war, schien es sich um die Triebwerke zu handeln. Demnach war das Schiff getrudelt, bevor es aufgeprallt war. Rings um die Triebwerke war der Fels zu widerwärtigen Blasen geschmolzen.

Vielleicht war es aber auch nicht getrudelt. Vielleicht hatte jemand den Aufschlag verhindern wollen.

Der Aufprall musste einem Erdbeben gleichgekommen sein. Kein Wunder, dass die Brücken alle beschädigt waren.

Die Blitze kamen in schnelleren Intervallen – zu viele, als dass sich Skarbos Augen darauf einstellen konnten. Der Kopf schmerzte ihm, auch wenn die Beine nicht mehr wehtaten. Ihm blieb keine Zeit mehr, er musste irgendwie auf die andere Seite gelangen.

Dann hielt er inne. Konnte er es schaffen?

Er musste es versuchen.

Der Lavastrom an der Unterseite des Wracks ließ sich

leicht erklettern, obwohl die Oberfläche mit ihren zahlreichen Mikroblasen ganz rau war. Manche Bläschen erwiesen sich als so dünn, dass er sie mit seinen Klauen aufschlug. Das verletzte Bein schleifte hinterher und blieb überall hängen. Er hatte Angst, dass es sich losreißen würde, doch spielte das jetzt noch eine Rolle?

Doch, natürlich spielte es eine Rolle! Andernfalls kam er nicht mehr von hier weg. Aber das hatte er ja in der Hand.

Nach einer fünfminütigen Klettertour hatte er die Lava überwunden und stand auf dem Metallrumpf. Der war leicht warm. Also musste das Wrack noch über eine aktive Energiequelle verfügen. Er fragte sich, wie sehr die Strahlendämmung durch den Absturz gelitten hatte.

Aber auch das spielte wahrscheinlich keine Rolle. Mit protestierenden Muskeln zog sich Skarbo am Rumpf hinauf, während sich die andauernden Blitze von oben in seine Netzhaut brannten und seine Klauen zwischen glattem Metall und verkohlten rauen Stellen herumfuhrwerkten. Bis er endlich auf die andere Seite des Spalts gelangte, wo er sich umständlich hinunterließ.

Er hielt sich so lange wie möglich fest, doch er fand keine rauen Stellen mehr und rutschte mit strampelnden Beinen am Rumpf hinunter.

Und fiel.

Schließlich aber zog er die Beine reflexartig an und landete mit dem Rücken auf dem Felsboden.

Es krachte, und einen Moment lang wurde ihm schwarz vor Augen. Dann kehrte sein Sehvermögen allmählich von den Rändern des Gesichtsfelds her wieder zurück.

Er klappte die Beine aus und stellte sich lieber nicht vor, wie er eben noch ausgesehen hatte – auf dem Rücken liegend und mit angezogenen Gliedmaßen. Schaukelnd brachte er sich wieder in die richtige Haltung. Alles schien noch an Ort und Stelle zu sein, auch wenn sein Panzer quietschte. Dann war er also doch verletzt.

Und auch das spielte keine Rolle.

Zurück zum Ausgang. Verständlicherweise hatte er Schmerzen, doch er konnte gehen, konnte sehen und – ganz wichtig – konnte sich erinnern. Das spielte eine Rolle.

Und hoffentlich gelang es ihm, zu improvisieren, denn das war beinahe genauso entscheidend, und das musste er schon bald unter Beweis stellen.

Er hatte nachgedacht, während sein Körper ihn über das Schiffswrack getragen hatte. Er traute sich einigermaßen zu, mit heiler Haut zum Shuttle zu gelangen, glaubte aber nicht, damit den Planeten verlassen und durch die blitzende, zischende Schlacht dort oben navigieren zu können.

Deshalb musste er sich Hilfe suchen. Hätte er Daumen gehabt, hätte er sie jetzt gedrückt.

Der große Schacht war voller Staub. Da er inzwischen ein Staubkenner war, erkannte er, dass der Staub ganz frisch war. Das überraschte ihn nicht, denn der Fels unter ihm bebte. Der Kampf dort oben wurde hitziger.

Das war ihm gerade recht.

Der Lifter funktionierte nicht mehr, aber die Stufen waren noch intakt. Langsam stieg er hinauf, wobei er sich immer nur kurz und leicht auf dem verletzten Bein abstützte, und während die gesunden Beine die nächste Stufe in Angriff nahmen, durfte es sich erholen. Nach oben ziehen, Pause, sammeln, nach oben ziehen.

Irgendwann hatte er es geschafft und musste sich den nächsten Schritt überlegen. An der Wand entlang schob er sich zum Ausgang und spähte hinaus. Als sein Blick nach oben schweifte, erstarrte er.

Die Blitze waren nichts. Gar nichts … ein Luftkampf im Schatten eines Sturms. Eine kindische Schlägerei am

Rand eines Kriegs. Einige Schiffe, die im Flammenschein von etwas viel, viel Größerem spielten.

Es war, als hätten sich die Sterne um ein Millionenfaches vermehrt. Der Himmel war schwarz und voller Schiffe. Schiffe ohne Zahl, Schiffe jenseits alles Fassbaren, Schiffe, jeden Verstand übersteigend. So etwas hatte er schon einmal gesehen.

Der Orbiter hatte recht gehabt. Die Kriegsfront war eingetroffen und war angewachsen.

Er riss sich von dem hypnotisierenden Anblick los und sah sich auf dem Planeten um. Er entdeckte das Shuttle, und wie durch ein Wunder wirkte es unbeschädigt. Dann war es an der Zeit für das erste Vabanquespiel.

Er schlüpfte hinaus und bewegte sich auf sein Schiff zu. Dabei hatte er die Beine unter sich fast völlig eingeklappt. Waffen blitzten, und manchmal brachte ein Treffer den Boden zum Erbeben, doch ihr Ziel schien unklar zu sein, und sie konzentrierten sich auf die Ebenen.

Er schaffte es bis zum Shuttle und gelangte auch hinein, wo er unter Schmerzen auf eine Couch kletterte. Schließlich gönnte er sich einen Augenblick der Erholung.

Allerdings gab es nicht mehr viel zu erholen, um ehrlich zu sein. Vier funktionierende Gliedmaßen und ein Passagier. Halb ausgebrannte Augen und ein Panzer, der quietschte.

Aber eine intakte Erinnerung.

Er lachte laut und zuckte zusammen, als das Geräusch von den Wänden des kleinen Schiffs zurückgeworfen wurde. Es klang fremd und ziemlich verrückt.

Dann ging er seinen Plan noch einmal durch. Er hasste ihn, aber ihm fiel kein besserer ein. Also blieb er dabei.

Es war viele Lebensalter her, seit er in einem Flugzeug gesessen hatte, und damals war er ein gleichmütiger Pilot gewesen. Was musste man tun? Ja. Er erinnerte sich.

Unter Schmerzen streckte er eine Klaue aus, griff nach dem Hauptkontrollhebel und schaltete die Steuerung ein. Lichter gingen an. Nicht viel Luft, nicht viel Treibstoff, aber reichlich Energie und – besser noch – massenweise Comms.

Das würde genügen. Er dachte kurz nach, bevor er den Schalter fand, der einen allgemeinen Kanal öffnete, und einen anderen, mit dem man die Aufnahme- und Wiederholungsfunktion bediente. Dann sprach er.

»An alle. Mein Name ist Skarbo. Ich bin verwundet. Ich bitte um freies Geleit beim Verlassen des Planeten und um medizinische Versorgung. Bitte antworten.«

Und dann wartete er auf eine Reaktion, auf widersprüchliche Antworten oder auf den Tod, je nachdem, was als Erstes käme.

Die Nachricht war erst etwa hundertmal wiederholt worden, als er endlich Antwort in Form einer Galaxis von Blinklichtern auf seinen Anzeigen erhielt. Dann ploppte rund um sein Shuttle ein verschwommenes Feld auf, und die Planetenoberfläche verschwand wie auf Knopfdruck.

Er unterbrach die aufgezeichnete Nachricht und öffnete einen Kanal. »Danke«, sagte er. »Wer seid ihr?«

Keine Antwort.

Er versuchte es noch einmal. »Hier spricht Skarbo. Danke, dass ihr mich herausholt. Könnt ihr mir sagen, wer ihr seid?«

Diesmal kam eine Antwort. Sie war sehr kurz.

»Nein.«

Die Stimme kam ihm bekannt vor. In jedem anderen Moment hätte Skarbo gegrinst. »Darf ich fragen, warum nicht?«

»Das offenzulegen wäre wenig hilfreich. Bitte sei still.«

Er zuckte mit den Achseln und schwieg, ließ den Kanal aber für alle Fälle offen.

Der Luftkampf spielte sich nicht allzu weit über ihm ab. Jetzt konnte er ihn sogar aus der Nähe verfolgen. Eine grauschwarze Kugel, die beinahe wie ein Schiffsrumpf wirkte, schwebte über einem der Solarschleier im Orbit, während ein halbes Dutzend eckiger Fahrzeuge die Kugel umschwirrte. Dazwischen blitzten Energiestrahlen auf, und wenn einer von ihnen danebenging, schoss er auf die Planetenoberfläche hinunter.

Das Feld lotste ihn direkt auf die herumrasenden Schiffe zu, und er wollte sich ducken. Dann aber traf ihn ein fehlgeleiteter Strahl und brachte das Feld an der Trefferstelle für eine Sekunde zum Leuchten.

Schließlich wurde nicht mehr geschossen.

Alle eckigen Schiffe glühten weiß auf und verdampften.

Skarbo war beeindruckt. Das war kein Energiestrahl gewesen, sondern eine mächtige Feldwaffe. Er war froh, nicht auf feindlicher Seite zu stehen.

Bisher zumindest.

Das kugelförmige Schiff schien ebenfalls beeindruckt zu sein, denn sekundenlang verharrte es bewegungslos. Erst dann schwenkte es leicht nach links und nach rechts und erweckte tatsächlich den Eindruck, sich zu vergewissern, ob es seinen Augen trauen konnte. Schließlich sank es in Richtung des Solarschleiers ab. Eine Luke öffnete sich, aus der ein Schwarm kleiner Maschinen hervorströmte und sich auf den Schleier verteilte. Und dann nahmen sie den Solarschleier auseinander.

Recycling hatte kein Ende. Skarbo fragte sich, wie lange es wohl dauerte, bis sich jemand anders dazugesellte.

Plötzlich zog das Shuttle die Nase hoch, sodass er weiter nach oben sehen konnte, und alles Recycling war plötzlich vergessen.

Jetzt hatte er den Orbiter direkt im Blick und zuckte

innerlich zusammen. Ihm würde er sich später widmen. Stattdessen erst einmal das Gesamtbild.

Wenn ihm die Zahlenkolonnen und Modelle in der Vrealität zu viel geworden waren, hatte er sich manchmal einen Mantel übergeworfen und war an der Küste entlang in die Stadt gewandert, um die Bewohner bei ihren Alltagsgeschäften zu beobachten. Er erinnerte sich an einen Trupp, der mit Zugtieren zwei Schlitten voller Fische eine Steinrampe nach oben transportiert hatte. Die vom Salzwasser nassen Seile hatten gefunkelt.

Hier war es ähnlich. Er steckte in einem Feld, das sich zu einer dicken Schnur dehnte und bis zum Schiff reichte, das ihn hinter sich herzog.

Es ähnelte den alten Kriegsschiffen, die er in der Kugel gesehen hatte. Genau wie jene sechs Schiffe, die einen Kreis um den Orbiter bildeten und zwischen sich ein Netz aus Feldern ausgespannt hatten. Der Orbiter hing in dem Netz. Die alte Garde war also wieder aufgetaucht.

Jetzt erst gestattete er sich einen genaueren Blick auf den Orbiter. Er war schrecklich zugerichtet. Skarbo stockte der Atem. Es fehlte praktisch das halbe Schiff.

Es war kein sauberer Schnitt. Das wäre irgendwie noch besser gewesen. Stattdessen wirkte es so, als sei der Orbiter in der Mitte auseinandergerissen worden, und zwar von einer Kraft, die daran gezerrt und gedreht hatte, bis die Hülle nachgegeben und gesplittert war wie ein grüner Stecken. Er hatte Hemfrets' beschädigtes Schiff noch vor sich, aber dies hier war um einiges brutaler.

Er war fast da. Jetzt durfte er doch sicher funken, oder? Er beugte sich über die Konsole. »Kannst du mir sagen …«

»Noch nicht.«

Schweigend und starr vor Entsetzen betrachtete er den

zerstörten Orbiter – bestimmt war er zerstört –, der immer näher kam.

Wenn das Schiff zerstört war, was bedeutete das dann für ihr gemeinsames Vorhaben? Und was hatte das Schiff seiner Eskorte verraten, bevor es derart getroffen worden war?

Über einen offenen Kanal konnte er die Informationen unmöglich erfragen. Er musste warten.

Dann kroch das Shuttle in den Kreis aus Schiffen. Neben dem Orbiter wurde es angehalten, sodass Skarbo direkt in die Eingeweide des misshandelten Schiffs blicken konnte. Bei dem Anblick erschauderte er.

Skarbo?

Die Stimme zu hören, erschreckte ihn so, dass er beinahe umgefallen wäre. »Orbiter?«

Gerade noch so. Ich bin ... verkleinert.

»Das sehe ich. Ich bin erstaunt, dass du noch funktionierst. Was ist passiert?«

Ein Angriff. Die Kriegsfront kam früher ... und du zu spät.

»Tut mir leid. Hast du noch ...« Er zögerte.

Ja. Warte. Man bringt dich an Bord.

»An Bord zu dir?« Fast hätte er hinzugefügt: *Du siehst unbewohnbar aus.*

Seit Jahrmillionen wurden Schiffe mit Schotten gebaut. Teile von mir sind noch immer luftdicht. Skarbo? Warst du erfolgreich?

»Ja.«

Auf meine Weise war ich das auch. Jetzt müssen wir weitersehen.

»Gut.« Er wusste nicht, was er sonst noch sagen sollte.

Dann wackelte das Shuttle, und das Innere wurde von einem grellen blauen Licht erhellt. Skarbo hielt sich an der Steuerung fest.

Rings um die Kriegsschiffe war ein Feld aufgeploppt. Von außen stachen Energiestrahlen darauf ein, sodass einige Stellen der nebligen Hülle wütend aufflackerten. Die Kriegsfront näherte sich.

Skarbo schluckte. »Schiff? Können wir unsere Aufgabe auch von innerhalb eines Felds erledigen?«

Ein Zögern. Dann: *Nein.*

»Das dachte ich mir. Wie viel Zeit bleibt uns, wenn das Feld erst einmal unten ist?«

Das kommt darauf an. Die Schiffe werden versuchen, uns zu verteidigen.

Skarbo dachte darüber nach. Eigentlich wollte er sagen, dass sie dann sterben würden, aber das war offensichtlich.

»Verstehe«, sagte er stattdessen. »Bring mich an Bord!«

Das Schleppfeld teilte sich in der Mitte. Das andere Ende wanderte zurück in das alte Kriegsschiff und verschwand. Das Ende am Shuttle schlackerte kurz, bevor es sich tiefer in die offene Wunde hineinschlängelte, die in der Hülle des Orbiters klaffte. Es tastete ein paarmal, bevor es sich stabilisierte und breiter wurde.

Das Schiff sagt, dass du den Feldtunnel durch die Luftschleuse betreten kannst. Er steht unter Druck.

Skarbo nickte und hievte sich von der Couch.

Da sie kein Vakuum ausgleichen musste, hatte die Luftschleuse den Druck rasch hergestellt. Skarbo stieß sich in die Röhre und schwebte darin entlang. Sanft zerrte die Luft an ihm. Der Orbiter half ihm beim Vorwärtskommen.

Er hielt die Augen geschlossen. Trotz des Tunnelfelds und des großen äußeren Felds rings um die Schiffe erzeugten die Lichtblitze des Kanonenfeuers derartig grelle Blitze, dass er nicht hinsehen konnte. Ungebrochen brandeten brodelnde Energiewellen gegen das Feld. Er hoffte, dass es für Strahlung weniger durchlässig war als für sichtbares Licht.

Dann schmunzelte er. Wahrscheinlich spielte das keine Rolle ... aber es kam fast einer Erlösung gleich, als er in das ausgeweidete Schiff hineinglitt.

Der Feldtunnel endete an einer behelfsmäßigen Luftschleuse. Auch hier ging der Druckausgleich schnell vonstatten. Dann war er im Innern, doch den dunklen Raum erkannte er nicht wieder.

Der Boden erzitterte.

Etwas warf sich auf ihn.

»Ha! Dann bist du also zurück?«

Er musste unwillkürlich schmunzeln. »Ja, ich bin zurück. Hallo, Vogel!«

»Lernst du es denn nie? Ich bin immer noch kein Vogel.« Er flatterte vor ihm und kippte den Kopf nach links und nach rechts. »Was hast du denn getrieben? Bist ja völlig verstrahlt, radioaktiv! Solltest dich von allem fernhalten, was atmet.«

»Ja, versprochen.« Dann kam ihm ein Gedanke. »Woher weißt du das?«

Der Vogel stieß ein Krächzen aus. »Dieser Schnabel lügt nicht. Mach schon, bevor du auseinanderfällst! Wie lange?«

Das war eine gute Frage. Er hatte sein verstreichendes Leben nicht mehr ganz im Blick. »Ah, wenn alles andere so bleibt, ungefähr zehn Stunden.«

Der Vogel musterte ihn kritisch. »Ich glaube nicht, dass alles andere noch so ist, wie es war, aber trotzdem. Das Schiff meint, ich soll dich dort entlangführen.«

Ohne auf eine Antwort zu warten, flatterte er in eine Richtung davon. Skarbo folgte ihm.

Sie gelangten in einen kuppelförmigen, leeren großen Raum mit ungefähr fünfzig Metern Durchmesser. Irgendwie kam er Skarbo bekannt vor. Vielleicht weil er ungefähr dieselbe Form hatte wie der Zweite Maschinenraum, aber das war es nicht.

Dann fiel es ihm auf – es war der Raum, den er gleich bei seinem ersten Besuch auf dem Orbiter betreten hatte, nur dass jetzt alle Projektionen abgeschaltet waren.

Die ebenmäßigen weißen Eigebilde standen immer noch auf ihren Podesten in der Mitte. Doch inzwischen zeigten sie alle nach oben.

Die alten Maschinen warten, dachte er. Und er wusste, was er tun musste.

Er merkte, dass der Vogel ihn beobachtete, und lächelte. »Ich denke, es ist wohl Zeit zu gehen.«

»Denk, was du willst. Ich bleibe.«

»Na schön. Schiff? Jetzt geht es hinaus.«

Ja.

Die Kuppel öffnete sich wie eine Blüte und spannte eine dünne Feldmembran über ihre Öffnung, die sich mit dem Luftdruck nach außen wölbte.

Skarbo zuckte zusammen – die ekelhaften Lichter der Schlacht waren hier noch schlimmer. Im besten Fall bleiben uns Sekunden, dachte er. Laut sagte er: »Danke. Jetzt muss ich mit denen kommunizieren.«

Das tust du bereits.

Ohne Vorwarnung dröhnte plötzlich eine Stimme wie ein Gong in seinem Kopf.

»Ich höre.«

Skarbo holte tief Luft. »Seid ihr Maschinen, die Planeten bauen können?«

»Ja. Wir sind Schöpfungsmaschinen.«

Skarbo hatte das Gefühl, dass ein Funke durch ihn hindurchschoss. »Könnt ihr Informationen sehen?«

Das Gefühl von etwas Tastendem – eine schleichende

Unschärfe, als würden Teile seines Bewusstseins versetzt, untersucht und wieder miteinander verbunden.

»Ja. Wir haben sie.«

Er nickte. »Könnt ihr das machen?«

»Ja. Das ist unsere Bestimmung. Damit wird die Arbeit vollendet. Willst du das?«

Nun, wollte er das? Skarbo sah zu der tobenden Energie draußen auf. Völlige Zerstörung. Andererseits machte gerade sie die Notwendigkeit deutlich.

Er hatte tausend Jahre Zeit gehabt, um über die Frage nachzudenken, und stets hatte er die gleiche Antwort darauf gegeben.

»Ja«, sagte er. »Das möchte ich.«

»Wir hören.«

Und ich auch. Leb wohl, Skarbo.

Der Orbiter nahm sein Feld herunter. Luft knatterte durch die Öffnung, und Skarbo spürte, wie sich sein Körper im Vakuum dehnte.

Dann hörte das Schwellen auf, und etwas umschloss ihn so dicht wie eng anliegende Kleidung. Er sah an sich hinunter und entdeckte ein Schimmern, das einem Feld ähnelte, gleichzeitig aber auch nicht. Einige Meter von ihm entfernt schwebte der Vogel und hatte die Flügel eng an den Körper geklappt. Er wirkte überrascht.

Die Eigebilde waren von demselben Stoff umgeben.

»ZURÜCKTRETEN!«

Das Wort kam wie eine Explosion, wie das Aufschlagen eines abstürzenden Felsens, das von tausend Stimmen skandiert wird.

»ZURÜCKTRETEN! GEFAHR! ACHTUNG!«

Es waren die Maschinen. Sie erhoben sich aus dem Orbiter und nahmen eine Formation an, die dem Aufbau eines komplexen Moleküls glich.

»BEREITMACHEN!«

Dann nahmen auch die kreisförmig angeordneten Schiffe ihr Feld herunter.

Energie pflügte durch den Kreis. Sie hämmerte auf den Orbiter ein wie Lava.

Das alte Schiff schmolz, zerfloss und löste sich auf.

Rings um den Kreis aus Schiffen blühten Plasmablumen auf, als diese ihre uralten Waffen nach außen richteten und abfeuerten. Das Innere der Wand, die die Flotte der Kriegsfront bildete, flackerte und stockte. Schon befürchtete Skarbo, dass die alten Schlachtschiffe doch noch obsiegen würden.

Doch dann erbebte eines von ihnen, glühte weiß auf und verschwand. Und dann ein zweites.

Gleich darauf kam ein weiteres Dröhnen von den Maschinen.

»WIR FANGEN AN!«

Das letzte alte Schiff verwandelte sich in blauen Dampf. Der Flammensturm brandete heran.

Und der Raum um Skarbo verformte sich.

Die Sturmfront wurde langsamer, verharrte und kehrte sich um, schoss nach außen auf die Masse der Schiffe zu.

Die innere Kante der Kriegsfront fing Feuer, und eine Flamme kroch daran entlang wie an einem Fetzen Papier.

Die Schiffe stoben auseinander, zogen sich zurück. Die Raumblase rings um Skarbo dehnte sich aus und leerte sich.

Ein einziges Mal flackerten die Maschinen auf. Dann waren alle verschwunden – bis auf eine.

Die verbleibende Maschine schwebte vor Skarbos Gesicht. Ihr Bild verblasste vor seinen Augen. Anscheinend kann ich doch nicht im Vakuum existieren, dachte er. Oder wäre die Maschine ohnehin verblasst?

»Ist es das?«, brachte er mit Mühe hervor.

»Das ist ein Anfang. Die Arbeit erfolgt nicht augenblicklich.«

»Ich verstehe. Wie lange wird es dauern?«

»Vielleicht zehntausend Jahre.«

Ein Gefühl der Enttäuschung erfüllte ihn. »Dann werde ich es nicht mehr sehen.«

»Du kannst den Anfang sehen.«

»Aber ich sterbe ...«

»Noch nicht.«

Ohne das Gefühl, sich zu bewegen, bewegte er sich. Der Planet sank unter ihm weg, der Stern entfernte sich, und dann war er weit draußen im Weltraum.

»Sieh!«

Ein winziger heller Fleck bildete sich in der Ferne. Er pulsierte und schwoll dann so schnell zu einem blau-weißen Ball an, dass Skarbo dem Vorgang nicht folgen konnte. Er hatte überhaupt kein Gespür für Größe und Entfernung, aber sein Instinkt sagte ihm, dass es etwas Gewaltiges war. Die Oberfläche raste so schnell auf ihn zu, dass er sich schon wegducken wollte. Dann aber verharrte sie, wurde rot, und so rasch, wie der Ball sich ausgedehnt hatte, schrumpfte er wieder auf einen Punkt zusammen und verschwand.

Skarbo wollte darauf deuten, blieb aber unbeweglich. Nur sprechen konnte er. »Wohin ist es verschwunden?«

»Es ist noch immer da, obwohl sich Teile davon in mehrere Dimensionen verstreut haben. Der Teil, der in dieser Dimension verbleibt, ist ein mikroskopisches schwarzes Loch. Das werde ich benutzen, um einen Planeten anzureichern. Sieh nur ...«

Aus dem verschwundenen Punkt wurde wieder ein schwarzer Punkt, der sich durch einen schwachen weißen Reif vor dem Weltraum abhob. Aus dem Punkt wurde eine Scheibe, die rasch anschwoll. Dann flackerte die Korona auf, und plötzlich enthielt sie eine hellgelbe Kugel, die erst lang-sam, dann immer schneller wuchs. Und wenn Skarbo ganz genau hinsah, erkannte er einen winzigen Wirbel, der sich spiralförmig nach innen bewegte.

»Das ist Sternenmaterie aus dieser und anderen Dimen-sionen. Ein neuer Planet. Der erste von vielen.«

Skarbo seufzte. »Könnte ich es doch nur verstehen! Könnte ich es doch nur vollendet sehen!«

»Du hast die Geburt eines Planeten gesehen. Möchtest du auch die Geburt eines Sterns sehen? Das geht schneller – die Miniaturversion der Geburt eines Universums.«

»Oh ja. Ja, bitte.«

Und ein Teil des Raums verwandelte sich erst in einen unerträglich hellen Funken, der geräuschlos explodierte, aufkochte und den Raum ringsum zu vertilgen schien.

Skarbo betrachtete das Inferno. Dann schaffte er es, den Blick auf die Maschine zu richten. »Danke«, sagte er. »Jetzt kann ich sterben.«

Die Maschine gab keine Antwort. Sie schien näher zu kommen, aber vielleicht hielten ihn seine Augen auch nur zum Narren. Vor der Maschine bildete sich ein Becken aus dunklerem Raum. Er lächelte, schloss die Augen und ließ sich hineinfallen.

Ort, Ort

Zeb musterte Keff. Das Geschöpf schien ... nun, was? Besorgt zu sein?

»Was sollen wir mit ihm anfangen?«, fragte er, ohne den Blick abzuwenden.

Chvids lächelte. »Gemeinsam könnten wir ihm das Leben zur Hölle machen.«

Keff schüttelte den Kopf. »Möchte gern sehen, wie ihr das versucht. Ich sage euch, wir könnten die nächsten paar Jahrtausende damit zubringen, uns gegenseitig auf den Zeiger zu gehen. Wie wäre es damit? Ich bin gleich mit von der Partie.«

»Ich glaube, darauf habe ich keinen Bock.« Zeb schüttelte den Kopf und setzte sich langsam hin. Er musste noch immer die Tatsache verarbeiten, dass Aish und die anderen nicht mehr lebten. Das hatte ihn irgendwie schlimmer getroffen als die Gewissheit, dass er selbst tot war.

Chvids trat auf ihn zu und legte ihm eine Hand auf die Schulter. »Alles in Ordnung mit dir?«

»Wohl eher nicht.« Er sah zu Keff auf. »Also gut, du hast gewonnen. Du hast mich so lange hierbehalten, bis nichts mehr übrig war. Mach, was du willst.«

»Schön. Ich strenge mich an und denke mir was aus.«

»Das klang nicht besonders überzeugt«, meinte Chvids.

»Na und? Verpiss dich!«

»Keff? Wie lange bist du schon tot?«

»Leck mich ...«

Sie nickte. »Dachte ich mir. Schon lange, nehme ich an.«

»Ich sagte doch schon, leck mich!«

»Lange genug, um herauszufinden, wie dieser Ort funktioniert, nicht wahr? Erinnerst du dich überhaupt, wie lange?«

Keff fuhr herum, und zum ersten Mal erlebte ihn Zeb erbost. »Oh, ja. Ich erinnere mich. Ich erinnere mich an jeden ... beschissenen ... Tag, kapiert? Ich erinnere mich an jeden lächelnden, glücklichen Deppen, den ich je getroffen habe, und ich erinnere mich an alles, was ich getan habe, um ihnen eins reinzuwürgen. Tausende habe ich dazu gebracht, dass ihnen das Lachen verging, und der da ist das Projekt, auf das ich am meisten stolz bin.« Es stieß mit einem Finger in Zebs Richtung.

Zeb nickte nachdrücklich. »Und jetzt bin ich tot, du hast gewonnen, und das bedeutet, dass du verloren hast.«

Es musterte ihn finster und sah dann weg. »Mach doch, was du willst!«

»Das tue ich auch. Wir gehören zusammen, Keff.« Zebs Grinsen wurde breiter. »Gut, wir werden uns zwar nicht viel sehen, aber dir wird immer bewusst sein, dass ich hier bin, nicht wahr? Alle paar Tausend Jahre werden wir uns über den Weg laufen. Vielleicht stelle ich dir auch nach. Ich meine, dir habe ich es zu verdanken, dass ich sonst nichts mehr zu tun habe. Es ist fast so, als hättest du mich dazu gezwungen.« Seine Gedanken schweiften weit zurück, und ihm fiel eine Frage ein. »Bist du schon stolz auf dich?«

Keff sah ihn an. »Weißt du was? Vielleicht bin ich wirklich stolz auf mich.«

Chvids schüttelte den Kopf. »Du bist nicht nett«, sagte sie.

»Das sagt die Richtige! Du hast Skarbos Spielzeug abge-fackelt.«

»Das war zu seinem eigenen Besten.«

»Das sagt wieder die Richtige. Deshalb ist es plötzlich in Ordnung. Nehmen wir mal an, ich würde Zeb zu seinem eigenen Besten tausend Jahre lang triezen, was würdest du dann sagen?«

Sie starrte Keff an. Dann schüttelte sie den Kopf. »Willst du mir etwa weismachen, dass wir gleich sind?«, fragte sie.

»Leck mich ...«

Chvids lachte. »Andrerseits ist da etwas ...« Sie wandte sich an Zeb. »Ich habe einen Verdacht.«

»Und der wäre?«

Sie deutete auf Keff. »Dieses Ding hat dich hier festgehal-ten. Was, wenn es damit aufhören würde?«

Er schüttelte den Kopf. »Das verstehe ich nicht.«

»Ich würde wetten, dass es dich zurückschicken könnte.«

Er glotzte es an. »Was? In die Realität?«

»Ja. In ein gewisses Maß an Realität.« Sie warf dem Ge-schöpf einen Blick zu, aber Keff stierte nur geradeaus.

»Das kann nicht dein Ernst sein. Ich bin tot.«

Chvids erwiderte nichts, sondern sah weiterhin unver-wandt zu Keff hinüber.

Das Geschöpf erhob sich und wedelte genervt mit der Hand. »Ja, na schön. Das ließe sich machen.«

Zeb wurde die Kehle eng. »Wie? Zeit ist ...« Er ließ den Satz unvollendet, weil er es nicht zu hoffen wagte.

Doch Chvids übernahm. »Zeit verläuft dort draußen anders als hier drinnen. Mach es nicht zu kompliziert! Keff?«

»Ach, na gut. Zeb? Leck mich!«

Ohne Übergang war er plötzlich ... irgendwo. Und vor ihm ... Bilder. Sie gerieten in Bewegung, wenn auch so langsam, dass ihm Zeit blieb und er Einzelheiten erkennen konnte.

Da war die Felsblüte ...

Da war das Hinterteil einer Frau, an deren Namen er sich nicht mehr erinnerte, und sein Körper zuckte bei dem Anblick. Sein Bewusstsein vollführte einen zweifachen Salto rückwärts vor Scham und Selbstzufriedenheit ...

Da waren Szenen aus den tausend Jahren, in denen er die Vrealitäten durchstreift hatte ...

Da war ...

»Halt!«

Die Bilder erstarrten.

»Hast du etwas gesehen, das dir gefällt?«

Es war Keff.

»Ja, aber ich verstehe es nicht.« Er deutete auf die Seite. »Das war keine Vrealität. Das war echt ...«

»Tatsächlich? Nach welcher Definition?«

Zeb starrte auf die Szene. Es war ein verschwommenes Festbild von Aish, die hinter ihrem Schreibtisch saß. Wie immer wirkte sie besorgt. Er breitete die Arme aus. »Nach der Definition, dass ich dort war! Ich erinnere mich an diese Leute.«

»Gut. Erinnerst du dich an Chvids?«

»Nun ja, aber das war ...« Er hielt inne, da ihm die Verwirrung um die Knöchel schwappte.

Die Stimme vollendete den Satz für ihn: »Anders?«

Zeb betrachtete Aishs Bild. Es war kein Festbild, wie ihm auffiel. Sie bewegte sich so langsam, dass er die winzigen Veränderungen nur wahrnehmen konnte, wenn er sich abwandte und dann wieder hinsah. Mit einer Hand wedelte sie zur Seite, eine Geste, mit der sie ihre Argumente unterstrich, diesmal in Zeitlupe. Er fragte sich, welches Argument sie wohl gerade vorbrachte.

Etwas an ihr war anders. Einen Moment lang musterte er das Bild. Dann fiel es ihm auf.

Sie trug ihren Anhänger nicht.

Vermutlich hatte er sie irgendwann so genervt, dass sie ihn weggeworfen hatte. Damit würde wenigstens Shol ein Stein vom Herzen fallen.

Ohne sich abzuwenden, fragte er: »Warum ist es so langsam?«

»Du bist eine Schicht höher. Je flacher die Ebene, desto schneller. Je tiefer du gehst, desto komprimierter sind die Daten. Weniger Daten, weniger Geschwindigkeit.«

»Das wusste ich nicht.«

»Das wissen die meisten nicht. Aber die meisten gelangen auch nicht über die Oberflächenschichten hinaus. Ich glaube, das hat dir mal jemand verklickert.«

Er nickte. »Ich erinnere mich. Ich habe dafür bezahlt, weißt du.«

»Ich weiß. Und vielleicht ist mein tausendjähriger Wutanfall inzwischen verebbt. Vielleicht richte ich ihn auch einfach auf Chvids. Zeb, was hast du vor?«

Zeb betrachtete das Bild von Aish, die sich erhob. Noch energischer ... und er merkte, dass seine Wange feucht wurde.

Eine Schicht höher ...

»Keff«, sagte er. »Ich ahne, was du tust, aber es ist mir egal. Ich will vergessen.«

Und unvermittelt stürzte er.

Mauer-Energiekollektiv

Zeb öffnete die Augen.

Er hockte in den Trümmern der Kapsel, die wie eine hohle Frucht aufgeplatzt war. Offenbar war er hart auf dem Planeten aufgeschlagen.

Die Beine konnte er nicht bewegen. Er sah an sich hinab und stellte fest, dass er mit weichem beigefarbenem Zeug umhüllt war. Es roch irgendwie trocken und nach Chemikalien.

Sturzschaum. Jemand hatte ihm einmal erklärt, wie er chemisch zustande kam. Er erinnerte sich nicht, dass der Schaum ausgelöst worden war, und das kam ihm seltsam vor. Aber vielleicht war alles auch nur sehr schnell geschehen.

Er beschloss, sich nicht damit aufzuhalten.

Er musste pinkeln. Kurz fragte er sich, ob der Sturzschaum auf negative Weise mit menschlichem Urin reagierte. Dann schüttelte er den Kopf und griff mit den Händen in den Schaum.

Er ließ sich leicht aufreißen. Nach wenigen Minuten hatte er sich befreit. Er zog sich hoch und kam schwankend auf die Füße, während er gedanklich seinen Körper durchcheckte. Zu seinem Erstaunen war fast alles in Ordnung. Ein paar blaue Flecken, aber nichts Ernstes. Er wagte einen Schritt und ...

... etwas bewegte sich knapp außerhalb seines Sichtfelds ...
Einen Moment lang befürchtete er, sein Fußgelenk habe nachgegeben, aber es war nur eine Zuckung. Er untersuchte es, aber es funktionierte weiterhin.

Wie auch immer. Er musste immer noch pinkeln. Er schaffte es, nicht in die Kapseltrümmer zu urinieren, denn die würden vermutlich noch untersucht.

Was war passiert? Er war hochgefahren, und jetzt lag er am Boden ... Mit gerunzelter Stirn sah er sich um. Eine der Pardunen lag am Boden, so dünn, dass er sie fast nicht wahrnahm, und sie schlängelte sich in nicht mehr erkennbare Ferne. Die beiden anderen, die ohne den Zug der dritten Pardune aus dem Gleichgewicht geraten waren, hingen schief irgendwo am Himmel.

Vermutlich stellte die defekte Pardune die Erklärung dar, weshalb er am Boden lag. Er blinzelte und lenkte den Blick entlang der Pardunen hinauf zu den Linsen. Und staunte nicht schlecht.

Sie waren zwei Kilometer von dem Platz entfernt, an dem sie eigentlich sein sollten. Die beiden aus dem Gleichgewicht geratenen Seile hatten sie zur Seite gezerrt. Und dabei hatten sie wiederum die Pardunen in einem weiten, flachen Bogen durch das Himmelslid geschleift, bis ein riesiger halbmondförmiger Fetzen der Membran dumpf flatternd vom Rest wegtrieb.

Er sah eine Weile zu, wie das Himmelslid erlosch, bevor er den Blick abwandte.

Nun, andererseits würde ihnen das bei ihrem Energieproblem enorm helfen, zumindest so lange, bis es wieder repariert war.

Orbital Joule würde natürlich rasen vor Wut.

Er grinste.

Gut. Zeit, sich zu melden. Die Comms der Kapsel waren

mit Schaum bedeckt, aber auch so konnte er die kränkelnde Warnleuchte erkennen, die ihm sagte, dass die Batterie leer war.

Dann sollte er wohl besser zu Fuß gehen. Und sich auf ein Donnerwetter gefasst machen, denn Aish würde toben. Es war ihm nicht nur gelungen, einen Käfer zu vernichten, sondern auch eine Pardune und als Kollateralschaden obendrein ein Himmelslid zu schrotten. Und Shol wäre sauer, weil Aish sauer war.

Tja, an diesem Tag brachte er wohl die ganze Welt gegen sich auf, auch wenn er sich nicht erinnern konnte, wie ihm das gelungen war. Aber es gab zu tun, und nach einiger Zeit würden sich Aish und Shol vielleicht freuen, dass er sich nicht auch noch etwas getan hatte.

Vielleicht.

Zeb schüttelte den Kopf und machte sich auf den Weg hinunter zur Mauer, unsicher, was ihn dort erwartete.

Konnte alles für immer gut ausgehen? Das bezweifelte er. Die Sonnen verblassten, und der Planet starb, früher oder später. Selbst wenn er den Vrealitäten auf ewig abschwor, änderte seine Anwesenheit nichts daran. Keine menschliche Anstrengung war dazu imstande.

Aber vielleicht ginge es für eine Weile gut aus. Vielleicht konnte man sich damit zufriedengeben.

Unbekannt

Skarbo befand sich an einem Ort, den er kannte. Die Luft bewegte sich gemächlich durch geflochtene Wände, die sich nach oben wölbten und eine Kuppel bildeten. Die Wände säumten Regale und Fächer.

Die Regale waren leer.

Er setzte sich auf und staunte, dass er einen menschlichen Körper besaß. Er schien allein zu sein.

»Hallo?«

Er lag auf einer Pritsche. Er stellte die Beine auf den Boden und stand auf. Er fühlte sich gut.

»Hallo? Ich bin wach.« Erstaunlich, dachte er. Wach.

»Hallo!« Die Stimme kam von hinten. Er drehte sich um und sah eine hochgewachsene, schlanke Frau, die ihn anlächelte. Einen Moment lang glaubte er, es sei Chvids, und der Gedanke reizte ihn. Aber dann merkte er, dass die Ähnlichkeit nur oberflächlich war.

»Wie fühlst du dich?«, fragte die Frau.

»Gut.« Er hielt inne, um seine Aussage zu überprüfen. »Ja. Gut. Ich nehme an, dies ist eine Vrealität, oder?«

Sie schüttelte den Kopf. »Es ist alles wirklich. Wir haben das Design für diesen Ort aus deinem Kopf extrahiert. Einige waren der Meinung, damit könntest du dich leichter anpassen – ein weicher Übergang. Du warst eine Weile weg.«

»Wirklich?« Er trat zur Wand, fand ein Fenster und sah hinaus. »Oh. Ja.«

Er befand sich nicht auf einem Meerbaum, sondern auf einem echten Baum. Statt auf den Ozean blickte er auf Baumkronen hinunter – ziemlich weit hinunter. Dieser Baum musste sehr viel größer sein als die anderen. Vögel drehten als schwarze Punkte unter ihm ihre Kreise.

Er wandte sich an die Frau. »Was ist passiert?«

Neben ihr stand ein Hocker. Sie stieß ihn mit dem Fuß an und setzte sich. »Wir haben dich gefunden«, sagte sie. »Wir glauben, dass man dich Skarbo genannt hat. Stimmt das?«

»*Genannt hat?*« Er zuckte mit den Achseln. »So nennt man mich immer noch, würde ich sagen. Weshalb sollte sich das ändern? Aber ich habe nicht in diesem Körper gesteckt.«

»Nein. Du warst ein Insekt. Ein sehr widerstandsfähiges Insekt! Als wir uns in deinen Erinnerungen umsahen, wurde alles ziemlich kompliziert. Einige von uns meinten, du hättest meist als Insekt gelebt, andere waren der Überzeugung, dass du als Mensch sogar noch länger gelebt hättest. Mehr oder weniger als der Mensch, der du jetzt bist. Wir haben uns für die menschliche Gestalt entschieden. Aber du kannst es jederzeit ändern, wenn du magst.«

Er dachte darüber nach. Dann sagte er: »Nein, ich glaube nicht. Es wird Zeit, sich für eine Form zu entscheiden. Vermutlich war ich tot, als ihr mich gefunden habt, nicht wahr? Zumindest nehme ich das an.«

»Nicht ganz. Du warst heruntergefahren. Anscheinend waren in deinen Körper einige sehr funktionstüchtige Langzeitüberlebensmechanismen eingebaut. Und wir fragen uns, ob du zusätzlich noch Hilfe hattest, aber das werden wir wohl nie erfahren.«

Bei den beiden Silben *Langzeit* horchte er auf und hob den Kopf. Sie presste die Lippen aufeinander und schien ein Lächeln zu unterdrücken.

Dann fragte er: »Wann ist jetzt?«

Jetzt lächelte sie wirklich. »Das muss man dir wohl erklären. Nur zur Sicherheit – gehört dir das?«

Sie griff hinter sich, zog eine Kiste aus poliertem dunklem Holz hervor und hielt sie ihm hin.

Er nahm sie.

Sie enthielt einen Gegenstand, der einem schwarzen Stoffballen ähnelte. Er stieß ihn an – kein Stoff, etwas viel Zerbrechlicheres. Er zog die Hand zurück und sah genauer hin.

Federn. Gebrochen und teilweise zu Staub zerfallen, aber eindeutig Federn.

Er sah zu der Frau auf. »Er gehörte mir nicht, aber ich kannte ihn. Dann ist er also tot.«

»Er war nie am Leben. Er ist mehr Maschine als Tier. Ziemlich ausgefallene Mechanik. Meine Freunde von der Technik meinen, so etwas lasse sich nicht replizieren.«

Er nickte. Das mit der Maschine ergab Sinn.

Sie nahm die Kiste wieder an sich. »Sein Bewusstsein ist leer, doch in einem Winkel des Basisprotokolls lief noch eine Uhr. Sein Bewusstsein hat sich vor siebzigtausend Jahren abgeschaltet.«

Er starrte sie an.

»Man hat ihn neben dir gefunden. Ihr habt euch beide in derselben Umlaufbahn bewegt.«

»Umlaufbahn?«

»Ja. Ihr seid beide siebzig Jahrtausende lang durch den Raum getrudelt. Willst du dich nicht besser setzen?«

Er nahm Platz und wusste nicht, ob er überrascht sein sollte oder nicht. Vielleicht war Überraschung angesichts dieser Dimension aber auch nicht die angemessene Reaktion.

Wie auch immer. Er sah weg. »Und wo sind wir?«

»Du befindest dich im Spin, wo man dich gefunden hat.«

Er nickte und stellte die nächste Frage. »Wie viele Planeten hat er?«

Sie lachte. »Ich zeige es dir.«

Sie wedelte mit der Hand, worauf ein Bild aufblitzte und vor seinen Augen anschwoll, bis es das ganze Gesichtsfeld ausfüllte.

»Da. Der Spin, zweite Generation.«

Vertraut, und doch anders ... Er versuchte zu zählen. »Ungefähr zweihundert Planeten?«

Wieder lachte sie. »Du solltest es doch wissen. In deinem Kopf war eine Karte. Eine ausgezeichnete Karte. Zweihundertundein Planeten und dreiunddreißig Sonnen.«

»Verstehe.« Er ließ die Information auf sich wirken. Es hatte funktioniert. »Wie heißt dieser Planet?«

»Derjenige, auf dem wir uns befinden? Er heißt Orbiter. Wir glauben, dass er zu den Ersten gehörte, die während der zweiten Konstruktionsphase errichtet wurden. Wir wissen nicht, was der Name zu bedeuten hat. Es ist ein seltsamer Name für einen Planeten. Eigentlich hatten wir gehofft, dass du uns das sagen könntest.«

Skarbo sah erst sie und dann die Millionen von Bäumen vor den Fenstern an. Dann lachte er. »Ich habe keine Ahnung«, sagte er.

Friedensgraben und Hochebene, Sholntp (Vrealität)

Chvids wanderte den Pfad entlang, der zum Friedensgraben führte. Sie ging barfuß, denn das weiche Gras unter ihren Zehen fühlte sich gut an. Auf ihrem Rücken pendelte sacht ein Bündel hin und her. Proviant für die Tagestour und ein Paar Schuhe, falls sie sich's anders überlegen sollte.

Fast hatte sie den Gipfel erreicht. Sie drehte sich um und sah nach, wo Keff blieb.

Das dünne Geschöpf war hundert Meter hinter ihr. Sie hielt die Hände wie einen Trichter vor den Mund.

»He! Nicht trödeln!«

Sie lauschte und schmunzelte. Das gerufene »Leck mich!« war zwar nur leise, aber unverkennbar an ihr Ohr gedrungen. Und das Geschöpf folgte ihr immer noch.

Deshalb wandte sie sich wieder um und ging weiter. Jetzt befand sie sich auf dem schmalen Felsvorsprung, und die exotischen, feuchten Wälder des Grabens öffneten sich unter ihr.

Auf halbem Weg entlang des Vorsprungs blieb sie abermals stehen, nahm den Sack vom Rücken und setzte sich. In dem Sack befand sich eine schlanke Flasche, und sie hatte Durst.

Wenige Minuten später hörte sie Schritte. Dann setzte sich Keff neben sie. Sie hielt ihm die Flasche hin. »Was zu trinken?«

»Leck mich.«

Aber Keff nahm die Flasche, und sie lächelte. »Wann lernst du endlich ein paar Worte mehr?«

»Leck mich.«

»Gut.« Es hatte getrunken und setzte die Flasche ab. Sie nahm sie wieder an sich. »So, also hier hat für Zeb alles angefangen.«

»Ja.«

»Glaubst du, er hat es erraten?«

»Was erraten?«

Sie schnalzte mit der Zunge. »Das weißt du ganz genau. Was Realität ist ... oder auch nicht.«

»Nun, wenn er es erraten hat, dann hat er es absichtlich wieder vergessen.«

»Ja.« Sie hielt inne. »Würdest du es auch gern vergessen?«

Diesmal gab es keine Antwort. Sie sah Keff von der Seite an. »Wo hat für dich alles angefangen?«

Es sah sie einen Moment lang an, wandte den Blick ab und erhob sich. »Auf deine Küchenpsychologie gehe ich nicht ein.«

Sie nickte. »Gut, dann dort hinunter. Willst du ein bisschen die Gegend erkunden?«

»Leck mich.« Aber Keff folgte ihr trotzdem.

Sie schmunzelte vor sich hin. In gewisser Weise war es ein Fortschritt. Und sie hatte Zeit.

Coda

Die Seele der Wesenheit, die nie ein Vogel gewesen war, spähte auf die Landschaft hinab und suchte nach einem Orientierungspunkt. Sie hatte immer gewusst, wo und was sie war. Jetzt war sie weder irgendwo noch irgendwas.

Aber ihr gefiel das Wort *Seele*. Sie wandte sich an das Ding, das ehemals der Orbiter gewesen war. »Was sehe ich da?«

Nichts und alles.

»Das hilft mir sehr weiter.« Sie drehte sich zu der Landschaft um und kam zu dem Schluss, dass diese nicht echt war. Eine krabbelnde, wogende Farbpalette, die sie nie zuvor gesehen hatte. Muster bildeten sich, ordneten sich immer komplexer und lösten sich in andere Muster auf.

Ihre körperliche Gestalt hatte Sinne und Fähigkeiten besessen, die sie niemandem verraten hatte, und sie schienen in jene Form übertragen worden zu sein, die sie jetzt besaß. Aber sie halfen ihr nicht.

»Und was bin ich?«

Eine Datenwolke.

Das war ja lustig. »Ha! Das war ich doch immer. Wir alle sind eine Datenwolke, selbst wenn wir sie in einem matschigen Gehirn verstecken. Was sonst noch?«

Sonst nichts, bis du beschließt, etwas zu sein.

»Ich verstehe. Ich nehme an, du bist dasselbe, oder?«

Nein.

Ein anderes Muster, doch diesmal verwirrend komplex, ein fraktaler Vortex, der sich in einem verschwommen Strudel aus Lila und Schwarz auf- und abwickelte.

»Was sind das für Muster?«

Gedanken. Veränderungen. Permanenz. Alles.

Allmählich begriff sie. »Alles, ob es geschieht oder nicht?«

Ja. Mit anderen Worten: Was du vor dir hast, ist eine Möglichkeit, die Komponenten einer Vrealität zu betrachten. Diese sind nicht wirklich, aber sie haben Bedeutung.

»Es scheint so langsam zu sein ...«

Das liegt daran, dass du so schnell bist.

»Vermutlich.« Sie beobachtete die Muster eine Weile. Dann lachte sie.

Was?

»Ich habe es herausgefunden. Von oben bis unten. Ha!«

Ha.

Der ehemalige Vogel nickte und freute sich über die Tatsache, dass er einen Kopf zu besitzen schien.

Letztlich, so dachte er, lief es darauf hinaus ... Konnte ein System etwas simulieren, das komplexer war als das System selbst?

Die erste Antwort – die einfache – lautete: »Nein.« Das war offensichtlich. Er glaubte, es sogar beweisen zu können, allein durch Logik.

Die zweite Antwort lautete: »Kommt darauf an.«

Es kam auf vieles an. Wollte man ein Universum akkurat simulieren, brauchte man etwas, das komplexer war als das Universum. Ein anderes, größeres Universum wäre dafür die einfachste Lösung gewesen.

Aber wollte man nur ein paar Dinge simulieren, die im Universum geschahen, und das auch noch für kurze Zeit, und – vor allem – lief dasjenige, mit dem man es simulierte, sehr viel schneller als das, was man simulieren wollte, dann lautete die Antwort: »Auf jeden Fall.«

Alles drehte sich einzig und allein um Geschwindigkeit und Maßstab. War man groß und schnell genug und modellierte das Leben kleiner Dinge wie zum Beispiel einer Zivilisation, dann war es ein Klacks.

Der Vogel betrachtete die Möglichkeiten und empfand Ehrfurcht. Ganz bedächtig fragte er: »Wo hört es auf?«

Unten, nehme ich an, wenn die Quanteneffekte zur Grenze werden. Ich glaube, dass es am Fuß des Vrealitätenstapels Welten geben könnte, die stark vereinfacht sind. Vielleicht besteht die letzte Schicht nur aus dem endlos gedachten Gedanken eines Einzellers, der allein in einem zweidimensionalen Raum lebt, gerade groß genug für ihn.

Nachdrücklich schüttelte der Vogel den Kopf. »Und so sieht das Innere deines Bewusstseins nach einer Viertelmillion Jahren aus, stimmt's?«

Es hat immer so ausgesehen. Aber dir sollte klar sein, dass du momentan in meinem Bewusstsein modelliert wirst.

»Erzähl keinen Scheiß ...«

Aber natürlich. Wie sonst als von außen könnte man in eine Vrealität blicken?

Der Vogel schüttelte den Kopf. »Aber auch du bist ein Modell in einer Vrealität.«

Ja.

»Mist!« Der Vogel hüpfte ein paarmal auf und ab. »Mir tut der Kopf weh. Mist!«

Genau.

»Ja. Also, und wie weit geht das nach oben? Ich nehme an, dass wir in der Nähe der Spitze sind.«

Wie kommst du auf diese Annahme?

Er dachte darüber nach. »Weiß nicht. Mir kommt es hier nur ziemlich komplex vor.«

Vielleicht. Aber vielleicht fühlt sich so auch nur der Gedanke eines Einzellers an.

»Ach, halt doch die Klappe!«

Ich glaube nicht, dass ich dich vermissen werde.

Der Vogel blinzelte. »Jetzt wirst du bissig, was? Wohin gehst du?«

Nicht ich gehe. Du gehst.

»Warum?«

Du kannst hier nicht bleiben. Ich hoste dich nur als kurzfristigen Gefallen.

Er nickte. »Und wohin?«

Du wirst lernen, die Vrealitäten zu navigieren. In einem früheren Leben hast du das vielleicht schon einmal getan.

Das brachte den Vogel zum Stutzen. Er überlegte, was die Worte bedeuteten. Dann schüttelte er energisch den Kopf. »Nein. Auf keinen Fall. Du hast mich schon genug zum Narren gehalten. Wie komme ich hier raus? Falls *raus* das richtige Wort ist.«

Es passt schon ... Flieg runter in die Landschaft. Der Rest geschieht von allein.

»Genau.« Er war bereit, einen Satz nach vorn zu machen, wo auch immer er hocken mochte. Dann hockte er also noch immer. Alte Gewohnheiten.

Dann kam ihm ein Gedanke. »He! Meinst du, Skarbo hat es erraten?«

Was erraten?

»Stell dich nicht dumm! Das hier? All das.« Er machte eine ausladende Bewegung mit seinen Flügeln – also auch Flügel, dachte er.

Die Vrealitäten? Das bezweifle ich. Aber mehrere Lebensalter des Nachdenkens und eine große intuitive Eingebung sollten auch für ihn reichen.

»Ja. Nicht gerade der Schnellste, unser Skarbo! Alles klar.

Dann bin ich mal weg. Wir sehen uns!« Der Vogel machte einen Satz nach vorn. Die Flügel funktionierten wie Flügel, und die Materie darunter fühlte sich wie Luft an, und er raste in einem pfeifenden Sturzflug auf die bunte Oberfläche hinab.

Er empfand Freude. Er wollte schreien, deshalb schrie er.

»Ha!« Und kurz bevor er eintauchte, wandte er den Kopf und schrie über die Schulter. »Ich bin immer noch kein Vogel!«

Der Geist des Orbiters beobachtete, wie sich die Oberfläche wieder schloss, nachdem der Vogel eingetaucht war.

Habe ich das Richtige getan?, dachte er.

Er wusste es nicht. Und wenn nichts wirklich war, konnte es dann etwas geben, das nicht richtig war?

Sein ganzes Leben lang – während er zu leben gedacht hatte – hatte er sich an hehre moralische Prinzipien gehalten. *Ich bin alt*, dachte er. *Und müde.*

Er hätte die Dinge gern so einfach gesehen wie der Vogel. Oder was immer der wirklich für ein Geschöpf war und auf seiner nächsten Reise sein würde.

Derweil war der Orbiter bereit für eine andere Art von Reise.

Genug, dachte er.

Er führte seine allerletzte Handlung aus. Er schaltete sein Bewusstsein ab.

Ein allerletzter Gedanke kam ihm. *Ein Ende kann auch ein Anfang sein.* Doch das alte Schiff wusste, dass das eine Lüge war.

Mit einem Seufzen verging sein Bewusstsein und war verschwunden.

Danksagung

Denen, die geholfen haben,
und da dieses Buch eine Weile gebraucht hat, denen, die
gewartet haben.
Und vor allem denjenigen, die beides getan haben:
Danke!

PIPER
BESUCHE
FREMDE
WELTEN
Piper Science-Fiction.de
© gremlin/istock